Susan Wiggs

Bewahre meinen Traum

Roman

Aus dem Amerikanischen von
Ivonne Senn

mtb

MIRA® TASCHENBUCH
Band 26085

1. Auflage: Dezember 2017

Titel der amerikanischen Originalausgabe:
Dockside

Umschlaggestaltung: büropecher, Köln
Umschlagabbildung: Glowimages, Klaus Esterluss/EyeEm/Getty Images, Fenlin/Shutterstock
Satz: GGP Media GmbH, Pößneck
Printed in Germany
Dieses Buch wurde auf FSC®-zertifiziertem Papier gedruckt.
ISBN 978-3-95649-752-0

www.mira-taschenbuch.de

Für Bootsfahrten zu unserer Autoren-
gruppe im Sommer,
für heimtückische Fahrten in eiskalten
Winternächten,
für das Zusammenhalten bei Springfluten
und Herbststürmen,
für meine Schriftstellerkollegin und meine
Freundin für alle Jahreszeiten –
für Sheila! Für Joy!

Danksagungen

Vielen Dank an die echte Pensionsinhaberin Wendy Higgins
von The Ocean Lodge in Cannon Beach, Oregon.
Tiefste Bewunderung für meine Schreibkolleginnen
Elsa Watson, Suzanne Selfors, Sheila Rabe und Anjali Banerjee;
ebenso für Krysteen Seelen, Susan Plunkett, Rose Marie Harris,
Lois Faye Dyer und Kate Breslin für ihren Humor,
ihr Wissen und ihre Geduld beim Lesen der ersten Entwürfe.

Ein besonderer Dank geht an Meg Ruley und Annelise Robey
von der Jane Rotrosen Agency und an meine wunderbare
Lektorin,
Margaret O'Neill Marbury.

„Ein See ist das schönste und ausdrucksvollste Merkmal einer Landschaft. Er ist das Auge der Erde, und wer hineinschaut, erkennt die wahre Tiefe seines eigenen Charakters."

– Henry David Thoreau

Walden oder Leben in den Wäldern, „Die Seen"

1. TEIL

Heute

„Man ist zum Teil Reiseführer, Werbe- und Marketingspezialist, Haushälter, Koch, Buchhalter, PR-Profi, Hausmeister und Gärtner und Experte für lokale Geschichte – alles in einer Person. Wenn Sie gewillt sind, hart zu arbeiten, mit ganzem Herzen eine heimelige Atmosphäre für die Besucher zu schaffen, wenn Sie Ihren Heimatort lieben und den Wunsch verspüren, diese Liebe mit anderen zu teilen, dann könnten Sie mal darüber nachdenken, ein eigenes Bed & Breakfast zu eröffnen."

– Die Bed & Breakfast Association von Alaska

1. Kapitel

Nachdem Shane Gilmore sie geküsst hatte, hielt Nina Romano ihre Augen geschlossen. Okay, dachte sie, dann ist er halt nicht der weltbeste Küsser. Nicht jeder Mann wurde als großartiger Küsser geboren. Manche mussten noch ein wenig üben. Und sicherlich waren Shane Gilmores Kusskünste ausbaufähig.

Sie öffnete die Augen und lächelte ihn an. Er sah aus, als wäre er ein großartiger Küsser, mit hübsch geformten Lippen und einem energischen Kinn, breiten Schultern und dichten schwarzen Haaren. Vielleicht hatte er einfach nur einen schlechten Tag.

„Ich hab schon so lange darauf gewartet", sagte er. „Deine Amtszeit konnte für mich gar nicht schnell genug enden."

Das meinte er nicht böse. Oder? Die Tatsache, dass ihre Amtszeit als Bürgermeisterin von Avalon mit einem Skandal geendet hatte, schmerzte noch immer. Aber vielleicht war sie nur paranoid. Sie entschied sich, darüber zu lachen. „Okay, jetzt klingst du wie einer meiner politischen Feinde."

„Meine Gründe sind aber romantischer Natur", behauptete er. „Ich habe auf den richtigen Zeitpunkt gewartet. Unser Zusammensein hätte einen falschen Eindruck erweckt – du als Bürgermeisterin und ich als Direktor der einzigen Bank im Ort."

Du siehst so sehr wie ein Traummann aus, dachte sie. Fang jetzt bitte nicht an, dich wie ein Idiot zu benehmen. Und ja, sie *war* paranoid wegen des Skandals. Was seltsam war, wenn man ihre Geschichte bedachte. Skandale waren Nina nicht fremd. Als junge, alleinerziehende Mutter hatte sie stets den Kopf oben behalten und sich daran gemacht, für die Stadt Avalon zu arbeiten, was ihr schließlich den Posten als stellvertretende Bürgermeisterin eingebracht hatte. Das Gehalt war beinahe nicht existent, und es besserte sich auch nicht wesentlich, als Bürgermeister McKittrick krank wurde und sie tatsächlich seinen Platz einnahm. Sie war, soweit sie wusste, die jüngste und am schlechtesten bezahlte Bürgermeisterin des gesamten Staates. Sie hatte einen finanziellen Albtraum geerbt. Die Stadt stand kurz vor dem Bankrott. Sie hatte die Ausgaben beschnitten, inklusive ihres eigenen Gehalts, und schließlich die Quelle allen Übels gefunden – ein korrupter Stadtangestellter.

Genug, dachte sie. Das hier war auf so vielen Ebenen ein neues Kapitel in ihrem Leben. Sie war gerade von einer dreiwöchigen Reise zurückgekehrt, und für sie und Shane war es das erste Date. Bei der ersten Verabredung Haarspaltereien zu betreiben war ein absolutes No-Go. Abgesehen von dem Kuss – ungelenk und viel zu … feucht – lief doch auch alles gut. Sie hatten ein sonntägliches Picknick im Blanchard Park genossen, direkt am Ufer des Willow Lake, dem schönsten Ort, den die Stadt zu bieten hatte. Danach waren sie am Ufer entlanggeschlendert, und dort hatte Shane sich getraut. Er war mitten auf dem Weg stehen geblieben, hatte einen schnellen Blick nach rechts und links geworfen und dann seinen Mund auf ihren gedrückt.

Igitt.

Komm wieder runter, schalt Nina sich. Es sollte schließlich ein neuer Anfang sein. Während sie ihre Tochter großgezogen hatte, hatte sie keine Zeit oder Energie gehabt, sich mit Männern zu verabreden. Und jetzt, wo sie ihren verspäteten Einzug in die Welt der Verabredungen hielt, sollte sie es nicht gleich ruinieren, indem sie zu kritisch war. Mit ihrer überkritischen Art hatte sie mehr Dates vermasselt als ... wenn sie so darüber nachdachte, hatte sie *alle* vermasselt. Erste Verabredungen waren alles, was Nina Romano je zustande gebracht hatte; ein zweites Treffen hatte es nie gegeben. Außer einmal, vor vielen Jahren. Was dazu geführt hatte, dass sie mit fünfzehn schwanger geworden war. Danach hatte sie beschlossen, dass zweite Dates ihr nur Pech brachten.

Doch jetzt war alles anders. Es war an der Zeit – und zwar schon lange –, zu sehen, ob eine Verabredung sich auch noch zu etwas anderem als einer Katastrophe entwickeln konnte. Ninas Tochter Sonnet war erwachsen; sie hatte früh die Highschool beendet, mit gerade mal sechzehn, und war an der American University angenommen worden. Alles in allem vermied sie alle Fehler, die ihre Mutter in jungen Jahren gemacht hatte.

Hör auf, dachte sie, als sie spürte, wie sie sich in Gedanken an Sonnet verlor. In einem Augenblick verrückten Selbstbetrugs hatte Nina sich eingeredet, es würde leicht sein, ihre Tochter gehen zu lassen. Das Kind ziehen zu lassen, das bis zur Abschlussfeier der Highschool vor wenigen Wochen der Mittelpunkt ihrer Welt gewesen war.

In dem Versuch, sich wieder auf den Augenblick und auf Shane zu konzentrieren, beschleunigte sie ihre Schritte, um mit ihm mitzuhalten. Da spürte sie ein Stechen an ihrem Bein. Zu spät bemerkte sie, dass sie ein Büschel oberschenkelhoher Brennnesseln gestreift hatte.

Der Schmerz ließ sie zischend einatmen, doch Shane schien es gar nicht zu bemerken, zu sehr war er darin vertieft, ihr in allen Einzelheiten von seiner letzten Golfpartie zu erzählen.

Golf, dachte Nina und biss die Zähne zusammen, um das stechende Brennen zu unterdrücken. Das war etwas, was sie schon immer mal hatte ausprobieren wollen. Es gab so vieles, was sie immer aufgeschoben hatte. Jetzt, wo Sonnet fort war, hatte sie die Chance, das alles nachzuholen.

Der Gedanke erfüllte sie mit neuem Schwung und ließ sie das Brennen beinahe vergessen. Es war ein wunderschöner Sonntagnachmittag, und überall saßen und gingen Leute, als wären sie gerade aus dem Winterschlaf erwacht. Sie liebte den Anblick von Pärchen, die am Seeufer entlangspazierten, Familien, die im Park picknickten, Kanus und Kajaks, die das klare Wasser des Sees durchschnitten.

Nina liebte alles an ihrer Heimatstadt. Es war der perfekte Ort, um die nächste Phase ihres Lebens zu beginnen. Die Verbindungen aus ihrer Zeit als Bürgermeisterin und Shanes Bank waren der Schlüssel für ihre neuen Pläne. Sie war im Begriff, sich einen lang gehegten Traum zu erfüllen.

„Du hast also gewartet, bis ich mich von meinem Amt als Bürgermeisterin befreit habe“, meinte sie an Shane gewandt. „Das ist gut zu wissen. Wie läuft es in der Bank?“

„Es hat in letzter Zeit einige Veränderungen gegeben“, erwiderte er. „Darüber wollte ich später noch mit dir sprechen.“

Sie wunderte sich über die Art, wie er ihrem Blick auswich, während er sprach. „Was für Veränderungen?“

„Wir haben ein paar neue Mitarbeiter, die während deiner Abwesenheit zu uns gestoßen sind. Und können wir bitte nicht übers Geschäft reden?“ Er berührte ihren Arm und schenkte ihr einen bedeutungsvollen Blick. „Da hinten auf dem Weg“, er zeigte in die Richtung. „Da hat es sich angefühlt, als hätte es wirklich zwischen uns gefunkt. Ich habe dich vermisst. Drei Wochen sind eine lange Zeit.“

„Hm-mh.“ Sie ermahnte sich, fair zu sein, ihm eine Chance zu geben. „Für mich sind drei Wochen nicht so lang. Ich habe Jahre darauf gewartet, endlich loszulegen. Das ist es. Mein neues Leben. Ich fange endlich an, die Zukunft zu haben, von der ich träume, seitdem ich ein kleines Mädchen war."

„Äh, ja, das ist toll." Er schien nervös, und ihr fiel wieder ein, dass er nicht über die Arbeit reden wollte, also ließ sie das Thema fallen.

„Ich bin froh, dass ich die Reise mit Sonnet machen konnte", sagte sie. „Ich kann mich gar nicht daran erinnern, wann wir das letzte Mal echte Ferien gehabt haben."

„Ich dachte, du würdest dich vielleicht vom Leben in der Großstadt verführen lassen und gar nicht mehr zurückkommen", meinte er.

Er kannte sie wirklich überhaupt nicht. „Mein Herz ist hier, Shane", sagte sie. „Und das ist es immer gewesen. Hier in dieser Stadt, in der ich aufgewachsen bin, in der meine Familie lebt. Ich könnte Avalon nie verlassen."

„Also hast du auf deiner Reise Heimweh gehabt?"

„Nein, weil ich ja wusste, dass ich zurückkommen werde." Am Tag nach der Abschlussfeier waren Nina und Sonnet mit dem Zug nach Washington gefahren und hatten dort drei wundervolle Wochen miteinander verbracht. Sie hatten sich die Hauptstadt und die Denkmäler aus der Kolonialzeit in Virginia angeschaut. Auch wenn Nina es nie zugeben würde, hatte sie die Reise auch unternommen, um sich noch einmal bei Sonnets Vater und seiner Familie rückzuversichern. Sonnet sollte den Sommer mit ihnen verbringen. Laurence Jeffries war ein hochrangiger Offizier der Army und Militärattaché. Er hatte Sonnet eingeladen, mit ihm, seiner Frau und seinen beiden Töchtern nach Casteau in Belgien zu reisen, wo Laurence einen Posten beim Obersten Hauptquartier der Alliierten Streitkräfte in Europa antreten würde.

Die Tatsache, dass ihr Vater beim SHAPE arbeitete, wie die Militärangehörigen die Einrichtung abkürzten, bot Sonnet eine einmalige Gelegenheit, denn sie konnte ein Praktikum bei der NATO absolvieren. Außerdem war es ihre Chance, Laurence besser kennenzulernen. Laurence und seine Vorzeigefamilie. Er war ein leuchtender Stern, ein afroamerikanischer Absolvent von West Point, der renommierten Militärakademie. Seine Frau war die Enkeltochter eines berühmten Bürgerrechtlers, und seine Töchter waren mit Auszeichnungen überhäufte Schülerinnen der Sidwell Friends School. Dennoch war es ihm wirklich wichtig, dass Sonnet sich wohlfühlte – zumindest war es Nina so vorgekommen. Am Ende des Sommers würde Sonnet ihr Studium an der American University aufnehmen. Keine große Sache, dachte Nina. Alle Kinder verließen irgendwann das Nest, oder?

Die Tatsache, dass Sonnet mit ihrem Vater, ihrer Stiefmutter und ihren Stiefschwestern leben würde, war auch kein Problem. Patchworkfamilien waren heutzutage doch ganz normal.

Warum verfiel sie dann aber jedes Mal in Panik, sobald sie sich Sonnet in dem perfekten Georgetown-Häuschen vorstellte oder in dem idyllischen belgischen Städtchen voller SHAPE- und NATO-Angehöriger? Nina spürte, dass ihre Tochter ihr fremd wurde, sich jeden Tag ein Stückchen mehr von ihr entfernte. Hör auf, rief sie sich zur Ordnung.

Sie gehen zu lassen war eine gute Entscheidung. Es war, was Sonnet wollte. Es war, was Nina wollte, etwas, worauf sie schon so lange gewartet hatte: Freiheit, Unabhängigkeit. Trotzdem war es schwer gewesen, Auf Wiedersehen zu sagen. Zum Glück habe ich etwas, zu dem ich zurückkommen kann, dachte Nina. Zum Glück erwartet mich nicht nur ein leeres Haus. Sie hatte ein neues Leben, einen Plan für ihre Zukunft, ein neues Abenteuer. Nichts konnte den Platz ihrer Tochter einnehmen, aber Nina war entschlossen weiterzumachen. Es gab Dinge, die sie aufgegeben hatte, Dinge, die sie wegen der frühen Mutterschaft verpasst hatte. Nein, korrigierte sie sich. Nicht verpasst. Verschoben.

Shane sprach immer noch, und Nina fiel auf, dass sie nicht ein einziges Wort gehört hatte. „Es tut mir leid. Was hast du gerade gesagt?“

„Hab ich dir erzählt, was ich für einen Bock habe, Kajak zu fahren? Ich hab das noch nie gemacht.“

Bock? Hatte er wirklich ‚Bock haben‘ gesagt? „Der See ist ein guter Ort, um damit anzufangen. Das Wasser ist ziemlich ruhig.“

„Sogar wenn es das nicht wäre“, sagte er. „Ich bin vorbereitet. Ich habe sogar eine Ausrüstung gekauft, extra für heute.“

Sie erreichten den Steg und das Bootshaus, an dem es vor Menschen nur so wimmelte, die den bisher schönsten Tag des Jahres genießen wollten. Nina sah Pärchen und Familien, die spazieren gingen oder im flachen Wasser am Ufer planschten. Ihr Blick fiel auf ein Paar auf einer Bank am Seeufer. Sie schauten einander an, hielten sich an den Händen und schienen in eine interessante Unterhaltung vertieft. Es waren ganz normale Menschen – er hatte schon etwas dünnes Haar, sie eine etwas füllige Taille –, doch sogar aus der Ferne konnte Nina ihre Vertrautheit miteinander fühlen. Menschen, die einander liebten und vertrauten, hatten eine ganz besondere Körperhaltung. Der Anblick der beiden ließ Nina wehmütig werden; sie war keine Expertin, was die Liebe anging, weil sie sie noch nie selber erlebt hatte. Eines Tages, dachte sie, werde ich das Geheimnis vielleicht auch ergründen.

Aber vermutlich nicht heute, fügte sie innerlich mit einem Seitenblick auf Shane hinzu.

Er fasste ihren Blick falsch auf. „Ich dachte, nach dem Kajakfahren gehen wir zu mir“, sagte er. „Ich mache uns was zu essen.“

Bitte, dachte sie, bitte, hör auf, dich so anzustrengen. Doch sie sagte nichts, sondern lächelte ihn an. „Danke, Shane." Wieder einmal ermahnte sie sich, locker zu bleiben. Eine Verabredung glich ein wenig einer Expedition in unbekanntes Terrain.

„Nina", rief jemand. „Nina Romano!"

Da, bei den Bänken und Tischen in der Nähe des Bootshauses, war Bo Crutcher, der Star-Pitcher der Avalon Hornets, einem Team der kanadisch-amerikanischen Baseballliga. Wie immer hing der große, schlanke Texaner mit seinen Kumpels ab und trank Bier.

„Hey, Darling", begrüßte er sie. Sein Akzent klang so weich wie sonnengewärmter Honig.

„Ich bin nicht dein Darling, Bo", entgegnete sie. „Und gibt es nicht eine Regel bezüglich des Genusses von Alkohol vor einem Spiel?"

„Schätze schon. Wie bist du nur so klug geworden?"

„Ich bin so geboren."

„Es scheint, als wenn du jeden in der Stadt kennst", bemerkte Shane.

„Das war der Teil, der mir als Bürgermeisterin am besten gefallen hat – so viele Leute kennenzulernen."

Shane warf Bo über die Schulter einen Blick zu. „Ich weiß nicht, warum er nicht schon längst aus dem Team geworfen wurde."

„Weil er gut ist." Nina wusste, dass Bo Crutcher wegen seiner ununterbrochenen Partylaune schon von einigen anderen Teams entlassen worden war. Die Can-Am-Liga war mehr oder weniger seine letzte Chance. „Wenn man in etwas gut ist, neigen die Leute dazu, viele deiner Schwächen und Fehler zu übersehen. Zumindest eine Zeit lang. Irgendwann holen sie dich aber unweigerlich ein."

Jungenhaftes Gelächter dröhnte über den See und erregte

Ninas Aufmerksamkeit. Sofort erkannte sie Greg Bellamy und seinen Sohn Max, die ein Kanu zu Wasser ließen.

Jede ungebundene Frau in Avalon kannte Greg Bellamy, den kürzlich geschiedenen Neuzugang. Er sah unglaublich gut aus, hatte weiße Zähne, funkelnde Augen, breite Schultern und eine Größe von gut einem Meter achtzig. Lange Zeit war auch Nina heimlich in ihn verknallt gewesen. Doch er war nichts für sie. Er schleppte zu viel Gepäck mit sich herum – in Form von zwei Kindern. Nina kannte und mochte Max und Daisy, aber sie wahrte eine gewisse Distanz. Endlich war sie an dem Punkt in ihrem Leben angekommen, an dem sie einfach sie selbst sein konnte. Die Kinder einer anderen Frau anzunehmen stand nicht auf ihrem Plan.

Außerdem war Greg gar nicht an ihr interessiert. Als er letzten Winter in die Stadt gezogen war, hatte sie ihn auf einen Kaffee eingeladen, aber er hatte abgelehnt. Das rief sich Nina in Erinnerung, als jemand sich zu Greg und Max gesellte – eine Frau in einer leichten weißen Caprihose und einem limonengrünen Pullover. Sie schien ungefähr zwei Meter groß zu sein und war unglaublich blond. Auch wenn Nina nicht nah genug dran war, um es genau sehen zu können, wusste sie, dass die Frau sehr attraktiv war. Das war der Typ, den Greg Bellamy zu favorisieren schien. Italo-Amerikanerinnen unter eins sechzig, die bekannt waren für ihre ausgeprägten Launen, ihr krauses Haar und einen mangelnden Sinn für Mode schienen ihn hingegen nicht zu interessieren.

Entschlossen riss sie sich von Greg Bellamy los und ging zu dem Bootsschuppen, in dem sie ihr Kajak aufbewahrte. Sie besaß es schon seit Jahren, weil sie es liebte, auf dem Wasser zu sein. Der Willow Lake – das Juwel Avalons, wie er in den Broschüren der Handelskammer bezeichnet wurde – war sechzehn Kilometer lang. Er wurde vom Schuyler River gespeist, und an seinen Ufern erhoben sich die bewaldeten Hänge der Catskills. Das eine Ende des Sees reichte bis an die Stadt Avalon heran und war von dem beliebten Stadtpark umgeben, der dank Ninas Spendenaufruf vom Bürgermeisteramt angelegt worden war. Ein Stück weiter fanden sich einige Sommerhäuser und romantische kleine Bed & Breakfast-Pensionen am Seeufer. Privatgrund direkt am See war extrem selten, da das Land nun ein Teil des Naturreservats der Catskills war. Die wenigen Gebäude, die vor der Ernennung zum Naturschutzgebiet errichtet worden waren, erhoben sich wie Bilderbuchhäuschen aus einer anderen Zeit. Der See erstreckte sich wie ein lockender, gebogener Finger in eine unberührte Natur. An seinem nordöstlichsten Ende lag ein Ort namens Camp Kioga. Das Grundstück war seit Jahren im Besitz der Familie Bellamy. Natürlich war es das. Manchmal kam es Nina so vor, als wenn den Bellamys der halbe Landkreis gehörte. Das Camp war vor Kurzem erst als Familienresort wiedereröffnet worden. Am Ende des Sommers würde es als Kulisse für eine sehnsüchtig erwartete Hochzeit dienen.

Als sie und Shane das Kajak von dem Regal im Schuppen hoben, spürte Nina eine leichte Wehmut in sich aufsteigen. Sie hatte das zweisitzige Kajak vor Jahren auf einer Versteigerung des Rotary-Clubs erworben. Für sie und Sonnet war es einfach perfekt gewesen. Die Erinnerung an diese seltenen Sommertage, an denen sie früher von der Arbeit gegangen war, um mit ihrer Tochter auf dem See herumzupaddeln, erfüllten sie mit einer solch schmerzhaften Sehnsucht, dass ihr der Atem stockte.

„Stimmt etwas nicht?“, fragte Shane.

„Nein, alles gut“, beeilte sie sich zu versichern. „Ich kann es nur kaum erwarten, wieder aufs Wasser zu kommen.“

Er ging zurück zu seinem Auto, um seine Ausrüstung zu holen. Während Nina ihr Kajak am Steg zu Wasser ließ, verfolgte sie die Fortschritte von Greg Bellamy und seinem Kanu. Er und Max paddelten synchron, während die Blonde wie eine nordische Prinzessin in der Mitte saß. War sie gelangweilt? Wie viel Spaß konnte es schon bringen, einfach dazusitzen, jedes Haar am rechten Fleck, keine Falten in der weißen Hose?

Nina fragte sich, wer die Frau war. Dank der anstehenden Hochzeit im Hause Bellamy hatte es in letzter Zeit in der Stadt und im Camp Kioga viele Besucher gegeben – Eventplaner, Floristen, Cateringunternehmen, Dekorateure. Bei der zukünftigen Braut handelte es sich um Gregs Nichte Olivia. Vielleicht war die nordische Schönheit seine Begleitung für die Hochzeit?

Da sie aus einer großen Familie stammte, waren Nina große Hochzeitsfeiern nicht fremd. Aber natürlich war sie selber nie die Braut gewesen. Vielleicht würde sie jetzt, wo sie wirklich alleine war, heiraten. Sie wandte den Blick von der Szene auf dem See und schaute zu Shane Gilmore, der gerade vom Parkplatz zurückkehrte. Vielleicht auch nicht, dachte sie.

Er hatte sich mit Helm und Schwimmweste ausgerüstet, um seine Hüften hing ein Spritzwasserschutz, der aussah wie ein Tutu. Dazu trug er wasserfeste Schuhe und in der Hand hielt er ein Funkgerät.

„Nun schau sich einer diesen Mann an", sagte sie. Glücklicherweise hatte sie in ihrer Zeit als Bürgermeisterin gelernt, diplomatisch zu sein.

„Danke", sagte er stolz. „Das habe ich alles im Vorsaison-Verkauf im Sport Haus gekauft."

„Du Glückspilz", murmelte Nina. „Den Helm und den Spritzschutz wirst du heute vermutlich nicht brauchen. Die nutzt man normalerweise nur beim Wildwasserkajaken."

Er wischte ihren Einwand beiseite und stieg ins Boot, das Nina derweil festhielt. „Bereit?", fragte er und setzte sich so heftig hin, dass der Fiberglasrumpf mit Karacho gegen den Steg stieß.

„Nicht ganz", erwiderte Nina und hob die Paddel auf. „Ohne die hier kommen wir nicht weit."

„Verdammt", sagte er. „Ich habe das Gefühl, das Ding kippt jede Sekunde um."

„Das wird es nicht", beruhigte sie ihn. „Ich bin schon mit Sonnet gepaddelt, als sie gerade mal fünf Jahre alt war. Bei gutem Wetter ist es die sicherste Form der Fortbewegung auf dem Wasser."

Er krallte sich am Rand des Kanus fest, als Nina einstieg. Sie ermahnte sich, nicht so kritisch mit ihm zu sein. Er war der Bankdirektor. Er war gebildet und sah gut aus. Er sagte Sachen wie: „Weißt du, wie lange ich gewartet habe, bis ich dich um eine Verabredung gebeten habe?"

Sie zeigte ihm, wie das Steuerruder funktionierte, und erläuterte ihm eine einfache Paddeltechnik. Dann war er halt ein bisschen ... trottelig und trug einen Helm und einen Spritzschutz. Na und? Vorsichtig zu sein hatte bestimmt auch seine guten Seiten.

Außerdem spürte sie, dass ihm ihr Ausflug gefiel. Nachdem sie sich ein wenig vom Ufer entfernt hatten und über die glatte Oberfläche des Willow Lake glitten, entspannte er sich merklich. Das macht das Wunder und den Zauber aus, auf dem Wasser zu sein, dachte Nina. Deshalb waren die Seen in Upstate New York so legendär und wurden seit Gründung der Stadt von gestressten Stadtbewohnern aufgesucht. Das Wasser war gesprenkelt mit kleinen Jollen, deren Segel wie Engelsflügel durch die Luft schwebten, anderen Kajaks, Kanus und Ruderbooten aller Art. Die ansteigenden Hügel mit ihren Quellen und Wasserfällen spiegelten sich auf der gläsernen Oberfläche des Sees wider. Über den im Sonnenlicht liegenden See zu paddeln war, wie sich mitten im Gemälde eines Impressionisten zu befinden – man fühlte sich als Teil einer friedlichen und bunten Landschaft.

„Lass uns da rüberpaddeln", schlug sie vor und zeigte mit dem Paddel die Richtung. „Ich will mir das Inn am Willow Lake ansehen – mein neues Projekt."

Zwischen ihnen entstand ein kurzes Schweigen. „Das ist ganz schön weit", sagte Shane dann. „Beinahe einmal quer über den See."

„Wir können in wenigen Minuten da sein." Sie versuchte, sich von seinem Zögern nicht verärgern zu lassen. Das Inn am Willow Lake würde ihr neues Leben werden. Als Direktor der Bank war Shane einer der wenigen Menschen, die von ihrem Traum wussten. Das Inn war zwangsversteigert worden und gehörte nun der Bank. Dank Mr. Bailey, dem Vermögensverwalter, hatte Nina den Managementvertrag für das Objekt erhalten. Sie würde die Neueröffnung und das laufende Geschäft überwachen. Wenn sie ihren Job gut machte und alles wie geplant lief, könnte sie ein kleines Geschäftsdarlehen beantragen und das Inn kaufen. Und genau das hatte sie vor. Davon träumte sie schon ihr ganzes Leben.

Ohne es zu merken, paddelte sie unwillkürlich schneller. Ihr Rhythmus passte nicht mehr zu Shanes, sodass ihre Paddel aneinanderstießen. „Tut mir leid", entschuldigte sie sich. Aber das stimmte nicht. Sie war in Eile.

Je näher sie dem historischen Gebäude mit seinem weit in den See hinausreichenden Anleger kamen, desto froher wurde ihr ums Herz. Das hier war das einzige Hotel am See, was den alten, urkundlich festgelegten Restriktionen zu verdanken war, die kurz nach dem Bau erlassen worden waren. Das Anwesen bestand aus mehreren alten Häusern, die sich um ein wunderschönes Haupthaus gruppierten, das wie ein Schloss aus einer anderen Zeit auf der smaragdgrünen Wiese lag. Die italienisch angehauchte Architektur war ein hervorragendes Beispiel für den irrationalen Überschwang des Vergoldeten Zeitalters, der sogenannten Blütezeit der amerikanischen Wirtschaft Ende des 19. Jahrhundert. Es gab eine umlaufende Veranda und Giebel im ersten Stock. An einer Seite erhob sich ein Aussichtsturm, der von einer reich verzierten Kuppel gekrönt wurde. Die längs unterteilten Fenster boten einen unvergleichlichen Blick auf den Willow Lake. Von ihrer Perspektive vom Wasser aus konnte Nina sich vorstellen, wie das Hotel in den alten Zeiten ausgesehen hatte, als die weiß gekleideten Sommerfrischler den Garten bevölkerten, sich sonnten oder eine Partie Krocket spielten und Liebende Hand in Hand auf den schattigen Wegen lustwandelten. Es gab eine Seite an Nina, die schamlos romantisch war, und das Inn sprach genau diese Seite an. Das hatte es schon immer. Ihr liebstes Gebäude war das Bootshaus, das im für die Seen von Upstate New York typischen Stil erbaut worden war. Es hatte auf der Wasserebene überdachte Liegeplätze für die Boote, und darüber gab es eine kleine Wohnung. Es hatte den gleichen schrullig-luxuriösen Stil wie das Haupthaus.

Sie war mit der Bank übereingekommen, dass sie die obere Etage des Bootshauses als Privatwohnung nutzen durfte. Ihre Pläne sahen vor, noch im Laufe dieser Woche dort einzuziehen. Ursprünglich war das Bootshaus vom früheren Besitzer als großzügiges Spielzimmer für die Kinder vorgesehen gewesen. Es hatte sogar ein Extrazimmer für das Kindermädchen gegeben. Später jedoch war die gesamte Etage als Lagerraum genutzt worden.

Seitdem sie ein kleines Mädchen gewesen war, stellte Nina sich vor, hier zu leben, warmherzig ihre Gäste aus aller Welt zu begrüßen, die sich im Sommer auf eine Limonade und ein Krocket-Spiel auf dem Rasen versammelten oder es sich im

Winter mit einer heißen Schokolade und einem guten Buch vor dem offenen Kamin in der Bibliothek gemütlich machten. Sie wusste genau, wie jedes Zimmer aussehen würde, welche angenehme Hintergrundmusik im Esszimmer spielte, wie die frisch gebackenen Muffins am Morgen riechen würden.

Ihre Pläne waren durch die frühe Schwangerschaft und die Verantwortung, ein Kind alleine großzuziehen, vereitelt worden. Nein, dachte sie. Nicht vereitelt. Verschoben. Jetzt hatte sich jedoch eine Chance ergeben, und Nina war entschlossen, sie zu ergreifen. Sie war bereit für etwas Neues in ihrem Leben. Und ohne Sonnet brauchte sie das auch.

Für einige Leute mochte es nichts Besonderes sein, ein Gasthaus zu führen. Für Nina war es jedoch der Beginn eines lang gehegten Traums. Als sie an den Anlieger glitten, spürte sie das warme Prickeln der Aufregung – nicht unähnlich dem, das sie in Anbetracht ihres Dates hätte empfinden sollen, aber nicht tat.

„Da ist es", sagte sie. „Ich kann es kaum erwarten anzufangen."

Shane war merkwürdig still. Sie fragte sich, ob er sie gerade einer eindringlichen Musterung unterzog, und drehte sich um. „Shane?"

„Ja, was das betrifft …" Er nickte mit dem behelmten Kopf in Richtung Inn. „In der Bank hat es ein paar interessante Entwicklungen gegeben."

Fragend schaute Nina ihn an. „‚Interessant' klingt ein wenig ominös."

„Während du weg warst, ist Bailey in Ruhestand gegangen und nach Florida gezogen."

Sie entspannte sich. „Ich weiß. Ich habe ihm sogar eine Karte geschickt."

„Und wir haben eine neue Vermögensverwalterin aus der

Zentrale bekommen. Eine Frau namens Brooke Harlow. Sie hat in ihrer Abteilung ein paar Veränderungen vorgenommen. Es gab Anweisungen von ganz oben, die Bilanzen zu verbessern."

Ninas Herz schlug heftig. „Das hat doch aber keine Auswirkungen auf meinen Vertrag, oder?"

„Sei dir sicher, dein Vertrag wird als wesentlicher Bestandteil des Pakets angesehen. Du hast einen fantastischen Ruf. Keine Frage, dass du die beste Managerin für den Job bist."

„Warum klingt das in meinen Ohren dann trotzdem nicht gut, Shane?", hakte sie nach.

„Nun, ehrlich gesagt, könnte es für dich sogar *sehr* gut sein. Das Inn am Willow Lake ist verkauft worden, und dein Vertrag gleich mit."

Sie drehte sich wieder um und funkelte ihn wütend an. „Das ist nicht lustig."

„Das sollte es auch nicht sein. Es ist einfach nur passiert."

„Das kann nicht passieren." Und doch verriet ihr das Brennen in ihrem Magen, dass es passiert war. „Ich hatte erwartet, dass die Bank mir die Gelegenheit gibt, das Objekt zu kaufen, sobald mein Darlehen bewilligt worden ist."

„Ich bin sicher, du wusstest, dass die Bank sich von dem Objekt trennt, sobald ein Käufer auftaucht."

„Aber Mr. Bailey hat gesagt …"

„Es tut mir leid, Nina. So ist es nun einmal."

Sie war sich der Risiken bewusst gewesen. Sie hatte sie bei Vertragsunterzeichnung gekannt, aber Mr. Bailey hatte ihr versichert, dass die Wahrscheinlichkeit, einen anderen Käufer zu finden, sehr gering sei. Sobald Nina ein kleiner Firmenkredit gewährt worden wäre, hätte sie das Objekt kaufen können.

Das Inn am Willow Lake. Verkauft.

Ein paar Augenblicke lang konnte sie es nicht fassen. Es schien vollkommen unmöglich zu sein. Natürlich würde das

Inn eines Tages verkauft werden – an sie. Das war immer der Plan gewesen.

„Wie auch immer“, fuhr Shane fort und ignorierte die Tatsache, dass jedes weitere Wort aus seinem Mund sie wie ein Faustschlag in den Magen traf. „Es gehört jetzt jemand anderem. Und du wirst nicht glauben, wer es gekauft hat.“

Nina Romano spürte, wie etwas in ihr riss. Dieser ahnungslose Mann, dieser einen Spritzschutz tragende, lausige Küsser saß hier und teilte ihr in aller Seelenruhe mit, dass ihre gesamte Zukunft, der Lebensinhalt, auf den sie nun, wo Sonnet weg war, gezählt hatte, ihr weggenommen worden war. Das war einfach zu viel.

„Hey, geht es dir gut?“, fragte er.

Nicht die cleverste Frage an eine Italo-Amerikanerin, deren Ohren vor Wut rauchten.

Ninas Körper gehörte ihr nicht mehr. Wie von Dämonen besessen, bäumte sie sich in dem Kajak auf und ging ihm an die Kehle.

2. Kapitel

„Ist es nicht noch ein bisschen früh im Jahr zum Schwimmen?", fragte Brooke Harlow.

Greg Bellamy drehte sich neugierig in die Richtung, in die sie zeigte. In der Ferne sah er ein Pärchen in einem Kajak. Eine dunkelhaarige Frau und ein Mann mit einem Sturzhelm schienen sich leidenschaftlich zu umarmen, was das kleine Boot zum Schaukeln und das Wasser in Aufruhr brachte. Auf ruhigen Gewässern Kajak zu fahren soll doch eigentlich entspannend sein, dachte Greg. Aber was ging es ihn an? Jeder auf seine Weise.

Er versuchte, seine schlechte Laune abzuschütteln. Es war ein strahlend schöner Frühsommertag, und er sollte ihn verdammt noch mal genießen. Immerhin verbrachte er ihn mit einer Frau, die aussah wie ein Unterwäschemodel. Zudem benahm sich sein zwölfjähriger Sohn ausnahmsweise mal wie ein menschliches Wesen. Greg hatte nicht lange gebraucht, um herauszufinden, wieso. Max war … verdammt, Max versuchte, Brooke Harlow zu beeindrucken. Der Junge war erst zwölf! Das war viel zu jung, um sich schon für Frauen zu interessieren. Hatte Max nicht erst gestern mit Spielzeuglastern gespielt und dazu Brummgeräusche von sich gegeben?

Brooke steckte eine Hand ins Wasser und schüttelte sich. „Brr. Ich warte lieber noch ein wenig mit dem Schwimmen. Wie steht's mit dir, Max?"

„Mir macht kaltes Wasser nichts aus."

Greg vermutete, dass Max auch über heiße Kohlen gehen

würde, wenn Brooke es vorschlüge. Er versuchte, seinem Sohn eine telepathische Nachricht zu schicken – du bist zu jung, um an das zu denken, an was du denkst. Aber Max nahm nichts wahr außer Brooke.

Greg sagte sich, dass er sich keine Sorgen machen müsse. Aber natürlich machte er sich im Moment über alles Sorgen, auch darüber, dass Max später im Sommer seine Mutter in Europa besuchen würde. Was war für den Jungen deprimierender, Eltern zu haben, die zusammen, aber unglücklich waren, oder die auf verschiedenen Kontinenten lebten? Ebenso deprimierend war, dass Greg über solche Dinge nachdachte, während er eigentlich ein Date hatte.

Nun, technisch gesehen war es kein Date. Das würde es erst, wenn Greg Brooke heute Abend zum Essen ausführte. Sie war die neue Vermögensverwalterin der Bank und hatte kürzlich eine größere Transaktion für ihn vorgenommen. Nun gehörte ihm das Inn am Willow Lake – und zwar in guten wie in schlechten Tagen. Er hatte bar bezahlt, und Brooke hatte den Vorgang beschleunigt, sodass das Ganze nur wenige Tage gedauert hatte. Seine Exfrau Sophie würde vermutlich behaupten, dass er verrückt sei, weshalb er es ihr bisher noch nicht erzählt hatte. Das Objekt war geräumt worden und nun während der Renovierungsarbeiten geschlossen. Er hatte sich kopfüber in das Abenteuer gestürzt, hatte einen Bauunternehmer engagiert und seine eigenen Tage und Nächte mit harter Arbeit auf der Baustelle verbracht. Er hatte vor, so schnell wie möglich wiederzueröffnen. Greg war mit seinen Kindern Max und Daisy bereits in das Eigentümerwohnhaus am Rande des Grundstücks gezogen. Das kastenförmige Haus im viktorianischen Stil war ganz anders als ihr erstes Zuhause in einem luxuriösen Wolkenkratzer in Manhattan. Aber in Anbetracht der Umstände hatten die drei sich relativ schnell eingelebt.

Er tauchte sein Paddel ein, und vorne im Boot tat Max dasselbe. Schnell fanden sie ihren Rhythmus und ließen das Boot durch das klare Wasser gleiten. Wie sie so in seltener Eintracht zusammenarbeiteten, fühlte Greg sich für ein paar segensreiche Sekunden mit seinem Sohn verbunden. Einst hatten sie ihr Leben in einem gemeinsamen Rhythmus gelebt, aber seit der Scheidung waren sie irgendwie aus dem Takt.

„Ach du Scheiße, Dad", sagte Max und zeigte auf die Leute in dem Kajak. „Ich glaube, der Kerl steckt in Schwierigkeiten. Wir sollten da besser mal nachgucken."

„Nein, die albern nur herum", sagte Greg. Doch wenige Sekunden später ging die Frau über Bord. Eine Wasserfontäne stieg neben dem Kajak auf. Die Frau im Wasser versuchte, das Kajak aufrecht zu halten, während der Mann mit den Armen ruderte und irgendetwas rief.

Das Kajak schaukelte und drehte sich dann auf die Seite. Der Mann mit dem Helm schrie ein Wort, von dem Greg gerne so tat, als würde Max es nicht kennen, und fiel dann ebenfalls ins Wasser.

„Oh mein Gott", sagte Brooke. „Ich glaube, das ist Shane Gilmore."

Der Bankdirektor. Als Greg und Max näher heranpaddelten, erkannte er, dass es sich bei der Frau im Wasser um Nina Romano handelte. Verdammt. Musste das sein?

Der Typ mit dem Sturzhelm schien Nina mit einem Paddel wegzustoßen. Vielleicht wusste er mehr über sie als Greg.

„Braucht ihr Hilfe?", rief er und steuerte sein Kanu längs neben das Kajak. Dumme Frage. Er streckte Nina sein Ruder hin.

Sie ignorierte es und sagte: „Ihr könntet mir helfen, das Kajak aufzurichten. Er bekommt gerade einen Panikanfall."

Großartig, dachte Greg und spürte, wie seine Haut sich zusammenzog, als er an die Temperatur des Wassers dachte.

„Einen Moment." Er atmete tief ein und sprang in den See. Ein paar Meter von dem umgekippten Kajak tauchte er wieder auf.

„Das Kajak läuft voll Wasser", rief Nina. „Er klemmt fest und will einfach nicht stillhalten."

„Hol ihn da verdammt noch mal raus", rief Greg zurück, noch ganz taub von dem Schock des eiskalten Wassers.

„Sein Spritzschutz hängt irgendwo fest", schrie sie.

Der Mann wedelte hektisch mit den Armen und hustete. „Kann nicht … schwimmen." Sein Gesicht war weiß, die Lippen blauviolett. Der Helm saß schief auf seinem Kopf. Seine Hände krallten sich verzweifelt an den Rand des Kajaks.

„Sie müssen auch nicht schwimmen", sagte Greg. „Wir ziehen Sie zu dem Steg da drüben, ja? Aber Sie müssen ruhig sitzen bleiben." Du Schlappschwanz, fügte er in Gedanken hinzu. Ein erwachsener Mann, der selbst mit einer Schwimmweste nicht schwimmen konnte? Was war das denn?

Sie erreichten den Steg in Rekordgeschwindigkeit, weil es so kalt war, dass Greg so schnell schwamm, wie er nur konnte. Der Steg, der sich von dem Grundstück des Inn am Willow Lake aus erstreckte, hatte definitiv schon bessere Tage gesehen. Einige der Planken waren morsch, die Nägel rostig, und ein feiner Algenfilm bedeckte die Pfeiler. An einer Seite war eine wackelige Leiter befestigt.

Shane klammerte sich zitternd daran, während Nina sich aus dem Wasser hievte und sich dann über den Rumpf des Kajaks beugte. „Stillhalten", befahl sie. „Lass mich mal sehen, wo du festhängst. Ich denke, dieses Band …"

„Scheiß auf das Band." Jetzt, wo er in Sicherheit war, kam die Wut in Shane durch, und er zog ein Taschenmesser aus seiner Hose.

„Hey, nicht …"

Er ignorierte sie und sägte das tragende Band von Ninas Kajak durch. Dann kletterte er auf den Steg. „Danke, Nina", sagte er. „Das war …"

„Tut mir leid", sagte sie leise. „Ich hatte keine Ahnung, dass du nicht schwimmen kannst. Du hättest etwas sagen sollen, bevor wir losgefahren sind."

„Keiner kann schwimmen, wenn er verkehrt herum unter Wasser hängt."

„Ich weiß. Ich habe doch gesagt, dass es mir leidtut …" Nina schaute zu Greg. Ihre Augen waren feucht und ihr Kinn zitterte. Armes Ding, dachte Greg. Ihn verwirrte der plötzliche Drang, sie in eine tröstende Umarmung zu ziehen. Er wollte ihr sagen, dass der Typ ein Idiot war und es sich nicht lohnte, seinetwegen zu weinen. Dann sah er das Zittern an ihrem Hals und merkte, dass sie nicht gegen Tränen ankämpfte, sondern sich bemühte, nicht loszulachen. Mit seinem Spritzschutz und dem Sturzhelm sah Gilmore aus wie eine groteske, wütende Ballerina.

Sieh ihr nicht in die Augen, ermahnte Greg sich. Doch es war zu spät. Er und Nina schauten einander an und konnten nicht mehr an sich halten. Mit Tränen in den Augen sah Greg, wie der Bankdirektor puterrot anlief.

„Es freut mich, dass ihr euch so amüsiert", sagte Shane.

Greg kämpfte darum, sich unter Kontrolle zu bekommen. „Hey, das ist nur die Erleichterung, Kumpel", sagte er. „Wir sind froh, dass es Ihnen gut geht."

Nina kicherte hilflos, während sie gleichzeitig vor Kälte zitterte.

„Ja, das sehe ich", murmelte Gilmore.

Brooke und Max hatten inzwischen ebenfalls den Steg erreicht. Brooke kletterte heraus und stürzte sich wie eine Mutterhenne auf Shane.

„Du frierst ja", sagte sie.

„Ich auch", sagte Greg, aber sie hätte ihn in ihrer Eile, zu Shane zu kommen, beinahe umgerannt.

Greg warf Nina einen Blick zu. Sie hatte ihre Arme fest um den Oberkörper geschlungen und klapperte mit den Zähnen. Sie war eine kleine, ausdrucksvoll aussehende Frau. Er fand sie seltsam attraktiv – seltsam, weil sie so gar nicht sein Typ war. Dennoch hatte sie was. Sie hatte ihn schon immer irgendwie fasziniert. Und jetzt hatte er ihr große Neuigkeiten mitzuteilen. Allerdings hatte er sich ihr Treffen zum Thema Willow Lake Inn etwas anders vorgestellt.

„Ist er der Erste, der zu einem Date mit dir einen Helm trägt, oder hat es vorher schon welche gegeben?", fragte Greg.

„Sehr lustig. Und keine große Hilfe."

„Hör zu", sagte Brooke zu Shane. „Mein Wagen steht am Inn. Wenn du willst, kann ich dich zu deinem Auto bringen."

Shanes Lippen hatten inzwischen einen tiefen Blauton angenommen. „Das wäre gut."

Brooke verabschiedete sich von Greg und Max. Dann wandte sie sich an Nina und schenkte ihr das umwerfende Lächeln, das Greg überhaupt erst dazu gebracht hatte, sie um eine Verabredung zu bitten. „Ich bin Brooke Harlow."

„Die neue Vermögensverwalterin der Bank." Ninas Augen verengten sich. „Und Sie haben Ihr Auto am Inn geparkt."

„Sicher. Ich bin selber dorthin gefahren."

„Shane hat mir gerade von Ihnen erzählt." Obwohl sie bis auf die Knochen durchnässt war, schaffte Nina es, eine eisige Würde auszustrahlen. „Nina Romano."

„Oh, Sie sind Nina! Ich habe schon so viel von Ihnen gehört. Wir müssen uns unbedingt mal treffen, aber jetzt sollte ich den armen Shane zu seinem Auto fahren, bevor er sich noch eine Lungenentzündung holt."

„Ja, tun Sie das“, sagte Nina.

Brooke lächelte etwas unbestimmt. „Nett, Sie kennengelernt zu haben. Ich bin sicher, dass wir uns noch öfter sehen.“

„Darauf können Sie wetten.“ Nina hob ihr Kinn, als wenn sie dadurch größer würde.

„Ich rufe dich an“, sagte Brooke zu Greg.

Nein, das wirst du nicht, dachte er. Er konnte es in ihren Augen sehen, er kannte den Blick. Sein Leben war viel zu kompliziert, um auf eine Frau wie Brooke Harlow anziehend zu wirken – frisch aus der Stadt hierher verpflanzt auf der Suche nach einem einfacheren Leben. Er war geschieden, hatte das Sorgerecht für zwei Kinder und war gerade dabei, ein neues Geschäft aufzubauen, was alles zusammen bedeutete, dass er keine Zeit hatte, sich um eine Beziehung zu kümmern. Okay, vielleicht hatte er fünf Minuten am Tag.

Dennoch beobachtete er Brookes Weggang mit leichtem Bedauern. Sie hatte die Beine eines Laufstegmodels, lange blonde Haare, ein großartiges Lächeln und … Er versuchte zu überlegen, ob er ihre Persönlichkeit mochte. Hatte sie überhaupt eine? Und brauchte sie mit diesem Aussehen überhaupt eine?

Max band das Kanu an einer Klampe fest. „Ich gehe angeln, Daddy, okay?“

„Okay, aber bleib auf dem Steg.“ Greg war froh, dass der Junge etwas Vernünftigeres tun wollte, als Brooke Harlow anzustarren.

Greg wandte sich zu Nina. Sie betrachtete das Inn, ihre dunklen Augen leuchteten hell wie Diamanten vor lauter … Er konnte ihren Gesichtsausdruck nicht lesen, aber er sah, dass sie nicht glücklich war. Pudelnass sah sie noch kleiner aus als sowieso schon. Ihr pechschwarzes Haar hing schlaff herunter, und ihre Spandex-Hose und das T-Shirt klebten an ihr wie eine zweite Haut. Mit einem Blick erkannte er, dass sie unter dem T-Shirt einen Sport-BH trug. Wer auch immer dieses Kleidungsstück erfunden hatte, dem mangelte es definitiv an Fantasie.

„Nun", sagte Nina und fing an, das Wasser aus dem Kajak zu schöpfen. „Wenn das mal nicht ein toller Tag ist."

Greg fragte sich, warum sie sich – abgesehen davon, dass sie klitschnass war – so feindselig gab. Das war kein gutes Zeichen, da sie ja bald zusammenarbeiten sollten. Und zu den wenigen Dingen im Leben, die er noch nicht gelernt hatte, gehörte das Wissen darum, wie man mit einer wütenden Frau umging. Er hatte es nicht gekonnt, als er verheiratet gewesen war, und er konnte es auch jetzt nicht. Er war Nina im Laufe der Jahre immer wieder mal über den Weg gelaufen. Er erinnerte sich an sie als lebhaftes Kind, das ein paar Jahre jünger war als er. Hatte sie als Teenager gesehen, wenn er seine Ferien im Camp Kioga verbracht hatte. Er erinnerte sich an mehr, als sie ahnen konnte, aber es war vermutlich keine gute Idee, das anzusprechen. Vor allem nicht, wo sie in dieser Stimmung war. Als er letztes Jahr hierhergezogen war, hatte sie so etwas wie einen ersten Schritt in seine Richtung gemacht, aber er – noch aus der Bahn geworfen von der Scheidung – war darauf nicht eingegangen. Wenn er sie jetzt so anschaute, war das ganz schön dumm gewesen. In einer nassen, wütenden Nina steckte mehr Feuer und Sex-Appeal als in hundert blonden Brookes.

Die alten Planken des Stegs knarrten, als Nina sich hinunterbeugte, um das Kajak aus dem Wasser zu ziehen.

„Ich helfe dir", bot Greg an. Er war ein wenig irritiert, dass sie ihn nicht um Hilfe gebeten hatte. Das Kajak war schwer, und als sie es umgedreht aus dem See zogen, schwappte eine erneute Woge Wasser über ihre Füße. Sie legten das Kajak kieloben auf den Steg, um es abtropfen zu lassen. Greg beobachtete, wie Brooke und Shane den breiten Rasen überquerten.

Zu ihrem ersten – und offensichtlich auch letzten – Date war Brooke mit ihrem eigenen Auto zum Inn gefahren. Auch wenn er noch nicht lange geschieden war, hatte Greg die Masche mit den getrennten Wagen sofort durchschaut. Wenn man ein Rendezvous – eine Verabredung, ein Date, was auch immer – vereinbarte, war es sicherer, getrennt an- und abzureisen. Für heute Abend hatte Greg geplant, Max in der Obhut seiner älteren Schwester zu lassen und Brooke zum Dinner auszuführen, um sich danach – bitte, Gott, es war so lange her – flachlegen zu lassen.

Aber das stand nun offensichtlich nicht mehr auf dem Programm. Jetzt war er nass und ihm war kalt und er hing mit einer ebenso nassen und kalten und dazu noch wütenden Nina Romano fest.

Das letzte Mal, als er sie gesehen hatte, war auf der Abschlussfeier der Highschool gewesen. Sie beide hatten jetzt eine Tochter in der Abschlussklasse. Sonnet Romano und Daisy waren sogar Freundinnen, auch wenn die Zukunft, die vor den beiden lag, nicht unterschiedlicher hätte sein können. Sonnet würde reisen und Abenteuer erleben und aufs College gehen, während Daisy …

„Ich geh dann mal lieber“, unterbrach Nina seine Gedanken. „Mein Auto steht auf der anderen Seite des Sees beim öffentlichen Bootshaus.“ Sie bückte sich, um ihr Kajak wieder zu Wasser zu lassen.

„Vergiss das“, hörte Greg sich sagen. „Gehen wir erst einmal rein, um uns abzutrocknen.“

Er zeigte auf das Inn. Das Haupthaus war ein Gebäude voller Wunder. Es war in den 1890er-Jahren als großes Sommeranwesen für die Familie eines Eisenbahnbarons gebaut worden, der mehr Geld als gesunden Menschenverstand besessen hatte. Im Laufe der Generationen hatte das Haus einige

Veränderungen durchgemacht und war schlussendlich zu einem gemütlichen Gästehaus am See geworden, wie es sich Leute wünschten, die der Hektik des Alltags für ein paar Tage entkommen wollten.

„Was meinst du mit ‚gehen wir erst mal rein'?", fragte Nina. „Das Hotel ist geschlossen."

„Stimmt." Er steckte eine Hand in die Tasche. „Glücklicherweise habe ich einen Schlüssel."

Sie schaute ihn fassungslos an. Ihr Gesicht wurde aschfahl, und ihre Stimme krächzte ungläubig, als sie sagte: „Ich verstehe nicht. Was machst du mit dem Schlüssel?"

Oh je. Auf diese Weise hatte er es ihr nicht sagen wollen. Er hatte sich einen Geschäftstermin vorgestellt, den sie beide in trockener Straßenkleidung wahrnahmen. Was soll's? dachte er. „Das Inn am Willow Lake gehört jetzt mir."

Nicht nur, dass Nina Romano ein Gesicht wie Sophia Loren hatte, mit großen, wunderschönen Augen und vollen Lippen; sie hatte auch ein Gesicht, auf dem sich jede Emotion zeigte. Sie war nicht reserviert und kühl wie die Mädchen, mit denen Greg aufgewachsen war – blutleere, glatthaarige Schulmädchen oder die Königin der unterdrückten Gefühle, seine Exfrau Sophie. Nina zeigte alles, was sie fühlte. Vielleicht fand Greg sie deshalb ein wenig furchteinflößend. Er spürte, dass Nina, anders als die Brooke Harlows auf dieser Welt, eine echte Bedrohung sein könnte, weil sie ihn außer purer Lust noch etwas anderes fühlen lassen könnte.

Im Moment zeigte sie eine ganze Palette von Emotionen – Schock, Verleugnung, Schmerz, Wut ... aber keine Akzeptanz.

„Du bist also derjenige, der das Objekt gekauft hat, während ich fort war", sagte sie, und Wut untermalte jedes einzelne Wort.

„Gilmore hat es dir nicht erzählt?"

Sie funkelte ihn an. „Dazu habe ich ihm ehrlich gesagt keine Gelegenheit gelassen."

Greg wusste nicht, warum sie so erbost war – oder warum er das Gefühl hatte, sich verteidigen zu müssen. „Es ist vermutlich ein glücklicher Zufall, dass wir beide jetzt hier stehen. Ich weiß, dass du den Vertrag als Managerin für das Inn hast. Den müssen wir noch einmal neu verhandeln."

Sie strahlte immer noch heiße, pure Wut aus. „Neu verhandeln?"

„Du hast diese Vereinbarung mit der Bank getroffen. Der Vertrag ist mit allen anderen Vermögenswerten zusammen verkauft worden, aber wir müssen einige Dinge an ihm ändern."

„Was du nicht sagst." Damit drehte sie sich um und marschierte entschlossen auf das Inn zu.

In dem Moment, in dem sie von der umlaufenden Veranda in den Wintergarten des Inns trat, fühlte Nina sich, als beträte sie eine andere Zeit. Auch wenn das Haus bessere Tage gesehen hatte, schwebte ein Hauch von verblasster Vornehmheit und Eleganz zwischen den Türbögen, den hohen Decken und den im gotischen Stil gehaltenen Holzfenstern. Sie hatte hier schon viel Zeit verbracht, sowohl in Wirklichkeit als auch in ihren Träumen. Der Geruch von frischem Gips und Farbe zeigte ihr an, dass die Renovierungsarbeiten bereits begonnen hatten.

Als kleines Mädchen hatten sie und ihre beste Freundin Jenny immer zugeschaut, wie die Rainbow Girls in ihren weißen Kleidern und den passenden Handschuhen zu ihren monatlichen Treffen hierhergegangen waren. Die Rainbow Girls waren eine Gruppe privilegierter junger Ladys, die sich um wohltätige Zwecke kümmerten. Sie waren Nina immer wie eine andere Gattung vorgekommen, wie Elfen, die sich von einer speziellen Diät aus Baiser und Sahne ernährten. Sie hatte nie wirklich eine von ihnen sein wollen – sie waren ihr immer ein wenig langweilig vorgekommen –, aber sie hatte ihre Gastgeberin sein wollen. Wenn sie mit Jenny auf dem Fahrrad am Inn vorbeigefahren war, hatte sie immer gesagt: „Eines Tages wird das Inn mir gehören."

Die Besitzer, Mr. und Mrs. Weller, lebten auf dem Grundstück und führten das Hotel als ruhigen Rückzugsort für Touristen und Menschen aus der Stadt. Nina hatte hier jeden Sommer gearbeitet, seit sie dreizehn war. Es war keine glamouröse Arbeit, aber der Hotelbetrieb und die Gäste aus allen Himmelsrichtungen hatten sie fasziniert. Später, als junge Mutter, war sie vom Zimmermädchen zur Rezeptionistin, Buchhalterin und stellvertretenden Managerin aufgestiegen und hatte alle Seiten des Geschäfts kennengelernt. Sogar Klempnerprobleme und übellaunige Gäste hatten sie nicht entmutigen können. Nachdem Mr. Weller gestorben war, hatte Mrs. Weller weitergemacht, aber nicht mehr mit dem gleichen Esprit wie vor seinem Tod. Als auch sie starb, hinterließ sie das Inn – inklusive der restlichen Kreditraten – ihrem einzigen lebenden Verwandten, einem Neffen in Atlantic City. Er beauftragte eine Firma mit dem Management, die alle Leute kündigte und durch eigene ersetzte. Nina war damals ins Büro des Bürgermeisters gewechselt und hatte nebenbei ihre Ausbildung zu Ende gemacht. Ihre Erfahrung hatte dann dazu geführt, dass ihr der Posten als Bürgermeisterin angetragen wurde, als der alte Bürgermeister wegen seiner Krankheit nicht mehr arbeitsfähig gewesen war. Ihre Freunde und Familie hatten gedacht, die Politik würde sie auf andere Gedanken bringen, aber sie waren immer wieder zu der Idee eines neuen Inn am Willow Lake zurückgekehrt.

Vernachlässigung und schlechtes Management hatten dazu geführt, dass das Inn Konkurs anmelden musste. Es war ihr als die perfekte Gelegenheit erschienen, ein Risiko einzugehen und etwas ganz Neues anzufangen.

Ihr erster Schritt hatte darin bestanden, Mr. Bailey anzusprechen, den Vermögensverwalter der Bank, und ihm den Vorschlag zu machen, das Inn im Namen der Bank wiederzueröffnen, während sie sich um einen kleinen Firmenkredit bewarb. Es hatte wie die perfekte Lösung ausgesehen.

Nun stand sie tropfnass auf dem verblichenen Rosenteppich im Salon und starrte Greg Bellamy an, den neuen Besitzer des Inn.

Komisch, er sah gar nicht aus wie ein Mann, der die Träume anderer Menschen in den Boden stampfte. Er sah aus – mein Gott – wie ein wirklich netter Kerl. Mr. Nice Guy mit einem unglaublichen Körper, einem Killerlächeln und Haaren, die sogar klitschnass toll aussahen.

Dennoch hatte sie keine Probleme damit, ihn zu hassen, während er zu einem Schrank eilte und ein paar Handtücher und Bademäntel und Slipper hervorholte. „Du kannst dich abtrocknen und das hier anziehen, ich werfe unsere Sachen schnell in den Trockner."

Der Mann hat überhaupt keine Ahnung, dachte sie und schnappte sich das Bündel Frottee, um damit in dem nächstgelegenen Gästezimmer zu verschwinden. Der Laurel Room, wie er früher genannt wurde. Oh, sie erinnerte sich an diesen Raum, an seine wundervollen Schnitzarbeiten und luftigen Decken, an den antiken Waschtisch mit seinem weißen Porzellanwaschbecken. Offensichtlich hatte Greg keine Zeit verloren, das Haus wieder auf Vordermann zu bringen. Die Wände waren himmelblau gestrichen, und an der Decke hing eine neue Lampe. Aus dem Fenster konnte sie Max auf dem Steg seine Angel ins Wasser halten sehen.

Sie versuchte, die Gefühle zu betäuben, die in ihr aufstiegen, während sie sich aus den kalten, klammen Sachen pellte. Der dicke Bademantel fühlte sich auf ihrer kalten Haut wunderbar an, aber sie war nicht in der Stimmung, sich wunderbar zu fühlen. Bitterkeit und Groll erfüllten sie wie ein Gift, und es war schwierig, sich nicht vom Pech verfolgt zu fühlen. Es kam ihr vor, als würde jedes Mal, wenn sie an der Reihe war, etwas passieren, das ihr ihren Traum vor der Nase wegschnappte.

Ihr ganzes Leben lang hatte sie ihre Entscheidungen aus rein praktischen Erwägungen getroffen. Im Mittelpunkt hatte immer gestanden, was für Sonnet am besten war. Endlich hatte sie einen Punkt erreicht, an dem sie ein Risiko eingehen konnte. Wenn nicht das Inn, dann etwas anderes. Es stimmte, dass es aufgrund von gesetzlichen Auflagen niemals ein weiteres Inn am See geben könnte, aber es gab andere Optionen. Sie könnte Malerin werden, Buchhändlerin, sie könnte für den Triathlon trainieren, einen Hundefriseursalon eröffnen, Busfahrerin sein … tausend Möglichkeiten lagen vor ihr.

Das Problem war, sie wollte das hier. Das Inn am Willow Lake. Nichts anderes. Allerdings wollte sie es zu ihren Bedingungen, nicht zu Greg Bellamys.

Reiß dich zusammen, schalt sie sich und zog den Gürtel des Bademantels enger. Sie hatte ein großartiges Kind, eine liebevolle Familie, die Chance gehabt, als Bürgermeisterin zu dienen. Sie sollte ihre Erfolge zählen und nicht die Misserfolge auflisten.

Doch als sie mit ihrem nassen Bündel Klamotten unter dem Arm in die Lobby zurückkehrte, war sie weit entfernt davon, ruhig zu sein. Sie war immer noch ein brodelnder Kessel weiß glühender Wut.

Greg hatte irgendwo eine Malerhose aufgetrieben, zu der er ein etwas zu enges T-Shirt trug. Sein Haar war auf attraktive Weise zerzaust. Die Tatsache, dass er so heiß aussah, ärgerte sie nur noch mehr. Das angenehme, warme Feuer, das er in dem Kamin des Salons entzündet hatte, tat ein Übriges.

„Ich bin froh, dass wir uns über den Weg gelaufen sind", sagte er. „Ich habe gehört, dass du von deiner Reise zurück bist. Geht es Sonnet gut?"

„Ja." Okay, er war also nett und erkundigte sich nach ihrer Tochter. Natürlich, er konnte es sich ja auch leisten, nett zu sein. Er hatte ja bereits alles, was er wollte.

„Ich wollte mich sowieso diese Woche mit dir treffen. Es gibt eine Menge zu besprechen."

Nina zog den großen Bademantel enger um sich und ging zu dem kleinen Sofa, das vor dem nervtötend fröhlich flackernden Feuer stand. „Ich glaube nicht, dass es da noch was zu sagen gibt."

Er lächelte. *Lächelte*. „Das ist für uns beide eine einmalige Gelegenheit. Ich werde eine Managerin brauchen, und die Bank hatte bereits den Vertrag mit dir geschlossen. Wo wir gerade beim Thema sind ..."

„Der Vertrag." Sie massierte sich die Schläfen, hinter denen sich ein leichter Kopfschmerz bemerkbar machte. „Es hätte so einfach sein sollen. Wie ist das nur passiert?"

„Es *ist* einfach. Bailey ist in den Ruhestand gegangen, und Brooke hat die Abteilung für Vermögensverwaltung übernommen. Sie hat mir das Inn verkauft."

Nina schaute ihn böse an. „Was, hast du mit ihr geschlafen, um einen guten Deal herauszuschlagen?"

Er schaute böse zurück. „Das geht dich nichts an."

Okay, dachte Nina, das war vermutlich ein Schlag unter die Gürtellinie, aber das ist mir egal. „Ich verstehe das nicht. Was zum Teufel willst du mit dem Haus?"

„Es ist genau das, was ich immer zu finden gehofft habe. Ein Geschäft, das mich bei meinen Kindern sein lässt und das mir

Spaß macht. Und ich weiß, dass du die ideale Managerin wärst. Deine Geschichte ist mit dem Inn verbunden, du kennst dich damit aus, wie so etwas geführt wird. Du bist perfekt."

Das war so ein Klassiker. Die Bellamys waren eine auserwählte Familie. Nina kam es vor, als sei jeder von ihnen mit einem silbernen Löffel im Mund geboren worden. Das Schicksal schien ihnen nichts abschlagen zu können. Während normale Menschen wie die Romanos für alles kämpfen mussten, was sie hatten, fegten die Bellamys einfach herein und bedienten sich.

Sogar eine einfache Reise brachte Nina Pech. „Der Deal ist passé", sagte sie angespannt.

„Bist du immer so wütend oder ist das eine besondere Aufmerksamkeit für mich?"

„Ich hatte Pläne", gab sie schnippisch zurück. „Ich weiß, dass dir das egal ist, aber ..."

„Komm schon, Nina. Hör mich wenigstens an."

„Warum sollte ich?"

Er ging nicht auf ihren herausfordernden Ton ein. Stattdessen sagte er schlicht: „Einfach so. Wir kennen uns kaum. Und was auch immer das für dich bedeutet, aber ich hatte auch Pläne."

Pläne. „Vermutlich hast du vor, diesen Ort in ein überteuertes Tagungszentrum umzuwandeln", sagte sie. „Und das wäre ja nur zu charmant."

„Wie kommst du auf die Idee?"

„Ich habe die Zahlen gesehen. Das ist der beste Weg, um Profit zu machen."

„Und allein darum geht es mir ja auch. Profit zu machen."

Um ehrlich zu sein, sie wusste nicht, worum es ihm ging. Sie wusste überhaupt nicht viel über ihn. Das hatte sie aber nicht davon abgehalten, sich eine Meinung zu bilden. Etwas verlegen fuhr sie ihre Wut ein wenig zurück.

„Okay, dann erzähl es mir. Es interessiert mich wirklich."

Er betrachtete sie, und sie sah etwas in seinen Augen. Eine Art Vertrauen und Selbstbewusstsein. „Mein ganzes Leben lang habe ich getan, was von mir erwartet wurde. Vor zehn Jahren habe ich meine eigene Firma in Manhattan gegründet, weil es mir vernünftig erschien. Eingebracht hat es mir einen Job, der mir nicht gefiel und für den ich meine Familie vernachlässigen musste."

Na gut, dann war er halt kein totaler Egoist. Aber warum zum Teufel musste er mit *seinem* Akt der Erlösung ausgerechnet *ihr* auf die Zehen treten? „Um das zu ändern, hätte es viele Möglichkeiten gegeben", sagte sie. „Dazu bräuchtest du nicht unbedingt dieses Haus." Ich hingegen schon, dachte sie. Seitdem sie fünfzehn war, hatte die Landkarte ihres Lebens ausgebreitet vor ihr gelegen, und sie hatte immer gewusst, dass ihr finales Ziel genau hier lag.

„Du kannst nicht wissen, was ich brauche. Aber vielleicht wird dir das hier einen kleinen Eindruck verschaffen." Er ging an den Empfangstresen, der bereits mit Computer und Telefon ausgerüstet war. Sie hörte das leise Flüstern eines Druckers, dann brachte er ihr eine Kopie des Vertrages. An dem Tag, als sie ihn unterzeichnet hatte, war sie so aufgeregt gewesen. Jetzt war ihr übel.

„Die Veränderungen habe ich fett gedruckt", sagte er.

„Du glaubst, du kannst hier mit deinem Geld hereinmarschieren, diese Anlage kaufen und mich gleich mit, eine alleinstehende Frau mit begrenzten Möglichkeiten", sagte sie. „Nun, dann denk lieber noch mal nach. Du kannst nicht …"

„Wenn man ein Geschäft kauft, kauft man alle Vermögenswerte und Verbindlichkeiten. Dieser Vertrag mit dir ist einer der Vermögenswerte."

Sie schnappte sich den Vertrag und ging seine vorgeschlagenen Änderungen durch. Sie musste mehrmals blinzeln, weil sie

Angst hatte, dass ihre Augen sie täuschten. Er hatte das Gehalt erhöht und eine Beteiligung und eine Pension hinzugefügt.

Einen Moment lang wankte sie. Das war echtes Geld. Zum ersten Mal in ihrem Leben hätte sie finanzielle Sicherheit. Sie könnte Sonnet aushelfen, denn sogar mit den Stipendien, die sie gewonnen hatte, und den Zahlungen ihres Vaters würden noch genügend Kosten für ihre Ausbildung auflaufen.

Nein, dachte Nina. Nein. Sie zuckte vor dem Vertrag zurück, als hätte er sich in eine Schlange verwandelt. Trotz all der Vergünstigungen, die er hinzugefügt hatte, hatte er ihr dennoch das Einzige genommen, was sie haben wollte – die Möglichkeit, das Hotel eines Tages selber zu besitzen.

Sie stand auf und trat ans Fenster, wohl wissend, dass sie in dem drei Größen zu großen Bademantel vermutlich kein bisschen Würde ausstrahlte, aber das war ihr egal. Sie ließ ihren Blick über das Grundstück gleiten – ein breiter, leicht abfallender Rasen mit hölzernen Liegestühlen, der Turm, das Kutschenhaus und das Quartier des Verwalters. Das Bootshaus, der Steg und der See in der Ferne. Max hatte offensichtlich die Lust am Angeln verloren. Seine Angel lag verlassen auf dem Steg. „Ich werde das nicht unterschreiben", sagte sie über ihre Schulter. „Such dir jemand anderen."

„Ich nehme an, ich könnte mich an eine kommerzielle Managementfirma von außerhalb wenden, aber ich hatte gehofft, das zu vermeiden. Ich will dich", sagte er offen.

Sie wirbelte herum. „Du kannst mich aber nicht haben."

Sein Gesichtsausdruck verriet, dass er das noch nicht oft von einer Frau gehört hatte. Natürlich nicht. Er war ein Bellamy. Er sah aus wie der fleischgewordene amerikanische Traum. Definitiv kein Mann, den eine Frau abwies. „Du hattest doch überhaupt keine Probleme, den Vertrag mit der Bank abzuschließen."

„Das war was anderes. Ich …“ Sie unterbrach sich. Sie würde ihm nicht von ihren Hoffnungen erzählen, von der Zukunft, die sie sich ausgemalt hatte. Das ging ihn nichts an, und sie sah schon mitleiderregend genug aus in ihrem geborgten Bademantel. „Ich muss los“, sagte sie und ging den Flur hinunter zur Waschküche.

„Deine Kleidung ist noch nicht trocken.“

„Ich werde es überleben.“ Sie hatte schon Schlimmeres überstanden.

Er fing sie in der Empfangshalle ab. Einige Sekunden lang schockierte seine Nähe sie, und sie wusste nicht, warum. Ihr wurde ganz warm, und ihr Herz schlug schneller, obwohl er nicht mehr tat, als einfach dazustehen. Er roch nach der Frische des Sees, und anders als andere Männer sah er aus der Nähe sogar noch besser aus. Shane Gilmore zu küssen hatte nicht eine solche Wirkung auf sie gehabt, und Greg berührte sie noch nicht einmal.

Sie funkelte ihn an. „Du stehst mir im Weg.“

„Ich verstehe die Wut einfach nicht, Nina. Was ist los?“

„Du verstehst mich nicht, das ist los. Das hier sollte meine Gelegenheit werden zu glänzen. Mein ganzes Leben bestand nur daraus, auf sich ständig verändernde Pläne zu reagieren. Ich hätte allerdings nie gedacht, dass ich jemals meine Gedanken bezüglich dieses Hauses neu ausrichten müsste. Doch nun stehe ich hier … Aber ich bin einer Herausforderung noch nie aus dem Weg gegangen.“

„Und warum willst du es ausgerechnet jetzt tun?“

„Hier gibt es nichts für mich, außer einem Job und für dich zu arbeiten. Das brauche ich nicht. Ich brauche dich nicht. Ich habe andere Optionen.“

„Ich will, dass du bleibst.“ Er stand immer noch nah genug, dass sie die Wärme seines Atems fühlen konnte. „Lass uns darüber reden.“

Sie vermutete, dass er eine ganze Menge Sätze mit „Ich will" anfing. Mit ruhigem Blick sah sie ihn an und sagte: „Es gibt wirklich nichts, worüber wir reden müssten. Ich schlage vor, du machst dich an die Arbeit, jemand anderen zu finden, der deinen Vertrag unterschreibt." Damit drängte sie sich so würdevoll, wie es ihr möglich war, an ihm vorbei und schlüpfte in die Waschküche. Sie schlug die Tür hinter sich zu und öffnete den Wäschetrockner. Wie vermutet waren ihre Klamotten noch halb feucht und lauwarm und ganz unangenehm zu tragen, aber das war ihr egal. Sie musste hier so schnell wie möglich raus.

Sie merkte, wie die Wut und der Ärger aus ihr herausströmten, als sie in den Salon zurückkehrte. Ihre Hose und ihr T-Shirt klebten auf höchst unschmeichelhafte Weise an ihrem Körper. Doch Greg bemerkte es entweder nicht, oder ihr Aussehen und ihr Gemütszustand waren ihm egal. Unbeeindruckt folgte er ihr nach draußen, über den Rasen und hinunter zum Steg.

„Komm, wir packen das Kajak auf meinen Truck, und ich fahr dich nach Hause."

„Nein danke", sagte sie und zog ihre Weste an. Was für ein Gentleman, der ihre Zukunft in Stücke riss und ihr gleichzeitig eine Mitfahrgelegenheit nach Nirgendwo anbot. In einer wütenden Bewegung ließ sie das Kajak zu Wasser, setzte sich hinein und stieß sich vom Steg ab.

„Nina", rief er.

Vergiss es, dachte sie. Er kann betteln, so viel er will. Er war auf so viele Arten immer noch der zu hübsche, zu viel Glück habende Kerl, an den sie sich aus ihrer Vergangenheit erinnerte. Sie fragte sich, woran er sich sie betreffend erinnerte. Sicher, es war lange her, aber trotzdem … Ganz sicher hatte die Sache Nina damals mehr bedeutet als Greg, was ihre Wut auf ihn nur noch mehr anfachte.

„Nina." Seine Stimme klang jetzt dringlicher. „Es ist mir egal, wie sauer du bist", sagte er. „Aber ohne das hier wirst du nicht weit kommen."

Sie schaute zurück und sah ihn mit ihrem Doppelpaddel in der Hand am Dock stehen.

So viel zu ihrem tollen Abgang. Sie beugte sich vor und griff nach dem Paddel. Ihre Finger reichten nicht ganz heran, also lehnte sie sich noch weiter über das Wasser, bis sie das Ruderblatt greifen konnte. Im gleichen Moment zog sie ein wenig daran – natürlich nicht absichtlich. Für den Bruchteil einer Sekunde boten sie sich ein kurzes Zerrspiel, die wütenden Blicke ineinander verhakt. Dann zog sie ein letztes Mal etwas kräftiger. Er wankte einen Augenblick und fiel dann vorwärts ins Wasser. Der Aufprall konnte seinen Fluch nicht ganz übertönen.

„Nett, Greg", murmelte sie. Dann tauchte sie das Paddel ein und glitt davon.

3. Kapitel

Nach dem Abendessen am selben Tag saß Greg mit seiner Tochter Daisy über Hunderten von Fotos, die sie für die neue Broschüre, die Website und Anzeigen von dem Inn gemacht hatte. Er beobachtete sie, als sie sich konzentriert mit den Bildern beschäftigte. Sie war in einer kooperativen Stimmung, wie er bemerkte. Ihr Gesicht wurde von dem blassen Licht des Computermonitors erhellt, und sie war vollkommen in ihre Aufgabe vertieft. Sie war so schön, seine Tochter, und mit achtzehn noch so herzerweichend jung.

Er wünschte, er könnte mit jemandem darüber reden, wie es war, sich seinen Weg durch das Minenfeld zu suchen, das die Beziehung zu seiner Tochter momentan war. Seit der Scheidung waren er und Daisy enger zusammengewachsen, auch wenn es anfangs ein Kampf gewesen war. Doch an manchen Tagen fühlte sich ihre Nähe mehr wie ein Waffenstillstand an.

„Wir wäre es mit diesen vier Bildern?", fragte sie. „Eines für jede Jahreszeit."

Sie hatte Talent, und das sagte er nicht nur, weil er ihr Vater war. Einige ihrer Arbeiten wurden im Café der örtlichen Bäckerei ausgestellt, in der sie mal gearbeitet hatte, und die Leute kauften die gerahmten, signierten Drucke mit erfreulicher Regelmäßigkeit. Greg hoffte sehr, dass ihr Talent – und ihre Leidenschaft – ihr ein Ziel für die Zukunft boten, etwas, das sie erfüllen und das sie nutzen würde. Sie hatte eine Gabe, ungewöhnliche Blickwinkel oder Perspektiven zu finden, die etwas Normales wie einen Zweig, ein Kissen auf der Fensterbank, einen Steg in etwas Besonderes verwandelten. Sie zog das Detail der Gesamtaufnahme vor und zeigte die Fülle der Natur zum Beispiel in einer einzelnen Rhododendronblüte. Ein zerlesenes Buch neben einer Badewanne mit Klauenfüßen vermittelte ein gewisses Gefühl von Luxus, und eine Panoramaaufnahme des gesamten Anwesens zeigte seine wahre Größe.

„Ich interpretiere das als ein Ja", sagte sie auf sein Schweigen.

„Für solche Dinge hast du einfach ein besseres Gespür als ich."

Sie nickte und benannte die vier Bilder um. „Hast du inzwischen mit Nina Romano über das Inn gesprochen?"

„Ja, heute."

„Und?"

Er hatte sich wirklich lausig angestellt bei dem Versuch, ihr seine Pläne zu erläutern. Wenn er ehrlich war, wusste er nicht, was Nina mehr hasste – ihn oder die Vorstellung, für ihn zu arbeiten. Die Tatsache, dass er das Inn am Willow Lake gekauft hatte, war ein Affront für sie. Sie benahm sich, als wenn er es ihr irgendwie gestohlen hätte. „Sie wird über mein Angebot nachdenken." *Ja, klar.*

„Nun, du sorgst besser dafür, dass sie Ja sagt", warnte Daisy. „Ich glaube nicht, dass wir es ohne sie schaffen."

Er hätte sie darauf hinweisen können, dass er in Manhattan eine florierende Firma für Landschafts- und Gartengestaltung aufgebaut hatte. Und dass er trotz seiner Ausbildung und Erfahrung, trotz der Tatsache, dass er keinerlei Ahnung hatte, wie man ein Hotel leitete, gelernt hatte, dass man mit harter Arbeit und gesundem Menschenverstand ganz schön weit kam. Doch stattdessen rief er sich in Erinnerung, warum er das alles tat. Die Firma zum Erfolg zu führen hatte ihn mehr gekostet, als er je geahnt hatte. Lukrativ zu sein bedeutete nicht immer, auch erfolgreich zu sein. Er war so von seiner Arbeit aufgefressen worden, dass die Jahre unbemerkt an ihm vorbeigeflogen waren. Eines Tages war er aufgewacht und fand sich mit zwei Kindern wieder, die beinahe Fremde waren, und einer Ehe, die nicht mehr zu retten war.

Als seine Ehe in die Brüche ging, hatte er beschlossen, einen Neuanfang zu wagen. Er hatte seine höchst unglücklichen Kinder aus ihrer Privatschule an der Upper East Side genommen und war nach Avalon gezogen. Die Bellamys hatten jahrelange familiäre Bindungen an diesen Ort. Gregs Eltern hatten bis zu ihrer Pensionierung vor zehn Jahren das Camp Kioga geleitet. Das Grundstück gehörte ihnen noch immer, und als seine Ehe außer Kontrolle geraten war, war dieser Ort sein Ankerplatz gewesen.

Vergangenes Jahr, in den letzten Zügen seiner Ehe, war er in einem Akt der Verzweiflung mit seinen Kindern ins Camp Kioga gezogen, um Olivia zu helfen, es für die Goldene Hochzeit seiner Eltern herzurichten. Er hatte das Gefühl gehabt, am Ende des Sommers einen Fortschritt bei seinen Kindern zu sehen – sein Sohn war nicht länger von Videospielen besessen, und seine Tochter hatte mit dem Rauchen aufgehört. Aber als sie in die Stadt zurückgekehrt waren, hatte Daisy ihr neues Schuljahr mit offener Rebellion begonnen, und Max hatte eine Nullbockhaltung angenommen, die er wie eine Rüstung trug. Als es schließlich tatsächlich an der Zeit war, ein neues Leben aufzubauen, hatte er beschlossen, es hier zu tun, in der kleinen Stadt am See, an die er sich aus den Sommern seiner Kindheit noch so gut erinnerte.

Es war zu früh, um zu sagen, ob das die richtige Entscheidung gewesen war, aber er war entschlossen, sein Leben zu ändern, sich eine Arbeit zu suchen, bei der er sich mehr um seine Familie kümmern konnte. In seinem ehemaligen Leben war es nur darum gegangen, für andere Menschen Sachen zu erschaffen. Jetzt wollte er sich darauf konzentrieren, eine Welt für seine Familie aufzubauen.

„Deine Cousine Olivia wusste überhaupt nichts darüber, wie man ein Camp wie Kioga führt, und jetzt sieh sie dir an", sagte er. Seine erwachsene Nichte hatte ebenfalls vor einem Jahr den Weg aus New York hierher gefunden. Das Projekt, Camp Kioga zu renovieren, hatte ihrem Leben eine ganz neue Richtung gegeben und eine unerwartete Zukunft geschenkt.

„Aber Olivia hat Connor Davis, der ihr hilft", merkte Daisy an. „Er ist Bauunternehmer. Es ist sein Beruf, Sachen zu reparieren." Sie stieß einen sehnsüchtigen Seufzer aus. „Außerdem sind sie das perfekteste Paar aller Zeiten."

Greg ließ das unkommentiert. Am Ende des Sommers würden Olivia und Connor im Camp Kioga heiraten, und dieses Ereignis hatte sich zum größten Bellamy-Familientreffen seit der Goldenen Hochzeit seiner Eltern im letzten Jahr entwickelt. Verwandte und Freunde würden von überallher kommen, und viele von ihnen hatten vor, im Inn am Willow Lake zu übernachten. Er wünschte Olivia und Connor natürlich alles Gute, aber als perfektes Paar betrachtet zu werden hatte auch seine Nachteile – man musste zum Beispiel versuchen, dem Bild zu entsprechen, das sich andere Menschen über einen machten. Er und Sophie waren auch als perfektes Paar bezeichnet worden, trotz der etwas übereilten Umstände ihrer Hochzeit.

Er hoffte, dass Olivia mehr Glück beschieden war als ihm.

Daisy rutschte unruhig auf ihrem Stuhl hin und her und verschränkte die Arme vor dem Bauch. „Ich will dich was fragen, Dad."

„Sicher, was immer du willst." Innerlich wappnete er sich jedoch gegen das, was auch immer jetzt kommen mochte.

„Der Kurs fängt in ein paar Wochen an, und ich dachte …" Ihre Stimme verebbte. Daisy stand auf und rieb sich das Kreuz.

Als sie sich umdrehte, betonte das hereinfallende Abendlicht die Kugel ihres Bauchs.

In diesem Moment sah Greg seine Tochter wie durch zersplittertes Glas. Die Illusion, das sie immer noch seine kleine Tochter war, zerfiel in Millionen Stücke. Sogar jetzt, nachdem er monatelang Zeit gehabt hatte, sich an die Vorstellung zu gewöhnen, war er vom Anblick ihrer hochschwangeren Silhouette irgendwie schockiert. Sie war ein ganzes Bündel von Gegensätzen. Die vorzeitige Reife ihres Körpers passte nicht zu ihren immer noch weichen, leicht kindlichen Gesichtszügen. Sie hatte ihre Fingernägel in einem lebhaften Dunkelrot angemalt und trug eine zerrissene Jeans und eine Bluse, die weich über ihren dicken Bauch fiel. Sie war kleines Mädchen, Teenager und erwachsene Frau in einem. Und sie sah ihn mit einem Blick so voller Hilflosigkeit und Vertrauen an, das Greg sich nicht sicher war, ihn verdient zu haben. Sie war sein *Kind*. Und mit achtunddreißig fühlte er sich noch nicht bereit, Großvater zu werden.

Hör auf, warnte er sich. Er hatte in dieser Sache keine Wahl. Bedauern und „Was wäre wenn"-Fragen brachten ihn nicht weiter. „Du hast was gedacht?", hakte er nach.

„Könntest du mein Coach sein?", fragte sie. „Für den Geburtsvorbereitungskurs und fürs Krankenhaus?"

Ihr Coach? Der Mann, der im Kreißsaal ihre Hand hielt? Nein, dachte Greg und unterdrückte eine dunkle Vorahnung. Auf gar keinen Fall. In einer Million Jahren könnte er nicht derjenige sein, der zusah, wie seine Tochter ein Kind bekam.

„Mein Arzt sagt, es sollte jemand sein, dem ich vertraue und bei dem ich mich sicher fühle." Sie hielt inne und biss sich auf die Unterlippe. Er hatte diesen Ausdruck bei ihr über die Jahre schon tausend Mal gesehen. „Und das bist du, oder?"

„Aber ich … ich bin ein Mann", sagte er lahm. Ein verängstigter, überforderter Mann, der sich nicht zutraute, im Kreißsaal nicht in Ohnmacht zu fallen oder einen Notfall zu überstehen. Ein Kerl, der sich lieber einer Wurzelbehandlung unterziehen würde, als zuzusehen, wie seine Tochter ein Kind gebar. Das kam ihm auf so vielen Ebenen falsch vor, dass er nicht einmal wusste, wo er anfangen sollte.

„Was ist mit deiner Mutter?", fragte er. Wie immer arbeitete sein Mund schneller als sein Gehirn.

Daisys Gesichtsausdruck fror ein, und auch wenn sie es sicher nicht gerne hören würde, sah sie in diesem Moment aus wie Sophie. Sie hatten beide diese majestätische, vernichtende Ausstrahlung und konnten mit einem Blick dafür sorgen, dass man sich ganz klein fühlte.

„Was soll mit ihr sein?", fragte Daisy. „Der Kurs dauert sechs Wochen. Meinst du, sie unterbricht ihr Leben und schlägt für sechs Wochen ihre Zelte in Avalon auf?"

Sophie lebte in Den Haag, wo sie als Anwältin am Internationalen Strafgerichtshof arbeitete. Sie kam einmal im Monat in die Staaten, um die Kinder zu sehen. Nach der Scheidung hatte Sophie darauf bestanden, dass Daisy und Max bei ihr lebten. Doch beide Kinder waren, immer noch traumatisiert von dem Zusammenbruch ihrer Familie, nach wenigen Wochen zurückgekehrt und hatten verlangt, bei Greg bleiben zu dürfen. Er machte sich nicht vor, dass er das beliebtere Elternteil war. Es war nur so, dass das Leben, das er ihnen hier in den Staaten bieten konnte, besser war für diese beiden verlorenen, verletzten Kinder. Also musste Sophie sich jetzt mit den monatlichen Besuchen und mit Telefonaten und E-Mails zufriedengeben. Die Situation war traurig und unangenehm, und Greg konnte nicht sagen, ob die Kinder ihrer Mutter inzwischen vergeben hatten oder nicht. Er nahm an, sein Job war es, in dieser Situation neutral zu bleiben.

Daisy machte eine Geste, die das ganze Haus einschloss. „Wird Mom bei uns leben? Oh ja, das würde ihr prima gefallen."

„Mir gehört ein Hotel", sagte Greg. „Wir könnten ihr die Guinevere-Suite geben." Wie viele Einrichtungen in Avalon hatte auch das Inn am Willow Lake die Artussage als Thema und einige Zimmer nach Charakteren der alten Legende benannt.

„Guinevere. War das nicht die, die ihren Mann mit seinem besten Freund betrogen hat?", fragte Daisy schelmisch.

„Das ist nie bewiesen worden. Die Franzosen haben das später dazugedichtet." Greg fühlte eine seltsame Solidarität mit seiner Exfrau. Vielleicht aufgrund von Daisys Situation – unverheiratet und schwanger, die monumentale Aufgabe vor sich, alleinerziehende Mutter zu sein. Trotz seiner Differenzen mit Sophie war er mit ihr einer Meinung, dass Daisy alle Unterstützung und Hilfe brauchte, die sie nur geben konnten. „Ich bin sicher, sie würde sich geehrt fühlen, dein Coach zu sein."

„Und du nicht?"

„Liebes, natürlich. Aber ich bin …" *Verdammt.* „Es wäre nicht …" Er hielt inne, stand auf und ging unruhig auf und ab. Er suchte nach den richtigen Worten, um zu beschreiben, wie es wäre, seiner Tochter bei der Geburt des eigenen Enkelkindes beizuwohnen. „Komisch", schloss er schließlich. Und das war noch milde ausgedrückt.

„Hör zu, es ist nur ein Kurs. Wir lernen alles über den Prozess der Geburt, auf welche Anzeichen wir achten sollen und was zu tun ist, wenn es losgeht. Und im Kreißsaal ist alles verhängt, du wirst nur von der Taille aufwärts mit mir zu tun haben. Vielleicht meine Hand halten und mit mir reden, mir Eiswürfel anreichen und so. In dem Video, das der Arzt mir gezeigt hat, sah das nicht nach einer großen Sache aus."

„Wenn man davon ausgeht, dass es alles so verläuft wie auf dem Video."

„Okay, gut", sagte sie. „Wie auch immer. Man kann das auch ohne Coach machen."

„Ja, klar, als wenn ich zulassen würde, dass du das alleine durchstehst." Greg hakte die Daumen in die hinteren Taschen seiner Jeans und stellte sich ans Fenster. Doch er sah nur Erinnerungen an die Geburt seines eigenen Kindes. Er war bei Daisys Geburt nicht dabei gewesen, natürlich nicht, dank der Art, wie Sophie die ganze Sache manipuliert hatte. Aber er war bei Max dabei gewesen. Er erinnerte sich an die lange Nacht, die grellen Lichter, die Schmerzen und die Panik und die Freude. Gott, es kam ihm vor, als wäre das erst gestern gewesen.

Er wandte sich wieder Daisy zu – seine Tochter, sein Herz. „Ich mache es."

„Du machst was?", fragte Max, der gerade aus der Küche hereinkam, die Schnürsenkel offen, seinen Rucksack hinter sich herschleifend. Er aß mal wieder. Natürlich. Das Abendessen war ja auch schon eine halbe Stunde her. Max, der den Appetit eines hypermetabolischen Monsters in einem Science-Fiction-Film hatte, hatte sich angewöhnt, mehrmals pro Stunde nachzutanken. Im Moment aß er ein Pop Tart, eiskalt und direkt aus der Verpackung.

„Ich werde der Geburtscoach für deine Schwester sein", sagte er. „Was hältst du davon?"

„Ich denke, du hast sie nicht mehr alle." Max schüttelte sich.

„Gott, und ich hatte vor, dich auch einzuladen, Max", sagte Daisy. „Dich an meiner Seite, meine Hand haltend, das hätte mir so viel bedeutet."

„Es hätte bedeutet, dass du auch noch den Rest deines Verstandes verloren hast. Igitt." Er schüttelte sich noch einmal.

Greg biss die Zähne zusammen. Obwohl sie schwanger war,

kabbelte Daisy sich immer noch wie eine Drittklässlerin mit ihrem Bruder. Auch wenn es ihn einige Mühe kostete, wusste er, dass er sich besser nicht einmischte, wenn die beiden aufeinander losgingen. Das Gezicke hörte normalerweise von alleine auf, und ab und zu schien es seltsamerweise sogar zu helfen, die Spannung abzubauen, die zwischen ihnen allen manchmal herrschte.

Mit einem älteren Bruder und zwei älteren Schwestern verstand er die Dynamik von geschwisterlichen Beziehungen nur zu gut. Am besten war es, sich zurückzuhalten und abzuwarten, bis es vorbei war. Es fiel ihm erstaunlich leicht, die beiden auszublenden, während sie sich über alles stritten, was ihnen einfiel, von der Art, wie Max das Pop Tart aß über die anstehende Hochzeit ihrer Cousine Olivia, bei der Daisy Brautjungfer und Max Platzanweiser sein würde.

„Du weißt schon, dass du noch Tanzstunden nehmen musst", erzählte Daisy ihrem Bruder gerade mit einem zufriedenen Lächeln.

„Besser als Geburtsstunden", gab der zurück. „Du wirst die dickste Brautjungfer der Welt sein."

„Und du der bekloppteste Onkel der Welt. Der komische Onkel Max. Ich werde dem Baby beibringen, dich so zu nennen."

Greg nahm an, wenn seine Kinder einander überlebten, würde sie auch alles andere überleben. Er ließ sie mit ihrem Streit allein und ging in sein Büro, um nach den E-Mails zu sehen. Es gab eine neue Nachricht von Brooke mit einem nichtssagenden Betreff: Danke für heute …

Er musste sie nicht einmal anklicken, um zu wissen, wie der Rest der Nachricht lauten würde: … *lass uns sichergehen, dass wir so etwas in nächster Zeit nie wieder machen.* Vermutlich würde sie es nicht so offen aussprechen, aber er hatte zu spät herausgefunden, dass Brooke Harlow an ihm als Kunden, nicht aber als Partner interessiert war. Das war zumindest seine Schlussfolgerung des heutigen Tages. Nach dem Bootsfiasko war sie viel zu versessen darauf gewesen, mit dem lahmarschigen Bankdirektor das Weite zu suchen.

Die Begegnung mit Nina heute hatte sein Selbstbewusstsein stark erschüttert. In was zum Teufel ritt er sich da nur hinein? Nein, Greg war glücklich mit der Transaktion, und das reichte ihm völlig. Er wusste, dass es katastrophal werden könnte – lange Arbeitszeiten, Herausforderungen, die hinter jeder Ecke lauerten. Andererseits könnte es die zweite Chance werden, die er für seine Familie brauchte. Ein Unternehmen, bei dem er nicht weit weg von zu Hause war, Kinder, die sich ins Familienleben einbrachten, anstatt ihm aus dem Weg zu gehen. Er zuckte innerlich zusammen, als er an das Ende seiner Ehe dachte, als er und Sophie aufgehört hatten, für die Kinder so zu tun, als wäre alles in Ordnung. Die beiden hatten sie sowieso schon längst durchschaut. Ihre Unzufriedenheit war wie eine Krankheit, die die gesamte Familie infiziert hatte. Sie hatten sich böse Wortgefechte geliefert, die meist mit zuknallenden Türen endeten und darin, dass sie alle vier sich aus dem Weg gingen. Schließlich hatten Greg und Sophie es mit einer Trennung auf Probe versucht. Es war eine Erleichterung gewesen, sicher, aber dafür hatte diese neue Konstellation ganz anderen Problemen Tür und Tor geöffnet.

Greg gab sich die Schuld daran, nicht erkannt zu haben, wie sehr die Scheidung Daisy mitgenommen hatte. Wenn er es bemerkt hätte, wäre Daisy vielleicht nicht zu diesem Partywochenende nach Long Island gefahren und nicht schwanger geworden. Nun ja, zumindest nicht so früh.

Er hatte seine gesamte Ehe damit verbracht, auf die Katastrophen zu warten und sich ihnen dann zu stellen. Er war entschlossen, das zu ändern. Das Inn zu kaufen fühlte sich richtig an, und er konzentrierte sich jetzt völlig darauf, es zum Erfolg zu führen.

Ein leises Piepen sagte ihm, dass eine neue E-Mail gekommen war. Er schaute auf den Bildschirm und blinzelte verwirrt, als er sah, von wem sie stammte. Nina Romano. Der Betreff lautete: Wir müssen reden.

Sieh an, dachte er. *Sieh an.*

Nina sah ihre beste Freundin Jenny an und dann wieder auf den Bildschirm. „Ich habe gerade Senden gedrückt. Ich kann nicht glauben, dass ich gerade Senden gedrückt habe."

„Das ist der beste Weg, damit er deine Nachricht auch bekommt."

„Aber ich habe meine Meinung geändert." Mit finsterer Miene starrte sie auf den Monitor. Sie wünschte, es gäbe eine Möglichkeit, in den digitalen Äther zu tauchen und die E-Mail zurückzuholen.

Sie und Jenny saßen in Ninas Büro. Es war kein richtiges Büro, sondern eine kleine Nische in ihrem Schlafzimmer, in der ihr Computer auf einem kleinen Tischchen stand. Alles in dem Haus war klein, einschließlich des Schecks, den sie jeden Monat ihrem Onkel Giulio gab. Sie wohnte in dem einfachen, unordentlichen Häuschen, seit Sonnet klein war und sie selber versucht hatte, Schule und Arbeit und Muttersein unter einen Hut zu bringen. Zum Glück hatte sie eine sehr liebevolle und unterstützende Familie, aber jetzt wollte sie es endlich mal alleine schaffen. Sie dachte wieder an das Angebot von Greg Bellamy. *Auf gar keinen Fall.*

„Du hast doch nur gesagt, dass du noch einmal über das Inn sprechen möchtest", beruhigte Jenny sie. „Das ist ja nicht so, als wärst du eine lebenslange Verpflichtung eingegangen."

Ninas Brust schmerzte, und ihr fiel auf, dass sie die Luft angehalten hatte. Sie atmete aus. „Er wird es als Zeichen der Schwäche ansehen. Er denkt, ich komme ins Wanken."

„Das kommst du ja auch", bemerkte Jenny. „Und das ist gut. Es zeigt, dass du der Situation offen gegenüberstehst."

„Ich kann nicht glauben, dass du mir nicht erzählt hast, was hier los ist, während ich weg war."

„Ich wusste es nicht. Und selbst wenn, wäre es komplett sinnlos gewesen, dir deswegen deine Reise mit Sonnet zu verderben."

Sie hatte recht. Es hätte ihr die Reise verdorben, ihre wertvolle Mutter-Tochter-Zeit. „Tut mir leid", sagte sie. „Es war nicht deine Aufgabe, mich auf dem Laufenden zu halten. Er sieht sich vermutlich schon nach jemand anderem um. Ich wette, er wird nicht einmal anrufen."

In dem Moment klingelte das Telefon auf dem Tisch, und beide Frauen zuckten zusammen. Nina nahm den Hörer auf und schaute auf die angegebene Nummer. Der Name *Bellamy, G.* starrte ihr entgegen.

„Oh Gott. Das ist er."

„Dann geh ran", schlug Jenny vor.

„Auf gar keinen Fall. Eher sterbe ich."

„Dann tu ich es." Jenny schnappte sich das Telefon.

Nina wollte es ihr wieder entreißen, verfehlte es aber.

Jenny drückte auf den Knopf. „Bei Romano, Jenny McKnight am Apparat. Oh, hallo, Greg."

Nina ließ sich in einem hilflosen Haufen auf den Boden sinken.

„Mir geht es gut, danke", sagte Jenny freundlich. „Rourke auch", fügte sie dann hinzu.

Natürlich geht es ihr gut, dachte Nina. Sie war mit der Liebe ihres Lebens verheiratet und hatte gerade erst einen Verleger gefunden, der ihr Buch veröffentlichen wollte. Ihre Erinnerungen an das Aufwachsen in einer polnisch-amerikanischen Bäckerei. Natürlich ging es ihr beschissen gut.

Jenny plauderte angeregt mit Greg über seine Kinder, deren Cousine sie zufällig war, auch wenn sie das noch nicht sehr lange wusste. Jennys Verwandtschaft mit den Bellamys war erst letztes Jahr ans Licht gekommen. Sie war aufgewachsen, ohne zu wissen, wer ihr Vater war. Im letzten Sommer hatte sie dann erfahren, dass es eine tragische Liebesgeschichte zwischen ihrer Mutter, Mariska, und ihrem Vater, Philip Bellamy, gegeben hatte, der wiederum Gregs älterer Bruder war. Damit war Greg ihr Onkel. Sie hatten sich erst vor Kurzem kennengelernt, aber als sie Jenny jetzt so mit ihm plaudern hörte, fragte sich Nina, ob Blut tatsächlich dicker als Wasser war.

„Ja, sie ist da", sagte Jenny in dem Augenblick.

Die Verräterin. Nina wäre beinahe aus der Haut gefahren. Mit nichtverbaler italo-amerikanischer Eloquenz fragte sie Jenny: *Willst du heute noch sterben?*

„Aber sie kann gerade nicht ans Telefon kommen. Ich sorge aber dafür, dass sie dich zurückruft. Das ist ein Versprechen."

Scheinbar ungerührt von Ninas Wut legte Jenny auf. „Gute Neuigkeiten", sagte sie. „Er hat noch keinen anderen gefunden."

„Woher weißt du das? Hat er was gesagt?"

„Natürlich hat er nichts gesagt. Das geht mich auch nichts an."

„Woher weißt du dann, dass er sich noch nicht seinem nächsten Opfer zugewendet hat?"

„Wenn du mir nicht glaubst, ruf ihn doch selber an." Jenny streckte ihr das Telefon hin.

Nina zuckte zurück. „Ich brauche einen Drink."

„Dabei kann ich behilflich sein." Jenny ging mit der Selbstverständlichkeit einer guten Freundin voran in die Küche. Dort öffnete sie eine Schranktür und holte eine Flasche lieblichen Rotwein heraus. „Der passt hervorragend zu den Biscotti, die ich dir aus der Bäckerei mitgebracht habe.“ Obwohl die Sky River Bakery polnische Wurzeln hatte, gab es auf der Karte auch eine Auswahl an italienischen Spezialitäten, inklusive der Cantucci Biscotti, die zugegebenermaßen besser waren als alles, was die Romano-Frauen je gebacken hatten. In den süßen Wein gestippt, ließen sie Nina ihre Sorgen für ungefähr zwanzig Sekunden vergessen.

„Also, wie hat er geklungen“, wollte sie von Jenny wissen.

„Du hast doch heute schon mit ihm gesprochen, oder?“

„Nein, ich meine, klang er versöhnlich? Genervt?“

„Er klang wie ein Bellamy – du weißt schon, Privatschule in Manhattan, Ivy League College und all das.“ Jenny macht den Akzent perfekt nach und lachte dann über sich. „Manchmal kann ich immer noch nicht glauben, dass ich mit diesen Leuten verwandt bin.“ Dieses leichtherzige Eingeständnis strafte die Tortur Lügen, die Jenny nach der Entdeckung ihrer Verbindung zur Familie Bellamy durchgemacht hatte.

„Sie haben dich nicht verändert“, rief Nina ihr in Erinnerung, „und das ist gut so. Weißt du noch, wie wir uns als Teenies immer über die Sommergäste lustig gemacht haben?“ Als Mädchen hatten sie und Jenny immer die Leute beobachtet, die in den Sommerferien vor der drückenden Hitze der Stadt an die kühlen Ufer des Willow Lake geflohen waren. Sie hatten sich über die weiße Tenniskleidung und die glatten, seidigen Haare der Mädchen lustig gemacht und darüber, dass sich Dienstboten um die Kinder kümmerten. Doch Nina und Jenny hätten niemals zugegeben, dass der wahre Grund für ihre Lästereien pure Eifersucht gewesen war.

„Lass aus dieser Sache mit Greg keinen Kleinkrieg entstehen“, warnte Jenny sie.

„Ich war vier Jahre lang Bürgermeisterin dieser Stadt", erwiderte Nina. „Ich bin gut in Kleinkriegen."

„Das würde mich aber in eine unangenehme Lage bringen", wandte Jenny ein. „Ich müsste deine Partei ergreifen, und das könnte meine Beziehung zu Philip belasten."

Auch wenn er ihr Vater war, nannte Jenny ihn Philip und wahrte so eine leicht formelle Distanz zwischen ihnen. Nina verspürte ein wenig Mitleid mit ihrer Freundin. Von Sonnet wusste sie, wie schwer es war, ohne Vater aufzuwachsen. Nina kam aus einer großen, lauten Familie. Wie sich herausstellte, war sie viel zu schnell erwachsen geworden, aber das war nicht deren Fehler.

Sie versuchte sich vorzustellen, wie es für Jenny gewesen sein musste, eines Tages aufzuwachen und diese ganz neue Seite an sich zu entdecken. Das war, als würde Nina herausfinden, dass sie blaues Blut hätte.

Sobald ihre Tochter alt genug gewesen war, es zu verstehen, hatte sie ihr von ihrem Vater erzählt. Es hatte keine Geheimnisse, keine Verschleierungen geben. Nina hatte versucht, Sonnet in der Sicherheit aufwachsen zu lassen, dass sie geliebt und gewollt war. Auch wenn ihre Eltern nicht zusammen waren, hatte sie eine Mutter und einen Vater, die sie beide anbeteten.

Ich hoffe für ihn, dass er sie anbetet, dachte sie. Er hatte viel nachzuholen. Wegen der Konzentration auf seine Karriere beim Militär hatte Laurence Jeffries in Sonnets Leben keine große Rolle gespielt. Ihre Beziehung bestand darin, dass er regelmäßig Unterhalt zahlte und einmal im Jahr kam, um Sonnet zu besuchen. Jetzt, auf der Schwelle zum Erwachsenwerden, wollte Sonnet mehr über ihren Vater wissen. Also hatte sie die Gelegenheit mit dem Sommerpraktikum ergriffen.

„Wie auch immer", sagte Nina. „Ich will nicht, dass die Dinge zwischen Philip und dir meinetwegen unangenehm werden."

„Es ist schon komisch genug, wie es ist, aber wir kommen damit zurecht. Wir haben ja auch keine andere Wahl, mit Olivias anstehender Hochzeit und allem. Was mich zu dem eigentlichen Anlass meines Besuchs bringt." Jenny öffnete den Reißverschluss des Kleidersacks, den sie mitgebracht hatte, und verschwand damit übertrieben dramatisch im Schlafzimmer.

„Die Kleider der Brautjungfern sind heute gekommen", rief sie durch die Tür. „Ich wollte, dass du die Erste bist, die mich darin sieht." Um die fehlenden High Heels zu simulieren, kam sie auf Zehenspitzen aus dem Zimmer. Die Haare hielt sie im Nacken hoch. Nina keuchte laut auf. Das Kleid war der Wahnsinn – eine lange, fließende Robe aus fliederfarbener Charmeuse. Ihre Freundin in diesem zarten Traum aus Stoff zu sehen, weckte ganz ungewohnte Gefühle in Nina.

Jenny bemerkte es sofort. „Jetzt werd mir nur nicht sentimental."

„Ich kann nicht anders. Du siehst aus wie Aschenputtel."

„Hey, in der Bellamy-Familie *bin* ich Aschenputtel. Also gefällt dir das Kleid?"

„Ich liebe es."

„Ich auch. Olivia hat wirklich einen ausgezeichneten Geschmack." Olivia Bellamy, die Braut, war auch Philips Tochter. Als ihre neu entdeckte Halbschwester war Jenny die Ehre zuteilgeworden, als Trauzeugin zu fungieren. Jenny fing gerade erst an zu lernen, was es hieß, eine Bellamy zu sein. Die Hochzeit war ein Ereignis für die ganze Familie und bereits das Stadtgespräch von Avalon.

Nina blinzelte und räusperte sich. „Erinnerst du dich noch, als wir klein waren und ganz genau wussten, wie unsere Hochzeit mal sein sollte?"

Jenny lachte. „Na klar. Wäre das Feuer nicht gewesen, hätte ich unsere Notizbücher noch, in die wir alle unsere Pläne geschrieben hatten.“ Jenny hatte beinahe alles, was sie besaß, bei einem Brand ihres Hauses im letzten Winter verloren. Die Art, wie sie ihr Leben wieder aufgebaut und weitergemacht hatte, war eine Inspiration für Nina.

„Wir wollten mit einer Doppelhochzeit heiraten“, erinnerte sich Nina und ließ ihre Gedanken in die Vergangenheit schweifen. Sie und Jenny hatten immer auf Jennys Bett mit dem Chenille-Überwurf gesessen und ihre Hochzeit besprochen.

„Ja, eine Doppelhochzeit mit Rourke und Joey. Beste Freunde heiraten beste Freunde. Es war alles so ordentlich und nett, nicht wahr?“ In Jennys Stimme schwang ein leichter Unterton mit, eine wehmütige Zuneigung zu den Mädchen, die sie einmal gewesen waren, und Bedauern für all das, was passiert war, seitdem sie diese Träume geträumt hatten.

„Als Musik hatten wir uns die größten Hits von Bon Jovi und Heart ausgesucht“, sagte Nina. „Und die Kleider – guter Gott, wir haben so viele verschiedene Versionen davon gezeichnet. Meterweise fuchsiafarbener Lurex mit Puffärmeln. Und die Brautkleider, die nicht von dieser Welt waren.“ Sie lachte, als sie sich erinnerte, wie sie jedes noch so kleine Detail geplant hatten. Von den Gelübden, die sie aufsagen würden – ein Gedicht von E.E. Cummings, was sonst – bis zum Menü beim Empfang – Makkaroni und Käse, gegrilltes Hähnchen und Donuts aus der Sky River Bakery. Nach ihren Doppel-Flitterwochen – natürlich auf Hawaii – würden sie sich Häuser direkt nebeneinander bauen. Nina würde das Inn am Willow Lake leiten, während Jenny den großen amerikanischen Roman schrieb.

„Daran habe ich schon seit Jahren nicht mehr gedacht“, sagte Nina. „Wir hatten eine ganz schön blühende Fantasie, was?“ Wenn sie sich ganz stark anstrengte, konnte sie sich an die Kinder erinnern, die sie einmal gewesen waren, bevor alles passiert war. Sie waren so voller Hoffnungen und Träume gewesen, und alle Ziele schienen vollkommen und ohne Zweifel erreichbar zu sein. „Für uns ist nichts nach Plan gelaufen, oder?", fügte sie hinzu.

Jenny lächelte und strich über den glatten Stoff des Kleides. „So etwas Gutes hätte ich nie planen können. Und du könntest das Gleiche von dir sagen. Immerhin hast du Sonnet bekommen, was einem Sechser in der Töchterlotterie entspricht."

Das konnte Nina nicht bestreiten. „Stört es dich, dass Olivia diese große Hochzeit bekommt?", frage sie ihre Freundin.

„Guter Gott, nein." Jenny winkte ab. „Philip hat es angeboten – hab ich dir das nicht erzählt? Er hat gesagt, er würde für jede Hochzeit bezahlen, die ich mir wünsche." Sie grinste. „Sein Glück, dass ich nur einen kurzen Gang zum Altar ohne großes Brimborium und eine Hochzeitsreise nach St. Croix wollte. Und ich muss dir sagen, für Rourke und mich war es perfekt. Und ich bin sicher, dass du dich noch erinnerst, was für ein großartiges Kleid ich hatte."

„Das werde ich nie vergessen", versicherte Nina ihr. Jane Bellamy, Jennys neue Großmutter, hatte darauf bestanden, mit Jenny zu Henri Bendel auf der Fifth Avenue zu gehen, wo sie ein Designer-Cocktailkleid ausgesucht hatten. „Machst du Witze? Niemand in der Geschichte von Avalon wird dieses Kleid jemals vergessen. Du und Rourke, ihr seid ein tolles Paar. Olivia wird die tollste Trauzeugin aller Zeiten haben, die noch dazu aussieht wie ein Covermodel."

Bei ihrem letzten Satz merkte Nina, dass sie einen kleinen Stich der Eifersucht verspürte. Sie ertappte sich dabei, zu denken, dass Jenny *ihre* Trauzeugin sein sollte, nicht die von Olivia. Das war jedoch lächerlich. Um eine Trauzeugin zu benötigen, müsste sie erst einmal eine Braut sein, und das war nun wirklich das Letzte, wonach ihr der Sinn stand. Es gab vieles, was Nina jetzt wollte, nun wo sie Single und ihr Nest leer war. Aber zu heiraten war sicher nicht dabei. Zumindest nicht in naher Zukunft. Sich zu verlieben? Wer wollte das nicht? Unglücklicherweise konnte sie das nicht so planen, wie man eine Hochzeit plante, indem man einen Organisator engagierte und anfing, das Porzellan auszusuchen.

Jenny drehte ihr den Rücken zu. „Mach mal bitte den Reißverschluss auf. Und dann sprechen wir noch mal über die Sache mit Greg."

„Es gibt keine Sache mit Greg." Der Reißverschluss glitt nach unten.

„Er will dich als Partnerin im Inn. Das würde ich schon eine Sache nennen."

„Er will mich aussaugen und dann beiseiteschieben."

„So ist Greg nicht. Er braucht wirklich Hilfe, um das Hotel wieder zum Laufen zu kriegen. Und er ist klug genug zu wissen, dass du die Beste für den Job bist."

„Ich verstehe es nur nicht. Es gibt hundert Gelegenheiten in Avalon, ein Geschäft zu eröffnen. Genau gesagt waren es einhundertundzwölf, als ich das letzte Mal nachgeschaut habe. Und ich habe nachgeschaut." Als Bürgermeisterin war es eine von Ninas Prioritäten gewesen, eine Seite des Internetauftritts der Stadt für die Ankündigung von Geschäfts- und Firmengelegenheiten zu nutzen, um Investitionen anzuziehen. „Warum musste er sich das Einzige aussuchen, was ich haben wollte?"

Jenny zog ihr T-Shirt über. „Ihr zwei wolltet das Gleiche. Vielleicht ist das ein Zeichen."

„Ja, klar."

„Ich weiß nicht, warum du deswegen so niedergeschlagen bist. Du warst doch auch bereit, das Inn im Auftrag der Bank zu leiten. Greg bietet dir beinahe den gleichen Deal an, nur will er dir ein höheres Gehalt zahlen und bietet dir bessere Konditionen."

„Das ist etwas komplett anderes. Die Bank hätte mir das Objekt verkauft, sobald ich mich für einen Kredit qualifiziert hätte. Die Möglichkeit hat Greg mir jetzt genommen."

„Hast du ihm das gesagt?"

„Was, um noch mitleiderregender dazustehen? Nein, danke."

„Nina, sei ehrlich mit mir – und mit dir. Hast du wirklich gedacht, die Vermögensabteilung der Bank hätte gewartet, bis du dich für ein kleines Geschäftsdarlehen qualifiziert hättest?"

Wie die meisten Förderprogramme der Regierung gingen die Uhren auch bei der Abteilung für kleine Geschäftsdarlehen sehr langsam. Man hatte Nina gesagt, dass der Prozess Monate, sogar ein Jahr dauern könnte. „Mr. Bailey hätte gewartet. Ich bin sicher, dass er angenommen hat, seine Nachfolgerin würde das Gleiche tun. Sie heißt Brooke Harlow, und ich glaube, Greg trifft sich mit ihr. Kuschelig, was?"

„Zieh keine voreiligen Schlüsse. So ist es für dich auf jeden Fall besser", versuchte Jenny vernünftig zu argumentieren. „Vielleicht gefällt es dir gar nicht und du willst aufhören. Vielleicht gefällt es Greg nicht und er will raus."

„Und was ist, wenn es sich für uns beide als genau das herausstellt, wovon wir immer geträumt haben? Dann endet es damit, dass wir beide Pläne schmieden, uns gegenseitig umzubringen."

„Oder ihr macht eine permanente Sache daraus." Jenny wackelte vielsagend mit den Augenbrauen.

„Denk nicht mal dran."

„Warum nicht? Olivia hat mir viel von ihm erzählt. Er ist der jüngste ihrer Onkel und zwölf Jahre jünger als Philip, womit er … achtunddreißig ist. Er ist Single. Er ist ein Bellamy. Er ist einfach ein guter Fang."

„Er hat einen halbwüchsigen Jungen, und sein erstes Enkelkind ist unterwegs." Nina hatte nichts gegen schwangere Teenager. Sie war ja selber Mitglied in dem Club.

„Eine große Familie ist ein Segen", sagte Jenny. „Du solltest das am besten wissen, Miss ‚Mittleres Kind von Neunen'."

Nina widersprach ihr nicht, auch wenn ihr tausend Einwände einfallen würden. Sie verstand, dass Jenny eine sehr einsame Kindheit gehabt hatte. Ihr Vater war ein Phantom gewesen, ihre Mutter war einfach abgehauen und hatte Jenny bei ihren Großeltern in dem ruhigen, ordentlichen Haus in der Maple Street zurückgelassen.

„Vielleicht", sagte Nina. „Aber ganz auf mich allein gestellt zu sein hat auch seine Vorteile. Das war ich noch nie. Ich muss mich das erste Mal in meinem Leben ganz alleine nur um mich kümmern. Ich will herausfinden, wer ich bin, wenn ich nicht jemandes Tochter oder Sonnets Mutter bin."

„Das verstehe ich. Du verdienst die Chance, das herauszufinden. Ich bin sicher, dass Greg es auch versteht. Er hat dir ein geschäftliches Angebot gemacht, keinen Heiratsantrag."

„Ja, Gott behüte, dass ich so einen kriegen sollte."

„Hey, du bist diejenige, die als Single leben will." Jenny lächelte. „Komm schon, Nina. Das könnte für dich eine großartige Gelegenheit sein."

„Oh Mann, jetzt fängst du auch damit an."

„Womit?"

„Diesem geheimnisvollen ‚ich bin eine verheiratete Frau, also weiß ich was, was du nicht weißt'. Das kann ich nicht ausstehen."

„Ich mache überhaupt nichts in der Art."

„Tust du wohl. Sieh dich nur an. Du bist so … *glücklich*."

„Und was genau willst du mir damit sagen?"

„Nur weil die Ehe *dich* glücklich macht, bedeutet das nicht, dass sie auch das ist, was *ich* brauche."

„Ich weiß. Was du brauchst, ist, das Inn am Willow Lake zu leiten. Und um nichts anderes geht es auch in unserer Unterhaltung."

„Na gut. Weißt du was? Vielleicht hast du recht. Greg hat keine Ahnung, auf was er sich da eingelassen hat. Ich schon. Er wird den Sommer nicht überstehen – denk an meine Worte."

„Du hast doch nicht vor, gegen ihn zu intrigieren, oder?", fragte Jenny.

„Das wird nicht nötig sein. Er wird von ganz alleine versagen."

„Unter deiner Leitung?" Jenny sah sie skeptisch an.

„Siehst du, das ist das Dilemma." Nina trank ihren Wein aus und goss sich noch ein Glas ein. „Es ist verrückt. Auf die eine oder andere Weise ist Greg Bellamy seit wir Kinder waren ein Stachel in meinem Fleisch."

2. TEIL

Damals

Die Galahad-Suite ist nach Sir Galahad aus der gleichnamigen Legende benannt, der für seine Lauterkeit und seinen Edelmut bekannt war. Hoch oben im Haupthaus gelegen, zollt der Raum der umliegenden Natur des Inns seine Hochachtung. Er ist ausgestattet mit einem handgeschnitzten Bett aus Birkenholz, das kleine Vogelhäuser zieren, Geweihlampen und antiken Drucken des präraffaelitischen Malers Dante Gabriel Rossetti.

In jedem Zimmer stehen frische Blumen. Ein Kupferpenny und eine Aspirintablette im Wasser halten die Sträuße länger frisch. Das Kupfer wirkt als Fungizid, und das Aspirin führt dem Wasser Säure zu. Die bekannte Floristin, Autorin und Sozialreformerin Constanze Sprey erinnerte uns: „Wenn Sie einen Strauß zusammenstellen, lassen Sie immer ausreichend Platz zwischen den einzelnen Blumen, um einen gedrängten Eindruck zu vermeiden. Man sollte Raum für Schmetterlinge lassen."

4. Kapitel

Nina schob alle ihre Probleme auf einen Jungen namens Greg Bellamy. Das war reichlich irrational, alleine schon deshalb, weil er überhaupt nicht wusste, dass Nina existierte. Vielleicht war das das größte Problem von allen.

Als sie ihn das erste Mal getroffen hatte, war sie mit ihrer besten Freundin Jenny Majesky zum Camp Kioga hinaufgefahren. Die einstige Bungalow-Kolonie für die reichen Familien aus der Stadt war nun ein schickes Sommercamp für deren Kinder. Nicht, dass Nina hier jemals campen oder sonst was tun würde.

Nein, sie fuhr die Uferstraße am See zum historischen, exklusiven Sommercamp in einem Bäckereilieferwagen hinauf. Der Wagen gehörte Jennys Großeltern, und die Mädchen halfen Waren auszuliefern. Jennys Großvater ließ sie das Radio so laut stellen, wie sie wollten, denn er hörte schlecht. Und so wehten Metallica und eine köstliche Brise mit gleicher Kraft durch die geöffneten Fenster des Wagens. Nina atmete tief den grünen Geruch des Waldes ein und versuchte sich vorzustellen, wie es wäre, hier ein Camper zu sein. Langweilig, dachte sie abwehrend. Dennoch kam ihr die Vorstellung zu gut vor, um wahr zu sein: einen ganzen Sommer lang fort von der Familie sein und mit lauter Freunden in einer Holzbaracke schlafen. Sie würde nie erfahren, wie das wirklich war, denn Familien wie die ihre schickten ihre Kinder nicht ins Sommercamp.

Außerdem, rief sie sich in Erinnerung, waren Sommercamps nur für Leute, die zu viel Geld und zu wenig Fantasie hatten.

Das sagte Pop zumindest immer. Die Leute wussten heutzutage nicht, wie man die eigenen Kinder mit in den Urlaub nahm, also schickten sie sie ins Sommercamp. Natürlich wussten Nina und ihre acht Geschwister, dass das Pops Art war, dafür zu sorgen, dass sie sich alle besser fühlten. Die Romano-Familie konnte sich kaum Schuhe leisten, geschweige denn einen Urlaub. Pop war Gemeinschaftskundelehrer an der Highschool in Avalon. Er liebte seinen Job, aber mit neun Kindern reichte das Gehalt eines Lehrers nicht sehr weit.

Jeden Sommer engagierte Pop sich in der Politik. Er arbeitete als Freiwilliger für den örtlichen Kandidaten, dem er vertraute – natürlich immer ein Demokrat –, und betrieb den Wahlkampf unermüdlich und mit großer Leidenschaft. Manche Leute kritisierten Pop dafür. Sie sagten, mit so vielen Kindern sollte er lieber bei anderen Leuten Rasen mähen oder Gräben ausheben, um sich ein paar Dollar dazuzuverdienen. Aber Pop blieb davon ungerührt. Er glaubte wirklich, das Beste, was er für seine Familie tun könnte, wäre, die Welt zu verändern, indem er die Kandidaten unterstützte, die seine Ideale teilten.

Ninas ältester Bruder Carmine sagte mal, Pop hätte das Gleiche erreichen können, wenn er gelernt hätte, ein Kondom zu benutzen.

Wenn Ninas Mutter gerade kein Baby bekam – oder stillte oder Windeln wechselte –, arbeitet sie in den Sommerferien im Camp Kioga als Köchin. Sie sagte, die Arbeit mache ihr nichts aus. Für eine so große Anzahl an Menschen zu kochen war etwas, das sie im Schlaf konnte. Dafür bezahlt zu werden war ein netter Bonus. Im Sommercamp bereitete sie drei Mahlzeiten pro Tag für Kinder zu, die vermutlich keine Ahnung hatten, wie es war, jeden Tag die gleichen Schuhe zu tragen, bis sie endgültig zu klein waren, oder die ältere Schwester zu bitten, ihren Namen nicht auf den Ranzen zu schreiben, weil man wusste, dass er im nächsten Jahr einem selber gehören würde, oder für das Schulessen mit den peinlichen blauen Coupons bezahlen zu müssen, die man schnell und verstohlen über den Tresen schob in der Hoffnung, dass das Kind hinter einem in der Schlange es nicht mitbekam.

Nina hatte auch einen Sommerjob, im Inn am Willow Lake, wo sie die Zimmer putzte und die Betten machte. Die meisten Menschen hielten das für nichts Besonderes, aber Nina arbeitete gerne dort. Anders als zu Hause war es ruhig und beinahe feierlich, und nachdem man etwas sauber gemacht hatte, blieb es tatsächlich auch eine Weile so, anstatt sofort von verdreckten Brüdern oder unordentlichen Schwestern wieder verwüstet zu werden. Manchmal hinterließ ihr ein Gast sogar ein Trinkgeld, eine knisternde Fünfdollarnote in einem Umschlag, auf dem „Zimmermädchen" stand.

Jenny stupste Nina an und riss sie damit aus ihrer Träumerei. „Los, gehen wir."

Jennys Großvater ging zu der großen Industrieküche des Camps, in der Ninas Mutter arbeitete. Die Mädchen beeilten sich, ihre Pflicht zu erledigen, damit sie noch ein wenig auf dem Campgelände herumlaufen konnten. Nina fand das schöner als jeden Traum. Ein Wunderland aus grünem Wald und saftigen Wiesen, klaren Flüssen und einem glitzernden See. Das Haupthaus, in dem die Camper gerade mit dem Mittagessen fertig waren, war aus geschälten Baumstämmen im Adirondack-Stil erbaut worden und beherbergte den großen Speisesaal.

„Da sind sie", sagte Jenny und ließ von ihrem Platz auf der Treppe, die zur Küche hinunterführte, ihren Blick über die Gruppe der Camper gleiten. Die verschiedenen Altersgruppen saßen an langen Tischen, von denen das Klappern von Geschirr und das Lachen und Quatschen der Kinder herüberscholl. Jenny konzentrierte sich auf die Gruppe der Zwölf- bis

Vierzehnjährigen. „Ist er nicht unglaublich?", flüsterte sie hingerissen.

Nina konnte nicht sprechen, auch wenn jede Zelle in ihrem Körper *Ja* sagte. Er war unglaublich groß, hatte eine perfekte Haltung, sandfarbene Haare und ein Killerlächeln. Er trug dunkelblaue Camp-Shorts und ein graues T-Shirt, auf dem „Betreuer" stand.

Jenny sah, wohin ihre Freundin schaute und stieß sie mit dem Ellbogen an. „Nicht er, du Doofchen. Das ist Greg Bellamy. Der ist voll alt, schon achtzehn oder so." Sie zeigte auf die jüngere Gruppe. „Ich meine ihn." Ihr bewundernder Blick legte sich auf einen der Camper, einen ruhigen, schlaksigen Jungen, der eingehend seinen Kompass studierte.

„Oh …", sagte Nina. „Der." Sie betrachtete das Objekt von Jennys hingerissener Zuneigung. Ein Sonnyboy namens Rourke McKnight. Jenny hatte ihn vor zwei Sommern das erste Mal getroffen und war seitdem davon überzeugt, dass sie vom Schicksal füreinander bestimmt waren. Schicksal-Schnicksal, dachte Nina.

Ein kleinerer, dunkelhaariger Junge setzte sich neben Rourke. „Joey Santini", sagte Jenny mit zitternder Stimme. „Sie sind die besten Freunde. Ich weiß nicht, welcher von beiden süßer ist."

Ich schon, dachte Nina. Ihr Blick wanderte immer wieder zu dem älteren Jungen. Greg Bellamy. Der Name hallte ihr mit vollem Orchesterklang immer wieder durch den Kopf. Greg Bellamy. Zum einen war der Name Bellamy ein Hinweis darauf, dass er etwas ganz Besonderes war. In diesem Teil des Landes war ein Bellamy zu sein so, wie in Boston ein Kennedy zu sein. Die Leute wussten, wer man war und wer „deine Leute" waren. Man hatte diese Aura von Prestige und Privilegien, ob man sie nun verdiente oder nicht.

„Hey, ihr zwei", rief Ninas Mutter aus der Küche. „Das

Mittagessen ist gerade vorbei. Geht ruhig rauf und holt euch was zu essen."

Jenny blieb scheu auf der Treppe zwischen der Küche und dem Speisesaal stehen.

„Verlegenheit ist reine Zeitverschwendung", murmelte Nina. In ihrer Familie ging man unter, wenn man nicht den Mund aufmachte und sagte, was man wollte. Sie packte Jenny am Arm und zog sie mit sich in den Speisesaal. Am Büfett nahmen sie sich ein paar Sandwiches und etwas zu trinken. Vorsichtig darauf bedacht, ihre Limonade nicht zu verschütten, ging Nina mit ihrem Tablett auf Greg Bellamy zu. Der verschaffte sich gerade einen Überblick über das Angebot auf dem Tisch mit den Desserts, eine reiche Auswahl aus der Bäckerei der Majeskys – Limonenschnitten und Pfirsichküchlein, Walnussbrownies und Obstkuchen. Es war noch ein einziges Stück Kirschkuchen übrig. Wenn es etwas gab, das Nina den süßesten Jungen vergessen ließ, dann war es der Kirschkuchen aus der Sky River Bakery.

Sie griff nach dem Teller. Im gleichen Moment streckte jemand von der anderen Seite des Tisches seine Hand danach aus – Greg Bellamy. Sie schaute auf, und ihre Blicke trafen sich. Diese unglaublich blauen Augen.

Er zwinkerte ihr zu. „Siehst so aus, als wenn wir beide das Gleiche wollen."

Normalerweise war es total albern, wenn ein Junge einem Mädchen zuzwinkerte. Aber nicht bei Greg Bellamy. Bei seinem Zwinkern waren ihr die Knie weich geworden.

„Tut mir leid", sagte sie und warf ihr dichtes schwarzes Haar nach hinten. „Das gehört mir. Ich habe es zuerst gesehen." Zwinkern oder nicht, sie würde nicht nachgeben.

Er lachte. Seine Stimme klang wie geschmolzene Schokolade. „Ich mag Mädchen, die wissen, was sie wollen."

Sie strahlte ihn an. Er mochte sie. Das hatte er sogar laut gesagt. „Ich bin Nina", sagte sie.

„Greg. Besuchst du hier jemanden?" Er sah sie so aufmerksam an, als wäre sie die einzige Person in dem ganzen großen Raum.

„Ja." Das war nicht gelogen. Sie verschwieg lediglich, dass sie die minderjährige Tochter der Campköchin war. Flüchtig überlegte sie, ob das seine Meinung über sie wohl ändern würde. Natürlich, beantwortete sie sich die Frage selber. Das war ja der ganze Grund, warum so was wie „soziale Schichten" in den Vereinigten Staaten überhaupt existierten. Im Camp Kioga waren die Grenzen sehr scharf gezogen, die Snobs gegen die Proleten.

Aber wenn sie anonym blieb, gab es diese Linien nicht.

Sie spürte ein waches Interesse in der Art, wie Greg sie anschaute. Unbewusst richtete sie sich gerade auf. Nina hatte schon immer älter ausgesehen, als sie war. Das lag an der Kombination aus ihren dunklen, lebhaften Gesichtszügen und der körperlich frühen Entwicklung. Auch wenn sie damit gerne prahlte, war ihr Selbstbewusstsein doch nur eine Tarnung dafür, dass sie sich schon immer anders als andere gefühlt hatte. Nicht radikal anders, aber doch ein wenig, denn sie war ein Jahr älter als die anderen Kinder in ihrer Klasse.

Der Grund dafür war beschämend. Es lag nicht daran, dass sie langsam lernte oder früh sitzen geblieben war. Es lag daran, dass ihre Mutter vergessen hatte, sie rechtzeitig im Kindergarten anzumelden. *Vergessen.* Die Leute lächelten und nickten, wenn sie die Geschichte hörten, wie Vicki Romano vergessen hatte, ihr mittleres Kind in die Schule zu schicken. Das war vollkommen verständlich. Die Frau hatte neun Kinder, und die letzten beiden – zu kleine, kränkelnde Zwillingsjungen – erst wenige Wochen vor dem Termin zur Welt gebracht, an dem die kleine Nina mit dem Kindergarten hätte anfangen sollen. Das Denken der gesamten Familie hatte nur darum gekreist, ob die beiden Kleinen überleben würden, während Vicki gegen eine böse Infektion ankämpfte. Das Letzte, woran irgendwer gedacht hatte, war die stille, wohlerzogene fünf Jahre alte Nina. Niemand dachte daran, dass sie in die Schule gehen sollte, bis es zu spät war. Sie hatte ein Jahr warten müssen.

Das war eine der Lieblingsgeschichten ihrer Familie, vor allem, da sie ein Happy End hatte. Die winzigen Zwillinge – Donny und Vincent – waren inzwischen rauflustige Spieler in der Little League, und Nina war gemeinsam mit ihrer besten Freundin in einer Klasse. Alles hatte sich zum Guten gewendet.

Außer dass diese Erfahrung einen tiefgreifenderen Einfluss auf Nina hatte, als alle ahnten. Sie fühlte sich immer ein wenig aus dem Tritt, aus dem Rhythmus. Außerdem hatte sie sich von dem stillen, genügsamen mittleren Kind in jemanden verwandelt, der genau wusste, was er wollte, und es sich dann nahm. Ohne Ausnahme.

Mr. Blue-Eyes Bellamy hielt den Teller immer noch auf einer Seite fest. Ihren Teller mit ihrem Kirschkuchen.

„Lässt du jetzt bitte los?“, forderte sie ihn heraus.

„Lass ihn uns teilen.“ Ohne auf ihre Zustimmung zu warten, entzog er ihr den Teller. Dann teilte er das Stück ordentlich in zwei Teile, legte eines davon auf einen sauberen Teller und reichte ihn ihr.

„Wow, danke“, sagte sie, nahm den Teller aber nicht.

„Gern geschehen.“ Entweder verstand er ihre Ironie nicht oder er ignorierte sie. Er ist ein Bellamy, sagte sie sich. Er beanspruchte für sich das „droit du seigneur“, das Recht des Herrschenden – ein Begriff, den sie aus den historischen Liebesromanen kannte, nach denen sie süchtig war.

„Du bist es gewohnt, deinen Willen durchzusetzen“, sagte

sie und nahm schließlich doch den Teller mit dem halben Stück Kuchen. Mit Greg zu sprechen war irgendwie aufregend. Flirten war ihr immer schon leicht gefallen – ganz im Gegensatz zum Lernen.

Weil sie älter war als alle anderen in ihrer Klasse, wurde Nina oft die zweifelhafte Ehre zuteil, die Erste bei allen möglichen Dingen zu sein. Sie war die Erste, der Brüste gewachsen waren und die ihre Periode bekommen hatte. Die Erste, die Jungen nicht mehr doof fand. Das hatte sie letztes Jahr wie ein Schlag getroffen. Vor ihren eigenen Augen waren Jungs – alle außer ihren Brüdern – von lauten, stinkenden, unglaublich nervtötenden Kreaturen zu Objekten seltsamer und verlockender Bedürfnisse geworden. Die Jungen in ihrer Klasse benahmen sich immer noch wie Kinder, aber die, die ein paar Jahre älter waren, schienen die gleichen Bedürfnisse zu haben, die Nina so verwirrten. Am Ende des Schuljahres hatte sie sich auf den Ball an der Highschool geschlichen und mit Shane Gilmore rumgemacht, bis einer ihrer Onkel – Biologielehrer und einer der Aufpasser an dem Abend – sie bemerkt und nach Hause geschickt hatte, wo man ihr mehrere Wochen Stubenarrest aufgebrummt hatte.

Es war einfach, ihren Eltern zu entwischen, und sie tat es, wann immer ihr danach zumute war. Manchmal nahm sie sogar das alte Auto ihrer Schwester. Zum Beispiel um mit Byron Johnson von der Highschool ins Autokino von Coxsackie zu fahren und da ein wenig rumzuknutschen. Unglücklicherweise hatte ihr Bruder Carmine sie dort gesehen. Er hatte sie natürlich nicht verraten, aber er hatte Byron verprügelt und im angedroht, ihm die Kniescheiben zu brechen, sollte er ihn noch einmal in Ninas Nähe sehen.

Jetzt jedoch, mit Greg Bellamy, waren alle anderen Flirts vergessen. Er war *der* Junge. Der Preis. Der Eine, von dem sie in ihrem Tagebuch geschrieben und nachts geträumt hatte. Der, mit dem sie weiter gehen wollte als mit allen anderen. Viel weiter.

„Also, Nina, hast du heute Abend schon was vor?", fragte Greg.

„Das kommt ganz darauf an", sagte sie spielerisch. „Was schwebt dir denn vor?"

Er schaute ihr direkt auf den Mund, als er sagte: „Alles."

Sie fühlte sich, als würde ein inneres Feuer in ihrem Körper sich langsam nach außen brennen. „Klingt gut."

„Entschuldigt mich." Etwas sehr Großes und Wohlgeformtes drängte sich an Greg. Eine Betreuerin, die aussah wie ein Bondgirl in Campklamotten. „Oh, gut", sagte sie und nahm sich Gregs Kuchenteller. „Du hast ein Stück für mich aufgehoben." Sie schenkte ihm ein umwerfend strahlendes Lächeln. „Danke, Greggy. Du hast was bei mir gut."

Greggy? dachte Nina. Greggy? Okay, ich übergebe mich gleich hier und jetzt.

„Binkie, das ist Nina", sagte er.

Die Nina um mehrere Köpfe überragende Sexbombe drehte sich um und bedachte sie mit einem Lächeln, das einen Feind auf zwanzig Meter Entfernung einfrieren lassen konnte. „Nina. Wo hab ich den Namen nur schon mal gehört? Ach ja, du musst Mrs. Romanos kleines Mädchen sein."

Nina beobachtete Greg, nicht Binkie. Es war irgendwie faszinierend, zuzusehen, wir ihr Image vor ihren eigenen Augen auseinandergenommen wurde.

„Du kennst doch Mrs. Romano", sagte Binkie an ihn gewandt. „Die Köchin des Camps."

In dem Bruchteil einer Sekunde verwandelte sich Greg von dem flirtenden, ein Date mit Nina ausmachenden Jungen in jemanden, der sie anstarrte, als wären ihr soeben Hörner und ein Schwanz gewachsen.

„Ja", sagte er und wurde rot. „Ich muss zurück an die Arbeit." Er schaute Nina wütend an. „Wir sehen uns, Kleine."

Binkie schenkte ihr ein eisiges Lächeln. „Nett, dich kennengelernt zu haben, Honey."

Nina stand da wie erstarrt. Sie war so eindeutig auf ihren Platz verwiesen worden, dass sie sich fühlte wie für immer hier festgewachsen. Alles in ihr brodelte – unterdrückte Lust, Abneigung, Sehnsucht, Scham und verletzter Stolz.

„Kommst du?" Jenny kehrte von einer, wie es aussah, fruchtbaren Unterhaltung mit Rourke und Joey zurück. Sie schien Ninas Aufruhr nicht zu bemerken. „Grandpa will wieder los."

„Klar", hörte Nina sich sagen. Sie hatte das Gefühl, dass Greg Bellamy sie beobachtete, als sie den Speisesaal verließ, aber sie weigerte sich, einen Blick zurückzuwerfen. Er war ein Fehler, den sie nur zu gerne hinter sich ließ.

Während sie den Rückzug antrat, spürte sie zu ihrem Entsetzen, wie sich heiße Tränen hinter ihren Augen sammelten und drohten überzulaufen. Sie blieb stehen und kämpfte die Tränen zurück, während sie so tat, als würde sie das Schwarze Brett studieren, an dem verschiedene Informationen für die Mitarbeiter des Camps hingen. Jemand hatte seine Sonnenbrille verloren. Ein anderer verkaufte zwei Karten für das neue Hitmusical *Miss Saigon*. Vor ihren Augen verschwamm alles, doch dann wurde ein hellgelber Flyer vor ihren Augen auf einmal klar sichtbar. Willkommen, Kadetten! Gemeindetreffen im Avalon Meadows Country Club. Jedes Jahr gab es für die neuen West-Point-Kadetten eine große Abschiedsparty, ihre letzte Feier, bevor sie in die strenge Welt der United States Military Akademie eintraten. Zutritt zu der Feier erst ab 18.

Der untere Rand des Flyers war mehrfach eingeschnitten, damit man die Telefonnummer zum Reservieren eines Tickets abreißen konnte. Nina kannte bereits einen der Anwärter –

Laurence Jeffries aus Kingston. Sie hatte mit ihm bei Football- und Baseballspielen geflirtet, und er hatte keine Ahnung, wie alt sie war. Er würde sie in den Country Club bringen. Entschlossen riss sie eine Telefonnummer ab und steckte sie in die Tasche.

Sie warf noch einen letzten Blick über ihre Schulter zu Greg Bellamy. Wenn er netter zu ihr gewesen wäre, wäre sie jetzt immer noch im Speisesaal und würde Kuchen essen. Also wenn sie sich jetzt in Schwierigkeiten brächte, wäre das ganz allein Gregs Fehler.

Nina hatte keine Probleme, sich als Achtzehnjährige auszugeben. Sie und ihre Schwestern sahen alle gleich aus. In der Kirche und beim Katechismus wurden sie andauernd verwechselt. Nina war an Sonntagen schon Loretta, Giuliana, Maria und sogar Vicki genannt worden – das war ihre Mutter. Alles, was sie wusste, hatte sie von ihren hübschen, beliebten Schwestern gelernt. Sie hatte ihre kichernden Unterhaltungen über Jungs und Sex belauscht. Hatte bis spät in die Nacht mit ihnen zusammengesessen und zugehört, wie sie ihre Verabredungen ganz genau auseinandernahmen. Dank ihrer Schwestern wusste Nina, wie man uneingeladen auf eine Party kam, mit einem Jungen flirtete, wie ein Zungenkuss ging und was Safer Sex war.

Die West-Point-Feier war für Sonntagabend angesetzt. Nina plante, so lange zu warten, bis Maria unter der Dusche war. Dann würde sie an das Portemonnaie ihrer Schwester gehen und sich ihren Führerschein nehmen.

An dem Morgen, als alle durcheinanderliefen und sich für die Kirche fertig machten, erzählte sie ihren Eltern die übliche Geschichte, dass ihre Freundin Jenny sie eingeladen hatte, bei ihr zu übernachten. Wobei sie sich das vermutlich auch hätte sparen können, denn alle waren mit tausend anderen Dingen beschäftigt, und ihr Vater organisierte mal wieder eine Spendensammlung für einen weiteren Kandidaten.

„Ist es nicht frustrierend, zu sehen, wie Pop all das Geld für andere Menschen sammelt?“, fragte Nina ihre Mutter, als sie alle vor der Kirche aus dem Van stiegen. Pop war als Erster herausgesprungen, um sich zu einer Gruppe Geschäftsmänner zu gesellen, die vor dem Eingang standen. Carmine war die Aufgabe übertragen worden, einen Parkplatz für den ungelenken Wagen zu finden, der einmal ein Airport-Shuttle gewesen war. Ihr Dad hatte ihn für einen Apfel und ein Ei gekauft, und es war das einzige Auto, in das sie alle hineinpassten.

„Ich meine“, fuhr Nina fort, „er sammelt Geld, um Radiowerbung zu schalten, und wir können es uns nicht einmal leisten, Anthonys Zähne richten zu lassen.“

Ma lächelte immer nur, wenn Nina so etwas sagte. „Es ist nun mal etwas, das deinem Vater sehr am Herzen liegt. Etwas, woran er glaubt.“

„Was ist mit dem, woran du glaubst, Ma? Glaubst du nicht daran, dass man öfter als alle zehn Jahre einen neuen Wintermantel bekommen sollte oder die Stromrechnung bezahlen können, ohne sich in Schulden zu stürzen?“

„Ich glaube an deinen Vater“, erwiderte Ma ernst. Und wie sie das tat. In ihren Augen konnte Giorgio Romano nichts falsch machen. Um fair zu sein, Pop war genauso verrückt nach Ma. Er ging jeden Sonntag mit ihr zum Hochamt in die Kirche und saß dort, ohne mit der Wimper zu zucken, wenn sie ohne das geringste Zögern zehn Prozent ihrer wöchentlichen Einnahmen in den Klingelbeutel legte, weil Ma an das Zahlen des Zehnten glaubte.

In jungen Jahren entschied Nina, dass Männer, die ihren Passionen folgten, für sie nur von geringem Interesse waren. Allerdings hatte sie selber eine geheime Leidenschaft, und zwar für Jungs. Sogar in der Kirche ertappte sie sich dabei, wie sie ein Auge auf die Jungen hatte. Die Messdiener, die in ihren roten Roben und weißen Chorhemden so vertrottelt ausgesehen hatten, wirkten auf sie jetzt unwiderstehlich sexy, mit ihren Adamsäpfeln, den großen, eckigen Händen und den guten Schuhen, die unter der Robe herausschauten. Nina hatte den Begriff „verrückt nach Jungs" schon mal gehört, aber jetzt erst verstand sie, was damit gemeint war. Sie machten sie wirklich verrückt, in dem Sinn, dass sie sie von allem ablenkten und sie Tag und Nacht nur noch daran denken konnte, mit ihnen herumzumachen.

Als nach der Lamm-Gottes-Liturgie alle sich auf die Knie sinken ließen, warf sie über die Schulter einen Blick zu Jenny, die mit ihren Großeltern ein paar Reihen weiter hinten saß. Die drei sahen so proper und verschlossen aus, ganz das Gegenteil der flüsternden, herumrutschenden Romano-Bande. Aber Jenny merkte nicht, dass Nina versuchte, ihre Aufmerksamkeit zu erlangen. Wie so oft sah Jenny aus, als wäre sie Millionen Meilen weit weg.

Nina richtete den Blick wieder nach vorne und versuchte, ihren Kopf während des Kanons leer zu lassen. Jedes Mal führte sie wieder eine erbitterte Diskussion mit sich, ob sie zur Heiligen Kommunion gehen sollte oder nicht. Die Katholiken nahmen die Kommunion sehr ernst. Kein Wunder, dass man vorher alle seine Sünden beichten sollte. Denn das Sakrament war für die Leute reserviert, deren Seelen fleckenlos rein waren, die so blitzeblank aus dem Beichtstuhl herausgekommen waren wie ein Sportler aus der Dusche.

Nina ging zur Beichte – und zwar oft. Erst gestern hatte sie mit vor Scham rauer Stimme der ominösen Präsenz auf der anderen Seite des Gitters erzählt, wie sie sich vor ihren Pflichten gedrückt, Schwester Immaculata bezüglich ihrer Katechismus-

Hausaufgaben angelogen und unreine Gedanken über einen der Messdiener gehabt hatte. Und selbst das war eine Lüge, wenn sie genau darüber nachdachte. Ihre Gedanken waren sehr rein gewesen – reine Lust.

Sicher, sie hatte ihre Buße getan, Vaterunser und Rosenkränze gebetet, bis ihre Knie taub waren, aber danach war sie gleich wieder ihrer sündigen Wege gegangen. In gerade dieser Sekunde saß sie vor Gott und dachte daran, wie sie sich heute Abend auf die Party schummeln würde, um einen Jungen zu finden, mit dem sie herummachen könnte.

„Herr, ich bin nicht würdig, dass du eingehst unter mein Dach", rezitierte sie gemeinsam mit der Gemeinde. „Aber sprich nur ein Wort, so wird meine Seele gesund."

Das half ihr allerdings auch nicht bei der Entscheidung, ob sie an der Kommunion teilnehmen sollte oder nicht. In Gedanken wog sie das Pro und Kontra ab. Wenn sie sitzen bliebe, würde jeder wissen, dass sie eine Sünderin war und ihre Buße nach der Beichte nicht getan hatte. Wenn sie aufstand und nach vorne ging, würden die Menschen denken, dass sie löge oder unehrlich wäre, denn kein Kind war frei von Sünde, abgesehen vielleicht von Jenny. Nina wünschte, es gäbe eine Lösung für die Leute dazwischen, die nicht perfekt waren, aber versuchten, es zu sein. Sollte es nicht auch eine Belohnung für Menschen geben, die danach strebten, gut zu sein, auch wenn es ihnen die meiste Zeit über nicht gelang?

Die Leute stellten sich im Gang schon in Reihen auf. Nina hatte sich entschlossen, sitzen zu bleiben und ihre Freunde und Familie darüber spekulieren zu lassen, in was für einem schrecklichen Zustand sich ihre Seele befand, dass sie sich die Heilige Kommunion versagte. Dann sah sie, dass Father Reillys Helfer, der den Kelch mit den Hostien hielt, Grady Fitzgerald war. Vor einem Jahr war er ein dürrer, pickliger, langweiliger

Junge gewesen. Jetzt war er groß und süß, inklusive des pfirsichfarbenen Flaums auf seiner Oberlippe. Und er sah Nina auf diese besondere Art an, da war sie sich sicher.

Das war ein Zeichen. Ein Zeichen, dass sie an der Kommunion teilnehmen sollte. Sie sprang auf die Füße und stellte sich in die Reihe. Jeder Schritt brachte sie Grady näher. Als sie an der Reihe war, sollte sie ihren Kopf in den Nacken legen und ihren Mund leicht öffnen, während der Priester sagte: „Der Leib Christi."

Stattdessen behielt sie jedoch die Augen offen und fest auf Grady gerichtet. „Amen", flüsterte sie heiser und fühlte, wie die Oblate sich auf ihrer Zunge auflöste. Sie kehrte an ihren Platz zurück, wo sie sich eigentlich hinknien und über das Wunder der Wandlung Christi nachdenken sollte. Doch sie kniete sich hin, schloss ihre Augen und drückte ihre Hände gegen die Stirn. Sie hatte einen neuen Tiefpunkt erreicht. Sie hatte das heilige Sakrament der Kommunion als Chance genutzt, um mit einem Jungen zu flirten.

Dafür würde sie mit Sicherheit in der Hölle schmoren.

Nach der Messe strömten die Gläubigen aus der Kirche. Father Reilly kam direkt auf Nina zu, und sie wappnete sich gegen das, was jetzt kommen würde. Das war's. Sie war aufgeflogen. Er würde sie als Schwindlerin und Betrügerin enttarnen.

„Miss Nina Romano", sagte er so laut, dass ihre Eltern es hören konnten. „Ich würde gerne kurz mit Ihnen sprechen."

„Ja, Father?" Ihr Magen zog sich zusammen. Sie würde sich gleich hier und jetzt übergeben müssen.

„Dein Verhalten heute bei der Kommunion …"

Sag es nicht. Es tut mir leid. Ich wollte nicht …

„Das war schon was. Dieser kühne Blick und das laute Amen."

„Father, ich …"

„Ich wünschte, mehr junge Leute hätten deine Überzeugung. Deine Inbrunst. Sehr schön."

Oh. *Oh.* „Danke, Father." Nina hob ihr Kinn und straffte die Schultern.

Als ihre Eltern sie voller Stolz anstrahlten, lernte Nina eine Lektion fürs Leben. Die Leute neigten dazu, nur das zu sehen, was sie sehen wollten.

5. Kapitel

Nina fand sich inmitten einer ganzen Horde von Jungen wieder, und das war noch nicht mal ein Traum. Sie war von neunzig Prozent Männern umgeben. Und sie war hellwach, im Ballsaal des Avalon Meadow Country Clubs, und nahm an der jährlichen Feier für die zukünftigen West-Point-Kadetten teil. Der Gründer des Country Clubs war ein ehemaliger West-Point-Schüler, und die große, verschwenderische Feier war zu einer Tradition geworden. Einige der Anwärter hatten stundenlange Anreisen auf sich genommen, um dabei sein zu können. In der folgenden Woche sollte für die Kadetten die Grundausbildung beginnen, also war das ihr letzter Abend mit leckerem Essen und guter Musik, mit Mädchen und Feiern und langen Haaren. Bald schon hätten sie die Köpfe rasiert, die Uniformen gebügelt und wären jeden Moment des Tages in einen rigiden Stundenplan gequetscht. Kein Wunder, dass sie sich alle ein wenig wild benahmen.

So viele Jungs, dachte Nina geblendet, und nur so wenig Zeit. Vielleicht würde sie in West Point aufs College gehen. Unwahrscheinlich, dachte sie. Man musste eine Intelligenzbestie sein und perfekte Noten haben und irgendeine Sportart betreiben. Nina hatte nichts davon – nicht die Intelligenz, nicht die Noten und schon gar nicht den Sport. Ihre einzige sportliche Aktivität war, Schwester Immaculata zu entwischen, wenn sie eine Stunde in der Schule schwänzte.

Ihr Begleiter war Laurence Jeffries, und sie betrat den Country Club an seinem Arm, wobei sie versuchte, die Panik zu unterdrücken, dass jede Sekunde jemand sie erkennen und verraten könnte. Aber die Chancen waren heute Abend sehr gering. Carmine arbeitete hier nicht mehr, und soweit sie wusste, war kein Romano je Mitglied im Avalon Meadow gewesen. Golf und Tennis und Martinis auf der Terrasse waren eher was für reiche Upper-Class-Typen, die ihre eins Komma sieben Kinder auf eine Privatschule und ins Sommercamp schickten. Was ihre Täuschung nur umso köstlicher machte.

Als die Feierlichkeiten losgingen, dachte sie, hierherzukommen wäre ein Fehler gewesen. Es gab todlangweilige Reden an die Kadetten – „Die sich trauen, unserem Land zu dienen, bla bla bla …" – und nicht alkoholische Getränke, weil die neuen Rekruten alle zwischen siebzehn und neunzehn waren und somit noch nicht das Alter erreicht hatten, in dem sie Alkohol trinken durften. Nina überlegte, Laurence Jeffries zu suchen und sich gleich mit ihm davonzumachen. Aber dann machten die Erwachsenen sich mit einem Mal auf in die Cocktail-Bar, die Lichter wurden gedimmt und der DJ übernahm. Das war der Moment, in dem ein Meer von Jungen auf die Tanzfläche strömte und Nina umgab wie ein ganzer Wald aus Testosteron. Eine Flasche mit einer klebrig-süßen Flüssigkeit tauchte auf und wurde herumgereicht, bis sie leer war. Nina war das Trinken noch nicht so gewohnt, aber sie schluckte das nach Erdbeeren schmeckende Getränk gut gelaunt herunter. Es ließ alles einfacher und lustiger wirken. Und es machte sie zu einer besseren Tänzerin, so viel stand fest.

Nina wusste, dass viele Mädchen sich von so einer Menge Jungen einschüchtern lassen würden – vor allem, wenn es sich um solche Jungs handelte: Football Captains und Wrestling Champions, die Elite der Highschools von ganz Amerika. Doch Nina machte das nichts aus. Sie kannte die Wahrheit über Jungs. Egal wie klug und sportlich sie auch sein mochten, letztlich waren sie alle nicht mehr als ein Bündel hormongetriebener Lüste.

Sie fühlte sich wie die Ballkönigin und tanzte mit einem Jungen nach dem anderen. Einer erzählte ihr, dass alle fünfzig Staaten in der Klasse vertreten wären.

Laurence war die perfekte Begleitung und vollkommen ahnungslos, was ihr richtiges Alter betraf. Sie hatte ihn im letzten Herbst kennengelernt, als sein Footballteam in die Stadt gekommen war und die Avalon Knights besiegt hatte. Die meisten Bewohner der Stadt hatten die Niederlage nicht sonderlich gut hingenommen, aber Nina war es vollkommen egal gewesen. Laurence war der Quarterback, er war total heiß und glaubte, dass sie schon auf der Senior-Highschool war, wie er. Im Frühling hatte sie erfreut zur Kenntnis genommen, dass er der Pitcher des Baseballteams seiner Schule war, und sie hatten ihren Flirt wieder aufgenommen. Sie hatten schon früher unter den Zuschauerbänken herumgemacht, also was das hier technisch gesehen schon ihr zweites Date.

Er hatte sie zu Hause abholen wollen, aber sie hatte sich eine ausgefeilte Erklärung ausgedacht und ihn davon überzeugt, sie hier im Club zu treffen. Jetzt stand er vor ihr wie ein heidnischer Gott, groß und breitschultrig, das schmale Gesicht wie aus Ebenholz geschnitzt. Sogar das reflektierende Licht von der sich drehenden Lichtmaschine an der Decke schien seine Wichtigkeit zu betonen und beleuchtete ihn von hinten wie einen Rock Star. Er war bei Weitem der am besten aussehende Junge im Raum und der beste Tänzer. Nina nahm ihn nur zu gerne als nächsten Tanzpartner. Über den tief im Magen vibrierenden Bässen von „Get It Started“ von M. C. Hammer lernten sie einander besser kennen. Er war erst siebzehn und würde sein Zuhause das erste Mal verlassen. Sie log über ihr Alter und war vermutlich schon zum hundertsten Mal aus dem Haus geschlichen, aber das verriet sie ihm nicht.

Sie tanzten enger und enger, bis sie sich berührten. Nina stand sofort in Flammen, als wenn er ein Streichholz wäre, was sie an ihr entzündet hatte. Vielleicht ist es das, dachte sie. Vielleicht ist heute die Nacht der Nächte. Und warum auch nicht? Er war der perfekte Junge, um ihr Erster zu sein – freundlich, gut aussehend und ehrenwert. Nina hatte ihre älteren Schwestern oft genug belauscht, um zu wissen, dass das Qualitäten waren, die man nicht jeden Tag in einem Jungen fand. Sie wäre verrückt, ihn abzuweisen.

Nach einer Weile beugte er sich zu ihr und sagte: „Lass uns nach draußen gehen." Er führte sie an der Hand zu der Terrasse, von der aus man den Golfplatz überblicken konnte. Nina legte den Kopf in den Nacken und hieß die Brise willkommen, die ihr über Gesicht und Hals strich.

„Es ist heute Nacht so heiß", murmelte sie. Sie fühlte sich sündig und mächtig und erfüllt von der Sehnsucht, ihn zu berühren und von ihm berührt zu werden.

„Hast du Durst?" Er hielt ihr eine Flasche Snapples-Eistee hin. „Ich habe ihn ein wenig mit Wodka aufgepeppt."

„Das gefällt mir." Mutig legte sie den Kopf in den Nacken und trank die halbe Flasche aus, wobei sie sich bemühte, trotz des beißenden Geschmacks nicht zu würgen.

Gemeinsam gingen sie hinunter auf den im Dunkeln liegenden Golfplatz und ließen ihre Schuhe am achtzehnten Loch stehen. Der perfekt gemähte Rasen fühlte sich unter ihren nackten Füßen wie ein kühler Teppich an. Ein Hauch von Luxus und Privilegiertheit schien in der Luft zu liegen.

Laurence lachte leise. „Wir sind definitiv nicht mehr in Kansas."

„Was meinst du damit?"

Er erklärte, dass er in einem sozialen Wohnungsbau groß geworden war – ein ungeschlachtes Gebäude am Südende der Stadt, das man in keiner Touristenbroschüre des Hudson Valley je zu sehen bekam. Er war bei seiner alleinerziehenden Mutter aufgewachsen, die für die Wohlfahrtsbehörde gearbeitet hatte. „Demografisch gesehen bin ich einer, der jetzt eigentlich schon im Knast sitzen sollte."

„Und sieh dich an", sagte sie. „Du bist ein Star. Du gehst nach West Point. In fünf Jahren bist du Offizier."

„Es kommt mir noch so irreal vor." Er packte sie und küsste sie, und es war ein erstaunlicher Kuss, süß und sexy zugleich. „Und du scheinst mir auch nicht real", sagte er.

„Vielleicht bin ich das ja auch nicht", sagte sie. „Vielleicht ist alles nur ein Traum." Sie schaute zurück zu dem hell erleuchteten Clubhaus. Der dunkle Ballsaal wurde nur von zuckenden Stroboskoplichtern erhellt. Im anderen Flügel fiel goldenes Licht aus den Fenstern des Speisesaals. Hier saßen schicke Leute und bestellten Speisen, von denen Nina in ihren eleganten Zeitschriften gelesen hatte, wie Steak Diane an Kartoffelmus und Trüffelöl. Sie hatte keine Probleme, die sechs Mitglieder der Familie Bellamy auszumachen, von denen man wusste, dass sie jeden Sonntagabend im Sommer „im Club" dinierten. Da waren Mr. und Mrs. Bellamy und ihre vier erwachsenen Kinder – Philip war der Älteste, gefolgt von zwei Schwestern und als Schlusslicht Greg. Der in seinen Chinos und dem gestärkten Oxfordhemd unglaublich gut aussah. Die Krawatte hatte er etwas gelockert, und er strahlte charmant und wirkte so gelöst, als posierte er für die Broschüre des Country Clubs.

„... kommst oft hierher?", fragte Laurence sie gerade.

„Sicher", sagte sie leichthin. „Wir sind seit Jahren Mitglied."

Händchen haltend schlenderten sie zur Mitte des Fairways. Nina erfasste eine seltsame Sicherheit – sie würde mit diesem

Jungen aufs Ganze gehen. Sie wollten es beide, das spürte sie. Das Wissen und die Erwartung strahlte von ihnen ab wie das Licht von einem Stern.

Er drehte sich zu ihr, beugte sich vor und küsste sie, und Nina wurde von einem brennenden Verlangen erfüllt. Schweigend ging sie im Kopf all die Informationen durch, die sie von ihren Schwestern erhalten hatte. Sex war etwas Natürliches, mit dem richtigen Jungen machte es Spaß ... aber ein Mädchen sollte die Verhütung niemals dem Jungen überlassen. Nina hatte drei Kondome in ihrer Handtasche. Sie war beschämend gut darauf vorbereitet, sie hervorzuholen, wenn es notwendig werden sollte.

Die sternenklare Nacht umgab sie mit einem besonderen Zauber. Dann hörte Nina ein leichtes Ploppen, gefolgt von einem stakkatoartigen Zischen. Ein Schwall kaltes Wasser traf sie.

„Hey", rief sie.

„Die Sprinkler sind gerade angegangen." Laurence schnappte ihre Hand, und gemeinsam versuchten sie, sich in Deckung zu bringen, aber die Sprinkler waren überall und bildeten ein Spalier aus sprühenden Fontänen. Als sie ihnen endlich entkommen waren, waren sie komplett durchnässt. Schnell huschten sie in einen Pavillon, der zwischen zwei Fairways stand.

Nina bekam einen Kicheranfall und konnte nicht aufhören, bis Laurence sie wieder küsste. Das waren neue Küsse, angefüllt von einer siedenden Intimität, die schon an Verzweiflung grenzte. Es war eine Erleichterung, als er zurücktrat und ihr das klitschnasse Kleid auszog und über eine Ligusterhecke breitete. Sie brauchte es, brauchte es, ihm nah zu sein, seine Haut zu fühlen, ohne dass etwas zwischen ihnen war.

Er legte seinen Blazer auf den Fußboden des Pavillons, und gemeinsam sanken sie zu Boden. Verzaubert, berauscht, erfüllt von Verlangen. Laurence wühlte in einer Tasche und holte ein

Kondom hervor. Nina wurde ganz schwach vor Erleichterung. Gott sei Dank hatte er ihr die Peinlichkeit erspart, nach ihren Kondomen greifen zu müssen.

Das war es also. Hier und jetzt, in dem schattigen Pavillon, mit den zischenden Sprinklern um sie herum, wurde der Schleier des Geheimnisses gelüftet. Sie schlang ihre Arme um Laurence und ließ ihren Kopf in den Nacken fallen. Sie öffnete sich ihm, und dann küssten sie sich und berührten einander an, und es war unglaublicher, als sie es sich je vorgestellt hatte. Auch unbequemer und ungelenker, aber von einer Süße, die ihr die Tränen in die Augen trieb. Und es war schneller. Laurence stieß beinah sofort einen überraschten, unterdrückten Schrei aus, dann zitterte er und bedeckte sie wie eine Decke. Danach lagen beide still da. Ihre Herzen klopften im Einklang, ihre Körper waren immer noch miteinander vereint.

Nach einer Weile zog er sich zurück. „Alles in Ordnung?“, flüsterte er.

Sie war fasziniert, als wenn sie am Rande von etwas Großem balancierte. „Mir geht es gut.“

„Es tut mir leid“, sagt er. „Ich hätte nicht …“

„Pst. Ich wollte es doch auch. Vielleicht können wir es noch einmal machen.“

„Ich habe nur ein Kondom mitgebracht und … oh Mist.“

Er war nicht so erfahren, wie er wirkte. Irgendwie hatte das Kondom nicht da gesessen, wo es hätte sitzen sollen. „Verdammt“, sagte er. „Es tut mir leid. Ich schwöre, ich habe keine Krankheit oder so …“

„Ich auch nicht.“ Mit einem Mal peinlich berührt sprang Nina auf und schlüpfte in ihre feuchten Klamotten. Das fehlerhafte Kondom hatte die Romantik des Abends zu einem abrupten Ende gebracht.

Laurence musste das Gleiche gefühlt haben, denn auch er

schüttelte seine Sachen aus und zog sich an. „Hey, ich fühle mich schlecht", sagte er. „Ich wollte dir nicht wehtun."

„Du hast mir nicht wehgetan, aber ich geh jetzt trotzdem besser." Plötzlich konnte sie es kaum erwarten, von hier fortzukommen. „Mein Wagen steht am anderen Ende des Parkplatzes." Noch eine Lüge. Sie war mit dem Fahrrad gekommen.

Mit den Schuhen in der Hand überquerten sie den Parkplatz. „Gib mir deine Telefonnummer", sagte Laurence. „Ich ruf dich an."

Sie war versucht, es zu tun, aber nur kurz. Die Art Lügen, die sie erzählte, konnten nicht lange aufrechtgehalten werden. „Ich glaube, lieber nicht."

„Vermutlich hast du recht." Sie hörte die Erleichterung in seiner Stimme.

„Und du stimmst mir erschreckend schnell zu." Das war nur halb scherzhaft gemeint.

„Schau mal, ich denke wirklich, dass du etwas Besonderes bist, aber ich muss an die Zukunft denken. Ich bin ein Kind aus dem Nichts. Wenn das hier nicht funktioniert, sind meine Optionen nicht sonderlich gut, um es mal milde auszudrücken. Ich widme mich also besser voll und ganz der Akademie. Sobald es da losgeht, werde ich den Ehreneid schwören."

„Und ich wäre ein dicker Fleck auf diesem Eid."

„Nein, aber …"

„Ist schon gut", sagte sie. „Ich werde dir keine Probleme bereiten. Das verspreche ich dir."

„Du bist kein Problem, Süße."

In dem Moment fiel ein Schatten über sie.

Sie blieben stehen und schauten auf. Oh-oh. Vielleicht hatte Laurence da etwas voreilig gesprochen. „Greg Bellamy", sagte Nina mit erzwungener Fröhlichkeit. „Interessant, dich hier zu treffen."

Greg stand über dem gestürzten Kadetten und fragte sich, ob er ihm etwas gebrochen hatte. Es war alles so schnell passiert. In der einen Minute war er auf dem Weg, für seine Schwester einen Pullover aus dem Auto zu holen, in der nächsten rammte er seine Faust in das Gesicht eines Kadetten. Der Kerl war riesig, aber Greg hatte das Überraschungsmoment auf seiner Seite. Oder besser gesagt den Schock. Der Schock hatte die Sauerstoffzufuhr zu seinem Gehirn unterbrochen und ihm die Fähigkeit genommen zu entscheiden, ob er das Recht hatte, dem Jungen die Leviten zu lesen.

Eines wusste er jedoch, er hatte definitiv ein Problem damit, dass ein West-Point-Kadett die minderjährige Tochter von Mrs. Romano vögelte. Greg hatte sie einmal oben im Camp getroffen, aber er erinnerte sich nicht mehr an ihren Namen. Der war auch egal. Nicht egal war hingegen, dass sie immer noch ein Kind war. Und doch gab es keinen Zweifel, was ein Blick auf die beiden verriet – sie hatten gerade Sex gehabt. Die hastig zugeknöpften und verknitterten Klamotten, das Gras in den Haaren, der verlegene und zugleich befriedigte Ausdruck auf ihren Gesichtern.

Der Blick des Mädchens verwandelte sich sofort. Wütend funkelte sie Greg an. „Er ist verletzt“, sagte sie. „Du hattest kein Recht …“

„Ich hatte kein Recht?“ Nun, das machte ihn wütend. Er stieß ein angewidertes Lachen aus.

Der Kadett auf dem Boden bewegte vorsichtig seinen Kiefer. Okay, dachte Greg, ich habe ihm also zumindest keinen bleibenden Schaden zugefügt. Er war sich nicht sicher, ob ihn der Gedanke erleichterte oder nicht. Er stieß den Jungen mit der Spitze seines Schuhs an. „Steh auf“, forderte er.

Der Junge runzelte die Stirn und blinzelte verwirrt, bis er Nina sah. „Nina? Was ist hier los? Wer zum Teufel ist das?“

Greg merkte sich den Namen des Mädchens. Dann wandte er sich an den Jungen, und als wenn er es mit einem widerspenstigen Camper zu tun hätte, sagte er: „Die Party ist vorbei, Freund. Also sieh zu, dass du deinen Hintern wieder nach drinnen bewegst."

„Laurence, es tut mir wirklich leid." Das Mädchen – Nina – klang ganz klein und entsetzt.

Ihr tat es leid. *Leid.* Greg drehte sich zu ihr. „Wie kommst du nach Hause?", wollte er wissen.

Sie ließ den Kopf hängen, drehte Laurence den Rücken zu und murmelte: „Ich bin mit dem Fahrrad hier."

Er hätte beinahe gelacht. Ein Fahrrad. Sie war mit dem verdammten Fahrrad zum Country Club gefahren, um sich flachlegen zu lassen. „Es ist stockfinster", sagte er. „Wolltest du den Weg nach Hause per Radar finden?"

Der Junge namens Laurence kam wieder auf die Füße. Verdammt, der war groß. Und immer noch ein wenig benommen. Oder betrunken. Oder beides. „Nina?", fragte er erneut.

„Halt den Mund", befahl ihm Greg. Er hatte die Nase voll von diesem Drama und konnte es kaum erwarten, den Jungen seines Weges zu schicken, bevor der auf die Idee kam, sich zu wehren. „Geh wieder rein und bete, dass ich dich nicht melde. Ich bringe sie nach Hause."

„Tust du nicht", gab Nina zickig zurück. Sie nahm Laurences Hand. „Er bringt mich nirgendwo hin."

Greg ignorierte sie und schaute Laurence böse an. „Sie ist vierzehn, du Idiot. Was zum Teufel hast du dir nur dabei gedacht?"

Laurence ließ Ninas Hand fallen, als hätte er sich an ihr verbrannt. Er trat sogar einen Schritt zurück und hob abwehrend die Hände. „Mist …"

„Fünfzehn", verteidigte Nina sich. „Ich bin letzten Monat fünfzehn geworden."

Die Panik des Jungen war echt. Er hatte es wirklich nicht gewusst, so wie Greg an dem Tag im Speisesaal. Bis jemand ihn aufgeklärt hatte, hatte er sich auch aufs Glatteis führen lassen von ihrem kurvigen Körper, den leuchtenden Augen, die vorgaben, Dinge zu wissen, von denen sie keine Ahnung hatte, den vollen Lippen, die Idioten wie diesem hier gewagte Versprechen machten.

„Geh wieder rein“, wiederholte er. „Wie schon gesagt, die Party ist vorbei.“

Der Junge machte einen Schritt zurück. „Es tut mir leid“, sagte er zu Nina. „Ich wusste nicht, ich … Mädchen, du hättest ehrlich mit mir sein müssen.“

„Ich sagte, es ist vorbei“, ermahnte Greg ihn.

„Laurence, nein“, protestierte Nina. „Diese … diese *Person* hat keine Ahnung, worüber er spricht.“

Der Kadett schenkte ihr einen letzten Blick hilflosen Bedauerns, dann eilte er zurück ins Clubhaus. Nina starrte ihm hinterher. Greg nahm sie beim Arm und hielt sie zurück.

„Lass mich los“, sagte sie. „Ich habe fünf Brüder, und ich weiß mich zu verteidigen.“

Greg ließ sie los. „Wie viele dieser Brüder würden das gutheißen, was du hier tust?“

„Das geht dich nichts an.“ Sie machte sich trotzig auf den Weg zum Clubhaus, das immer noch übersprudelte vor goldenem Licht und Musik, als wäre nichts passiert.

„Wenn du ihm jetzt hinterherläufst“, rief Greg ihr nach, „machst du seine Chancen in West Point zunichte, bevor er dort überhaupt angefangen hat.“

Sie war jung, aber sie war nicht dumm. Sie blieb stehen und drehte sich zu Greg um. Er sah das Verständnis in ihren Augen aufleuchten. Ein Vorfall wie dieser – sich mit einem minderjährigen Mädchen einlassen – war mehr als ausreichend, um einen Kadetten unehrenhaft zu entlassen oder schlimmer. Widerstrebende Akzeptanz spiegelte sich in ihren Zügen. Dann schnaubte sie arrogant, marschierte schnurstracks an ihm vorbei und nahm ihr Fahrrad aus dem Ständer am hinteren Ende des Parkplatzes. Das Rad hatte nicht einmal ein Licht, nur einen gebrochenen Reflektor auf dem hinteren Schutzblech.

„Hey“, sagte er. „Damit fährst du nicht nach Hause.“

„Sieh gut zu.“ Sie warf ihre Tanzschuhe in den Korb am Lenker, schob das Fahrrad an und hob ihr Bein über den Sattel. Der Rock ihres Partykleides flatterte um ihre nackten Beine.

Seine Tätigkeit als Campbetreuer hatte Greg einiges darüber gelehrt, wie man Kinder einfing, die weglaufen wollten. Er sprang vor, packte den hinteren Teil des Sattels und brachte Nina so zum Stehen. Sie stand auf den Pedalen und bot erbitterten Widerstand, aber der war zwecklos. Greg ließ nicht eher los, bis sie sich mit einem sauren Gesichtsausdruck ergeben hatte.

„Ich bringe dich nach Hause“, sagte er.

„Einen Teufel wirst du tun“, gab sie zurück.

Er sah, wie sie ihre Optionen abwägte – ihren Drang nach Verteidigung und Rebellion gegen die Konsequenzen, die Greg angedroht hatte. Er erkannte den Kampf. Er war nur ein paar Jahre älter als sie und erinnerte sich noch gut an die vielen Konflikte, die in einem tobten. Zum Teufel, er hatte diese inneren Kämpfe ja selber noch nicht ganz hinter sich gelassen.

„Du willst nicht wissen, wie schlimm das hier alles noch werden kann“, warnte er.

Er erkannte den Augenblick, in dem sie dem gesunden Menschenverstand nachgab. Sie ließ die Schultern hängen und kletterte vom Fahrrad. Greg stieß den Atem aus, von dem er nicht wusste, dass er ihn angehalten hatte. Er wollte nicht, dass sie mitbekam, wie erleichtert er war. Er war nicht scharf darauf gewesen, ihr Schwierigkeiten zu machen. Er wollte sie nur sicher zu Hause wissen. Und okay, wenn er daran dachte, dass jemand anderes mit ihr geschlafen hatte, verspürte er auch einen leichten Anflug von Eifersucht, der ihn beschämte. Dieses Mädchen bedeutete nur Ärger. Er wusste nicht, wieso er ihr gegenüber einen so ausgeprägten Beschützerinstinkt entwickelte. Sie war einfach noch so jung, so dumm. Jemand musste doch ein Auge auf sie haben.

Jetzt steckte er jedoch in einem Dilemma. Sie in die Stadt zu fahren würde zehn Minuten dauern. Der Rückweg zum Country Club weitere zehn. Seine Eltern würden sich fragen, wo er nur abgeblieben war. Er könnte Nina befehlen, hier zu warten, während er nach drinnen ging und die Situation erklärte, aber er wusste, dass sie die Chance nutzen und flüchten würde. Er würde es riskieren müssen, seine Eltern zu verstimmen, denn dieses minderjährige Mädchen davon abzuhalten, nachts allein durch die Gegend zu radeln, war wichtiger.

Er legte ihr Fahrrad in den Kofferraum seines Wagens und hielt Nina dann die Beifahrertür auf. „Steig ein."

„Ich mach den ganzen Sitz nass. Das könnte die Polster ruinieren."

„Mach dir keine Sorgen um den Sitz. Steig einfach ein."

Nina zuckte mit den Schultern. „Ich schätze, euch Bellamys ist es egal, wenn etwas kaputtgeht."

Die Abneigung in ihrer Stimme verwunderte Greg. „Uns Bellamys? Du kennst meine Familie also gut?"

Sie schnaubte. „Ich kenne euren Schlag. Verwöhnt. Herrisch. Sich immer einmischend. Wer braucht euch schon?"

Er fragte sich, woher diese Ressentiments gegenüber seiner Familie kamen. Wahrscheinlich war sie generell voller Ressentiments. Unbekümmert setzte er sich hinter das Lenkrad und fuhr vom Parkplatz. Der Kofferraumdeckel schlug bei jeder Bodenwelle gegen das Fahrrad.

„Du hättest ihm den Kiefer brechen können. Warum bist du so wütend? Bist du so eine Art Rassist, der es nicht sehen kann, dass er mit einem weißen Mädchen zusammen ist?"

„Seine Hautfarbe ist mir völlig egal. Aber du bist minderjährig. Da hat er nichts mit dir zu schaffen."

„Falls es dir noch nicht aufgefallen ist, ich bin kein Kind mehr. Ich weiß, was ich tue. Und nur zu deiner Information, Laurence Jeffries ist siebzehn. Also sind wir gar nicht so weit auseinander."

Großartig, sie waren beide noch Kinder. „Ihr seid Lichtjahre voneinander entfernt. Du bist ein Schulmädchen, und er steht kurz davor, in die Army einzutreten."

„Mit sechzehn kann ich die Schule beenden, ohne dass ich dafür die Erlaubnis meiner Eltern brauche", sagte sie.

„Guter Plan. Das wird dich weit bringen."

„Ich meine ja nur." Sie schmollte ein wenig. „Wird deine Familie dich jetzt umbringen, weil du einfach abgehauen bist?"

Vermutlich. „Mach dir darüber mal keine Gedanken."

„Ihr hattet bestimmt gerade so eine ‚Es ist Zeit, dass wir über deine Zukunft sprechen, mein Sohn'-Unterhaltung, oder?", sagte sie. „Ich wette, das tun sie immer, wenn sie dich mit in den Club nehmen." Sie wechselte das Thema. „Wie heißen deine Schwestern?"

„Ellen und Joyce."

„Und dein Bruder ist Philip. Er sieht viel älter aus als du."

„Das ist er auch. Er hat eine Frau und ein Kind, aber die sind übers Wochenende in der Stadt geblieben."

„Dann bist du also ein Onkel." Sie machte eine kleine Pause. „Onkel Greg."

Mit ihrer nächsten Frage wurde sie noch ein wenige forscher. „Hast du eine Freundin?"

Er wollte ihr sagen, dass sie das überhaupt nichts anging,

aber er tat es nicht. Allein der Gedanke an Sophie riss die alte Wunde auf. Er und Sophie Lindstrom hatten sich letzten September in der Wirtschaftsvorlesung kennengelernt, und er hatte sich auf den ersten Blick total in sie verknallt. Angefangen bei ihrer nordischen Schönheit über ihre Scrabble-Künste bis zu ihrem unersättlichen Hunger im Bett faszinierte und fesselte sie ihn.

„Sie macht gerade ein Auslandssemester", erklärte er Nina.

„Ha. Das heißt, sie hat dich sitzen lassen."

Das Mädchen war erstaunlich feinfühlig, das musste man ihr lassen. „Wo müssen wir hin?", fragte er in dem Versuch, das Thema Sophie fallen zu lassen.

„Lass mich einfach an der Ecke Maple und Vine Street raus. Und du hättest das nicht tun müssen, weißt du. Ich lebe hier schon immer, ich kenne mich aus."

„Wenn du so klug bist, würdest du nicht mit Jungs abhängen, die viel älter sind als du."

„Leck mich", sagte sie.

Er entschied sich, nicht darauf zu reagieren, denn das war genau das, was sie wollte. Glücklicherweise versuchte sie nicht noch einmal, ihn zu provozieren, sondern richtete ihre Aufmerksamkeit auf die Welt vor dem Fenster. Die Straße führte am See entlang, durch die dunkle, zum Großteil unbebaute Natur. Ab und zu kamen sie an einem Häuschen oder einer Hütte vorbei, in der noch Licht schien, aber die Gegend war spärlich bewohnt. Der größte Teil der den See umgebenden Landschaft war Naturschutzgebiet, und es wurden keine weiteren Bauvorhaben mehr genehmigt. Die wenigen Grundstücke am Ufer waren vor dem Schutzabkommen im Jahr 1932 vergeben worden.

Sie kamen am Inn am Willow Lake vorbei, einem etwas heruntergekommenen, aber wegen seiner idyllischen Lage bei

Touristen beliebten Hotel. Ein uriges Schild an der Straße markierte die Zufahrt, und Nina wandte den Kopf, um dem Hotel so lange wie möglich hinterherzusehen.

Greg spürte ihre sinkende Laune. Er war nicht sicher, wie, aber er merkte, dass sie auch ihn erfasste und die gesamte Luft aus dem Wagen sog. Er fühlte sich auf eine Art für Nina verantwortlich, die in ihm das Gefühl weckte, die Sache mit ihr durchsprechen zu müssen. „Hör mal, ich sollte vermutlich nichts sagen …"

„Dann tu es auch nicht."

„… aber ich tue es trotzdem. Es gibt keinen Grund für dich, dich mit Jungs abzugeben, die nur das eine von dir wollen."

„Oh Gott. Ich höre dir überhaupt nicht zu."

Aber es gab kein Entkommen. Sie war gefangen, war unfreiwillige Zuhörerin. Er beschleunigte den Wagen ein wenig. „Ich bilde mir nicht ein, irgendetwas über dich zu wissen, aber Jungen wir er – nun, die sind nicht sonderlich kompliziert." Ehrlich gesagt waren sie sogar alle gleich. Sie überließen das gesamte Denken einem bestimmten männlichen Anhängsel. Greg war sich dessen wohl bewusst. Frauen hatten etwas an sich, das die Gehirnzellen austrocknete und den gesamten männlichen Körper auf ein lebenserhaltendes System für seine Erektion reduzierte. Und ein Mädchen wie Nina – nun, einigen Teilen seines Körpers war ihr Alter ebenfalls egal.

Ihr das alles zu erklären wäre jedoch zwecklos. Auf gar keinen Fall könnte er das sagen, ohne wie der letzte Vollidiot zu klingen. Außerdem wäre es scheinheilig. Denn der einzige Unterschied zwischen ihm und dem West-Point-Kadetten war, dass Greg wusste, wie alt Nina war.

Dennoch fühlte er sich, als müsse er etwas sagen. Denn eines nicht sehr fernen Tages würde sie … Er ließ sich den Gedanken nicht zu Ende denken.

„Egal, es ist eine Sache des gesunden Menschenverstands", sagte er. „Du gibst dich besser mit Leuten deines Alters ab."

„Ja, klar, weil Jungs in meinem Alter auch so amüsante Gesellschaft sind", gab sie schnippisch zurück.

Darauf wusste er nichts zu sagen. Greg hatte Kinder in dem Alter in seiner Gruppe im Camp Kioga, und er konnte wirklich nicht behaupten, dass sie besonders attraktive Sozialpartner waren. „Du bist doch auch eine von ihnen", sagte er. „Du gehörst in die gleiche Altersgruppe."

„Ja, ich Glückliche." Sie drehte den Kopf weg, um wieder aus dem Fenster zu starren. Ihr Kleid hatte sie über die angezogenen Knie gezogen. Dann bemerkte Greg, dass ihre Fassade des coolen Mädchens zerbrochen war. Er hörte ein tragisches Schluchzen und sah, wie sie mit der Hand verstohlen eine Träne von ihrer Wange wischte.

„Hey, ich wollte deine Gefühle nicht verletzen", sagte er.

„Also war das eine Art Bonus, oder was?"

Es gab wenig, was Greg mehr ängstigte als ein weinendes Mädchen. Er war erleichtert, als sie endlich die Ecke Maple und Vine Street erreichten. Er parkte am Straßenrand und ging um das Auto herum, um Nina die Tür aufzuhalten. Sie saß unbeweglich auf dem Sitz, die Arme immer noch um ihre Knie geschlungen. Ein Auto rollte vorbei. In einem der Häuser hinter ihnen ging ein Verandalicht an.

Ein leichtes Gefühl der Panik stieg in ihm auf. Das sah vermutlich nicht gut für ihn aus, wenn Nina Romano aus seinem Auto stieg. Er drehte sich schnell um und ging an den Kofferraum, um ihr Fahrrad herauszuholen. Nina stieg aus, schien aber keine Eile zu haben, nach Hause zu kommen.

„Es ist schon nach zehn", sagte Greg. „Vielleicht solltest du dich ein wenig beeilen."

„Mach dir um meine Sperrstunde mal keine Gedanken",

erwiderte sie. „In meiner Familie leben neun Kinder. Ich bin genau in der Mitte. Rein und raus zu schleichen ist noch nie ein Problem gewesen."

Neun Kinder, staunte Greg stumm. Seine eigene Familie fühlte sich mit vier Kindern schon groß an. Neun waren … eine Sportmannschaft. „Also", versuchte er sich an einem scherzhaften Ton. „Halt dich von Schwierigkeiten fern und hab ein schönes Leben. Ich denke nicht, dass sich das gegenseitig ausschließt."

Sie ließ sich von seinem schwachen Versuch, die Stimmung aufzuhellen, nicht täuschen. Genau wie er schien sie zu verstehen, dass auf der Fahrt in die Stadt etwas passiert war. Etwas Geheimnisvolles und Wichtiges und Unmögliches. Sie schaute ihn unverwandt an, und er hatte das Gefühl zu ertrinken. Er wünschte, er wüsste nichts über sie. Nicht ihr Alter, nicht ihren Nachnamen oder die Tatsache, dass sie weinte, als er ihr sagte, sie müsse sich selber respektieren.

Er war froh, dass das Fahrrad zwischen ihnen stand, denn ansonsten hätte er sich vielleicht genauso dumm benommen wie der Kadett namens Laurence Jeffries. So attraktiv war sie. Und nein, sie sah nicht aus wie gerade erst fünfzehn.

Ein extrem wissendes Lächeln umspielte ihre Mundwinkel. „Was denkst du gerade, Greg?"

„Wenn du älter wärst, könnte hieraus … was werden." Es platzte einfach so aus ihm heraus. Keine Gedanken, nur Wörter. Mädchen wie Nina Romano waren offensichtlich die Hauptursache für Gehirnschäden bei Jungen.

„Eines nahen Tages werde ich älter sein." In ihrer Stimme lag ein Versprechen.

„Dann wird es vielleicht eines Tages zu etwas werden."

Sie lachte leise. „Klar. Weil du natürlich auf mich warten wirst."

„Das kann man nie wissen.“ Greg überließ ihr das Fahrrad, stieg ins Auto und legte einen Gang ein. Sie stand einfach nur da und sah so wunderschön aus, dass seine Augen bei ihrem Anblick schmerzten. Sag nichts, ermahnte er sich. Es funktioniert nicht. Er schenkte ihr sein Herz in seinem Lächeln. „Ich könnte dich überraschen.“

3. TEIL

Heute

Seit 2005 ist Avalon die Heimat eines eigenen, unabhängigen Baseballteams, den Hornets, Mitglied der Can-Am League. Unabhängige Baseballligen sind bekannt für die hohe Qualität ihres Spiels und den harten Wettbewerb. Ein Baseballspiel an einem warmen, klaren Abend ist einer der Höhepunkte des Sommers. Eintrittskarten sind für sechs Dollar beim Concierge des Inns zu erwerben. Im Baseball wie im Leben bringt jeder Tag eine neue Gelegenheit.

6. Kapitel

Greg bog gerade auf den Parkplatz des Baseballfeldes, als das Little League Training zum Ende kam. Aus der Ferne gesehen war es eine idyllische Szene. Die umgebenden Wälder erstreckten sich über die sanft ansteigenden Hügel, das goldene Licht des späten Nachmittags fiel schräg auf das grüne, diamantförmige Spielfeld, auf dem lachende Kinder sich laut rufend unterhielten, während sie ihre Sachen zusammensuchten. Greg fragte sich, ob irgendetwas so gut war, wie es aussah, oder ob das reines Wunschdenken war. Dann erblickte er Max, der alleine auf der Spielerbank saß. Großartig, dachte er. Sein Kind war wieder auf die Bank geschickt worden.

Es gab keine fürchterlichere Tortur, als die Gefühle des eigenen Kindes verletzt zu sehen. Es war eine Tortur, weil Greg sich so hilflos fühlte. Es war nicht die Art Schmerz, die man mit einer Eiskompresse oder einem Pflaster heilen konnte. Diese Verletzung war unsichtbar, vor allem wenn es um Max ging, der dazu neigte, alles in sich hineinzufressen.

Greg saß noch eine Minute im Truck und versuchte sich davon abzubringen, sich einzumischen. Sich mit dem Trainer anzulegen wäre für Max keine Hilfe. Der Junge musste lernen, seine eigenen Schlachten zu schlagen, und nach allem, was Greg wusste, hatte Max sich die Auszeit selbst gewählt. Oder schlimmer noch, er saß da, weil wieder einmal sein Temperament mit ihm durchgegangen war. Das wäre nicht das erste Mal.

Irgendwie hatte Max bei der Scheidung und dem darum entstandenen Drama den Kürzeren gezogen. Das ging los mit dem

Umzug aus der Stadt, Sophies Job in Europa, Daisys Schwangerschaft. Max war von dem Strudel einfach mitgerissen worden und hatte sich mit einer Leichtigkeit in der neuen Schule und der neuen Stadt eingewöhnt, die seine wahren Gefühle komplett verbarg. Gefühle, die er weder mit Greg noch mit Sophie oder seinem Therapeuten besprechen wollte. Ab und zu flippte er dann aus und gewährte Greg einen Blick auf die Wut, die in ihm tobte und die er nicht immer beherrschte. Greg hatte gedacht, Mitglied einer Sportmannschaft zu sein wäre das richtige Ventil für Max. Sein Sohn war schon immer sehr körperlich gewesen, ein guter Athlet, im Winter verrückt nach Eishockey und im Sommer nach Baseball. In der Stadt war er der Star seines Teams gewesen. Und auch hier in Avalon hatte er die Chance zu strahlen.

Oder auch nicht, dachte Greg und wartete im Auto, während das Team sich zur Nachbesprechung des Trainings um Coach Broadbent versammelte.

Gregs Telefon klingelte. *Bitte, lass es sie sein.* Er klappte das Handy auf und schaute erwartungsvoll auf das Display. Nein, es war nur sein Anwalt. Greg ließ das Telefon klingeln, bis die Mailbox ranging. Er blickte finster vor sich hin. Es machte ihn wahnsinnig, dass Nina noch nicht angerufen hatte. Er hoffte so sehr, dass sie sein Angebot annehmen würde, aber er würde nicht darum betteln. In der Zwischenzeit sah er zu, dass er sich beschäftigt hielt und weiter daran arbeitete, seine Familie und seine Arbeit gleichberechtigt in sein Leben zu integrieren.

Was beides nicht sonderlich gut funktionierte.

Sechs der Gästezimmer waren immer noch im Umbau und würden im Stil der Zeit neu möbliert werden müssen. Das Verwalterhaus, in dem er mit den Kindern lebte, war immer noch ein einziges Chaos aus Umzugskisten und nicht zueinander passenden Möbeln. Das Bootshaus und der Steg brauchten auch dringend eine Überarbeitung. Auf der Habenseite jedoch konnte er verbuchen, dass er schon so etwas wie eine Belegschaft zusammen hatte. Ein Informatikberater hatte ihnen ein Reservierungssystem installiert, das für Daisy kein Problem darstellte. Sie hatte die Software sogar mit ihren Fotos personalisiert. Die Website war online, und mit einem gewissen surrealen Erstaunen sah Greg, wie die Anfragen und Reservierungen sich in seinem E-Mail-Posteingang sammelten. Wie auch immer, Personal, eine gute Website und ein Reservierungssystem bedeuteten gar nichts, solange der General Manager nicht gefunden war, der alles organisieren würde.

Nina Romano ist nicht die einzige Besetzung für diesen Posten in der Stadt, sagte er sich. Oder auch außerhalb der Stadt. Der Wirtschaftsberater, den Greg angeheuert hatte, hatte angeboten, ihm eine Auswahl erfahrener Kandidaten zu schicken. Aber Nina war die Einzige, die er wollte. Sie würde perfekt passen. Wenn es darum ging, ein luxuriöses, intimes Hotel zu führen, war es am wichtigsten, die richtigen Leute dafür zu bekommen. Nina war genau richtig. Er hatte so ein Gefühl, was sie anging. Sie hatte ein Selbstbewusstsein und eine Erfahrung wie niemand sonst. Das Problem war, dass sie das Inn nach ihren Regeln hatte leiten wollen, und das hatte Greg ihr vermasselt. Nun lag es an ihm, sie zu überzeugen, dass sie beide von der jetzigen Konstellation profitieren konnten. Doch bisher war er dabei nicht sonderlich erfolgreich gewesen.

Coach Broadbent beendete seine Besprechung mit den Spielern, und Greg stieg aus dem Wagen aus. „Max!", rief er und winkte seinem Sohn.

Max schnappte sich seinen Matchbeutel und die Wasserflasche und sprintete in Richtung Parkplatz.

„Hey, Kumpel. Wie war das Training?"

„Okay“, sagte Max.

„Gut, das habe ich provoziert. Lass es mich anders formulieren: Erzähl mir alles, was du heute im Training gemacht hast.“

Max packte seine Sachen auf die Rückbank des Trucks. „Nur den üblichen Kram.“

Greg bemerkte, dass Max' Sportsachen – graue Kniebundhosen, blaues Shirt und weiße Kappe – genauso sauber waren wie vor dem Training. Das Kind hatte nicht einmal geschwitzt. „Als ich hier ankam, hast du auf der Bank gesessen.“

„Hab ich?“

„Willst du, dass ich mal mit deinem Coach spreche?“

„Da-ad.“ Max dehnte das Wort über zwei Silben. „Ich komm alleine mit dem Coach klar, okay?“

„Das habe ich mir gedacht.“ Greg musterte seinen Sohn. Sandfarbene Haare, Sommersprossen und ein Lächeln, das unzählige Probleme verbarg.

„Aber tu es auch“, sagte er. „Es hat keinen Sinn, ein ganzes Training auf der Bank zu vergeuden.“

„Ich hab nicht …“ Max unterbrach sich selbst und stieg ein. „Können wir jetzt los? Ich bin am Verhungern.“

Klassische Vermeidungsstrategie, bemerkte Greg. Das war typisch für Max – er wandte den Problemen den Rücken zu und behielt alles für sich. Später im Sommer würde Max in Begleitung von Sophies Eltern, den Lindstroms, nach Holland fliegen. Noch später würden er und seine Mutter rechtzeitig für Olivias Hochzeit nach Avalon zurückkehren. Max gefiel der Plan nicht. Ihm missfiel die Vorstellung, dass er dreieinhalbtausend Meilen zurücklegen musste, um bei seiner Mutter sein zu können, aber er hatte keine Wahl. Und das, so nahm Greg an, war der Grund für seine angestauten Gefühle.

„Hey, Max …“

„Ich bin fertig, okay? Ich will darüber nicht mehr sprechen.“

„Was genau der Grund ist, warum wir darüber sprechen sollten."

„Dad! Ich verhungere."

Greg beschloss, es für den Moment gut sein zu lassen. Auf einer Bank sitzend, konnte ein Junge viele Dinge in seinem Kopf heraufbeschwören, aber manchmal war es besser, sich zurückzuhalten. „Was das angeht", sagte er also, „da kann ich Abhilfe schaffen."

„Was, hast du etwa herausgefunden, wie man kocht?"

„Klugscheißer. Ich kann kochen." Greg versuchte es zumindest. Anfangs kam er nur mit dem Grill klar. Er hatte einen Weg gefunden, beinahe jede Mahlzeit auf dem Grill zuzubereiten, wobei er selbst vor Pfirsichen nicht zurückgeschreckt war, die er mit Eiscreme serviert hatte. Im Laufe der Zeit war er zu Fertiggerichten mit genauen Anleitungen übergegangen. „Aber heute Abend werde ich nicht kochen."

„Gehen wir mit Brooke aus?" Ein Ausdruck, der zugleich komisch und verstörend war, legte sich über Max' Gesicht. Der Junge hatte eine Schwäche für Brooke Harlow, so viel war mal sicher.

„Nein, wir gehen nicht mit Brooke aus. Wir fahren hoch ins Camp Kioga."

„*Ja!*" Das Wort zischte aus ihm heraus wie Luft aus einem Ballon.

„Ich hatte gehofft, dass dir das gefällt." Greg entspannte sich auf der zehn Meilen langen Fahrt durch die Wildnis der Catskills. Das Camp lag auf der anderen Seite des Sees, weit von der Stadt entfernt. Die Arbeit von Gregs Nichte Olivia, das Gelände von einem im Tiefschlaf liegenden Sommercamp in ein Familienresort zu verwandeln, hatte sich gelohnt. Seit beinahe einem Jahr war das Camp das ganze Jahr über geöffnet, doch es bedurfte noch ungefähr eines weiteren Jahres, bis alles perfekt wäre. Dennoch war Olivias Hingabe inspirierend, und die Art, wie sie das Projekt angegangen war, spielte keine kleine Rolle in Gregs Entscheidung, das Inn am Willow Lake zu kaufen. Etwas Greifbares zu erschaffen, es zum Laufen zu bringen – das war der richtige Weg, um ein neues Leben anzufangen und es wachsen zu sehen.

Auch wenn in dem Camp noch Bauarbeiten vorgenommen wurden, waren seine Schlafbaracken, die Hütten und das Haupthaus schon bewohnbar. Zwei weitere von Gregs erwachsenen Nichten waren gekommen, um bei den Vorbereitungen für die Hochzeit zu helfen, und das heutige Barbecue fand zu ihrer Begrüßung statt. Gregs Eltern und sein älterer Bruder Philip waren auch da. Als er mit Max vorfuhr, waren schon alle auf der Terrasse des Haupthauses versammelt. Gespräche und Gelächter vermischten sich mit der leisen Musik aus den Außenlautsprechern. Daisy war bereits da. Sie war früher am Tag alleine hierhergefahren. Sie saß so an einem Tisch, dass ihre Schwangerschaft unübersehbar war, trank Limonade und lachte mit ihren älteren Cousinen. Bei ihrem Anblick verspürte Greg einen Anflug von Bedauern.

Schluss damit, sagte er sich. Sich ihrer Schwangerschaft wegen unbehaglich zu fühlen stand einfach nicht zur Debatte. Er hatte Monate gehabt, sich an die Vorstellung zu gewöhnen, und er musste diese Anfälle hinter sich lassen.

Max sprang die Treppe zwei Stufen auf einmal nehmend hinauf. Er konnte es kaum erwarten, alle zu begrüßen. Greg folgte etwas langsamer mit einer Flasche Wein und einem Sixpack Bier in der Hand – seinem Beitrag zum Barbecue – und schaute zu, wie Max von seinen Verwandten wie von einem Kokon umhüllt wurde. Max war der jüngste Sohn des jüngsten Sohnes der Bellamy-Familie. Er war der letzte seiner Generation, der erwachsen würde. Seine Tanten, Onkel, Cousins und

Cousinen schienen seine Jugend zu lieben und wollten, dass er solange wie möglich klein blieb. Greg hatte damit kein Problem. Er hatte bereits ein Kind, das zu schnell erwachsen geworden war. Max' Lieblingsmitglied der Familie war Olivias Hund, ein kleiner Mischling namens Barkis. Innerhalb weniger Minuten lagen die beiden auf dem Boden und spielten Zerrspiele mit einem alten Plüschtier.

Natürlich waren Olivia und Connor – das zukünftige Brautpaar – anwesend, genau wie eine bunte Mischung aus Cousins, Cousinen und Freunden. Olivia war nur zehn Jahre jünger als Greg, aber er hatte seiner Cousine keine große Aufmerksamkeit gewidmet, als sie aufgewachsen war. Dazu war er viel zu beschäftigt gewesen. Vage erinnerte er sich an ein paar missliche Jahre für Olivia, in denen sie eine Zahnspange trug, fusselige Haare, eine Brille und Gewichtsprobleme hatte. Irgendwann hatte sie sich dann aber in diese zauberhafte Frau verwandelt, die voller Selbstbewusstsein war und vor Glück nur so strahlte.

Es waren schon seltsamere Sachen passiert, dachte Greg. Sein Blick blieb an Rourke McKnight hängen. Der Polizeichef von Avalon war heute nicht im Dienst. Bis vor Kurzem war er noch der ewige Junggeselle der Stadt gewesen – bis er letzten Winter mit Jenny Majesky, Ninas bester Freundin, eingeschneit worden war. Die Leute machten Witze darüber, dass der Polizeichef sie nur heiratete, weil ihr die Sky River Bakery gehörte und er süchtig nach ihren unglaublichen, ekstatische Gefühle verursachenden Donuts war, aber Greg wusste, dass die Geschichte weitaus komplizierter war. Das waren Beziehungen immer, ob sie nun hielten oder zerbrachen. Greg nahm sich vor, später mit Jenny zu reden. Vielleicht konnte sie ihm einen Einblick verschaffen, was in Nina vor sich ging.

Während des Essens entspannte er sich und genoss mit einem Gefühl der Dankbarkeit die Gesellschaft seiner Familie.

Einfach mit ihrer Anwesenheit, weil sie waren, wie sie waren, hatten sie ihm über das Ende seiner Ehe hinweggeholfen. Er beobachtete, wie Daisy und die Nichten die Hochzeitszeremonie mit der Präzision eines Schlachtplans entwarfen. Olivia, wie immer top organisiert, brachte ausgedruckte Diagramme, für die sie den Nachtisch beiseiteschob, um sie auf dem Tisch auszubreiten.

„Nach Jenny – meiner Trauzeugin – kommen die Cousinen in Reihenfolge ihres Alters", sagte Olivia. „Ist das okay?"

„Du bist die Braut", erwiderte Jenny. „Du musst nicht fragen."

Daisy nickte. „Ich bin die Letzte – aber nicht die Unwichtigste." Sie tätschelte ihren runden Bauch. Ihre Cousinen reagierten darauf mit ehrlicher Zuneigung. Sie schienen sich auf das Baby zu freuen, was Gregs eigene Panik nicht gerade beschwichtigte, aber Daisy zu gefallen schien.

„Julian Gastineaux ist der Trauzeuge", erklärte Olivia Daisy. „Er kommt nächste Woche aus Kalifornien. Ich dachte, das interessiert dich."

Greg sah, wie das Gesicht seiner Tochter wie eine Rose erblühte. Kein gutes Zeichen. Connor Davis' Bruder Julian war im gleichen Alter wie Daisy. Sie hatte ihn letzten Sommer kennengelernt, als sie beide hier im Camp Kioga gearbeitet hatten. Julian war die Art Junge, der jedes Mädchen zum Erröten brachte. Er war groß, ein gut aussehender Mischling und unglaublich selbstbewusst. Mit seinen Dreadlocks, dem Ohrring und mindestens einem sichtbaren Tattoo schien er unberechenbar zu sein. Da er und Daisy ungefähr gleich alt waren, hatten sie im letzten Sommer viel Zeit miteinander verbracht. Greg erinnerte sich an ihn als einen Adrenalinjunkie, der von großen Höhen und hohen Geschwindigkeiten gar nicht genug bekommen konnte.

Inzwischen musste Greg jedoch zugeben, dass Julian nicht derjenige war, der unnötige Risiken einging. Daisy war es. Letzten Sommer war sie noch ein Highschool-Mädchen gewesen, das mit einem Jungen aus Kalifornien geflirtet hatte. Ein Jahr später stand sie kurz davor, Mutter zu werden. Dennoch, wenn er ihr strahlendes Gesicht so sah, ging er davon aus, dass sie noch nicht bereit war, die Liebe ganz hinter sich zu lassen. Greg ermahnte sich, damit aufzuhören, sich zu viele Gedanken zu machen. Dieser Tage hatte Daisy größere Sorgen als mit dem Bruder des Bräutigams zu flirten.

Als die Unterhaltung sich der Gästeliste zuwandte, bemerkte Greg, dass Jenny sich zurückzog. Sie trat an die Brüstung der Veranda und schaute über den See. Ihr Leben war anders verlaufen als das der Mädchen. Für sie hatte es keine Privatschulen und Privilegien gegeben. Das schien sie nicht zu stören, aber er nahm an, dass sie das Gespräch über Leute, die sie nicht kannte, langweilte.

Was ihm die perfekte Gelegenheit bot, sie wegen Nina Romano zu befragen. Er schnappte sich eine gekühlte Flasche Chardonnay und trat zu Jenny, um ihr Glas nachzufüllen.

„Danke“, sagte sie lächelnd. „Ein schöner Abend.“

Greg ließ seinen Blick über die Gesellschaft gleiten, und einen Moment hatte er ein Bild aus früheren Zeiten vor sich, als das Camp noch aktiv war. Er fragte sich, ob diese Zeiten wirklich so schön waren, wie er sie in Erinnerung hatte, oder ob Wehmut ihnen einen rosafarbenen Schimmer verlieh. „Geht es dir gut?“, fragte er.

„Mir gefällt es, Philips Seite der Familie kennenzulernen, auch wenn sie so anders ist als meine.“

„Wir empfinden dir gegenüber das Gleiche“, versicherte Greg ist. „Nicht, dass du anders bist, aber dass es uns gefällt, dich immer besser kennenzulernen.“

„Heißt das, ich soll anfangen, dich Onkel Greg zu nennen?“

„Nur wenn du willst, dass ich mich wie ein alter Mann fühle. Ehrlich, ich bin froh, dass du und mein Bruder euch letztes Jahr gefunden habt. Es war auch für ihn ein gutes Jahr. Er ist ein ganz anderer Mensch geworden. Er war immer so zugeknöpft und ernst, beinahe ängstlich. Und jetzt sieh ihn dir an.“

Philip schien Jahre jünger in seinen Shorts und dem Polohemd. Der Wind zerzauste seine etwas zu langen Haare. Eine neue Zufriedenheit zeigte sich auf seinem Gesicht und in seiner Haltung. Er schien mit der Welt im Reinen zu sein und von innen heraus zu strahlen. So funktionierte Glücklichsein: von innen heraus. Das war der Grund, warum wahrhaft glückliche Menschen irgendwie zu strahlen schienen, selbst wenn sie nicht aktiv lächelten. Philip hatte zwei neue Frauen in seinem Leben: Jenny, die Tochter, die er erst letzten Sommer kennengelernt hatte, und Laura Tuttle, die die Bäckerei im Ort leitete. Sie waren alte Freunde, deren Freundschaft sich langsam zu etwas mehr entwickelte. Laura, die im Moment neben ihm stand, war eine stille, aber sehr angenehme Erscheinung. Sie und Philip waren der Beweis für etwas, an das Greg bis dahin nicht geglaubt hatte – man konnte eine Scheidung nicht nur überleben, sondern erhielt manchmal sogar eine zweite oder gar dritte Chance. Das waren die unerwarteten Segnungen, bei denen man zugreifen sollte, bevor sie wieder verschwanden.

Greg fragte sich, ob dieser Optimismus ihn zu einem Idioten machte. Nachdem seine Ehe zerbrochen war, hatte er erwartet, der Liebe gegenüber abgestumpft zu sein. Doch aus irgendeinem Grund, der überhaupt keinen Sinn ergab, fühlte er sich so hoffnungsvoll wie seit Jahren nicht.

Jenny betrachtete ihren Vater voller Zuneigung. „Liebe bewirkt so etwas. Sie verändert dich. Sorgt dafür, dass du dich in der Welt heimischer fühlst.“ Sie wandte sich wieder an Greg.

„So, jetzt aber mal zu Nina.“ Sie lachte, als sie seinen Gesichtsausdruck sah.

„Was ist mit Nina?“

„Ist das nicht der Grund, warum du hier rübergekommen bist? Um mich über sie auszufragen?“

Greg grinste. „Ertappt. Ich will sie.“ Er errötete, als ihm bewusst wurde, wie das klang – typischer freudscher Versprecher. „Ich brauche sie“, korrigierte er. Hups. Auch Freud.

„Einige Frauen warten ihr ganzes Leben darauf, dass ein Mann das von ihnen sagt“, bemerkte Jenny.

„Für das Inn, meine ich. Sie ist das fehlende Puzzleteil. Ich kann mir niemand anderen vorstellen, der ihre Erfahrungen mit dem Inn hat, ihre Management-Fähigkeiten und ihr Wissen.“

„Hast du ihr das gesagt?“

„Sie hat mir noch keine Möglichkeit dazu gegeben. Ich habe mich mit einer Managementberatungsfirma aus der Stadt getroffen, aber das fühlte sich falsch an. Es gibt einen Grund, warum die Bank Nina ausgewählt hatte, um das Inn zu leiten. Ich kenne niemanden, der den Job besser machen könnte.“

„Dann sorg lieber dafür, dass sie dein Angebot nicht ablehnt“, sagte Jenny schlicht.

„Das ist der Plan. Ich weiß nur nicht, was ich noch anbieten kann, damit sie Ja sagt.“ Greg wunderte sich über den Ausdruck, der über Jennys Gesicht huschte, aber sie gab nichts weiter preis. Zum Teufel, in seinem vorherigen Leben hatte er jeden Tag Leute angestellt und gefeuert. Er fragte sich, warum es ihm in diesem Fall so wichtig war.

„Hast du dich endlich entschieden, Mom? Wirst du den Job im Inn annehmen?“ Auch wenn Nina und Sonnet ein ganzer Ozean trennte, kam die Stimme ihrer Tochter kristallklar über die Internetverbindung. Nina versuchte, sich Sonnet in dem belgischen Städtchen vorzustellen, wo sie den Sommer verbringen würde. Bestimmt saß sie in einem Internetcafé an dem mit Kopfstein gepflasterten Marktplatz und sah den vorbeigehenden Einheimischen und SHAPE-Angehörigen nach. Die regelmäßigen Anrufe halfen Nina, Sonnets Abwesenheit einigermaßen erträglich zu machen.

„Jedes Mal, wenn ich meine zu wissen, was ich tun soll, fällt mir ein Grund ein, es nicht zu tun“, gestand Nina. „Ich habe es wieder und wieder in meinem Kopf durchgespielt. Ich habe mir alle möglichen Alternativen überlegt, aber keine gefunden, die sich richtig anfühlt. Es gibt nur ein Inn am Willow Lake. Ich habe es schon immer haben wollen, das weißt du.“

„Also nimm das Angebot an. Du hättest den Job, den du immer haben wolltest – und noch dazu mit einem vernünftigen Gehalt. Außerdem einen Wahnsinnsort, um dort zu leben.“

„Und einen Chef mit zwei Kindern und keiner Ahnung, wie so ein Hotel zu führen ist.“

„Deshalb wird er ja auch alles an dich übergeben, was doch genau das ist, was du von Anfang an gewollt hast. Wo ist das Problem?“

Nina lächelte. Sie war stolz darauf, was aus ihrer Tochter geworden war. Sehr reif für ihr Alter und dabei so praktisch denkend und gerade heraus wie Nina selber. Dann schwand ihr Lächeln, als Nina bewusst wurde, dass sie sich in der letzten Woche wieder und wieder die gleiche Frage gestellt hatte – *Wo ist das Problem?* Schließlich musste sie zugeben, dass obwohl der Job im Inn im Grunde genommen genau der war, den sie sich vorgestellt hatte, Greg doch alles verändert hatte. Anstatt auf ein Ziel hinzuarbeiten – nämlich das Inn zu kaufen –, würde sie nur dort … arbeiten. Doch das reichte Nina nicht. Außerdem schien Greg irgendeiner idealisierten Vision eines Familiengeschäfts nachzuhängen, während sie sich danach sehnte, das erste Mal in ihrem Leben wirklich unabhängig zu sein. Ihre Erwartungen passten einfach nicht zusammen.

Könnte sie einen längeren Atem haben als er? Das war ihr erster Gedanke gewesen. Sie sollte es zumindest versuchen. Allerdings barg das auch ein gewisses Risiko. Wenn Greg es nicht schaffte, das Inn zum Laufen zu bringen, würde er es vielleicht an jemand anderen verkaufen.

„Siehst du, dir fällt kein Einwand ein", sagte Sonnet. „Ich muss jetzt leider los. Ich habe eine Verabredung für die Mitternachtsvorstellung im Kino."

Nina richtete sich in ihrem Stuhl auf. „Eine *Verabredung*-verabredung?"

„Das würdest du nur zu gerne wissen, oder?"

„Und ob ich das würde. Weiß Laurence …"

„Beruhig dich, Mom. Wir gehen mit einer ganzen Gruppe. Laurence ist einverstanden, und er ist weitaus wählerischer als du."

„Ich bin total wählerisch", protestierte Nina.

„Ja, aber Laurence unterzieht quasi jeden, den ich kennenlerne, einem genauen Backgroundcheck – und er hat dafür die Ressourcen der Army zur Verfügung."

„Gut so." Nina warf einen Blick auf die Uhr. „Ich muss auch los. Heute Abend spielen die Hornets gegen die New Haven County Cutters."

„Weißt du eigentlich, wie cool es ist, dass du ein Baseballteam nach Avalon gebracht hast?"

„Ziemlich cool", sagte Nina ohne falsche Bescheidenheit. „Mein Erbe als Bürgermeisterin." Das hoffte sie zumindest. Ihr Abschied aus dem Amt war zwar von einem Skandal überschattet gewesen, aber sie hoffte, dass der helle Schein des Sommers ihren größten Erfolg erstrahlen lassen würde. Die Verhandlungen mit dem Club hatten unglaublicher politischer

Manöver bedurft, ganz zu schweigen von den vielen schlaflosen Nächten, aber das war es wert gewesen.

„Angela war anfangs skeptisch, als ich ihr davon erzählt habe. Sie war der Meinung, Avalon sei nicht groß genug für eine professionelle Baseballmannschaft. Da habe ich ihr von den unabhängigen Teams und der Can-Am-Liga erzählt und ihr die Website und alles gezeigt. Sie war total schockiert, dass es etwas gab, das sie noch nicht wusste."

Es überraschte Nina nicht im Geringsten, dass Laurence' Frau anfangs skeptisch gewesen war. „Mal abgesehen davon, dass sie Skeptikerin und Alleswisserin ist, wie kommst du mit ihr so zurecht?"

„Ganz gut", sagte Sonnet. „Meine Arbeit nimmt mich so in Beschlag, dass wir kaum Zeit miteinander verbringen."

„Du kleine Ratte", sagte Nina. „Du magst sie."

„Hast du damit ein Problem?"

„Ja. Ich schäme mich, es zuzugeben. Sie ist so perfekt. Und ich bin … es überhaupt nicht."

Sonnet lachte. „Perfekt? Das werde ich gleich mal ihren Töchtern erzählen. Layla hat sich gerade die Augenbraue piercen lassen, und Kara will weglaufen und sich einem Zirkus anschließen oder so."

Nina überwältigte eine Welle der Dankbarkeit für ihre Tochter. Manchmal waren sie mehr wie beste Freundinnen als wie Mutter und Tochter. Und manchmal fragte Nina sich, wer hier wen großzog. „Ich liebe dich, meine Kleine. Du weißt immer das Richtige zu sagen."

„Vielleicht, weil ich immer recht habe. Und ich finde es wirklich cool, dass du die Hornets nach Avalon gebracht hast."

„Ich fühle mich immer so schuldig, weil ich während der Verhandlungen nicht ausreichend für dich da sein konnte."

„Damit kannst du dann jetzt mal aufhören", widersprach

Sonnet. „Das ist ein professionelles Baseballteam, und das ist ganz allein dein Werk, Mom. Jedes Mal, wenn ich Leuten davon erzähle, sagen sie: ‚Das hat sie nicht gemacht.' Und ich sage, hat sie wohl, und zwar ganz alleine."

„Na ja, ganz alleine war das nicht. Ganz im Gegenteil, die Jungs, mit denen ich zum Spiel gehe, haben mir extrem dabei geholfen. Wayne Dobbs und Darryl McNab."

„Und was für heiße Helfer sie sind", zog Sonnet sie auf.

Nina kicherte. Wayne und Darryl waren Präsident und Schatzmeister des Avalon Booster Club gewesen und hatten ihre Vision geteilt, ein eigenes Team in die Stadt zu bringen. „Sie hatten, was ich zu der Zeit dringend benötigte: ein großes Budget."

„Ich bin von einer wahren Romantikerin aufgezogen worden", sagte Sonnet. „Gerate nicht in irgendwelche Schwierigkeiten, Mom."

„Mit Darryl und Wayne? Das ist etwas arg weit hergeholt."

Sonnet sagte: „Oh, da fällt mir gerade ein, dass ich mit Daisy gemailt habe. Olivia wird dir eine Einladung zur Hochzeit schicken."

Eine Bellamy-Hochzeit. Im Camp Kioga. Nina würde sich lieber ein Loch in den Zahn bohren lasse. „Ich bin nicht gut auf Hochzeiten. War ich noch nie."

Auf dem Heimweg vom Camp Kioga wurde Gregs Blick von einem blassen Leuchten am westlichen Horizont hinter der Stadt angezogen. Er traf eine schnelle Entscheidung. An einer Kreuzung am Ende der River Road bog er ab und suchte sich seinen Weg über die Schotterstraße, die zu dem hell erleuchteten Baseballstadion führte.

„Hey, cool", sagte Max. „So kriegen wir noch das Ende des Spiels mit."

Greg reichte ihm sein Handy. „Tu mir bitte einen Gefallen“, sagte er. „Ruf deine Schwester an und sag ihr, dass wir etwas später kommen.“

Auch wenn Greg wusste, dass es gut war, seinen Sohn zu Baseballspielen mitzunehmen, vergaß er immer wieder, es auch zu tun. Er ermahnte sich, nicht länger der Typ zu sein, der zu sehr mit seiner Arbeit beschäftigt oder in Gedanken versunken oder zu schlecht gelaunt war, um mit Max zu einem Spiel zu gehen. Und genau jetzt würde er damit anfangen.

Die sechs Reihen der Zuschauerränge waren voll besetzt. Mit Klamotten aus dem Fanshop, angemalten Gesichtern und Kriegsgesängen feuerten sie ihr Minor League Team an, als spielte es in der Major League. Der Imbiss hatte gut zu tun, und der Geruch von Popcorn und Hotdogs erfüllte die Luft. Die Musik kam aus der Konserve, aber der Stadionsprecher kommentierte das Spiel schnell und gekonnt. Einige hatten das Spiel zum Anlass für einen Familienausflug genommen und ihre Decken auf der Wiese vor dem Spielfeld ausgebreitet. Sie lachten und aßen, reichten halb schlafende Kleinkinder und Babys herum und genossen den Abend.

Obwohl sie gerade erst zu Abend gegessen hatten, behauptete Max, er hätte schon wieder Hunger. Greg kaufte ihm eine rot-weiß gestreifte Tüte mit Popcorn und einen neonblauen Drink namens Blue Crush. Als sie sich einen Weg zu den Zuschauerrängen suchten, sah Greg, dass es am Ende des siebten Innings drei zu zwei für die Gastmannschaft stand. Die Hornets waren am Schlag, und ein paar Minuten später machten sie ihr drittes Out, und die Spieler liefen aufs Outfield.

In der untersten Reihe wurden gerade zwei Plätze frei. Greg murmelte einen Dank, als er sah, dass die Person, die ihm Platz gemacht hatte, eine Frau war. Um die dreißig, sehr attraktiv. Kein Ehering. Ein angenehmes Lächeln und einen weniger angenehmen Hauch von Zigarettengeruch. Ihre Miene sandte ganz eindeutig das Signal aus, dass sie zu haben war.

Greg hatte sehr schnell einen sechsten Sinn für Frauen entwickelt. Er wusste, wann sie ein Auge auf ihn warfen, und er spürte geradezu körperlich, dass die nach Rauch riechende Frau ihn beobachtete. Er tat so, als ob er es nicht bemerkte, und unterhielt sich angelegentlich mit Max, der mehr über die Hornets zu wissen schien als Greg. „Der Manager ist ein Typ namens Dino Carminucci“, sagte Max mit einer Sicherheit, von der Greg sich wünschte, er würde sie auch bei seinen Hausaufgaben an den Tag legen. „Er war mal Feldwart in Duluth, aber er ist hier in Avalon aufgewachsen. Er hat in den letzten fünf Jahren zwei Championtitel errungen. Und die Hornets … na ja, ihre Bilanz ist nicht so gut, weil sie neu sind, aber sie haben diese Saison einen tollen neuen Pitcher, Bo Crutcher aus Texas.“ Er zeigte auf einen großen, schlaksigen Kerl, der gerade seine Jacke auszog und dann zur Abwurfstelle trabte.

Die einheimischen Fans jubelten, als das Außenfeld sich versammelte, und buhte, als der Batter von New Haven auf das Schlagmal trat. Der erste Wurf bestätigte Max' Informationen. Der Ball flog wie eine Gewehrkugel, war aber so wild, dass die Fans des gegnerischen Teams schon „Ball eins“ riefen, bevor der Schiri diesen Ruf bestätigte.

„Ist okay, Crutch. Du schaffst das“, rief jemand.

Diese Stimme. Ihr Klang war für Greg wie ein Schlag auf den Hinterkopf. Sofort wirbelte er auf seinem Sitz herum. Und tatsächlich, da saß sie, Nina Romano, flankiert von zwei Kerlen mit verkehrt herum sitzenden Baseballkappen. Sie tranken Bier und feuerten das Team an. Nina ertappte ihn dabei, wie er sie anstarrte, und winkte ihm zu. Ihr Lächeln konnte er nicht ganz deuten. Er fühlte sich irgendwie unbehaglich, also richtete er seine Aufmerksamkeit wieder auf das Spiel.

Oder tat zumindest so. Sein Gehirn stand in Flammen. Er war sich nicht sicher, warum der Anblick von Nina mit zwei Männern ihn so sehr störte. Vielleicht weil sie zu Hause sein und unruhig hin und her laufen sollte, während sie überlegte, ob sie sein Angebot annehmen sollte oder nicht.

Ja klar, sagte er sich. Sie hatte sich vermutlich bereits entschieden, sein Angebot abzulehnen, und es ihm nur noch nicht gesagt. Vielleicht würde sie ihr Glück mit Dumm und Dümmer versuchen, oder wer auch immer ihre beiden Begleiter waren.

Während Greg vor sich hin schmorte, merkte er gar nicht, dass die Frau neben ihm immer näher kam, bis ihre Schultern sich berührten. „Entschuldigen Sie“, sagte sie.

Er nickte nur und rückte ein Stückchen. Seine Körpersprache würde ihr hoffentlich verraten, was er nicht laut aussprechen mochte. Der schlaksige Pitcher schaffte es, sich so zusammenzureißen, dass ihm eine Reihe von Strikes gelangen.

Einer von Ninas Begleitern legte die Hände an den Mund und trötete wie ein Nebelhorn. „Nehmt ihn raus“, rief er. „Der ist durch!“

Der Schiedsrichter verkündete den dritten Strike. „Ja, Baby!“, rief der Typ, als die Menge der Hornets-Fans jubelte. „Der ist fertig. Der ist raus. Der ist Geschichte.“

Halt den Mund, dachte Greg. Halt einfach den Mund.

Bis zum Ende blieben beide Teams punktelos, und erst im letzten Inning schafften die Hornets zwei Runs. Die Avalon-Fans drehten völlig durch, und einen Moment lang verspürte sogar Greg einen Anflug von Glück. Doch er wusste, dass das Gefühl so flüchtig war wie das Lächeln einer Frau.

Er drehte sich um, um Ninas Blick aufzufangen, aber sie und die beiden Typen waren bereits zur Spielerbank gegangen. Umgeben von den Spielern, die um ihre Aufmerksamkeit buhlten, hatte sie keinen Blick für Greg.

Dann überraschte sie ihn, indem sie sich aus der Gruppe löste und auf ihn und Max zukam. „Ihr seid also Baseballfans", bemerkte sie.

„Ja. Max ist diesen Sommer in der Little League."

„In Jerry Broadbents Team?" Sie lächelte.

Verdammt, kannte sie denn jeden Mann in der Stadt oder nur jeden zweiten?

Max nickte.

Sie strich sich übers Kinn wie ein Detektiv in einem Comic. „Das ist der gleiche Gesichtsausdruck, den meine jüngeren Brüder hatten, wenn sie vom Baseballtraining mit Broadbent nach Hause kamen."

Max musterte sie interessierte. „Hat der Coach sie auch gehasst?"

„Der Coach hasst niemanden. Er ist einfach manchmal ein bisschen heftig." Sie lachte leise. „Nein, vermutlich hat er sie tatsächlich gehasst. Sie sind eineiige Zwillinge und haben oft Streiche gespielt, was ihn noch wütender gemacht hat. Ich glaube, sie waren schon einige Wochen im Team, bevor ihm überhaupt aufgefallen ist, dass es zwei von ihnen gab."

„Echt?"

Sie nickte. „Ich erinnere mich noch, einen Sommer brauchten sie mal eine Pause vom Coach. Sie haben das Team verlassen und haben stattdessen segeln gelernt."

Max riss die Augen auf. „Sie haben das Team verlassen?"

„Klar. Es ist nur ein Spiel, keine Schule. Ich denke, wenn es keinen Spaß macht, wieso sollte man es dann tun?"

„Weil Max keiner ist, der aufgibt", mischte Greg sich ein. „Oder, Max?" Er fing Ninas Blick auf. „Er hat immer Sport gemacht. Das ist körperlich gut für ihn, und der Sport kann Kindern viel beibringen. Zum Beispiel, dass Ausdauer sich auszahlt."

„Es gibt einen Unterschied zwischen Ausdauer und mit dem Kopf gegen die Wand schlagen.“ Nina grinste Max an.

Für ein paar Sekunden hob sich Max’ Laune. „Stimmt.“

Gregs und Ninas Blick trafen sich, und er spürte die Unterströmung in der Unterhaltung. Er entschied sich, sie an die Oberfläche zu bringen. „Ich warte schon eine ganze Weile auf eine Antwort zu meinem Angebot.“

„Ich weiß.“

„Und?“

„Und …“

„Hey, Darling.“ Der Pitcher des Teams gesellte sich zu ihnen, verschwitzt, aber stolz auf den Sieg seines Teams.

„Darf ich vorstellen: Greg Bellamy und sein Sohn Max.“ Nina trat einen Schritt zurück. „Bo Crutcher, unser Star-Pitcher.“

Verdammt, sie kannte wirklich jeden Kerl in der Stadt. Das war’s, beschloss Greg. Wenn er morgen nichts von ihr hörte, würde er ohne sie weitermachen.

„Gehen wir, Kumpel“, sagte er zu Max. Auf dem Weg zum Wagen kamen sie an einer jungen Familie vorbei. Der Mann war nicht sonderlich groß und hatte einen kleinen Bauch. Außerdem wurde er vorzeitig kahl. Doch als er seine Frau beobachtete, die mit den beiden Kindern auf der Decke spielte, hatte er den seltsamen Gesichtsausdruck, den Jenny vorhin erwähnt hatte. *Liebe bewirkt so etwas.*

Greg bemerkte, dass Max die Familie ebenfalls beobachtete, und sein Gesicht verriet genau, was er dachte.

Sie stiegen ins Auto, und Max sagte: „Ich hasse die Scheidung. Sie ist echt ätzend.“

Der Kommentar erschütterte Greg. Sollte er Max weitersprechen lassen, ihn ausfragen, versuchen, ihn abzulenken – was? Er entschied sich für Ehrlichkeit. „Ja, es ist ätzend.“

„Warum hast du es dann zugelassen?", wollte Max wissen. „Du hast Nina gesagt, dass ich niemand bin, der aufgibt, als wenn das was wäre, worauf man stolz sein könnte. Aber du hast Mom aufgegeben."

„Es lag nicht nur ..." Greg unterbrach sich. Er hatte sich mit einem *Es lag nicht nur an mir* verteidigen wollen. Doch das war Max egal, und vielleicht lag Greg auch falsch. Hatte er vielleicht doch ganz alleine seine Ehe ruiniert – und hätte er sie auch ganz alleine wieder ins Lot bringen können? Hatte er es ernsthaft genug versucht? „Ich kann es dir nicht erklären", gab er zu. „Es tut mir leid, Max."

„Alles erinnert mich daran, wie es mal war", sagte Max. „Geburtstage und Weihnachten, wie wir vier die ganze Zeit gelacht haben, glücklich waren, wie ganz normale Leute. Jetzt glaube ich, das war alles eine Lüge. Oder dass es zu einer Lüge wurde, weil ihr euch getrennt habt."

„Es war keine Lüge", widersprach Greg. „Die Liebe, das Glücksgefühl, das war real."

„Warum hat es dann nicht gehalten?"

Warum, warum, warum? „Das hatte viele Gründe. Wir haben uns verändert. Deine Mom und ich, wir sind zu anderen Menschen geworden. Es ist ein Klischee, aber die Wahrheit ist, wir haben uns auseinandergelebt und es erst bemerkt, als es schon zu spät war."

„Zu spät für was? Warum habt ihr es nicht wieder repariert? Ihr wolltet, dass wir alle wegen der Scheidung zum Therapeuten gehen. Warum habt ihr nicht genauso hart an eurer Ehe gearbeitet?"

„Das ist eine gute Frage, auf die ich keine Antwort habe." Oder vielleicht hatte er die, aber sie war nichts, was er seinem Sohn sagen würde. Fakt war, dass Greg und Sophie von Anfang an nicht richtig füreinander gewesen waren. Das Einzige, was zwischen ihnen perfekt war, war das Baby, das sie gemacht hatten. Daisy. Ein Sonnenschein, der ihre kleine Welt erhellt und die dunklen Ecken ausgeblendet hatte, in denen die Wahrheit über ihre Inkompatibilität lauerte. Ein paar Jahre später war Max gekommen, ein weiteres Licht, das noch heller strahlte. Er brannte die Zweifel und die Dunkelheit fort und verursachte eine vorübergehende Blindheit, die Greg mit Glück verwechselt hatte.

Greg hasste es, dass die Scheidung seinen Kindern wehgetan hatte. Hasste es, dass er Max nicht die Antworten geben konnte, nach denen er sich sehnte. Alles, was er sagte, klang wie hohle Phrasen. „Max, ich will, dass du mir glaubst, wenn ich dir sage, dass es besser wird. Denn die Wahrheit ist die: Man bekommt nicht nur eine Chance aufs Glücklichsein. Man bekommt viele Chancen. Zweite Chancen lauern überall. Und manchmal funktioniert eine zweite Chance sogar besser als die erste, weil man aus seinen Fehlern gelernt hat. Vertrau mir."

„Ja, klar." Max verfiel in übel gelauntes Schweigen. Nach ein paar Minuten sagte er: „Ich verstehe es nicht, Dad. Ich kapier einfach nicht, warum Leute überhaupt erst heiraten, wenn sie sich danach doch nur auseinanderleben."

„Wenn man eine Ehe eingeht, denkt man nicht so. Es ist schwer zu erklären." Greg bog am Hinweisschild zum Inn ab. „Du tust, was du tun musst, und hoffst das Beste."

4. TEIL

Damals

Die Guinevere-Suite ist die bevorzugte Wahl für Flitterwochen und Paare, die einen besonderen Hochzeitstag feiern. Sie ist im Aussichtsturm gelegen und eine luxuriöse und private Oase, deren Herz in einem Queen-Size-Himmelbett mit weißem Tüll schlägt. Ein schräges Panoramafenster rahmt den fantastischen Blick auf den See ein. Im Badezimmer befindet sich eine Badewanne auf Klauenfüßen – die groß genug ist für zwei – sowie eine große Auswahl an Kerzen, Seifen und Lotionen.

Die Bettlaken sind mit Lavendel parfümiert. Ein aromatisches Kraut mit einem besonderen, beruhigenden Duft. Man sagt, ein Säckchen mit getrockneten Lavendelblüten unter dem Kissen ist eine wirksame Hilfe bei Schlaflosigkeit. Um Bettlaken mit dem Geruch zu versehen, tun Sie sie zusammen mit einem Säckchen Lavendel in den Wäschetrockner.

7. Kapitel

Greg behielt Nina im Auge und stellte sicher, dass sie nicht weitere Dummheiten machte, wie sich auf einen Kadettenball zu schleichen. Was hatte er noch gesagt, als er sie nach Hause gefahren hatte? „Ich könnte dich überraschen." Mann, das hätte er nicht sagen sollen. Ihr Altersunterschied war vielleicht nicht mehr wichtig, wenn sie älter waren, aber im Moment stand er wie eine undurchdringliche Mauer zwischen ihnen. Sie ist immer noch ein Kind, sagte er sich. Das war's. Punktum.

Es war der Tag nach der offiziellen Schließung des Sommercamps. Die Kinder waren alle fort, und nun musste das Camp nur noch für den langen Winter abgeschlossen werden. Nina half ihrer Mutter, die Küchengeräte nach draußen zu tragen, damit sie dort abgespritzt werden konnten. Greg sollte die Boiler in den Hütten und Schlafbaracken ablaufen lassen, doch er ließ sich immer wieder von Ninas Anblick ablenken und wurde jedes Mal erneut wütend über den dummköpfigen Kadetten aus dem Country Club.

Er bemerkte, dass ein paar der anderen Betreuer ein Auge auf Nina warfen, und musste ihnen drohen, sich zurückzuhalten. Er hatte gehört, dass sie mehrere Brüder hatte. Wo zum Teufel waren die, wenn man sie brauchte?

Nina für ihren Teil tat so, als existiere er gar nicht. Vielleicht sah sie ihn nicht. Oder ihr war der ganze Vorfall mit dem Kadetten peinlich.

„Überraschung." Am Haupthaus stieg Sophie Lindstrom aus dem Wagen, der von Terry Davis gefahren wurde, dem

Hausmeister. Ihr Lächeln war gleichzeitig umwerfend und unsicher. Eingedenk der Bitterkeit bei ihrem letzten Treffen nach Weihnachten konnte Greg die Unsicherheit gut verstehen.

Er hatte geglaubt, er und Sophie wären ineinander verliebt. Sie hatten sich letzten Herbst in der Wirtschaftsvorlesung kennengelernt. Im Laufe des Semesters war aus dem anfänglichen Flirt ein erstes Date erwachsen, und bald schon schliefen sie miteinander und entwarfen eine gemeinsame Zukunft. Sophie war für ihn perfekt. Sie war klug, lustig, freundlich, schön und ambitioniert. Sie stammte aus Seattle und einer Familie von Anwälten, Diplomaten und Kaufhausmagnaten. Greg hatte es gar nicht erwarten können, sie Weihnachten mit nach Hause zu nehmen, um sie seiner Familie vorzustellen.

Doch das war nicht passiert. Aus Gründen, die ihm selber nicht ganz klar waren, war ihre Beziehung mit einem Mal turbulent und schmerzvoll geworden. Sophie hatte ihn darüber in Kenntnis gesetzt, dass sie, da sie beide das folgende Semester getrennt im Ausland verbringen würden, es sich nicht leisten konnten, sich von „emotionalen Bindungen" zurückhalten zu lassen. Was auch immer das heißen sollte.

Wie Nina Romano es im Auto so passend ausgedrückt hatte: Sophie hatte ihn sitzen lassen. Greg hatte seit dieser schmerzvollen Unterhaltung vor den Weihnachtsferien nicht mehr mit ihr gesprochen. Und jetzt war sie hier. Er hatte keine Ahnung, was das zu bedeuten hatte. Oder wie er sie begrüßen sollte. Er musste sich neu orientieren. Er hatte angenommen, er würde seinen Kollegen und Eltern bei den letzten Aufgaben zur Hand gehen – Hütten winterfest machen, alles Verderbliche aus der Küche und dem Speisesaal räumen, die Boote und die Sportausrüstungen verstauen – und dann zurück in die Stadt fahren und sich auf das nächste Collegejahr vorbereiten. Nicht erwartet hatte er hingegen einen Besuch seiner alten Flamme – und ersten Liebe.

„Ja, das ist wirklich eine Überraschung", sagte er. Er umarmte Sophie steif. Sie stießen ungelenk aneinander, wussten nicht mehr, wie sie zueinanderpassten, obwohl das früher doch so leicht und mühelos erschienen war. Sie fühlte sich total anders an. Sogar ihr Geruch war ein anderer. Und er hätte schwören können, dass sie fülliger war. Verdammt. Hatte sie sich die Brüste machen lassen?

Er ließ sie los und trat einen Schritt zurück. Sie waren monatelang getrennt gewesen und kannten einander nicht mehr. Er wusste nicht, was er sagen sollte. Er schwankte noch zwischen „Gut dich zu sehen" und „Ich dachte, wir hätten Schluss gemacht", als sie ihren Kopf ins Auto steckte und nach etwas auf der Rückbank griff. Terry Davis ging mit stoischer Miene an den Kofferraum, um ihre Taschen auszuladen.

Großartig, sie hat Gepäck, dachte Greg. Ganz offensichtlich plante sie, mindestens über Nacht zu bleiben.

„Woher wusstest du, wo ich zu finden bin? Und warum hast du nicht erst einmal angerufen?" Er ertappte sich dabei, wie er einen Blick auf ihren Hintern warf, als sie sich ins Auto beugte. Ihr Hintern hatte ihm immer gefallen, und heute sah er besonders gut aus. Vielleicht hatte sie während ihrer Zeit in Japan ein wenig zugelegt. Es stand ihr gut.

„Dein Zimmergenosse hat mir gesagt, wo ich dich finden kann. Und ich habe entschieden, nicht vorher anzurufen, weil ich Angst hatte, sonst in letzter Sekunde einen Rückzieher zu machen", sagte sie über die Schulter. Dann richtete sie sich auf und drehte sich um.

Einige Sekunden lang starrte Greg sie in vollem Unverständnis an. In ihren Händen hielt sie zwei graue Plastikgriffe, die an einer Art Korb befestigt waren. In dem Korb lag ein Haufen blasser, weich aussehender Decken.

Nein, dachte er. Einfach … *nein.* Es rauschte durch seinen

Kopf, ein Leugnen, das so stark war, dass er nichts von dem hörte, was Sophie sagte. Er sah, wie ihre Lippen sich bewegten, aber kein Wort durchdrang das panische Heulen in seinem Kopf.

Okay, dachte er. Tief durchatmen. Er zwang sich, sich zu konzentrieren.

„… der Ausdruck auf deinem Gesicht“, sagte Sophie gerade. „Das ist der andere Grund, warum ich nicht erst angerufen habe.“ Sie hielt kurz inne, um Mr. Davis für die Fahrt zu danken, dann wandte sie sich wieder an Greg. „Gibt es hier einen Platz, wo wir ungestört reden können?“

„Ja, da drüben.“ Er nahm ihren Rollkoffer und zog ihn über den unebenen Weg, der zum Steg unterhalb des Haupthauses führte. Jetzt, wo alle Camper weg waren, lag er einsam und verlassen da. Die Abenddämmerung brach herein, und eine warme Brise kräuselte die Wasseroberfläche.

Aber die unberührte Schönheit des Abends bedeutete Greg nichts. Ihn interessierten weder die letzten Sonnenstrahlen, die auf dem Wasser tanzten, noch das sanfte Plätschern der Wellen an die Pfeiler des Stegs. Es war nur ein Ort, an dem er ausflippen konnte, während alles, was er sich für sein Leben vorgestellt hatte, auf den Kopf gestellt oder auf links gedreht oder zumindest in etwas verwandelt wurde, was er nicht wiedererkannte.

Mit äußerster Vorsicht setzte Sophie den Korb ab.

Greg konnte immer noch nicht sprechen. Er hielt seinen Blick auf Sophie gerichtet – wenn er es nicht anschaute, müsste er es nicht zur Kenntnis nehmen, und dann wäre es auch nicht wirklich. Es würde nicht passieren.

Sie erwiderte seinen Blick mit schonungsloser Ruhe. „Als wir letztes Jahr Weihnachten Schluss gemacht haben, wusste ich nicht, dass ich schwanger war“, sagte sie. „Ich schwöre es.

Ich dachte – ich nahm an –, ich hätte mir etwas eingefangen, einen Magen-Darm-Virus oder so. Es ist mir überhaupt nicht in den Sinn gekommen …“ Sie wandte den Blick ab und räusperte sich. „Ich hatte viel Stress. Die Abschlussprüfungen, und dass wir beide nicht mehr miteinander klarkamen.“

Was für eine Untertreibung. Am Ende ihre Beziehung war das Zusammensein, wie wenn man die Haut von einer Blase abzieht. Das Wissen, dass sie das nächste Semester auf verschiedenen Kontinenten verbringen würden – er in Granada in Spanien, sie in Nagoya in Japan –, bot den idealen Ausweg aus dem Schmerz. Greg hatte angenommen, dass er und Sophie im Herbst als höfliche Fremde zurückkehren würden. Nach und nach würden die Erinnerungen verblassen. Sie würden Dinge vergessen, die sie einmal voneinander gewusst hatten – die Namen der Haustiere aus der Kindheit, die Lieblingsfarbe, das Lied, das gespielt hatte, als sie sich das erste Mal liebten. Irgendwann würden sie vergessen, was sie einander mal bedeutet hatte, oder wenn sie sich doch daran erinnerten, würden diese Erinnerungen nicht mehr wehtun.

Jetzt jedoch wurde ihm bewusst, dass zwischen ihnen gar nichts vorbei war. Im Gegenteil, etwas fing gerade an. Er konnte immer noch nicht zu dem Bündel Decken in dem Tragekorb schauen. Aber er konnte es auch nicht länger ignorieren. „Es ist also meins“, sagte er. Das war keine Frage. Sophie war zwar ein Mensch, der Geheimnisse hatte, aber sie war keine Lügnerin. Und sie hätte sich nicht dem Schmerz ausgesetzt, hierherzukommen, wenn sie sich nicht hundert Prozent sicher wäre.

„*Es* ist ein Mädchen“, sagte sie, und Greg zuckte innerlich zusammen, als er den ätzenden Ton hörte, den Sophie so gut beherrschte. Sie hatte schon immer die einzigartige Fähigkeit besessen, ihm das Gefühl zu geben, winzig klein zu sein. „Und ja“, fuhr sie fort, „sie ist deine Tochter. Ich bin alleine gekommen, um es dir zu sagen, weil ich will, dass wir gemeinsam eine Entscheidung treffen, ohne dass uns jemand hineinredet.“

„Mit ‚irgendjemand‘ meinst du vermutlich deine Eltern“, sagte Greg. Anders und Kirsten Lindstrom waren beide Partner in einer der angesehensten Anwaltskanzleien von Seattle. Und das war typisch für Sophie. Alleine dadurch, dass sie das Thema anschnitt, wurde ein gewisser Druck aufgebaut. „Sie sind dein Plan B, richtig? Ich meine, sollte ich versuchen, meine Verantwortung zu leugnen. Was dir zeigt, dass sie mich überhaupt nicht kennen. Und das gilt vielleicht auch für dich.“

Zu seiner Überraschung war Sophie den Tränen nahe, sie wirkte unglaublich verletzlich. „Oh Greg. Ich wünschte, ich hätte es dir eher gesagt, aber ich hatte solche Angst.“

Aus der Babytrage kam ein Geräusch. Ein schläfriges Stöhnen, beinahe unhörbar sanft, und doch dröhnte es in Gregs Ohren. Der kleine Ton schien Sophie zu verwandeln. Ihr Unsicherheit verwandelte sich in puren Stolz, als sie sagte: „Sie heißt Daisy.“

Greg fühlte sich wie vom Blitz getroffen; danach folgte ein Gefühlsrausch, den er nicht erklären konnte. Plötzlich war es kein „es“ mehr, sondern ein Mädchen. Seine Tochter. Und sie hatte einen Namen. Daisy.

Mit ungelenken, hölzernen Bewegungen ging er neben der Trage in die Knie. Er wusste nicht, wie man das Verdeck zurückklappte, also beugte Sophie sich herunter und half ihm. Das goldene Licht der untergehenden Sonne fiel auf das kleine Bündel. Mit einem Finger und zitternder Hand schob Greg die Decke beiseite, und endlich nahm das Bündel menschliche Formen an. Als er sie anschaute, stockte ihm der Atem. Dieses zerbrechliche, winzige Kind, das so tief schlief wie eine Figur im Märchen. Er starrte das runde, perfekte Gesichtchen an, die unglaublich kleinen Fäuste, die sich an die leicht geröteten Wangen drückten. Das Gesicht des Babys zuckte im Schlaf, dann wurde es ganz weich und entspannt.

Und einfach so veränderte sich seine Welt. Gregs Brust fühlte sich an, als würde sie jeden Moment platzen. Von einem Platz in seinem Herzen aus, von dessen Existenz er bis dahin nichts gewusst hatte, fing er auf einmal an, sein Kind zu lieben. Die Liebe überwältigte ihn, war so intensiv und unerwartet wie ein plötzlicher Sturm, der die Landschaft für immer verändert. Dann schaute er zu Sophie hinauf und wusste, dass er verdammt noch mal besser herausfand, wie er auch sie lieben konnte.

8. Kapitel

Der Sommer im Camp Kioga endete mit einer unerwarteten Hochzeit, und Nina ertappte sich dabei, von der Entwicklung unangemessen fasziniert zu sein. Mrs. Romano und Mrs. Majesky lieferten das Catering für die kleine Familienfeier, die die Bellamy-Familie und das Camp kurzfristig in Aufruhr versetzte. Ein paar von Sophie Lindstroms Freundinnen und die Familie kamen den ganzen Weg aus Seattle und wohnten im Inn am Willow Lake, wo Nina auch erfuhr, was es mit der Hochzeit auf sich hatte. Bei ihrer Arbeit im Inn hatte sie gelernt, den Unterhaltungen der Gäste zuzuhören, ohne dass es ihnen auffiel.

Sophies Freunde waren alle sehr gebildet und weit gereist, dennoch konnten sie nicht aufhören, sich über die Wasserleitungen, die fehlende Klimaanlage und den unglaublichen Mangel an Unterhaltung in der kleinen Stadt Avalon zu beschweren. Sophies Gäste kamen paarweise, so wie die Tiere auf Noahs Arche. Zwei beste Freundinnen – Lucy Rosetta und Miranda Sweeny. Zwei Elternteile – keine Geschwister. Und zwei Paare Großeltern. Das war's. Oh, und das Baby. Das kleine Nest aus pinkfarbenen Decken war der Grund für all die Aufregung.

Kleine Familien faszinierten Nina. Sie schienen immer so ruhig, so höflich und reserviert. Sie beobachtete sie an einem der runden Tische im Frühstücksraum, wie sie die Sahne herumreichten und sich die Zeitung aufteilten, wobei sie leise miteinander sprachen.

Was für ein Unterschied zum Haushalt der Romanos. Zuerst einmal gingen sie nie außerhalb frühstücken. Wer sollte das auch bezahlen? Frühstück war bei Nina zu Hause immer ein wildes Durcheinander. Die Geschwister stritten sich über die nächste Scheibe Toast oder das letzte Glas Saft. Nach dem Chaos beim Essen folgte eine hektische Suche nach Schlüsseln, Sportklamotten, Schulbüchern oder Zugfahrkarten, die in einem Massenansturm auf die Haustür endete. Danach ähnelte die Küche einem Dorf, das von wütenden Horden heimgesucht worden war.

Kleine Familien waren gedämpft. Man hörte das Klirren von Porzellan und Silber. Man hörte die Mütter sagen: „Zappel nicht so, meine Liebe“ oder „Reichst du mir bitte das Salz?“

Der Tag der Bellamy-Hochzeit war ein letzter sonniger Gruß des Sommers. Am Morgen arbeitete Nina im Frühstücksraum des Inn. Anders als andere Kinder, die miese Sommerjobs in der Autowäsche oder im öffentlichen Schwimmbad hatten, liebte Nina ihre Arbeit im Inn am Willow Lake. Auch wenn es etwas heruntergekommen war, war es immer noch vornehm und friedvoll. Nina liebte es, die Gäste willkommen zu heißen und es ihnen in dem kleinen Hafen am Ufer des idyllischen Willow Lakes heimisch zu machen.

Heute jedoch musste sie direkt nach dem Frühstück los. Ihre Mutter hatte sie und Jenny rekrutiert, um bei der Hochzeit zu helfen. Nach der Zeremonie würde es ein Dinner im Haupthaus von Camp Kioga geben, und Ninas Mutter war für das Essen verantwortlich.

Sie und Jenny fuhren mit dem Transporter der Sky River Bakery. Sie hatten die wunderschöne, dreistöckige Hochzeitstorte dabei, die Mrs. Majesky gerade noch mit ein paar Verzierungen aus Blattgold und silbernen Liebesperlen gekrönt hatte. Jenny war ungewohnt still, denn ihre Hauptgründe, das Camp zu besuchen – genauer gesagt die beiden Jungen, die dort den

Sommer verbracht hatten –, waren abgereist. Sie wusste, dass sie sie erst im nächsten Jahr wiedersehen würde.

Nina war auch sehr still, und ihr war ein wenig übel, aber das lag nicht an Liebeskummer wie bei Jenny. Der zuckrige Geruch im Van in Verbindung mit der kurvigen Straße zum Camp machte es nicht besser. Sie wünschte, sie hätte das Frühstück nicht ausfallen lassen. Normalerweise war es den Bediensteten im Inn erlaubt, sich auch beim Frühstück zu bedienen, aber heute Morgen hatte der Gedanke daran, etwas zu essen, in Nina das Bedürfnis geweckt, sich zu übergeben. Außerdem musste sie mal ganz dringend pinkeln, und sobald sie vor dem Haupthaus anhielten, rannte sie zu den Toiletten.

Den Rest des Tages war sie zu beschäftigt, um sich Gedanken um ihren aufgewühlten Magen zu machen. In letzter Minute tauchten Gregs zwei Schwestern und sein Bruder auf, gefolgt von einigen Collegekumpels von Greg. Langsam fing das Ganze an, zu einer echten Party zu werden. Nina und Jenny halfen in der Küche, und als die Gäste zum Empfang kamen, sorgten die beiden Mädchen dafür, dass die Büfetttische immer wohl gefüllt waren mit all den Leckereien, die Mrs. Romano zubereitet hatte. Eine Band spielte, und bei Sonnenuntergang wurde der Tanz eröffnet. Nina warf Greg Bellamy immer wieder verstohlene Blicke zu, die er allerdings nicht zu bemerken schien. Er und Sophie – seine *Frau*, wow – gingen ganz in den Feierlichkeiten auf. Wenn man den Gerüchten glauben durfte, hatten die beiden sich im College kennengelernt. Sie hatten sich vor Monaten getrennt, und dann war Sophie wie aus dem Nichts mit einem Baby aufgetaucht, und plötzlich waren sie wieder ganz doll ineinander verliebt.

Kein Wunder, dass Greg einfach durch Nina hindurchzusehen schien, als sie mit einer Platte Pollo Cacciatore an ihm vorbeiging. Er erinnerte sich vermutlich nicht mal mehr an den

Sommerabend, an dem der Geruch von Blumen in der Luft gelegen und er Nina mit dem Auto nach Hause gefahren hatte. Der Abend, an dem er gesagt hatte: „Vielleicht eines Tages … Ich könnte dich überraschen.“

Es war peinlich genug, dass Nina diesen Abend in Gedanken wieder und wieder durchgespielt hatte. Den Abend, an dem sie ihre Jungfräulichkeit an einen West-Point-Kadetten verloren hatte. Aber der Teil, an den sie sich am lebhaftesten erinnerte, der Teil, der ihr wieder und wieder durch den Kopf ging, hatte weniger mit Laurence Jeffries und mehr mit Greg Bellamy zu tun. Was wirklich dumm war, denn er dachte ja ganz offensichtlich überhaupt nicht an sie. Er war total beschäftigt mit Sophie und dem kleinen Baby, das sie ihm gebracht hatte.

An einem Punkt des Abends stand sie an eine Wand gelehnt da und versuchte einen Weg zu finden, ihren BH zu richten, ohne dabei zu offensichtlich zu sein. Vielleicht machte sie gerade eine Phase körperlicher Veränderungen durch, denn alle ihre BHs fühlten sich in letzter Zeit zu eng an. Sie stellte ihr Tablett auf einen Tisch und zog diskret durch ihre Bluse an dem elastischen Band.

„Ist das für mich?“, fragte jemand.

Nina nahm sofort Haltung an, wie ein Soldat. Oh, verdammt. Greg Bellamy. „Was?“, fragte sie und merkte erst dann, dass er das Tablett anschaute und nicht sie. „Ja, sicher.“ Sie hob das Tablett mit den Champagnerflöten wieder an.

Er sah sie direkt an, doch ihre Zunge war wie gelähmt. Was sagte man zu einem Mann, der komplett und zu einer Million Prozent nicht zu haben war?

„Oh, hi“, sagte sie. Oh, brillant, Nina, dachte sie.

„Hi“, erwiderte er, und schien dann auch nicht weiterzuwissen. Er nahm sich ein Glas von dem Tablett, das sie in Händen hielt, und trank es in einem Zug aus.

Großartig, dachte sie. Er erinnerte sich nicht einmal mehr an sie. Sie war eine angeheuerte Bedienung, ungefähr genauso interessant wie die Tapete an der Wand, vor der sie stand. Was natürlich der Sinn der Sache war – sie, Jenny und das andere Personal trugen schwarze Hosen, flache schwarze Schuhe mit leisen Sohlen und gestärkte weiße Hemden. Die Haare hatten sie in einem ordentlichen Pferdeschwanz zurückgebunden. Trotzdem, dachte sie und schob das Tablett in den Rollwagen für den Abräumer. *Trotzdem.*

Eine Gruppe von Gregs Collegefreunden kam zu ihm und fing an, ihn damit aufzuziehen, dass er der Erste war, der heiratete. „Auf dich, Kumpel", sagte ein rotgesichtiger Student und hob sein Glas. „Mögest du tapfer voranschreiten in Gebiete, die noch keiner von uns betreten hat."

„Ja, direkt in die Arme der kleinen Frau", sagte ein anderer. „Hört ihr das? Das ist die Falle, die gerade zugeschnappt ist."

Sie alle lachten, als wäre es ein ganz ausgezeichneter Witz. Als wenn es toll wäre, ihn auf seiner Hochzeit damit aufzuziehen, dass er wie eine Ratte in der Falle saß. Sie sah, dass er direkt hintereinander drei weitere Gläser Champagner hinunterstürzte. Sie war keine Expertin, was Hochzeiten anging, aber sie war sich ziemlich sicher, dass man sich an seinem eigenen Hochzeitstag nicht ins Koma trinken sollte, weil das die Hochzeitsnacht negativ beeinflusste. Nach seinem vierten Glas Champagner ging er mit steifen Schritten fort. Seine ganze Körperhaltung strahlte Wut aus. Er schien in Richtung Toiletten zu gehen, die sich neben der Treppe befanden. Doch stattdessen blieb er an einer Nebentür stehen, schaute sich verstohlen um und schlüpfte hinaus.

Jetzt war Nina auf einer Mission. Was hatte der Kerl vor? Sie ging zu der Tür und sah, dass sie zu einer Außentreppe führte, die an einem schmalen Weg endete, der bis hinunter zum See verlief. Sie trat ungesehen hinaus und sah, dass Greg auf dem umlaufenden Gang stehen geblieben war. Hier hingen bemalte Paddel und andere Erinnerungen, die die Camper den Sommer über gemacht hatten. Während sie ihn beobachtete, holte Greg mit seiner Faust aus und schlug sie mit voller Wucht gegen die Wand. Die Verkleidung gab mit einem dumpfen Knacken nach. Er stieß einen Fluch aus, der nicht mal Ninas Brüdern über die Lippen gekommen wäre. Eine Wolke Gipspulver umwehte ihn.

Nina zögerte nicht. Sie eilte die Stufen hinunter und erreichte ihn gerade in dem Moment, als er zu einem weiteren Schlag ausholte. „Hey“, flüsterte sie laut. „Hey, lass gut sein.“

Er wirbelte zu ihr herum. Seine Wut schien durch die Dunkelheit zu peitschen. Nina zuckte nicht. Sie war eine Romano. Sie hatte Brüder. Ein wütender Kerl schüchterte sie nicht im Geringsten ein. „Ich sagte, lass es gut sein.“

Zu ihrer Überraschung sackten seine Schultern zusammen und jeglicher Kampfgeist verließ seinen Körper. „Wer zum Teufel bist du?“, murmelte er und versuchte, sie in der Dunkelheit zu erkennen.

Sie schluckte die sarkastische Bemerkung herunter, die ihr auf der Zunge lag. Natürlich erkannte er sie nicht. Schon gar nicht unter diesen Umständen und in totaler Finsternis. Sie nahm das Leinentuch, das unter ihrem Gürtel steckte. „Wir müssen dich ein wenig zurechtmachen, Kumpel. Streck die Hand aus.“

Sie nahm seine Hand zärtlich in ihre und versuchte, nicht die Wärme und Kraft zu spüren oder die Verzweiflung zu hören, die in seinen angestrengten Atemzügen lag. „Halt still, okay?“

„Sicher, wie du meinst.“

Vorsichtig tupfte sie das Blut an den Stellen ab, wo die Haut aufgerissen war. „Nicht die cleverste Aktion in der eigenen Hochzeitsnacht“, sagte sie.

„Das hier sollte nicht meine Hochzeitsnacht sein."

„Vielleicht hättest du daran früher denken sollen." Sie säuberte seine Hand und wischte dann leicht den Gipsstaub von einem Ärmel.

„Früher als was? Mein Gott, sie taucht aus dem Nichts mit einem Baby auf. Was zum Teufel hätte ich denn sonst tun sollen?"

„Hast du mich das gerade wirklich gefragt? Bitte sag mir, dass ich mich verhört habe."

Er fuhr sich mit der verletzten Hand durchs Haar. „Ich liebe sie. Ich *muss* sie lieben. Ich liebe sie beide." Er murmelte vor sich hin, als wolle er sich selber überzeugen, richtig gehandelt zu habe. „Sie sind jetzt mein Leben. Vielleicht nicht das Leben, das ich mir vorgestellt habe, aber was soll's?"

„Fein. Ich sag dir, was du tun kannst." Sie nahm seinen Arm und zog Greg mit sich zur Treppe. „Du kannst aufhören zu jammern. Du kannst ein Mann sein und zu dem Mädchen stehen, das du gerade geheiratet hast. Das ist genau das, was du tun kannst."

Er blieb stocksteif stehen. Einen Moment lang dachte sie, er würde flüchten. Dann sah er sie an. Sein Gesicht war in der Dunkelheit unlesbar. „Nina." Er unterdrückte ein freudloses Lachen. „Ich weiß, wer du bist. Ich habe dich unter ‚leider keine Option mehr' gespeichert."

Er ist betrunken, sagte sie sich. Er würde sich an diese Unterhaltung nicht erinnern. „Geh jetzt", drängte sie. „Trink einen Kaffee. Geh zurück zu deiner Hochzeit."

Sie stand in der Dunkelheit und sah zu, wie er auf die Party zurückkehrte. Auch wenn er zwei Stufen auf einmal nahm und entschlossen wirkte, wusste er vermutlich, dass der heutige Abend nicht der schwerste Abend seiner Ehe sein würde. Heute war nur der Anfang, und das war vermutlich der Grund, warum er ausgeflippt war. Er war gefangen. Sie hatte schon vorher Leute über so etwas sprechen hören. Mädchen, die schwanger wurden, um ihre Chance auf die Ehe zu steigern. War die Braut absichtlich schwanger geworden, um einen Bellamy zu heiraten? Nina wusste es nicht. Falls ja, würde ihr ein hartes Erwachen bevorstehen. Vielleicht nicht morgen, aber eines Tages.

Das geht dich nichts an, schalt Nina sich. Sie konnte nicht fassen, wie eigenartig es ihr ging, und doch konnte sie nicht genau sagen, woher es kam. Hier in der Dunkelheit dieses wunderschönen Herbstabends spürte sie eine plötzliche Übelkeit in sich aufsteigen. Der Geruch vom See und von den trocknenden Blättern vermischte sich auf ganz unangenehme Art mit den Abgasen vom Parkplatz.

Beinahe zu spät bemerkte Nina, dass sie sich übergeben musste. Sie schaute sich hektisch um. Die Toiletten waren drinnen, also rannte sie die Treppe hinauf und schaffte es gerade so. Die Damentoilette war leer, wofür sie sehr dankbar war, als sie ihren spärlichen Mageninhalt leerte.

Anstatt sich jedoch danach besser zu fühlen, wurde sie von einer neuen Übelkeitswelle gepackt. Sie tupfte sich ihr Gesicht mit etwas Toilettenpapier ab und lehnte sich gegen die Wand der Kabine, ließ das Metall ihre verschwitzte Stirn kühlen und wartete ab, ob ihr erneut übel würde. Eine unglaubliche Müdigkeit erfasste ihren gesamten Körper. In letzter Zeit schien sie ständig müde zu sein.

Sie hörte, wie die äußere Tür geöffnet und wieder geschlossen wurde. „Wie verrückt ist das denn bitte“, hörte sie jemanden sagen. „Ich muss mich auf meiner eigenen Hochzeit zurückziehen, um mein Baby zu stillen.“

„Das ist überhaupt nicht verrückt, Sophie“, sagte jemand anderes. „Es ist ein Segen.“

Nina verließ die Kabine absichtlich geräuschvoll, damit die beiden Frauen wussten, dass sie nicht alleine waren. Sophie, die Braut, und ihre beste Freundin Miranda saßen in dem Vorraum der Toilette, der mit rustikalen Bänken und einer Frisierkommode eingerichtet war.

Nina drehte das Wasser extra weit auf, um zu zeigen, dass sie nicht absichtlich lauschte. Dennoch hörte sie einen Satzfetzen. „… niemand. Nur eine Aushilfe."

Ja, das bin ich, dachte Nina bitter, während sie darauf wartete, dass warmes Wasser kam. Nur eine Aushilfe. Die Aushilfe, die seit fünf Stunden auf den Beinen war, um Sophie und ihre Freunde zu bedienen.

Sie kannte diese Art von Menschen – Snobs der besseren Gesellschaft, die Fahrer und Haushälterinnen wie ein Niemand behandelten, wie ein Möbelstück, in dessen Gegenwart man alles sagen konnte. Sie und ihre Freunde hatten diese falschernsthafte Art, so zu tun, als wären sie deine beste Freundin, während sie sich in Wahrheit nicht die Bohne für dich interessierten. Greg Bellamy konnte sie ruhig haben – viel Spaß damit.

Im Spiegel über dem Waschbecken sah sie die beiden Frauen in dem Vorraum sitzen. Sophie hatte das Oberteil ihres Hochzeitskleides heruntergeschoben und hielt ein kleines, in pinkfarbene Decken eingehülltes Bündel an ihre Brust.

„Ich finde es unglaublich", sagte Miranda bewundernd. „Du hast einfach alles – den Mann, das Baby und … einfach alles."

„Erinnere mich daran, wie unglaublich das alles ist, wenn ich morgens um zwei Uhr aufstehen muss, um zu stillen", sagte Sophie.

Armes reiches Mädchen, dachte Nina und spülte sich den Mund mit Wasser aus. Heul doch.

Miranda senkte ihre Stimme, aber Nina konnte sie trotzdem hören. „Okay, jetzt raus damit. Hast du das geplant?"

Nina hatte eigentlich gehen wollen. Jetzt jedoch schnappte sie sich ein Papierhandtuch, feuchtete es an und ließ sich Zeit, damit das Gesicht abzutupfen. Sie konnte nicht anders, sie musste einfach ihre Ohren spitzen.

„Für wen hältst du mich denn?“, fragte Sophie. „Ich habe wochenlang gar nicht gemerkt, dass ich schwanger war. Mir war nur schlecht und übel und ich war dauernd müde. Ich dachte, ich hätte mir einen Virus eingefangen oder eine Allergie auf die japanische Küche, weil ich kein Essen bei mir behalten konnte. Dann machte ich mir Sorgen, dass ich eine Blasenentzündung hätte, weil ich alle naslang auf Toilette musste. Eine Schwangerschaft ist mir jedoch nie in den Sinn gekommen. Was mir dann schließlich den entscheidenden Hinweis gegeben hat, war, dass meine Brüste sich veränderten. Sie wurden größer und … na ja, irgendwie empfindlicher.“

Ninas Hand zitterte, als sie sie zu ihrer Brust hob, wo der elastische Bund ihres BHs sie einengte. Hatte sie sich hier auch verändert? Waren ihre Brüste empfindlich? Sie hatte gedacht, sie hätte sich nachts im Schlaf einfach verlegen.

„Da habe ich versucht, mich zu erinnern, wann ich das letzte Mal meine Periode hatte“, gestand Sophie ihrer Freundin. „Wie sich herausstellte, waren schon zwei oder so ausgefallen …“

Nina ließ die Hand fallen und stand wie angegossen vor dem Waschbecken. Das warme Wasser lief ihr über die Finger. Sie versuchte auch, sich zu erinnern. Oh mein Gott, dachte sie. Oh Gott, oh Gott, oh Gott.

Nina sprach nie wieder mit Greg. Sie nahm an, dass er sie vergessen hatte. Richtig gekannt hatte er sie ohnehin nicht wirklich, und vermutlich würde er sie nicht einmal wiedererkennen, wenn er über sie stolperte.

Und was Nina anging, sie hatte weder die Zeit noch die emotionale Energie, sich mit jemandem zu beschäftigen, der einen so kleinen Teil ihres Lebens beansprucht hatte. Am Tag der Bellamy-Hochzeit veränderte sich ihr Leben, auch wenn das mit den Bellamys nichts zu tun hatte. Oder der Hochzeit. Aber an dem Tag erkannte Nina, dass sie schwanger war. In einem Zustand der Panik und des Schocks hatte sie es so lange verleugnet, wie es ging, und es vor allen außer sich selbst geheim gehalten.

Das dachte sie zumindest. Eines schönen Herbstmorgens scheuchte ihre Mutter alle anderen früher als sonst zur Schule. Während Nina ihre Sachen in den Rucksack steckte, der ihr als Ranzen diente, kam ihr das Haus ungewöhnlich still vor. Sie konnte sogar das Radio spielen hören, es war auf den Lieblingssender ihres Vaters eingestellt.

Verwirrt trat Nina ans Fenster und schaute über den mit Blättern übersäten Garten. „Hey, Pop ist ohne mich gefahren", sagte sie. Einer der wenigen – sehr wenigen – Vorteile, einen Lehrer als Vater zu haben war, dass sie nicht mit dem Bus zur Schule fahren musste. Sie und ihre älteren Brüder und Schwestern fuhren jeden Morgen mit ihrem Dad.

„Ich habe ihnen gesagt, sie sollen schon einmal losfahren", sagte ihre Mutter.

Nina fiel zum ersten Mal auf, dass ihre Mutter etwas anderes als ihre üblichen Mutterklamotten trug – Jeans und Sweatshirt und Turnschuhe. Heute Morgen hatte sie einen Rock und ein Twinset an und dazu flache Pumps.

Eine fürchterliche Ahnung überfiel Nina. Irgendetwas – von dem Offensichtlichen mal abgesehen – stimmte nicht. „Was ist los?"

Ihre Ma beugte sich vor, um sich am Spiegel im Flur Lippenstift aufzutragen. Dann klappte sie ihre Handtasche mit einem entschlossenen Schnappen zu. „Ich habe in der Schule angerufen und Bescheid gesagt, dass du heute später kommst. Wir fahren zusammen zum Arzt."

„Ich bin nicht krank", platzte Nina heraus.

Ma nickte nur. Komisch, was für eine stille Person sie eigentlich war. Man hätte sie für laut halten können, weil sie ständig brüllte. Doch nicht freiwillig. Sie schrie, weil das die einzige Möglichkeit war, gehört zu werden. Ihr war es viel lieber, leise zu sprechen.

„Ich weiß, dass du nicht krank bist", sagte sie leise. Sehr leise. „Wir gehen zu Dr. Osborne."

Oh. Dr. Osborne war Frauenarzt.

Nina drückte den Rucksack gegen ihre Brust. „Ma …"

„Es ist an der Zeit", sagte sie. „Vielleicht sogar schon darüber hinaus."

Nina wusste nicht, was sie sagen sollte. In einer kleinen Ecke ihres Gehirns fühlte sie einen Strudel der Erleichterung. Zumindest war ihr Geheimnis jetzt keins mehr. Sie hatte überlegt, Jenny oder einer ihrer Schwestern davon zu erzählen, aber sie hatte nie die richtigen Worte gefunden. Angst und Scham hatten ihre Lippen versiegelt. Jetzt zwang ihre Mutter sie, sich dem Thema zu stellen.

Wie eine Kriegsgefangene ging sie ihrer Mutter voran zum Auto und stieg ein. Genau wie alles andere, was den Romanos gehörte, war der Ford Taurus schäbig und veraltet und eher praktisch als stylish. Nina fragte sich manchmal, ob ihre Mutter je davon träumte, einen Alfa Romeo oder sogar einen Cadillac zu besitzen, etwas mit ein bisschen mehr Stil. Heute jedoch konnten diese Gedanken sie nicht ablenken.

Sie fuhren eine ganze Weile schweigend. Nina schaute aus dem Fenster auf die vorbeiziehende Szenerie und versuchte mit aller Kraft, die Welt da draußen durch den Nebel aus

Nervosität und Panik dringen zu lassen, der sie umgab. Avalon war im Herbst am schönsten, wenn die Bäume noch ein letztes Mal ihre ganze Farbenpracht zeigten, bevor der Winter kam. Die Ahornbäume bemalten die Berge mit brennendem Pink und Orange und Bernstein. Vor ihren Holzhäusern harkten die Menschen das Laub zu großen Haufen zusammen. In den Blumenkästen der Läden auf der Main Street wuchsen Chrysanthemen und Astern. Sie kannte jeden in der Stadt, alle Familienbetriebe – Zuzu's Petals Boutique, den Camelot Buchladen, die Sky River Bakery der Majeskys, Palmquist Jewelry. Und jeder kannte die Romano-Familie. Ihr Dad war der beliebteste Lehrer der Highschool und gewann den Titel „Lehrer des Jahres" öfter als jeder andere auf der Schule. Einmal hatte er ihn sogar für den gesamten Staat gewonnen. Sie waren als „gute" Familie mit „netten" Kindern bekannt. In einer Stadt wie dieser bedeutete das etwas. So viele Teenies wurden dabei erwischt, wie sie durch die Hintertür von Wegmans Bier stahlen, Briefkästen an der River Road zerstörten oder auf den Wasserturm kletterten. Nicht aber die Romanos. Jeder bewunderte die relativ wohlerzogenen Romano-Kinder.

Sie waren nicht gerade Messdiener und Pfadfinderinnen, aber sie gingen zur Schule, machten Sport und hatten alle kleine Jobs nach der Schule. Keiner von ihnen wurde je auf dem Rücksitz eines Streifenwagens nach Hause gefahren. Es war in der Stadt wohlbekannt, dass die Romanos sich niemals ein großes, hübsches Haus oder ein neues Auto oder Urlaub in Florida würden leisten können. Sie würden niemals auf Privatcolleges gehen oder einem Country Club beitreten. Aber das schien auch nicht wichtig zu sein, denn als Familie hatten sie etwas, das Geld nicht kaufen konnte: „gute" Kinder, um die sie jeder in der Stadt beneidete.

Bis jetzt. Bis Nina es geschafft hatte, sich in einen so

schlimmen Schlamassel zu reiten, dass sogar ihre Mutter böse auf sie war.

Sie rang ihre Hände im Schoß und gab den Versuch auf, sich auf die Welt da draußen zu konzentrieren. „Es tut mir leid, Ma“, sagte sie.

Ihre Mutter behielt den Blick auf die Straße gerichtet. „Wir kriegen das schon hin.“ Jetzt fühle Nina sich noch schlimmer. Sie wollte hören „Ich vergebe dir“, aber das hatte Ma nicht gesagt. „Wir kriegen das schon hin“, klang schwierig und schmerzhaft.

Wenn man auf der Highschool war und ein Baby erwartete, war das auch so ziemlich alles, was man erwarten konnte – dass es schwierig und schmerzhaft war.

„Woher wusstest du es, Ma?“ Nina musste das einfach fragen. Sie war doch so vorsichtig gewesen.

„Man kann eine Schwangerschaft nicht vor jemandem verheimlichen, der selber zehn Mal schwanger gewesen ist.“

„Zehn Mal?“

„Sieben normale Schwangerschaften, einmal Zwillinge plus zwei Fehlgeburten.“

„Von den Fehlgeburten habe ich gar nichts gewusst.“ So viel Glück sollte ich auch haben, dachte Nina und fühlte sich sofort schuldig. Es war vermutlich eine Sünde, auf so etwas zu hoffen.

„Es hat keinen Sinn, Dingen nachzuweinen, die nie sein werden.“

„Weiß Pop es? Mit mir, meine ich.“

„Noch nicht.“

„Ma, ich habe solche Angst, es ihm zu sagen. Ich hatte Angst, es euch beiden zu sagen, und deshalb habe ich nichts gesagt.“

„Nina, wir sind keine Monster.“

„Ich weiß. Es ist nur … was mir angst gemacht hat, war, euch zu enttäuschen.“

„Liebling, du musst keine Angst haben. Und mach dir keine Sorgen über deinen Dad."

„Werde ich fortgehen müssen?", fragte Nina.

Ihre Mutter schaute sie kurz an. „Wie kommst du denn auf die Idee?"

„Ich habe so etwas in einem Kirchenmagazin gelesen."

Ihre Mutter schaute wieder auf die Straße. „Heutzutage müssen Mädchen in deiner Position nicht mehr weggehen. Sie gehen stattdessen in Fernsehtalkshows."

Nina wusste nicht, was sie dazu sagen sollte. Sie konnte nicht erkennen, ob die Bemerkung sarkastisch gemeint war oder nicht. Wieder fuhren sie eine Weile schweigend. Die überwältigende Schönheit der Herbstfarben vor dem blauen Himmel war irgendwie schmerzlich. Sie wusste nicht, warum, aber bei dem Anblick stiegen ihr Tränen in die Augen. Nina hielt den Blick fest aus dem Fenster gerichtet, bis sie an der Arztpraxis ankamen, einer weißen, im viktorianischen Stil erbauten Villa, die zu Büroräumen umfunktioniert worden war. Ihre Mutter parkte den Wagen, machte aber keine Anstalten auszusteigen.

„Bist du gezwungen worden?" Die Frage kam aus dem Nichts und war rau vor Schmerz.

Erst verstand Nina nicht, was ihre Mutter meinte. Dann dämmerte es ihr, und sie hätte am liebsten gleich wieder angefangen zu weinen. Bis zu diesem Augenblick war ihr überhaupt nicht in den Sinn gekommen, wie sehr das alles ihrer Mutter wehtat. Vermutlich litt Ma schon seit Tagen und fragte sich, ob irgendein Kerl ihre Tochter vergewaltigt hatte.

Aber anstatt in Tränen auszubrechen, stieß Nina ein kurzes, freudloses Lachen aus. „Nein, Ma, ich bin nicht gezwungen worden. Ich versichere dir, ich war eine willige Teilnehmerin. Ich schwöre bei Gott." Aus irgendeinem Grund hatte die Frage ihrer Mutter die ganze Situation mit einem Mal sehr real für sie gemacht. Sie würde ein Baby bekommen. Ein echtes, lebendiges Baby. Eine Sekunde lang verspürte sie so etwas wie Stolz. Nachdem sie ihr ganzes Leben lang in allem immer nur mittelmäßig gewesen war, würde sie jetzt mal die Erste bei etwas sein. Doch das Gefühl wurde schnell von einer eisigen, seelenerschütternden Panik verdrängt. Ein Baby. Was in aller Welt sollte sie mit einem Baby?

Ma streckte die Hände am Lenkrad und stieß einen sichtbaren Seufzer aus. „Dann … hast du es dem Jungen schon gesagt?"

Dem Jungen. Laurence Jeffries. Sie hatte seit dem Abend nicht mehr mit ihm gesprochen, und sie nahm an, dass er sie nie wiedersehen wollte. Warum auch, nachdem Greg Bellamy und sein loses Mundwerk ihr wahres Alter verraten hatte? Und ehrlich gesagt konnte Nina Laurence keinen Vorwurf machen. Wenn man Legal Eagle, einer Radioshow, in der Leute anonym Fragen stellen konnten, glaubte, hätte es für einen strahlenden neuen West-Point-Kadetten schwerwiegende Konsequenzen, wenn die Geschichte jemals herauskäme. Nina hatte jeden Tag bei der Show angerufen, bis ihre Frage endlich beantwortet worden war. Es handelte sich hier um eine lebensverändernde Entscheidung – nicht nur für sie, sondern auch für Laurence.

Seine Ausbildung in West Point und die Aussicht auf eine Karriere beim Militär wären sofort beendet. Es bestand sogar die Möglichkeit, dass er aufgrund ihres Alters mit einer strafrechtlichen Verfolgung würde rechnen müssen, auch wenn er selber noch minderjährig gewesen war. Er war erst siebzehn, als es passiert war. Sein Leben würde sich genau wie das von Nina für immer ändern. Kadetten war es verboten zu heiraten – nicht, dass sie das wollen würde –, und ein uneheliches Kind zu bekommen war Grund genug für eine unehrenhafte Entlassung und strenge Disziplinarmaßnahmen.

Nina war Laurence Jeffries' Zukunft eigentlich relativ egal, doch das Ausmaß ihres Einflusses auf ihn machte ihr Angst. In einem einzigen Augenblick konnte sie sein Leben für immer verändern. Genau wie die Schwangerschaft ihr Leben für immer verändert hatte oder wie Sophie Lindstrom das Leben von Greg Bellamy verändert hatte. Wenn Nina sich entschied, die Wahrheit zu sagen, würde Laurence innerhalb von wenigen Stunden nicht länger Auszubildender an der elitärsten Militärakademie der Welt sein. Er wäre dann einfach nur ein weiterer Punk aus dem sozialen Wohnungsbau, der nichts außer einem Highschoolabschluss vorzuweisen hatte. Er hätte keine Eliteausbildung, vor ihm läge keine militärische Karriere. Und gut bezahlende, angesehene Firmen waren nicht dafür bekannt, Leute wie Laurence anzuheuern.

Sie hatte ihm in der Nacht ein Versprechen gegeben – sie würde ihm keinen Ärger machen. Natürlich hatte keiner von ihnen eine ungewollte Schwangerschaft vorhersehen können. Doch das änderte für sie nichts. Sie erinnerte sich an Greg Bellamy, wie er wegen seiner eigenen Hochzeit mit der Faust gegen die Wand geschlagen hatte. Nein, nur wegen eines Babys zusammen zu sein war keine gute Idee.

„Ich werde es ihm nicht sagen", erklärte sie ihrer Mutter. „Zumindest vorerst nicht."

„Das musst du aber. Er gehört auch dazu ..."

„Er hat vielleicht für fünf Minuten dazugehört", sagte Nina, was eine ziemlich gute Zusammenfassung ihrer Beziehung zu Laurence Jeffries war.

5. TEIL

Heute

Das Inn am Willow Lake wurde ursprünglich für den Eisenbahnbaron Thaddeus Morton gebaut. Die Legende besagt, dass Morton die Eingangshalle selber entworfen hat. Über der Tür hatte er ein Oberlicht mit einer eingelassenen aufgehenden Sonne einbauen lassen, damit seine neue Braut selbst an einem bedeckten Tag die Sonne aufgehen sehen konnte.

Wenn die Sonne durch das Fenster scheint, werfen die kristallenen Kanten der Gehrungen ein sich ständig veränderndes Muster aus zarten Regenbögen auf die Wände, die Decke und den Boden der Eingangshalle. Die Brechung und Streuung des Lichts wird natürlich noch verstärkt, wenn alle Fensterscheiben blitzeblank geputzt sind.

Um ein verschmutztes Fenster sauber zu machen, gibt man je einen Teelöffel weißen Essig und Franzbranntwein in eine mit Wasser gefüllte Sprühflasche und putzt das Glas damit. Ein Tropfen Nelkenöl sorgt für einen frischen Duft.

9. Kapitel

Nina atmete tief ein und straffte die Schultern. Sie stand auf dem gepflasterten Weg und schaute mit einer Mischung aus Sehnsucht und Beklommenheit auf den Eingang des Inn am Willow Lake. Die Flügeltüren zierten Glasscheiben im Art-deco-Design, und darüber strahlte ein Oberlicht in Form der aufgehenden Sonne. Ein Arbeiter auf einer Leiter war gerade dabei, die Decke der Veranda zu streichen, während ein anderer mit Sicherheitsbrille und Mundschutz die Holzdielen sandstrahlte. All diese geschäftigen Renovierungsarbeiten hätten unter ihrer Aufsicht durchgeführt werden sollen. Wenn es nach Jenny und Sonnet ginge, könnte sie hier immer noch das Sagen haben. Sie müsste sich einfach nur damit abfinden, dass das Inn jetzt Greg Bellamy gehörte.

Einfach. An dieser ganzen Angelegenheit war nichts einfach. Was nicht bedeutete, dass sie vor der Herausforderung zurückschrak. Sie hatte darüber nachgedacht, was sie tun sollte, bis ihr Kopf kurz vor dem Explodieren stand. Sie hatte mit jedem darüber gesprochen, der bereit war zuzuhören. Schließlich hatte sie feststellen müssen, dass es keine Lösung gab, sondern nur einen Kompromiss. Und da sie einst ein öffentliches Amt bekleidet hatte, wusste sie, wie man Kompromisse einging.

Der Mann auf der Leiter bemerkte sie und fing an herunterzuklettern. „Warten Sie eine Minute, Miss", sagte er. „Ich schieb die kurz zur Seite."

„Das ist nicht nötig", erwiderte sie und duckte sich geschmeidig unter der Leiter durch.

„Das soll Pech bringen", sagte der Maler.

„Ich mache mir mein Glück selber", gab Nina zurück.

Sie öffnete die Tür. Im Inneren des Hauses herrschte ebenfalls rege Aktivität. Männer in T-Shirts, die sie als Mitarbeiter von Davis Construction auswiesen, gipsten, grundierten und malten überall. Ein Elektriker installierte eine Lampe über dem Kaminsims. Die Lobby fing langsam an, wie ein luxuriöser Salon aus alten Zeiten auszusehen. Die Decke zierten reich verzierte Stuckleisten, das Marmor des Kamins glänzte, die Holzrahmen der Fenster waren neu überarbeitet worden.

Nina erblickte Greg hinter einem provisorischen Tisch bestehend aus einer Holzplatte und zwei Sägeblöcken, auf dem eine Zeichnung lag, die er intensiv studierte. Hinter seinem einen Ohr steckte ein Bleistift, ein Werkzeuggürtel hing ihm tief auf den Hüften, und auf dem Gesicht hatte er einen vollkommen vertieften Ausdruck. Er ist wirklich entschlossen, das hier zu behalten, dachte Nina. Das spürte sie, und es verwirrte sie. *Das hier ist mein Traum,* wollte sie ihm sagen. *Nicht deiner.* Doch als sie sich in dem großen, leeren Raum umschaute, erkannte sie seinen Einfluss in den restaurierten Details – das Parkett und die Täfelung, die frische Farbe an den Wänden und die strahlend weißen Maurerarbeiten. Hätte sie dieses spezielle Taubengrau für die Wände gewählt, dieses tiefe Dunkelbraun für den Boden?

Als sie den Salon durchquerte, heulte gerade eine Kreissäge auf, und sie musste warten, bis sie Greg auf sich aufmerksam machen konnte. Er schaute zu ihr auf, und auf seinem Gesicht erstrahlte ein warmes, willkommen heißendes Lächeln. Ihr Herz setzte einen Schlag aus.

„Ich habe mich entschieden", sagte sie. Wegen des Lärms musste sie sehr nah bei ihm stehen, um gehört zu werden. Er war so viel größer als sie, dass sie ihren Kopf in den Nacken legen musste, wenn sie ihm in die Augen schauen wollte. Als sie es tat, geriet sie ein wenig aus dem Gleichgewicht, als wenn sie am Rand eines Abhangs balancierte. Nur Mut, sagte sie sich. Du tust das Richtige.

Sie schluckte schwer, befeuchtete sich die Lippen und sagte: „Ich nehme das Angebot an."

Obwohl um sie herum das vollkommene Renovierungschaos herrschte, hatte Nina das Gefühl, sie und Greg wären ganz allein. Das Grinsen, das sich langsam auf seinem Gesicht ausbreitete, hatte einen fatalen Effekt auf Nina. Sie versuchte, so zu tun, als würde sie jeden Tag von so umwerfenden Männern wie ihm so angelächelt, aber vermutlich durchschaute er sie sofort. Seit ihren schicksalshaften Tagen als Teenager, der verrückt nach Jungs war, stand sie einfach auf hübsche Gesichter. Greg wischte sich seine mit Gipsstaub bedeckte Hand an der Malerhose ab und streckte sie ihr hin. „Ausgezeichnet, Nina. Ich verspreche dir, du wirst es nicht bereuen."

Nun, das werden wir noch sehen, dachte sie. Dann bedeutete sie ihm, ihr durch die Glastür zu folgen, die die Lobby mit dem Wintergarten verband. Hier war es ruhiger, und die geöffneten Fenster hatten den strengen Geruch frischer Farbe vertrieben. Sie erwartete immer noch, dass er feststellen würde, wie schwer es war, ein Geschäft zu leiten und gleichzeitig alleinerziehender Vater zu sein. Er würde es vielleicht nicht mal bis zum Ende des Sommers schaffen. Doch die fortgeschrittenen Renovierungsarbeiten und die Tatsache, dass er nicht davor zurückschreckte, die Ärmel hochzurollen und mit anzupacken, überraschten sie. Sein unerschütterliches Selbstbewusstsein hingegen überraschte sie nicht. Er wischte sich die Hände mit einem Tuch ab, das in seiner hinteren Hosentasche gesteckt hatte, und sagte: „Mann, du weißt wirklich, wie man einen Mann zittern lässt."

„Das war keine Absicht“, sagte sie. „So bin ich nicht, Greg. Ich manipuliere andere Menschen nicht.“

„Hey, ganz locker.“ Er lachte laut auf. „Ich wollte dir nichts unterstellen.“

Nina errötete. Nach vier Jahren Konferenzen im Stadtrat war sie hypersensibel. „Ich meine ja nur, dass ich mir die Entscheidung nicht leichtgemacht habe.“

„Das habe ich auch nie gedacht. Und falls es dir hilft, ich habe das Angebot auch nicht leichtfertig abgegeben.“

„Ich bin bereit, sofort anzufangen“, sagte sie mit einem Mal ganz geschäftlich. „Ich kann heute Abend einziehen. Meine ganzen Sachen sind im Truck meines Bruders.“

„Einziehen?“ Er schien verwirrt.

„Das Bootshaus“, erinnerte sie ihn und wies mit dem Umschlag, in dem sich der Vertrag befand, in die entsprechende Richtung. „Das ist Teil unserer Vereinbarung. Ich muss auf dem Grundstück wohnen, wenn ich die Arbeit richtig erledigen soll.“

„Und du willst im Bootshaus leben.“ Er schaute skeptisch, als wolle er Widerspruch einlegen.

Sag ein Wort, ein einziges Wort nur, und ich bin weg, dachte sie.

Doch er ging einfach voran durch eine Seitentür und dann den Kiesweg entlang, der sich zum See hinunterschlängelte. Eine Gruppe Gärtner war schwer damit beschäftigt, Büsche zu beschneiden und volle Schubkarren den Hügel hinaufzuschieben. „Du solltest es dir besser noch einmal anschauen, bevor du dich entscheidest, dort einzuziehen.“

Sie ertappte sich dabei, etwas ganz anderes anzuschauen. Die Malerhosen saßen perfekt, tief auf den Hüften und einen Hintern betonend, der …

„… noch mal ernsthaft darüber nachdenken“, sagte Greg gerade.

Mit größter Anstrengung riss Nina sich zusammen und konzentrierte sich wieder auf die Unterhaltung. Sie rief sich in Erinnerung, dass er ihr Widersacher war – ihr Chef. Egal wie gut er auch in einer abgetragenen Malerhose aussah.

Auf dem Weg zum Bootshaus stellte sie beeindruckt fest, welche Arbeit bisher bereits auf dem Gelände geleistet worden war. Und ja, sie war auch von ihm beeindruckt. Sie hatte erwartet, dass er sich wie der Schlossherr aufführen würde, der mit einem Mint Julep auf der Terrasse saß, während die angeheuerten Arbeiter das Inn auf Vordermann brachten. Stattdessen sah es jedoch so aus, als hätte Greg sich kopfüber in seine neue Aufgabe gestürzt und arbeitete nun Hand in Hand mit den Bauarbeitern, sei es nun beim Streichen, im Garten oder beim Wegepflastern. Auf der anderen Seite des Grundstücks warf Max gerade auf der Einfahrt des Verwalterhäuschens ein paar Körbe.

„Die meisten Gemeinschaftsräume und sechs Gästezimmer sind bereits fertig", erklärte Greg. „Die große Eröffnung … ich muss wissen, was du darüber denkst."

Was sie dachte, war, dass das hier ihr Projekt hätte sein sollen. Und auch wenn er eifrig darauf bedacht schien, sie sofort voll mit einzubinden, vergaß sie nicht, wer hier wirklich das Sagen hatte. Sie schob ihre Verbitterung beiseite. Diese Gedanken führten zu nichts. Wenn sie eines mit Sicherheit wusste, dann dass es nutzlos war, sich mit unproduktiven Dingen zu beschäftigen.

Sie waren beim Bootshaus angekommen. Es lag etwas abseits direkt am See und war auf drei Seiten von einem smaragdgrünen Rasen und einer Reihe Ahornbäume umgeben. Auf der vierten Seite lag der Willow Lake.

Für Nina hatte dieser Ort schon immer etwas Magisches gehabt. Als würden die Holz- und Steinwände uralte, süße Geheimnisse bergen. Perfekt zwischen Wasser und Himmel gelegen, fühlte sich das Bootshaus wie losgelöst von der normalen Welt an. Der schmale Balkon reichte über den See hinaus, und Nina erinnerte sich, dass es hier so still war, dass man die Fische springen hören konnte.

Sie und Greg gingen erst einmal außen um das Haus herum. Drei der Bootsliegeplätze waren leer. Auf dem vierten ankerte ein altes Chris Craft Rennboot aus Mahagoni. Es war in einer erstaunlich guten Verfassung und glänzte, als wäre es kürzlich erst neu lackiert worden.

„Es gehörte meinem Vater“, erklärte Greg. „Als Kind hat er jeden Sommer am Willow Lake verbracht. Sobald wir die Schlüssel für das Inn in der Hand hielten, haben wir das Boot zu Wasser gelassen.“

Und mit diesen Worten – *es gehörte meinem Vater* – traf es sie. Sie war nicht die Einzige, die eine gemeinsame Vergangenheit mit diesem Ort hatte, eine tiefe emotionale Verbundenheit mit ihm spürte. „Es ist sehr schön“, sagte sie. „Was ist das andere für eins?“

„Ein Catboot. Ich will Max das Segeln beibringen.“

Nina versuchte, den Gedanken zu greifen, dass Greg mit seiner Familie auf diesem Grundstück leben würde. Kinder, Ausgehzeiten, Regeln, Schule – diese Phase hatte sie bereits hinter sich, doch Greg befand sich mittendrin. Nicht mein Problem, dachte sie. So sehr Nina es geliebt hatte, Sonnet aufzuziehen, war sie jetzt doch sehr froh, dass er es war, der alles auf die Reihe bekommen musste, und nicht sie.

„... Slipanlage muss repariert werden“, sagte Greg gerade, dem ihr Zögern vollkommen entgangen war. „Da muss ein Schweißer kommen. Obwohl, eigentlich könnte ich es auch selber machen.“

„Schweißen? Hast du das in Harvard gelernt?“

„Falls das als kleine Spitze gemeint war, vergiss es. Ich habe viel zu gute Laune, um mich von irgendwas ärgern zu lassen, nicht einmal von deinem vorlauten Mundwerk."

„Ich habe kein ..."

„So, dann schauen wir uns mal dein neues Quartier an."

Er schloss die Tür auf und öffnete sie. Die Angeln gaben ein rostiges Quietschen von sich. Nina hielt inne, sie stand wieder einmal viel zu nah bei ihm. Er roch nach Gips und Schweiß, und aus irgendeinem Grund fand sie das unheimlich anziehend. Das war auf so vielen Ebenen problematisch, dass sie beinahe auf dem Absatz kehrtgemacht hätte und geflohen wäre. Dann erinnerte sie sich daran, dass sie gerade einen wichtigen Schritt auf ihren Traum zu machte. Greg war dabei nur eine kleine Hürde. Und wie Jenny schon gesagt hatte, übernahm er alle finanziellen Risiken.

Sie trat über die Schwelle in ihr neues Zuhause. Der muffige Geruch jahrelanger Vernachlässigung hing in der Luft. Nina öffnete ein paar Fenster und entlockte damit den spröden Spitzenvorhängen ein leises Seufzen. Die Bodendielen knarrten, und als sie einen Wasserhahn aufdrehte, stöhnten die Rohre und spien eine rostige Flüssigkeit aus. Spinnweben hingen in den Dachsparren und überall standen Kartons unbekannten Inhalts herum.

Das Haus war ein Albtraum. Aber als sie die Fensterläden aufstieß und aus dem Fenster schaute, waren alle Fehler vergessen. Vor ihrem inneren Auge sah sie sich hier wohnen; so nah am See, dass sie die Wellen ans Ufer schlagen hören konnte.

„Das war immer mein Lieblingsplatz hier", sagte sie. „Als ich als Teenager hier gearbeitet habe, habe ich es mir immer für den Schluss aufbewahrt, damit ich meinen Tag hier beschließen konnte, mit Blick auf den See. Es war ... eine Möglichkeit, ein paar Minuten Frieden und Stille zu erleben, bevor ich wieder nach Hause fuhr."

Er lächelte. „Ich wusste gar nicht, dass es möglich ist, auf der Arbeit Frieden und Stille zu finden."

„Manchmal ist es auf der Arbeit weniger chaotisch als zu Hause. Sonnet und ich haben damals bei meiner Familie gewohnt, weil ich noch zur Schule ging und nebenbei gearbeitet habe. Versteh mich nicht falsch – ich war unglaublich dankbar für die Unterstützung, aber mein Leben war auch ziemlich … chaotisch." Sie konnte sich noch gut an den konstanten Lärm und die Unruhe zu Hause erinnern, zu dem sich die unaufhörlichen Ansprüche eines Kleinkinds gesellt hatten. Das Bootshaus war ihre Oase gewesen, ihr Ort, an dem sie denken und träumen konnte, und sei es auch nur für kurze Zeit.

Sie stand auf und schaute über das Anwesen. Den malerischen See, den Steg und die Bilderbucharchitektur. Sie atmete die Luft ein, in der süß die Versprechen eines Sommers hingen. Ich bin zurück, dachte sie. Endlich zurück.

10. Kapitel

Daisy fühlte sich beschissen. Sie war es leid, sich so zu fühlen, leid, sich von Leuten anhören zu müssen, das sei im letzten Drittel der Schwangerschaft ganz normal. Unruhig rutschte sie auf dem Sofa in dem altmodischen Wohnzimmer des Hauses hin und her, in dem sie jetzt mit ihrem Vater und ihrem Bruder wohnte, und betrachtete ihre Knöchel. Oder das, was mal Knöchel waren. Im Moment waren sie so geschwollen und unattraktiv wie der ganze Rest von ihr.

Okay, dachte sie und blätterte durch eines ihrer vielen Schwangerschaftsbücher, niemand hat gesagt, dass das ein Spaß würde. Was sollte auch Spaß daran machen, vierzig Pfund zuzunehmen, alle fünf Minuten pinkeln zu müssen, mitten in der Nacht aufzuwachen, weil der eigene Bauch plötzlich mit einem sich windenden, tretenden, Schluckauf habenden Baby lebendig wird?

Alle naslang ermahnten die Leute Daisy, sich nicht mit anderen zu vergleichen. Ha, als wenn sie das verhindern könnte. Jeder, den sie kannte, hatte nach der Highschool ein neues Leben angefangen oder hatte es zumindest vor. Einige ihrer Freunde wie Sonnet Romano reisten. Andere hatten einen Job und eine Wohnung gefunden.

Daisy war sehr dankbar für die Unterstützung ihrer Familie. Wie könnte sie es auch nicht sein? Sie war froh, dass ihr Vater etwas gefunden hatte, das ihn begeisterte – das Inn. Es machte ihr auch nichts aus, ihm zu helfen. Fotografieren war ihre große Leidenschaft, und es war toll, dass sie damit etwas Nützliches anstellen konnte.

Das Problem war, dass sie sich in einer Phase ihres Lebens befand, in der sie nichts Nützliches tun wollte. Sie wollte Neues entdecken und träumen und verantwortungslos sein. Was inzwischen aber leider keine Option mehr war.

Sie fragte sich, ob ihr Zustand irgendwie genetisch bedingt war. Sie hielt eine Familientradition aufrecht. Auch sie war unehelich gezeugt worden. Ihre Eltern hatten dann zwar geheiratet, aber man sah ja, wie das geendet hatte. Den Fehler würde Daisy nicht machen. Es lag nicht an den Genen, gab sie zu. Es lag nur an ihrer eigenen Dummheit.

Sie hörte dem Trockner in der Waschküche zu, wie er eine Ladung Wäsche herumschleuderte. Das rhythmische Geräusch war irgendwie beruhigend. Gedankenverloren streichelte sie mit einer Hand ihren Bauch. Das Gute war, dass sie bald zu dick sein würde, um ihre Knöchel überhaupt noch sehen zu können. Wenn das mal nicht eine frohe Botschaft war.

Rastlos legte sie das Buch beiseite – brauchte sie wirklich das Bild des Gebärmutterschleimpfropfes in ihrem Kopf? – und trat an das Fenster zum See. Sie dachte an die unzähligen Weisen, auf die sich ihr Leben verändert hatte, seitdem sie im letzten Sommer am Willow Lake gewesen war. Damals hatte sie mitten in ihrer rebellischsten Phase gesteckt, war wegen der Scheidung unglaublich wütend auf ihre Eltern gewesen und fest entschlossen, die beiden dafür zahlen zu lassen. Ihre Dummheit war aber nur auf sie selber zurückgefallen, was im Nachhinein betrachtet kein Wunder war. Sie war jetzt diejenige, die die Konsequenzen zu tragen hatte.

Ihr Mom hatte sie angefleht, zu ihr nach Den Haag zu ziehen. Sie hatte ihr die beste Pflege für Daisy und das Baby versprochen, und alle Unterstützung, die nur möglich war. Daisy hatte das Angebot abgelehnt. Ihre Wut auf ihre Mutter saß einfach noch zu tief. Also war sie nun hier, an diesem wunderschönen

Ort, und vor ihr lag eine mehr als ungewisse Zukunft. Irgendwie war es irreal, im Verwalterhäuschen des alten Inn zu leben. Es kam ihr vor wie ein Anwesen in einem alten Film mit dem riesigen Grundstück und den verschiedenen Gebäuden. Aus dem Fenster sah Daisy ihren Dad mit Nina Romano auf der Veranda des Bootshauses am anderen Ende des Grundstücks. Sie schienen eine sehr intensive Unterhaltung zu führen.

Sonnet, Ninas Tochter, war Daisys erste und beste Freundin hier in Avalon. Nina selbst war ihr hingegen immer irgendwie ein Rätsel geblieben. Jetzt, wo Sonnet auf dem Weg aufs College war, hatte Daisy erwartet, Nina würde es ein wenig langsamer angehen, vielleicht ein Buch schreiben oder sich ein Hobby suchen. Doch stattdessen stürzte sie sich kopfüber in etwas Neues – nämlich in ein gemeinsames Geschäft mit Daisys Vater.

Daisy war sich nicht sicher, was sie darüber denken sollte. Sie bewunderte Nina, und es war tröstlich zu wissen, dass Nina auch eine junge, alleinerziehende Mutter gewesen war und sich für sie alles zum Guten gewendet hatte. Daisy mochte Nina, war aber gleichzeitig von ihr auch eingeschüchtert. Nina war die Single-Mom, die jeder bewunderte – hart arbeitend, entschlossen und so erfolgreich, dass eine Zeitschrift sogar einen Artikel über sie veröffentlich hatte, weil sie die jüngste Bürgermeisterin des Staates gewesen war. Nina hatte etwas an sich, das in Daisy das Gefühl auslöste, nicht zu genügen.

Was ihren Dad anging, hatte Daisy nicht so sehr das Gefühl, ungenügend zu sein, sondern sie fühlte sich eher hilflos. Sie wusste einfach nicht, wie sie ihm helfen sollte. Er schien immer noch jeden Tag zu leiden, und er wirkte so verloren, auch wenn das den meisten Menschen nicht auffiel, weil er sehr gut darin war, es zu verbergen. Daisy wusste, dass er sich von der Schuld bezüglich der Scheidung auffressen ließ. Er gab sich die Schuld daran, dass seine Ehe nicht gehalten hatte. Weil er so beschäftigt damit gewesen war, seine Firma aufzubauen, hatte er nicht ausreichend Zeit für seine Familie gehabt. Jetzt versuchte er einen Neuanfang – kleine Stadt, kleines Familienunternehmen, alles, was dazugehört. Aber trotzdem war er immer noch konstant traurig. Immer noch verletzt und wirklich sehr einsam. Er war der Jüngste der vier Bellamys, und nach Aussage von Daisys Großmutter war er auch der Unbekümmertste. Vielleicht war das der Grund, warum er es hasste, allein zu sein.

Daisy dachte oft daran, mit ihrem Baby in eine eigene Wohnung zu ziehen, wie es heutzutage so viele alleinerziehende Mütter taten. Ein Teil von ihr sehnte sich nach Unabhängigkeit. Dann fiel ihr jedoch jedes Mal ein, wie einsam ihr Vater war, und die Vorstellung, ihn zu verlassen, erschien ihr gemein.

Ein Klopfen an der Tür riss sie aus ihren Grübeleien. Vielleicht einer der Arbeiter. Mit den ganzen Renovierungsarbeiten am Haupthaus wimmelte es überall von Handwerkern, die Dinge vermaßen, reparierten, Fragen stellten und manchmal sogar Daisys Meinung hören wollten, als wenn sie etwas zu sagen hätte. Wussten sie nicht, dass sie überhaupt keine Ahnung von nichts hatte? Sie war sich nicht mal sicher, ob sie den Wäschetrockner korrekt beladen hatte.

Mit klappernden Flip-Flops ging sie zur Tür.

„Hey, Daisy."

Wie erstarrt schaute sie ihren Besucher an. Es war Julian Gastineaux, den sie letzten Sommer kennengelernt hatte. Damals, als sie nur ein Highschool-Mädchen gewesen war. Das kam ihr unendlich lange her vor. Sie hatte sich so sehr verändert, es war ein Wunder, dass er sie überhaupt erkannte.

Julian war vermutlich der heißeste Junge, der je das Licht der Welt erblickt hatte. Und ein Jahr später war es noch genauso. Er war groß und schlank, hatte einen afroamerikanischen Vater und die hellen Augen seiner weißen Mutter, dazu ein ganz eigenes Lächeln, bei dem jedes Mädchen sofort die Titelmelodie eines Liebesfilms im Kopf hatte.

Auch Daisy hörte sie jetzt, ein köstliches Klimpern einer Akustikgitarre, das sie aus ihrer Schockstarre riss. Ohne es bewusst zu wollen, erwiderte sie sein Lächeln, und eine winzige Sekunde lang fühlte sie sich wie ihr altes Ich – jung, kess, selbstbewusst, wie jedes andere Mädchen in ihrem Alter.

„Julian." Sie stellte sich auf Zehenspitzen, um ihn zu umarmen. Und natürlich zerstörte das sofort jegliche Illusion von Normalität, denn zwischen ihnen befand sich ihr Bauch in der Größe eines VW-Käfers. Aber sie war längst über das Stadium hinaus, in dem ihr Zustand ihr peinlich war. Sie hatte gemerkt, dass die Menschen es entweder akzeptierten oder nicht, und sie konnte nichts dafür oder dagegen tun. „Komm rein", sagte sie und trat zur Seite. „Ich wusste, dass du zur Hochzeit deines Bruders kommen würdest, aber ich hatte nicht erwartet, dich schon so früh wiederzusehen."

„Connor hat mir diesen Sommer wieder einen Job besorgt. Ich muss fürs College sparen."

„Er muss dich auf meinen Anblick vorbereitet haben", bemerkte sie. „Du reagierst ziemlich cool."

„Ja, er hat es mir erzählt. Und ich bin immer cool, das weißt du doch."

Das stimmte. Wenn Julian nicht herausgefunden hätte, wie man Unangenehmes wegsteckte, wäre er schon vor langer Zeit implodiert. Seine Geschichte könnte sich kaum mehr von ihrer unterscheiden. Ein großer Teil davon war ein tiefschwarzer Albtraum. Er war bei seinem Vater aufgewachsen, einem Professor an der Tulane University – einem Raketenwissenschaftler, um genau zu sein. Als Julian noch ein Junge war, war sein Dad getötet worden. Julian war zu seiner Mutter gezogen – die auch die Mutter von Connor Davis war –, einem aufstrebenden

Filmsternchen, die die Vernachlässigung von Kindern erfunden zu haben schien. Neben ihr sah Daisys Mutter aus wie die reinste Mary Poppins.

Das Überraschende an Julian war, dass er von alldem nicht total zerstört worden war, wie es wohl den meisten Kindern gegangen wäre. Er war zur Schule gegangen und hatte alle Klassen scheinbar ohne große Anstrengungen und mit guten Noten bestanden. Wenn es irgendetwas Seltsames an ihm gab, irgendeinen Makel in seiner Persönlichkeit, dann seine Sehnsucht danach, körperliche Risiken einzugehen. Während die meisten Jugendlichen in seiner Lage zu Drogen gegriffen hätten, war seine Droge pures Adrenalin. Alles, was mit großen Höhen oder Geschwindigkeiten zu tun hatte, zog ihn magisch an. Wenn Daisy sich recht erinnerte, war der schönste Moment für ihn letzten Sommer gewesen, als er einen schwierigen Felsen in den Shawangunks flussaufwärts in New Paltz bezwungen hatte.

Sein Leben unterschied sich radikal von Daisys. Bevor sie nach Avalon gezogen war, hatte sie eine Schule in Manhattan besucht, die so exklusiv war, dass die Leute ihre ungeborenen Kinder schon auf die Warteliste setzen ließen. Julian hingegen war im Kielwasser seiner Mutter herumgeschlingert und hatte die Highschool in Chino, Kalifornien, beendet. Ein mies bezahlter Job und am Wochenende surfen – das war die Zukunft, die ihn eigentlich erwartet hätte, doch Julian hatte ein Ass im Ärmel: seinen Bruder Connor, der an ihn glaubte. Dank ihres Dads lernte Daisy gerade, wie wertvoll das war – wenigstens eine Person zu haben, die an einen glaubte und einem vertraute. Dann fühlte man sich, als ob man alles schaffen könnte.

„Du wirst also der Trauzeuge sein“, sagte sie.

Er streckte die Arme wie ein Showmaster aus. „Das hat man mir gesagt.“

Wow, dachte sie. Diese Schultern. Diese Wangenknochen. Das Lied spielte wieder in ihrem Kopf. „Weißt du, wenn mir jemand letzten Sommer gesagt hätte, dass meine Cousine und dein Bruder heiraten würden, hätte ich ihn für verrückt erklärt."

Er nickte. „Ich auch."

Olivia war durch und durch New Yorkerin und Connor der Arbeiter aus der Kleinstadt. Aber seltsamerweise waren sie ein perfektes Paar.

„Ich schätzte, man könnte sagen, dass seltsamere Dinge passiert sind", sagte sie.

„Willst du darüber reden?"

Es musste nicht erklärt werden, was „darüber" war – nicht nur ihre offensichtliche Schwangerschaft, sondern etwas noch Größeres. Sie ließ sich auf das Sofa sinken und zog ihr formloses Shirt über ihren Bauch. Seit sie ihrem Vater letzten Winter unter Tränen ihren Zustand gebeichtet hatte, hatte sie viel geredet – mit ihrer Familie, den Kollegen in der Sky River Bakery, wo sie nach der Schule gearbeitet hatte, mit Lehrern, Beratern und Ärzten. Sie hatte bis zur Erschöpfung geredet, doch einige Dinge änderten sich nicht. Sie war immer noch schwanger, immer noch verwirrt, immer noch unentschieden.

„Es ist ziemlich genau so, wie es aussieht", sagte sie. „Ich hab's vermasselt. Ich kann noch nicht mal sagen, dass es ein Unfall war."

Etwas verlegen griff sie nach einem Hemd, das sie für Max instand setzte. Irgendwie hatte ihr Bruder es geschafft, drei Knöpfe zu verlieren, sodass sie jetzt alle Knöpfe ersetzen musste. Ihre Hände beschäftigt zu halten half ihr dabei, ihre Gedanken zu sortieren. Nähen lag ihr gar nicht, und der Faden verknotete sich immer wieder, aber sie machte unverzagt weiter.

„Es wird übrigens ein Junge“, sagte sie. „Stichtag ist um die Hochzeit herum. Ich bin zwar Brautjungfer, aber Olivia ist darauf vorbereitet, dass ich diese Rolle an dem Tag eventuell nicht spielen kann. Nur für den Fall, dass er sich entscheidet, etwas zu früh zu kommen.“

Julian nickte und legte die Fingerspitzen aneinander. „Das ist ziemlich unfassbar.“

„Du hast ja keine Ahnung.“

„Ich glaube schon. Das ist einigen Mädchen an meiner Schule passiert. Wir hatten auf dem Campus sogar einen Kindergarten.“ Julian räusperte sich. „Und, du bist, also ... mit dem Vater zusammen?“

Sie lachte. „Du weißt ja gar nicht, wie absurd das wäre. Er ist ein Junge aus meiner alten Schule in der Stadt. Logan O'Donnell. Das letzte Mal, als ich ihn gesehen habe, hat er auf dem Tisch getanzt, nachdem er sich gerade Kokain im Wert von circa tausend Dollar durch die Nase gezogen hatte.“

„Und was sagt er zu alldem?“ Julian deutete auf ihren Bauch.

„Ich habe es ihm noch nicht erzählt. Aber das werd ich“, versicherte Daisy ihm. Was sie ihm jedoch nicht sagte, war, dass Logan nach dem Wochenende so was wie ausgeflippt war. Jedes Mal, wenn er sie sah, war er ganz „Ich liebe dich wirklich, lass uns zusammenbleiben“, aber sie nahm an, das sagten alle Jungs, wenn sie mal wieder flachgelegt werden wollten. Sie hatte ihm gesagt, dass sie ihn nie wiedersehen wolle, und hatte ihn aus all ihren Social Networks und ihrem Handy gelöscht.

Wenn sie dem glauben durfte, was ihre Freunde aus der Stadt so erzählten, hatten Logans Eltern ihn für den Rest seines Highschooljahres in ein sehr privates, sehr teures therapeutisches Internat gesteckt, damit er sein Drogenproblem in den Griff bekam.

Daisy hatte den letzten Knopf angenäht. Sie waren krumm und schief, aber wenigstens hielten sie. „Es ist nur, bevor ich Logan davon erzähle, muss ich das alles selber erst mal für mich auf die Reihe kriegen." Und alles unter Kontrolle bekommen, fügte sie in Gedanken hinzu. Immerhin war sie die Tochter ihrer Mutter. „Weißt du, ich will wirklich nichts von ihm, aber eines Tages wird das Baby es wissen wollen. Ich habe beschlossen, ihm einen Brief zu schreiben. Meine Mom sagt, ich sollte ihn von einem Notar beglaubigen lassen und als Einschreiben schicken, damit er weiß, dass er wirklich von mir ist, und ich weiß, dass er den Brief erhalten hat. Ich habe ihn aber noch nicht geschrieben. Ich weiß nicht so recht, was ich sagen soll."

„Du musst nichts überstürzen", sagte Julian. „Das kommt schon von ganz alleine."

Seine entspannte Art ließ sie lächeln. Gott sei Dank war er nicht wie einige der Mädchen, mit denen Daisy sich ab und zu traf und die sie für verrückt hielten, weil sie nicht versuchte, aus Logan ein Vermögen an Kindesunterhalt herausholen. Doch das war das Letzte, wonach ihr der Sinn stand. Daisy nahm an, dass dieser Gedanke auch Julian nicht kommen würde. Und das war genau das, was sie an ihm so mochte – unter anderem. Er war entspannt, vollkommen unvoreingenommen, und er *verstand* sie. Sogar jetzt, wo sie sich fühlte, als wäre sie seit elf Jahren schwanger, musste sie sich nicht verstellen.

Sie hörte, wie der Wäschetrockner ausging, und ging, um ihn auszuräumen. Dabei sprach sie die ganze Zeit weiter. Methodisch legte sie die Handtücher und Kleidung zusammen und brachte derweil Julian auf den neuesten Stand ihres Lebens. Sie hatte ihren Abschluss an der Avalon Highschool gemacht und erst vor Kurzem aufgehört, in der Bäckerei zu arbeiten, um sich langsam auf das Baby vorzubereiten. Sie fotografierte immer noch leidenschaftlich gerne und oft, und alle Bilder in der

Broschüre und auf der Internetseite des Inn am Willow Lake stammten von ihr.

„Wie steht's mit dir?", fragte sie Julian und packte die Handtücher oben auf einen schon leicht schief stehenden Stapel drauf. Wäsche zusammenlegen war eine der wenigen Aufgaben im Haushalt, die selbst sie konnte.

„Ich bin im Air-Force-ROTC-Programm aufgenommen worden und werde aufs College gehen. Danach bekomme ich eine Pilotenausbildung und vielleicht geht es danach weiter mit der TPS – Testpiloten-Schule."

„Ich habe gehört, dass das so ziemlich das Gefährlichste ist, was man machen kann", sagte sie.

„Nur wenn man nicht vorsichtig ist. Aber ich werde vorsichtig sein."

„Und es wird schwer."

Er ließ seinen Blick demonstrativ über ihren Bauch gleiten. „Nicht so schwer wie das. Angst zu haben ist nicht immer was Schlechtes. Es lässt einen vorsichtig werden. Ich schätze, mit einem kleinen Baby ist das vermutlich das Wichtigste."

„Ja, vielleicht", sagte sie. „Aber mein Gott … ich habe mich in meinem Leben nie um etwas gekümmert. Keinen Hund, keinen Hamster. Nicht mal einen Philodendron oder ein afrikanisches Veilchen."

Er schaute auf den Stapel mit gefalteter Wäsche und dann auf das Hemd, an das sie die Knöpfe angenäht hatte. „Klar."

„Ich habe noch nicht alle Alternativen ausgeschlossen." Ihre Stimme war nur ein Hauch, als sie dieses Geständnis machte. „Wenn das Baby erst mal da ist, war es das. Manchmal denke ich darüber nach, wie es wäre, es wegzugeben. Manchmal denke ich, das wäre gar nicht so schlimm."

„Du bist nicht die Erste, die so etwas denkt."

Daisy hatte viele Stunden damit verbracht, sich verschiedene

Leben für sich vorzustellen. Sie könnte diese junge, alleinerziehende Mutter sein und ihr Leben der Erziehung ihres Kindes widmen, ähnlich wie Nina Romano es getan hatte. Oder sie könnte ihr Baby an eine Familie geben, die sich sehnlichst ein Kind wünschte. Danach könnte sie ihr Leben wieder aufnehmen, weiter zur Schule gehen, sich eine Arbeit suchen, was immer sie auch wollte.

„Ich wünschte, ich wüsste, was das Richtige ist", gab sie Julian gegenüber zu.

„Es gibt mehr als nur eine richtige Wahl", sagte er. „Meine Mutter hätte mich zur Adoption freigegeben, wenn mein Vater mich nicht zu sich genommen hätte. Manchmal denke ich darüber nach, wie mein Leben gewesen wäre, wenn ich zwei normale Eltern gehabt hätte."

„Ich hab eine Neuigkeit für dich: So etwas wie normale Eltern gibt es nicht." Daisys Berater hatte sie gedrängt, sich diese Option auch genauer anzusehen, sich schlauzumachen. Sie hatte erfahren, dass Adoptiveltern dazu neigten, dem Kind, das zu ihnen kam, eine wundervolle Zukunft zu bieten. Ein Anruf, und die ersten Treffen mit potenziellen Eltern könnten sofort vereinbart werden – Paare, Singles, jung, alt, hetero- oder homosexuell, reich, bescheiden … Es gab unzählige Familien, die einem Neugeborenen ihr Herz und ihr Heim öffnen wollten.

„Mein Dad war nicht perfekt, aber ich hätte ihn für nichts in der Welt eintauschen wollen", sagte Julian.

Daisy spürte die bittersüße Stimmung, die Julian ausstrahlte. Irgendwie hatte er sich mit seinem Verlust arrangiert. „Und wo wir gerade davon sprechen, Mr. Superhirn, wo willst du aufs College gehen?"

„Cornell. Ich fange im Herbst an."

Ihr wurde ganz leicht ums Herz. „Ithaca ist gar nicht so weit von hier."

„Das hat auch eine Rolle gespielt“, gab er zu. „Mein Bruder und ich sind getrennt voneinander aufgewachsen, und jetzt endlich habe ich die Chance, mehr von ihm zu sehen.“ Er schwieg und schaute sie direkt an. „Und von dir.“

Sie errötete. Es war komisch, dass sie immer noch flirten wollte, obwohl sie dick wie ein Haus war. Dann zwang sie sich, realistisch zu sein. „Cornell ist das schwerste College, das es gibt. Du wirst schwer damit beschäftigt sein, dich in deinen Büchern zu vergraben.“ Außerdem gab es da noch die Kleinigkeit von ungefähr fünftausend verfügbaren, nicht schwangeren Studentinnen, aber Daisy nahm an, dass er das von alleine herausfinden würde.

„Wie ist es mit dir?“, fragte er.

„Was soll mit mir sein? Hallo, ich bin schwanger.“

„Es ist doch nicht verboten, ein Kind zu haben und noch etwas anderes zu machen.“

Sie winkte ihn zum Computer hinüber und startete eine Präsentation von ihren Fotos. „Ich mache einen Onlinekurs für Fotografie.“

Julian schaute anerkennend auf den Monitor mit ihren Bildern. „Die sind gut.“

Daisy liebte es zu fotografieren. Schon als kleines Kind hatte sie alles mit ihrer kleinen Ritschratsch-Kamera festgehalten – Familienmitglieder, Blumen und Bäume, Menschen und ihre Nachbarschaft in der Upper East Side, wo sie aufgewachsen war. Als sie älter wurde, hatte sie angefangen, mit verschiedenen Stilen und Methoden zu experimentieren. Sie war sehr gut darin, kleine, aber wichtige Details aufzunehmen, die die meisten Menschen übersahen. Die rostige Türangel eines Scheunentors erzählte in Daisys Bildern eine ganze Geschichte. Sie fing eine ganze Jahreszeit ein, indem sie die Herbstblätter fotografierte, die auf dem Wasser schwebten, beleuchtete eine Welt des

Schmerzes in dem Gesicht ihres Vaters, als er sich über seinen Zeichentisch beugte, oder sah die Hoffnungen und Träume ihres Bruders in der Art, wie seine schmutzigen Finger eine Baseballkeule umklammerten.

Sie holte auch jetzt ihre Kamera raus; sie hatte Lust, ein paar Fotos von Julian zu machen. Er hatte immer gute Miene dazu gemacht, ihr Zielobjekt zu sein. Jetzt konzentrierte sie sich auf die scharfen Linien seines Profils und dann auf die schmalfingrige Hand, die auf der Stuhllehne ruhte, während er sich zum Computer vorbeugte. Er strahlte eine gewisse Athletik aus, eine kinetische Energie, selbst wenn er total entspannt war. Sie würde es ihm vermutlich niemals sagen, aber er raubte ihr den Atem. Wie konnte ein Mensch gleichzeitig so schön und so verletzt sein?

Die Präsentation war auf Zufallsmodus eingestellt, und Bilder aus dem letzten Winter kamen auf. Daisy hatte eine ganze Serie von Sonnet Romano geschossen. Julian reagierte nicht direkt, doch durch die Linse ihrer Kamera konnte Daisy die Veränderung in ihm sehen. Sonnet war supersüß. Und ebenfalls Mulatte, wie er.

„Meine beste Freundin", erklärte Daisy. „Sie verbringt den Sommer bei ihrem Vater, kommt aber rechtzeitig zur Hochzeit zurück. Ich kann es gar nicht erwarten, euch vorzustellen. Du wirst dich sehr wahrscheinlich auf der Stelle in sie verlieben. Das tut jeder."

Er setzte sich und lehnte sich auf dem Stuhl zurück. „Ich bin nicht jeder. Wer ist das?" Er drückte auf Pause und fror das Bild ein, einen extrem schönen Schuss eines jungen Mannes im Schnee.

Das war eines von Daisys besten Bildern. Der Junge hatte die winterlichen, nordischen Züge einer gezeichneten Märchenfigur – glatte, weißblonde Haare, ausgeprägte Gesichtszüge, seeblaue Augen. Er stand in einem schneebedeckten Park mit kahlen Bäumen im Hintergrund. Ein durchsichtiges Rauchband von einer unsichtbaren Zigarette bildete einen unvollständigen Heiligenschein über seinem Kopf.

„Das ist Zach“, sagte sie. „Zach Alger. Ein weiterer Freund, den ich kennengelernt habe, nachdem wir hierhergezogen sind.“ Sie hätte noch so viel mehr sagen können, aber das tat sie nicht, weil sie dann vermutlich anfangen würde zu weinen. Anders als Sonnet hatte Zach sich nach dem Schulabschluss nicht zu Größerem aufgemacht.

„Wo ist er jetzt? Werde ich ihn kennenlernen?“, wollte Julian wissen.

Sie schüttelte den Kopf. „Er hat sich … ein paar Schwierigkeiten eingehandelt und ist weggezogen. Ich glaube, er arbeitet auf der Rennstrecke in Saratoga.“

„Was für Schwierigkeiten?“

„Das ist kompliziert. Und auch nicht Zachs Schuld. Sein Vater war süchtig nach Onlinewetten, und Zach war der Einzige, der davon wusste. Er hat sich Geld genommen, um die Schulden seines Vaters zu bezahlen. Jetzt sitzt sein Vater im Gefängnis, und Zach ist ganz auf sich allein gestellt. Es ist schon erstaunlich, was Kinder so für ihre Eltern tun. Ich würde nie zulassen, dass mein Kind so etwas für mich macht.“

Wie aufs Stichwort glitt ein Bild von Daisys Mutter über den Monitor. Sophie Bellamy – sie behielt ihren Ehenamen aus beruflichen Gründen, wie sie sagte – war hübsch, perfekt frisiert und sehr ernst. Daisy spürte, dass Julian sie beobachtete und nicht die Fotos.

„Meine Mom hat diesen einmaligen Job am Internationalen Gerichtshof in Den Haag bekommen. Sie arbeitet an Menschenrechtsfällen.“ Wie immer, wenn sie an ihre Mutter dachte, verspürte Daisy eine Mischung aus Liebe und Stolz, Frustration und Wut. Manchmal wollte sie einfach nur auf dem Schoß ihrer Mutter sitzen und weinen. Dann fühlte sie sich jedes Mal total egoistisch. Ihre Mom arbeitete hart, um hilflose Kinder vor Folter und Hunger zu bewahren. Wie konnte Daisy nur daran denken, sich dem in den Weg zu stellen?

Sie schnappte ihre Kamera und stand auf. „Wir brauchen einen Szenenwechsel“, sagte sie. „Wie wäre es, wenn wir eine Weile rausgehen?“

„Sicher.“ Er erhob sich und hielt ihr die Tür auf. „Geh voran. Ich soll zwar eigentlich ein Stück Regenrinne austauschen, aber ich muss auf den Vormann warten, der mir die große Leiter bringt.“ Er zeigte auf eine rostige Regenrinne, die vier Stockwerke über ihnen unter dem Dach hing. „Ich hatte angeboten hinaufzuklettern, aber Connor ist ziemlich streng, was die Sicherheitsvorkehrungen angeht.“

„Er hat im Moment viel zu tun“, sagte Daisy und ging auf dem Kiesweg voran, der zum See führte.

„Wer ist das?“ Julian beschattete seine Augen mit der Hand und schaute in Richtung Bootshaus.

„Nina Romano, die Mutter meiner Freundin Sonnet.“ Daisy winkte, aber Nina schien sie nicht zu sehen. Sie gingen schweigend weiter, und endlich stellte Daisy die Frage aller Fragen: „Und, hast du eine Freundin?“

„Nein, außer du hast deine Meinung seit letztem Sommer geändert.“ Er grinste.

Im letzten Sommer hatte er Avancen gemacht, aber sie war wegen der Scheidung ihrer Eltern so verwirrt und verletzt, dass sie niemanden an sich heranlassen wollte. Idiotin, dachte sie.

„Sehr lustig“, grummelte sie und drehte sich weg, damit er nicht sah, wie sie errötete.

„Das sollte nicht lustig sein“, sagte er. „Ich wollte wirklich mit dir zusammen sein.“

Wie eine ganze Reihe anderer Jungen auch, erinnerte sie sich. Doch das Wissen erfüllte sie nicht mit Stolz. Sie war ein Partygirl gewesen, die Fröhliche, die immer für ein paar Lacher gut war.

Diejenige, die alles tun würde, um die Aufmerksamkeit ihrer unglücklichen, von Arbeit besessenen Eltern zu erlangen.

„Das Mädchen bin ich nicht mehr", sagte sie leise.

„Du bist immer noch du", erwiderte er. Er schaffte es immer, sie zum Lächeln zu bringen.

„Und noch ein bisschen mehr."

Sie führte ihn auf dem Anwesen herum, zeigte ihm die interessanten Seiten des Inn, die Pickleball- und Tennisplätze, das Bowling- und das Krocket-Grün. Die verrückt hohe Konstruktion, die Aussichtsturm genannt wurde. Vom Ende des langen Stegs aus konnte sie verschiedene Wahrzeichen der Stadt erkennen – den Avalon Boating Club am Blanchard Park, die Sommerhäuschen, die sich am Seeufer drängten.

„Hier ist es echt schön", sagte er.

„Hm-mh. Ich bin froh, dass mein Vater das Anwesen gekauft hat."

„Also hast du vor hierzubleiben …?" Er ließ die Frage in der Luft hängen.

„Im Moment versuche ich, so gut es geht von einem Tag zum nächsten zu kommen." Dann entschied sie, ehrlich zu ihm zu sein. „Denn auch wenn es so aussieht, als wäre ich diejenige, die in Schwierigkeiten steckt, sind es in Wahrheit mein Vater und mein Bruder. Sie sind so … verloren. Irgendwas sagt mir, dass ich in ihrer Nähe bleiben soll."

„Sie könnten dich überraschen", sagte Julian.

Daisy stellte sich ihren Dad und Max vor, zwei Kerle, die versuchten, allein zurechtzukommen. „Vielleicht. Im Moment jedoch habe ich nicht vor, irgendwo anders hinzuziehen." Sie machte ein paar Fotos, fing das Glitzern der Sonne auf dem Wasser ein, eine Familie Enten, die vorbeischwamm. „Was mir wirklich gefallen würde“, gestand sie, „wäre, Fotografie zu studieren. Und zwar nicht nur online. Ich würde das gerne beruflich machen.“

„Dann solltest du das tun.“

„Ja, genau, ich fang gleich damit an.“

Er schüttelte ihren Sarkasmus ab. „Der Plan wird auch morgen noch da sein und nächstes Jahr, und wann immer du dich für seine Umsetzung entscheidest.“

Sie nickte. „Es ist ironisch, dass ich genau jetzt, wo mir das hier passiert ist“, sie legte eine Hand auf ihren Bauch, „endlich herausgefunden habe, was mir liegt und worin ich gut bin.“ Sie machte ein Foto eines auf dem Wasser landenden Seetauchers, der eine scharfe weiße Welle verursachte. „Ich wünschte, ich könnte mein Leben noch mal zurückspulen, weißt du? Ein paar bessere Entscheidungen treffen.“

„Das wünscht sich jeder.“ Er beschattete wieder seine Augen und schaute auf den See. „Es ist echt hübsch hier.“

„Schätze schon. Manchmal, wenn ich daran denke, mein ganzes Leben hier zu verbringen, flippe ich allerdings aus.“

„Niemand zwingt dich hierzubleiben.“

Sie dachte an ihren Dad und Max, und wie verloren die beiden wären, wenn sie ganz allein hierblieben. Doch, dachte sie, das tun sie.

11. Kapitel

Am Tag, nachdem Nina ihren Vertrag mit Greg Bellamy unterschrieben hatte, fuhr sie mit ihren restlichen Sachen und einem Bündel Bedenken zum Inn am Willow Lake. Sie hatte die ganze Nacht wach gelegen und überlegt, ob sie die richtige Wahl getroffen oder ihre Träume verkauft hatte. Das Anwesen glich einem Bienenstock. Handwerker liefen kreuz und quer über die Grünflächen, Männer standen auf Leitern, Gärtner wühlten in der Erde. Sie warf einen Blick zu dem schmalen, hohen Haus im viktorianischen Stil am anderen Ende des Grundstück, in dem Greg lebte, dann glitt ihr Blick zum Bootshaus, das nur ein paar Hundert Meter entfernt lag. Sie hoffte, die Häuser stünden weit genug entfernt, damit sich alle wohlfühlten. Wenn sie sich in der Vergangenheit das Inn vorgestellt hatte, war in diesen Träumereien kein Mann mit zwei Kindern vorgekommen, und schon gar nicht ein in wenigen Wochen erwartetes Enkelkind. Aber ihr gesamtes Erwachsenenleben hatte daraus bestanden, Kompromisse einzugehen, und das hier war nichts anderes. Vielleicht war es ihr einfach nicht bestimmt, das, was sie haben wollte, auch zu ihren Bedingungen zu bekommen. Und vielleicht war das gar nicht mal so schlecht.

Der Gedanke hallte noch in ihrem Kopf nach, als sie die Treppen zum Bootshaus hinaufstieg und eine lebendige, atmende Fantasie vorfand. Greg stand auf der Leiter auf der Veranda und putzte die Fenster. Er hatte sein T-Shirt ausgezogen und hinten in den Bund seiner Hose gesteckt. Die Sommersonne hatte einen goldenen Schimmer auf seine Schultern gemalt. Er trug eine umgedrehte Yankees-Kappe, und jede Wischbewegung seines Armes mit dem Schwamm war zum Leben erwachte Poesie.

„Welchem Anlass verdanke ich die Ehre?“, fragte sie. „Der Besitzer selber putzt meine Fenster?“

Er kletterte von der Leiter. Seine Brust war von einem leichten Schweißfilm überzogen, und Nina gab sich alle Mühe, nicht zu offensichtlich zu gucken. „Ich bezahle Connors Arbeiter nach Stunden“, sagte er. „Also will ich ihre Talente nicht auf schlichte Hausarbeiten vergeuden.“

„Ah. Dafür habe ich also dich mit deinem Diplom in Architektur.“

„Ich helfe dir mit deinen Sachen.“ Er überquerte die Terrasse und trat zwischen sie und die Glastüren. Einen Augenblick lang trennten sie nur wenige Millimeter von seiner gebräunten, glitzernden Brust. Ein paar helle Haare wuchsen darauf. Ihr stieg ein wilder, männlicher Geruch in die Nase. Doch anstatt sich davon abgestoßen zu fühlen, spürte sie wieder ihre übliche, instinktive Reaktion auf ihn. Ihre Wangen wurden rot, und sie musste schwer schlucken. Sie fühlte sich gefangen. „Äh, Greg …“ Sie hatte keine Ahnung, was sie ihm sagen wollte. Danke fürs Fensterputzen?

Er zog die Tür auf und trat mit einer kleinen Verbeugung ein.

Nina zog den Kopf ein und tat so, als wäre sie von ihm vollkommen unbeeindruckt. „Das ist doch nicht nötig.“

„Stimmt, aber es hilft. Es zeigt dir, dass ich weiß, wie man sich als guter Nachbar verhält – denn immerhin werden wir ab heute Nachbarn sein –, und je schneller du einziehst, desto schneller können wir loslegen.“

„Ich verstehe. Nun, danke schön.“

„Gern geschehen.“ Mit einer fließenden Bewegung zog er sein T-Shirt über. Nina verspürte einen klitzekleinen Stich der

Enttäuschung. Sie betrachtete ihn unauffällig, aber eindringlich, und versuchte herauszufinden, warum er in der einen Minute so ungeniert sexy war und in der nächsten höflich und hilfsbereit. Das war nicht die Art, wie Männer sie normalerweise behandelten. Die Netten waren meist nicht hilfreich, und die Hilfreichen waren selten nett.

„Danke", sagte sie erneut. Das folgende Schweigen war unangenehm, also fügte sie hinzu: „Und, wie hat euch das Baseballspiel vor Kurzem gefallen?"

„Wir sind beide Baseballfans. Vor allem Max. Im Winter Eishockey, im Sommer Baseball. Ich habe ihn für die Little League eingetragen."

„Gefällt es ihm?"

Leichter Argwohn blitzte in seinen Augen auf. „Sicher", sagte er.

„Nun, ich freue mich, dass ihr zum Spiel gekommen seid."

„Du schienst … beschäftigt."

Guter Gott, dachte er wirklich, sie hätte was mit Darryl oder Wayne? Oder mit beiden? Bei dem Gedanken musste sie laut lachen. „Klar", sagte sie.

Er trat an die Spüle in der Küche, nahm seine Baseballkappe ab und spritzte sich Wasser ins Gesicht und über die Haare. Dann nahm er eine gute halbe Rolle Haushaltspapier und trocknete sich damit ab. „Sag mir, womit ich beim Helfen anfangen soll, Boss", sagte er.

„Ich schätze, mit den Kartons." Eine höchst unangenehme Anziehungskraft hatte Nina noch immer fest im Griff. Und sie wurde immer intensiver. Eine ganz seltsame Intimität schien zwischen ihnen in der Luft zu liegen, als sie gemeinsam ihre Sachen hereinbrachten. Nina hatte den gestrigen Tag damit verbracht, ordentlich zu putzen und zu lüften, und ganz früh heute Morgen hatten zwei ihrer Brüder das Queen-size-Bett aufgebaut. Es stand direkt gegenüber dem breiten Fenster, das auf den See hinausging. Das war ein Teil ihres Traumes – jeden Morgen mit Blick auf den Willow Lake aufzuwachen.

Während sie jetzt gemeinsam ihre Kisten auspackten – Bettwäsche und Erinnerungsstücke, Lampen und Bücher –, fühlte sie sich zwischen einer enormen Anziehung und dem Wunsch, sich mit ihm zu streiten, hin- und hergerissen. Sie hatte nicht um Hilfe gebeten, aber er stürzte sich mit Feuereifer hinein. Ihr beim Umzug zu helfen erlaubte ihm, sich in ihr Leben zu mischen, die Sachen zu sehen, die ihr wichtig waren. Sollte ihr das nicht zuwider sein? War es das? Und wenn nicht, warum nicht?

Er öffnete einen großen Karton, in dem sich gerahmte Fotos und Andenken befanden. Nina hielt die Luft an und ging in Gedanken den gesamten Inhalt des Kartons durch. Enthielt er etwas, das zu persönlich war? Irgendwas, das Greg besser nicht sehen sollte?

„Hey, Greg." Ihre Stimme klang hohl in dem noch spärlich eingerichteten Raum. „Ähm, wegen unserer Vereinbarung … Ich denke wirklich, wir sollten ein paar Grenzen setzen."

Er lachte, was nicht die Reaktion war, die sie erwartet hatte. „Was für Grenzen, Nina? Welche, die dich einschließen, oder welche, die mich ausschließen?"

„Ernsthaft", sagte sie. „Wenn Menschen zusammenarbeiten, brauchen sie Grenzen."

„Okay. Wenn du willst. Grenzen. Ich schätze, du lässt mich wissen, wenn ich eine übertrete. Natürlich müsstest du mir noch erklären, wo sie sind."

Sie spürte eine unterschwellige Verärgerung, die er unter seiner guten Laune verbarg. Alarmiert merkte sie, dass ihn das für sie nur noch interessanter machte. „Darüber müssen wir reden“, sagte sie. „Also, wo die Grenzen zu ziehen sind. Ich meine, ich bin echt dankbar, dass du mir beim Einzug hilfst.“

„Aber du willst dabei nicht meine verschwitzte Brust sehen.“

„Das meine ich nicht …“

„Also willst du meine verschwitzte Brust sehen.“

Ja.

„Nein.“ Sie verschränkte die Arme. „Hör mal, keiner von uns ist von gestern. Wir wissen beide, wie man sich professionell verhält. Das ist alles, was ich sagen wollte.“

„Okay“, sagte er. „Dann lass ich mein T-Shirt an.“

„Ich auch“, sagte sie. „Und jetzt mach ich mich besser wieder an die Arbeit.“

„Nur Arbeit und kein Spaß“, sagte er.

„So bin ich.“ Guter Gott, deutete er da etwa eine gewisse Bereitschaft zu bedeutungslosem Sex an? Nein, das konnte nicht sein. Sie scheuchte die Vorstellung aus ihren Gedanken und machte sich wieder an die Arbeit. Während sie versuchte, sich daran zu erinnern, was sie in den Karton gepackt hatte, den er gerade geöffnet hatte, zog er ein gerahmtes Foto heraus, das in ein Geschirrtuch gewickelt war. Das Bild zeigte Nina in ihrem fünfzehnten Sommer – nur Wochen, bevor alles passiert war. Vielleicht gefiel ihr das Bild deswegen so. Sie war darauf noch so jung und unschuldig. Sie und Jenny saßen auf dem öffentlichen Steg in der Stadt, die Arme umeinander gelegt, in den Gesichtern tausend Möglichkeiten.

„Du warst ein süßes Kind“, bemerkte er.

Nina biss sich auf die Lippe. Sie warf ihm einen Blick zu, dann schaute sie wieder auf das Foto. Wer hätte gedacht, dass sie nur wenige Wochen, nachdem das Bild entstanden war, sorglosen Sex mit einem West-Point-Kadetten haben und sich damit in große Schwierigkeiten bringen würde?

„Du erinnerst dich nicht mal mehr an mich, oder?", fragte sie und dachte an diesen alles verändernden Sommer.

„Von woher soll ich mich an dich erinnern?"

Meine Güte, spielte er den Unwissenden, oder beschützte er ... wen? Sie? Sich selber?

„Aus der Vergangenheit. Unsere Wege haben sich mehrmals gekreuzt. Meine Mom hat jeden Sommer in der Küche von Camp Kioga gearbeitet. Ich bin andauernd da oben gewesen." Sie erinnerte ihn nicht an seine Hochzeit. Er mochte ihr Gegner sein, aber sie würde nicht zu schmutzigen Tricks greifen.

„Und du glaubst, dass ich mich nicht mehr an dich erinnere", sagte er.

„Ich nahm an, dass du sonst was gesagt hättest." Nina versuchte, nicht daran zu denken, wie oft sie von ihm geträumt hatte, nur um jetzt herauszufinden, dass er keinen Gedanken an sie verschwendet hatte. Sie versuchte, sich gekränkt zu fühlen. Aber sie fühlte sich einfach nur wehmütig.

„Mein Gott, Nina, du weißt, dass ich mich erinnere", sagte er mit plötzlicher Eindringlichkeit. „Du weißt verdammt gut, dass ich mich an alles erinnere, inklusive des Abends im Country Club. Ich kann mit Gewissheit sagen, dass der West-Point-Kadett der einzige Kerl ist, dem ich je wegen eines Mädchens eine reingehauen habe."

Oh, verdammt. Sie wünschte, er hätte diese Kleinigkeit vergessen. „Tut mir leid. Da du nichts gesagt hast, dachte ich ..." Sie wusste nicht, was sie gedacht hatte. Aus irgendeinem Grund hatte sie Schwierigkeiten, logisch zu denken, wenn sie in seiner Nähe war.

„Nur weil in meinem Leben andere Dinge passiert sind, heißt das doch nicht, dass ich unter Amnesie leide."

„Ich auch nicht“, gab sie zu. Es war irgendwie erleichternd, es zugeben zu können.

„Eines, woran ich mich noch erinnere, ist hier im Willow Inn gewohnt zu haben“, sagte er. „Wir waren zu einer Familienfeier hergekommen. Die Kinder waren noch klein, und meine Frau wollte nicht oben in Camp Kioga wohnen. Ich schätze, das war ihr etwas zu rustikal. Sophie sorgte sich, dass wir nicht schnell genug Hilfe bekämen, wenn etwas passieren sollte.“ Greg schüttelte den Kopf. „Wir sind nicht einmal eine Woche geblieben, weil wir nicht mehr Zeit erübrigen konnten. Ich war mit meiner Firma beschäftigt, und Sophie machte als Anwältin Überstunden. Ich wünschte, ich wäre die Dinge langsamer angegangen. Ich habe damals Jahre meines Lebens verloren, und es ist mir nicht einmal aufgefallen.“

„Hilft es, mit Bedauern zurückzuschauen?“, fragte Nina.

„Überhaupt nicht.“

„Dann tu es nicht, Greg. Schau nach vorne.“ Sie beugte sich runter und wickelte eine Collage aus seidenmatten Fotos aus. Beim Anblick der Bilder musste sie lächeln. Die meisten zeigten Sonnet in verschiedenen Altersstufen. „Das Nette an der Vergangenheit ist, dass man sich aussuchen kann, welche Erinnerungen man im Herzen behält. Den Rest kann man getrost hinter sich lassen.“

Sein Lächeln schwand, und er senkte die Stimme. „Danke, Nina.“

„Du musst mir nicht danken.“

„Warum nicht?“

„Weil ich nichts getan hab.“ Sie biss sich auf die Lippe und schaute sich suchend nach dem Draht um, mit dem sie die Bilder aufhängen wollte. Sie drehte sich zu Greg um, um ihm zu bitten, ihr den Hammer zu reichen, und sah, dass er aus dem Fenster starrte. Seine Tochter Daisy saß auf einem hölzernen

Deckchair und schaute auf den See. Trotz der Aktivitäten um sie herum sah sie sehr alleine aus.

Als wenn er Ninas Blick gespürt hätte, schien Greg sich einen mentalen Schubs zu geben. „Tut mir leid. Ich habe nur gerade nach Daisy gesehen."

„Dafür musst du dich nicht entschuldigen."

„Das hab ich auch nicht. Es ist nur so frustrierend, zu versuchen, mit ihr zu reden. Ich gehe in ihrer Gegenwart wie auf rohen Eiern."

„Versuch, es nicht persönlich zu nehmen. Sogar die gesprächigsten Kinder neigen dazu, ihre Eltern ab und zu anzuschweigen." Nina schwieg einen Augenblick. „Vielleicht versucht sie, dich zu beschützen."

„Vor was?"

Nina wollte nicht darauf hinweisen, dass Greg, wie die meisten plötzlich alleinstehenden Männer, eine Aura der Verletzlichkeit umgab. „Manche Menschen sagen, ein Kind zu erwarten bringt den Beschützerinstinkt in einer Frau hervor. Es kann einfach in ihrer Natur liegen. Oder an der Art, wie sie erzogen wurde. Die zu beschützen, die man liebt, ist nichts Schlimmes."

„Da stimme ich zu." Er sah sie mit einem merkwürdigen Ausdruck im Gesicht an.

Nina hätte nicht sagen können, warum, aber mit einem Mal verspürte sie so etwas wie Mitgefühl für ihn – das sie in der nächsten Sekunde aber gleich wieder zu leugnen versuchte. Lass mich mit deinen Problemen in Ruhe, dachte sie.

Die Ironie an der Sache war, dass es dafür schon zu spät war. Sie hatte noch keine Nacht auf dem Grundstück verbracht, doch sie hatte schon das Gefühl, ihr beider Leben würde sich auf unerwartete Weise miteinander verbinden. Sie hätte es besser wissen müssen, hätte wissen müssen, dass es nicht ihrer Natur entsprach, Gregs Sorgen zu ignorieren. Als Bürgermeisterin hatte sie sich um die Probleme einer ganzen Stadt gekümmert. Kein Wunder, dass sie sich berufen fühlte, auch hier einzugreifen.

Die Gedanken an Daisy brachten Nina in ihre eigene Jugend zurück. Auch wenn Ninas Zustand damals alle erwarteten Reaktionen hervorgerufen hatte – Scham und Sorge und Reue –, hatte er auch Ninas innere Kräfte ans Tageslicht gebracht. Nachdem sie nur eine mittelmäßige Schülerin gewesen war, fand sie perverserweise nun etwas, in dem sie gut war: schwangerer Teenager zu sein.

Anstatt sich davon niederdrücken zu lassen, machte sie sich daran, ihre Unabhängigkeit zu beweisen. Das Baby war die Motivation, die sie benötigte, um endlich gut in der Schule zu sein. Anstatt ihres bisherigen Dreierdurchschnitts schrieb sie nur noch Einsen und Zweien. Sie ließ sich in die Schülervertretung wählen, weil sie ein Mitspracherecht haben wollte, wie die Kita der Schule geführt wurde. Sie verpasste keinen einzigen ihrer Vorsorgetermine, lernte alles über die fötale Entwicklung und darüber, wie man sich als Schwangere am besten ernährt und verhielt. Mit mühsam erkämpfter Geduld hörte sie Father Reilly zu, der sie ermahnte, das Kind zur Adoption freizugeben, obwohl sie wusste, dass das nie passieren würde. Zum einen bräuchte sie dafür die Zustimmung des Kindsvaters, aber das stand außer Frage. Und zum anderen hatte sie eine beinahe spirituelle Verbindung zu ihrem Baby. Sie war nie verliebt gewesen, aber sie wusste, dass das Liebe in ihrer reinsten Form war, die sie nie aufgeben würde. Dafür widmete sie der Beraterin an der Schule, Mrs. Jarvis, ihre volle Aufmerksamkeit, als die über Budgets, Zeitpläne und die Furcht einflößende Verantwortung sprach, die es mit sich brachte, für ein anderes menschliches Wesen verantwortlich zu sein.

Trotz der Tatsache, dass sie aufgeblüht war, litt Nina noch immer unter den Folgen der unglaublichen Opfer, die sie gebracht hatte. Keine Verabredungen oder Discobesuche, kein Klassenausflug im letzten Schuljahr, keine gemeinsame Abschlussfeier mit ihrer Klasse. Der Schulausflug war nach Washington, D. C., gegangen, weshalb es für Nina so wichtig gewesen war, mit Sonnet dorthinzufahren.

Nina hatte versucht, nicht auf den Klatsch zu hören und die Spekulationen zu ignorieren, wer wohl der Vater ihres Kindes sei. Sie weigerte sich, den Schwarzmalern Glauben zu schenken, die erklärten, wie schwierig es selbst für verheiratete Erwachsene war, ein Kind aufzuziehen. Für einen Teenager allein war es unmöglich – so sagten zumindest die Leute.

Aber für Nina wurde dieses Baby zu einem Ziel, einer Mission, zu etwas, das ihrem Leben eine Form und einen Sinn gab. Sicher, es versetzte ihr einen schmerzhaften Stich zu sehen, wie ihre Freunde zu Schulbällen oder ins Kino gingen, aber sie überstand diese Augenblicke der Reue, indem sie sich etwas Nützliches beibrachte, wie zum Beispiel den Impfplan eines Babys. Sie baute ganz alleine eine Wiege. Noch bevor sie überhaupt den Führerschein hatte, wusste sie, wie man einen Kindersitz einbaut. Sie belegte an der Schule Kurse in Finanzwesen und Sozialpolitik, weil ihr diese Dinge auf einmal wichtig waren. Sie brachte ein Kind auf die Welt, also wollte sie, dass die Welt besser würde, als sie jetzt war.

Nina versuchte jetzt, Greg diese Dinge zu erklären. Sie wollte ihm Zuversicht geben. Und warum, fragte sie sich, will ich das? Weil sie sich trotz der Situation dabei ertappte, dass sie ihn mochte.

„Ich nehme an, dass Daisy gerade etwas Ähnliches durchmacht“, schloss Nina. „Einige Dinge ändern sich nie. Alle ihre

Freunde gehen aufs College oder treten ihren ersten Job an, während sie immer noch zu Hause wohnt."

„Es gibt im Moment keine vernünftige Alternative für sie", sagte Greg.

„Ich weiß, aber sie könnte sich ein wenig ruhelos fühlen. Mir ging es zumindest so. Meine Familie hat mich vom ersten Tag an unterstützt. Sie hätte alles für mich getan, aber das hat mich nur entschlossener gemacht, es alleine zu schaffen." Sie vermutete, dass Greg noch nicht bereit war zu hören, dass seine Tochter mit ihm vielleicht nicht einer Meinung war, was das Wohnen zu Hause anging. Sie ging zum Kühlschrank und fand darin zwei Flaschen Wasser. Eine reichte sie Greg. „Ich habe einen Vorschlag für dich, und ich meine das auf die bestmögliche Art. Schenk Daisy dein Vertrauen."

„Das tue ich. Ich …"

„Du sagst es, aber gleichzeitig schmiedest du all diese Notfallpläne, falls sie es nicht schafft. Du gibst ihr ein Dach über dem Kopf, einen Job, und ich bin sicher, dass sie das zu schätzen weiß. Aber sie muss auch ihr eigenes Leben leben. Sonnet zu haben hat mich zu einem besseren Menschen gemacht. Du musst einfach glauben, dass Daisys Baby den gleichen Einfluss auf sie haben wird. Sonnet war der ganze Grund, warum ich schließlich Bürgermeisterin geworden bin."

„Um aus Avalon einen besseren Ort für dein Kind zu machen?"

„Genau. Es fing alles an, bevor sie geboren wurde. Ich hörte, dass der Blanchard Park sein Budget zusammengestrichen hatte und den Spielplatz schließen wollte. Ich habe meine Beschwerde direkt vor den Stadtrat und Bürgermeister McKittrick gebracht. Immerhin bin ich die Tochter meines Vaters, und der ist ein Aktivist, wie er im Buche steht. Außerdem bin ich die Tochter meiner Mutter – und so habe ich gleich eine praktische Lösung mitgeliefert, wie der Erhalt des Spielplatzes finanziert werden könnte."

Trotz der Tatsache, dass sie vermutlich ziemlich absurd ausgesehen hatte – durch die Schwangerschaft beinahe so hoch wie tief –, hatte sie auf dem Podium im Stadtrat gestanden und ihren Fall klar und selbstsicher vorgetragen. Am Ende der Sitzung hatte ihr Vater vor Stolz gestrahlt, und der Bürgermeister bot ihr ein bezahltes Praktikum sowie ein kostenloses Studium am Community College an.

„Ich wusste, es war richtig, das Angebot des Bürgermeisters anzunehmen. Es war ein Job mit Zukunft und eine Möglichkeit, eine Ausbildung zu erhalten." Zu der Zeit war das Inn an den Neffen der Witwe Weller gefallen, einen abwesenden Besitzer, der das Anwesen nicht ein einziges Mal persönlich in Augenschein genommen hatte. Sie hatte immer noch davon geträumt, es eines Tages zu besitzen, aber mit einem Baby waren ihre Pläne in den Hintergrund getreten, wie es alle Träume zu tun pflegen; sie verschwimmen langsam und verschwinden nach und nach aus dem Blickfeld.

Es gab durchaus Stimmen in der Stadt, die dagegen waren, dass eine unverheiratete, alleinerziehende Mutter für den Bürgermeister arbeitete. Doch das waren nur wenige, und sie wurden schnell zum Schweigen gebracht von denen, die den Bürgermeister dafür bewunderten, dass er einem jungen Menschen half. Die Menschen in Avalon reagierten auch nicht entsetzt, als Nina ein gemischtrassiges Kind zur Welt brachte. Immerhin waren es die 1990er-Jahre, da verursachte so etwas keinen großen Aufruhr mehr. Die Ankunft des Babys hatte allerdings gehörigen Einfluss auf die Spekulationen über seinen Vater. Die Namen von einigen Jungen konnten von verschiedenen Listen gestrichen werden. Dafür wurden ein paar neue Namen hinzugefügt.

Nina ignorierte das Getuschel. Sie konzentrierte sich ganz darauf, ein Leben für sich und ihr Baby aufzubauen. Denn was die Leute gesagt hatten, stimmte. Es war teilweise unvorstellbar schwer, alleinerziehende Mutter zu sein. Sie erinnerte sich noch an die endlosen Nächte, wenn das Baby unruhig war und sich in einen Weinanfall hineinsteigerte, der sich anfühlte, als würde er nie wieder aufhören. Sie erinnerte sich, wie sie hilflos hin und her gegangen war und sich vor dem Morgen fürchtete, wenn alles wieder von vorne losging, nur schlimmer, weil sie zusätzlich unter Schlafentzug litt.

Sie entschied sich, diese Erinnerungen nicht mit Greg zu teilen. Das würde er schon bald genug von Daisy erfahren.

„Als ich für die Stadt gearbeitet habe“, fuhr sie fort, „habe ich meinen Abschluss am College von New Paltz gemacht.“

„Die Leute sagen, du warst die beste Bürgermeisterin, die die Stadt je gehabt hat.“

„Das kommt ganz darauf an, wen du fragst.“

„Hauptsächlich die Baseballfans.“ Er lachte.

Er hatte ein sexy Lachen. Sie fragte sich, ob er das wusste.

„Also, Sonnets Vater …“, setzte Greg an.

„Was ist mit ihm?“

„Ist er ein Baseballfan?“

Sie wusste, dass er sich langsam an das Thema herantastete, um ihr nicht zu nahe zu treten. Aber es war in Ordnung, sie hatte nichts zu verbergen. „Das weiß ich nicht.“

„Daisy hat dem Kindsvater immer noch nichts gesagt“, platzte es aus Greg heraus, als wenn er es endlich einmal loswerden müsste.

„Es ist nur natürlich, dass man die Dinge aufschiebt, die am schwersten sind“, sagte Nina. „Ich habe Laurence erst von Sonnet erzählt, als sie drei war.“

Greg sah erstaunt aus. „Wirklich?“

„Ich hatte meine Gründe."

„Was hat dich dann dazu gebracht, es ihm zu sagen?"

Nina beschäftigte sich damit, leere Umzugskartons an der Tür zu stapeln. Sie wollte nicht, dass er den ironischen Ausdruck auf ihrem Gesicht sah. Auch wenn er es nicht wusste, der Anstoß, es Laurence zu sagen, war Greg gewesen.

6. TEIL

Damals

Das Inn am Willow Lake ist stolz darauf, einen eigenen Privatstrand am See zu haben und zu erhalten. Die Gäste finden hier eine wundervolle Vielfalt an ortstypischen Pflanzen und Tieren. Halten Sie die Augen offen nach Sumpfdotterblumen, dem Wohlriechenden Fieberstrauch – Heimat der Ritterfalter – und dem Schneeballbusch, die uns Frühlingsblüten, Sommerbeeren und Herbstfarben schenken. Der Willow Lake bietet auch Fauna in Hülle und Fülle. Fischreiher, Wasserschildkröten, Flussotter, Biber und Hirsche sind nur einige der regelmäßigen Gäste. Vielleicht haben Sie sogar Glück und sehen einen der wenigen hier ansässigen Elche.

Die Uferzone ist der perfekte Ort für kleine Spaziergänge, um sich in die Sonne zu setzen, im flachen Wasser zu planschen oder einfach die Landschaft zu genießen und zu träumen. Die Gäste des Inns kommen von überallher, ob von weit her aus Japan oder aus dem nahen New York City. Man weiß nie, wen man an einem hellen, sonnigen Tag am Ufer treffen wird – einen alten Freund, einen neuen Bekannten oder jemanden, mit dem man einfach wieder Kontakt aufnehmen möchte.

12. Kapitel

Als Sonnet beinahe drei war, zog Nina in ein kleines Holzhäuschen in der Stadt, das sie von einem ihrer Onkel gemietet hatte. Ihre Eltern hatten dagegen protestiert – es war zu früh, sie war noch zu jung, jemand musste auf Sonnet aufpassen –, aber Nina wusste, dass es an der Zeit war. Sie hatte einen Job und ging aufs College. Es war mehr als ausreichend, dass ihre Eltern als Babysitter für Sonnet da waren.

Es hatte etwas zugleich Befriedigendes und Einsames, in einem eigenen Haus zu wohnen. Sie fühlte sich erwachsen und gleichzeitig unglaublich allein.

Eines Sommermorgens, als sie gerade ein Referat in Makroökonomie fertig schrieb, sah Nina Sonnet an, die schweigend zu ihren Füßen spielte. Das kleine Mädchen hatte gelernt, mit Langeweile und ihrer eigenen Unruhe umzugehen. Wann war das passiert? fragte sich Nina. Wo war ihr hibbeliges Baby hin?

Dann traf es sie wie ein Schlag – Sonnet war kein Baby mehr, und Nina hatte die Verwandlung kaum mitbekommen. Trotz der endlosen Nächte, in denen sie mit einem weinenden Baby auf und ab gegangen war, für Prüfungen gelernt und bei der Arbeit alles gegeben hatte, war die Zeit wie im Flug vergangen. Es machte Nina ein wenig traurig, also hob sie Sonnet hoch und schwang sie herum. „Ich bin mit meinem Referat fertig, und du warst ein ganz braves Mädchen", sagte sie. „Lass uns was unternehmen."

„Ich will Nona besuchen." Sonnets Großmutter war für die Kleine mit Abstand die liebste Person auf der Welt.

„Nona arbeitet heute im Camp Kioga“, erklärte Nina. „So wie jeden Sommer.“ Ihre Mutter behauptete, die Arbeit bringe ihr Spaß, und es gab keinen Zweifel, dass die Bellamys sie gut bezahlten. Trotzdem wünschte Nina sich, dass ihre Mutter sich nur ein einziges Mal eine Pause gönnen würde. Aber natürlich entgegnete Ma darauf immer das Gleiche: „In dieser Familie arbeiten die Frauen. So ist das nun mal.“

„Was ist mit den Männern?“, fragte Nina manchmal.

„Die Männer? Die träumen.“

Sonnet schaute ganz traurig. „Nona“, schnüffelte sie.

Nina schaute auf die Uhr. „Ich sag dir was. Wir gehen zusammen im See schwimmen.“

Das war die richtige Idee. Sonnet klatschte vor Freude in die Hände.

Das Inn am Willow Lake hatte für Nina im Laufe der Jahre nichts von seiner Magie verloren. Auch wenn sie nicht mehr dort arbeitete, kannte und mochte der Manager sie, und sie durfte jederzeit den dortigen Strand benutzen, einen breiten Sandstreifen direkt am See. Trotz der leicht schäbigen Eleganz zog das Inn immer noch Sommergäste an, die die gemächliche Ruhe und Zurückgezogenheit des Anwesens zu schätzen wussten. Nina glaubte, dass die Leute kamen, um eine andere, einfachere Zeit zu erleben. Das Inn war eine Oase, weit entfernt von klingelnden Telefonen, piependen Computern, Verkehrsstaus und täglichen Anforderungen. Hier verdösten die Gäste die Nachmittage in einem Schaukelstuhl auf der umlaufenden Veranda, spielten eine Partie Tennis oder Pickleball oder liehen sich ein Boot für einen abendlichen Segeltörn aus.

Sonnet sah in ihrem gelben Badeanzug mit dem kleinen Schößen hinten ganz entzückend aus. Sie spielte in den flachen Wellen, die sanft an den feinsandigen Strand schlugen, und jauchzte vor Freude, wenn das kalte Wasser an ihren Zehen kitzelte. Der sonnige Tag hatte Gäste und Einheimische nach draußen gelockt. Auf einer Wiese wurde ein Volleyballmatch ausgetragen – Collegestudenten, vermutlich aus Colgate oder Skidmore oder von dem nahe gelegenen öffentlichen College in New Paltz. Nina merkte, wie die Jungs sie musterten. Sie wusste, dass sie in ihrem Bikini gut aussah. Das Gelb passte zu Sonnets Badeanzug und bildete einen hübschen Kontrast zu Ninas olivfarbener Haut. Als Angestellte im öffentlichen Dienst durfte sie das Fitnessstudio der Polizei mitnutzen, und sie hatte hart daran gearbeitet, ihre Bauchmuskeln in Form zu bringen. Nachdem Sonnet geboren war, hatte Nina entdeckt, dass ihr Körper nun noch erwachsener aussah, und sie spürte, dass ihr Bikini in den männlichen Köpfen für reichlich Schwindel sorgte.

Manchmal träumte sie davon, von einem Mann eingeladen zu werden, aber das passierte nie. Egal wie sehr die Männer ihren Körper zu schätzen schienen, ein Blick auf Sonnet reichte und sie liefen in die andere Richtung davon. Nina machte ihnen keinen Vorwurf. Sie selber liebte ihre Tochter mit jeder Faser ihres Herzens, aber das bedeutete nicht, dass es leicht war. Egal wie sehr sie Sonnet liebte, es gab trotzdem Wutausbrüche, volle Windeln, durchwachte Nächte, wenn Sonnet ihren Krupphusten bekam und Nina mit ihr stundenlang im mit feuchtem Dampf gefüllten Badezimmer saß und einfach nur mitweinte. Es war schwer, sich vorzustellen, dass irgendein Mann das mitmachen würde.

Nina hatte sich beigebracht, glücklich zu sein mit dem, wie sich alles entwickelt hatte. Jenny Majesky war immer noch ihre beste Freundin, die selber Probleme hatte, weil ihr Großvater gestorben war und sie nun alle ihre Pläne über den Haufen werfen musste, um ihrer Großmutter in der Bäckerei zu helfen. Im Sommer sah Nina nicht viel von Jenny. Ihre Freundin hatte zwei Jungs, die in sie verliebt waren, und war ganz hibbelig, weil sie sich nicht entscheiden konnte. Nina zeigte ihr nie, dass sie ein wenig eifersüchtig war, wenn sie sah, wie ihre Freunde auf Partys gingen oder sich einen kitschigen Film im Autokino anschauten, den Zug in die Stadt nahmen und in Richtung College und zu Abenteuern aufbrachen, die Nina sich nicht einmal vorstellen konnte.

Sie sagte sich, dass Sonnet das ultimative Abenteuer war. Ihr kleines Mädchen war ohne Zweifel das hübscheste, talentierteste und klügste Kind, das je das Licht der Welt erblickt hatte. Natürlich empfanden andere Eltern ihren Kindern gegenüber genauso, aber in Sonnets Fall waren diese Gedanken berechtigt. Es war keine Geschichte, die Nina sich erzählte. Es war eine Wahrheit, die sie in den dunkelsten, stillsten Stunden der Nacht anerkannte, wenn sie sich so einsam fühlte, dass ihr ganzer Körper vor dem Wunsch, gehalten und berührt zu werden, zitterte. Nicht von vor Erdnussbutter klebrigen Händen, sondern von den Armen eines Mannes. Das war ein körperlicher Schmerz in ihrem Inneren. Wenn es einfach nur ein animalisches Verlangen wäre, könnte sie mit irgendeinem Typen ausgehen, Sex haben und den Schmerz damit vertreiben. Doch natürlich war es nicht so einfach.

Sonnet hatte ein paar Kinder gefunden, mit denen sie am Strand spielen konnte. Kinder taten so etwas – sie setzten sich einfach neben ein anderes Kind und fingen an zu spielen. Sonnet hatte sich zu einem kleinen blonden Mädchen gesellt, die mit großem Eifer nassen Sand in einen Eimer schaufelte. Bald schon waren die beiden in ihre eigene Welt eingetaucht, plapperten und kicherten über Dinge, die nur Kinder amüsant fanden. Die Augen beschützend auf ihre Tochter gerichtet, setzte Nina sich auf eine Bank – und landete beinahe auf jemandes Schoß.

„Oh, tut mir leid“, sagte sie. „Ich habe Sie nicht gesehen.“

Der Mann rutschte ein Stück zur Seite. „Kein Problem. Ist ja Platz genug für uns beide da.“

Nina runzelte die Stirn. Er kam ihr irgendwie bekannt vor. Sie warf ihm einen Blick zu und bemerkte, wie er sie wohlwollend musterte.

„Oh“, sagte sie. „Hallo.“ Sie versuchte zu ergründen, ob er sie erkannte oder nicht. In der Zwischenzeit tat sie so, als würde sie ihn auch nicht erkennen. Aber natürlich tat sie das. Wie könnte sie auch nicht? Es war Greg Bellamy mit den unglaublich verträumten Augen, den breiten Schultern, dem kantigen Kiefer, dem … schlichten goldenen Ehering.

Und er war zurück in Avalon. Das kam unerwartet, denn nachdem Camp Kioga seine Pforten geschlossen hatte, waren die Bellamys hier ein seltener Anblick geworden. Die Familie nutzte das Gelände noch für private Zwecke, aber die meiste Zeit lag das Camp im Dornröschenschlaf, eine Geisterstadt vergangener Zeiten.

„Sind Sie Gast hier im Inn?“, fragte er.

Flirtete er etwa mit ihr? Trug er einen Ehering und flirtete trotzdem mit ihr?

„Nein“, sagte sie, den Blick immer noch auf Sonnet gerichtet. Tat er nur so oder erinnerte er sich wirklich nicht?

„Lass mich raten“, sagte er. „Du versuchst herauszufinden, ob es peinlicher ist, so zu tun, als hätten wir uns nie getroffen, oder mich daran zu erinnern, dass wir uns kennen.“

Sie zuckte mit keiner Wimper, ließ aber ein kleines Lächeln um ihren Mundwinkel aufblitzen. „So ungefähr, ja“, gab sie zu.

„Das dachte ich mir. Wir haben unser jährliches Familientreffen im Camp, aber meine Frau wohnt lieber hier“, sagte er. „Da oben ist es ihr doch ein wenig zu rustikal.“ Er nahm die Kamera, die neben ihm auf der Bank lag, und machte ein Foto der am Strand spielenden Kinder.

Nina schoss das Bild der eleganten, dünnen Blondine durch den Kopf, die eines Tages mit Gregs Baby aufgetaucht war. Das war kurz nach dem Abend mit Laurence gewesen, dem Abend, der Ninas Leben in einem einzigen, unachtsamen Moment komplett verändert hatte. Und Greg war da gewesen, hatte etwas zu ihr gesagt, das sie nie vergessen hatte – *Wenn du älter wärst, könnte das hier vielleicht was werden.*

Nun, jetzt war sie älter, aber sie hoffte, dass er diese Bemerkung vergessen hatte. Er war ein verheirateter Mann. Er hatte Familie.

Um ihre Nervosität zu verbergen, konzentrierte sie sich ganz auf die Kinder. Es war leicht zu sagen, welches sein Kind war – das kleine blonde Mädchen, mit dem Sonnet spielte. Sogar in diesem jungen Alter schien sie schon die Schönheit und Klasse der Bellamys zu besitzen. Oh, und den Charme nicht zu vergessen. Wie eine kleine Hummel, die von Blume zu Blume fliegt, eroberte sie mit ihrem Lächeln die Herzen aller Kinder. Sonnet schien zu versuchen, ihr in allem nachzueifern. Als die Kleine Sonnet einen glänzenden grauen Stein gab, hielt Sonnet ihn in den Händen, als handle es sich um den Hope-Diamanten.

„Guck mal, Mama“, sagte sie und streckte ihre pummelige kleine Hand aus.

„Oh, der ist aber schön“, sagte Nina. „Soll ich ihn für dich aufbewahren?“

„Okay.“ Sonnet legte den Stein in die Hand ihrer Mutter und ging dann zurück zum Spielen.

Nina musste Greg nicht ansehen, um zu wissen, dass er dabei war, seine Gedanken und Vorstellungen von ihr neu zu ordnen. Das taten Männer immer. Sie waren überrascht zu sehen, dass sie die Mutter eines sprechenden, laufenden kleinen Mädchens war, das definitiv afroamerikanisch aussah.

„Deine Tochter ist wirklich süß“, bemerkte er.

Was für eine Untertreibung, dachte Nina. Süß reichte nicht ansatzweise, um Sonnet zu beschreiben. Das Wort für sie war noch nicht einmal erfunden worden. Dann kam Nina ein alarmierender Gedanke. Greg wusste, mit wem Nina an jenem Abend zusammen gewesen war. Er könnte vielleicht erraten, wer Sonnets Vater war.

„Wie heißt sie?"

„Sonnet." Wie immer folgte hierauf eine kurze Pause. Sonnet war ein ungewöhnlicher Name, hinter dem die meisten Leute eine Geschichte vermuteten. Aber es gab keine. Es war einfach nur so, dass alle Romanos traditionelle italienische Namen hatten, und Nina das für ihre Tochter hatte vermeiden wollen. „An dem Tag, an dem sie geboren wurde, habe ich gerade für einen Englischtest geübt", erklärte sie.

„Lass mich raten – die Struktur eines Sonetts."

„ABBA, ABBA, CDE, CDE, GG. Das ist mir auf ewig ins Gedächtnis gebrannt. Ich war gerade mitten in einem tragischen Liebessonett, als meine Fruchtblase geplatzt ist. Okay, das ist vermutlich mehr, als du wissen wolltest."

„Gut, dass du nicht gerade Limericks oder Epitaphen gelernt hast."

Gemäß der Instruktionen aus ihrem Geburtsvorbereitungskurs hatte sie sich ein Mantra suchen sollen, das sie während der Wehen aufsagen konnte. Ohne darüber nachzudenken, hatte sie sich die Gedichtstruktur ausgewählt. Baby oder nicht, sie hatte vor, den Test zu bestehen. Sie wollte – brauchte – alle Punkte, die sie kriegen konnte.

Als das Baby geboren war, erlebte Nina nicht diesen heiligen Augenblick erhöhter Spiritualität, von dem viele Mütter sprachen. Sie fühlte sich nicht mit einem Mal eins mit dem Universum oder tief mit der Erde oder der Menschheit verbunden oder so. Das Einzige, was ihr durch den Kopf ging, war die

Struktur des Sonetts, also dachte sie, dass sie so vielleicht ihr Kind nennen sollte.

„Meine Tochter heißt Daisy", erzählte Greg ihr voller Stolz. „Ist sie nicht großartig?"

Als wenn sie ihn gehört hätte, schaute Daisy in diesem Moment auf und schenkte ihm ein Lächeln, das so strahlend war wie ihr Namensgeber, das Gänseblümchen. Sie winkte mit beiden Händen. „Lass uns gehen, Daddy-O", sagte sie.

„Wie du willst, Daisy-O", erwiderte er. Dann sagte er an Nina gewandt: „Es war nett, mit dir zu sprechen." Er packte seine Kamera in einen großen Plastikbeutel und ging zum Ufer. Dort zog er sein T-Shirt aus und warf es beiseite. Zum Vorschein kam ein gebräunter, muskulöser Oberkörper. Er nahm die kleine Hand seiner Tochter, und gemeinsam liefen sie ins Wasser.

Nina schaute ihnen einen Moment lang zu. Sie fühlte sich seltsam unbehaglich, wusste aber nicht, wieso. Greg Bellamy war gar nichts – kein Freund, keine alte Flamme, ganz sicherlich niemand, in den sie verliebt war. Er war nur ein Typ, dessen Leben dazu neigte, sich in den seltsamsten Augenblicken mit ihrem zu überkreuzen. In Augenblicken, die sich bunt und glitzernd wie Seifenblasen in die Luft erhoben und im nächsten Moment verschwunden waren. Sie waren Fremde. Es war besser, wenn das auch so bliebe.

Noch jemand beobachtete Greg Bellamy und die kleine Daisy – Sonnet. Sie hatte einen nachdenklichen Ausdruck auf dem Gesicht, und in ihren Augen glitzerte ein unausgesprochener Wunsch.

Nina fühlte sich schuldig, weil Sonnet ihren Vater nicht kannte. Und es gab keinen Zweifel, dass die Liebe eines Vaters etwas ganz Besonderes war. Nur zuzusehen, wie stark und sicher ein Mann mit seinem Kind umging, sich zu erinnern, was

Pop all seinen Kindern bedeutete … Nina konnte sich nicht länger weigern, der Wahrheit ins Auge zu sehen. Egal was sie ihrer kleinen Tochter auch gab, sie könnte ihr nie die Erfahrung ersetzen, wie es ist, einen Vater zu haben. Und je älter Sonnet wurde, desto mehr Fragen stellte sie. Sie sah andere Kinder mit ihren Daddys und fragte, wo ihrer war. Nina wusste, dass die Zeit gekommen war. Sie würde vor ihrer Tochter keine Geheimnisse haben.

7. TEIL

Heute

Jedes Zimmer des Inns ist mit sorgfältig ausgewählten Stücken möbliert. Das Literatenzimmer ist ein gemütlicher Raum mit einer fein säuberlich restaurierten Bordüre, freigelegten Deckenbalken, einem antiken Waschtisch und einem privaten Badezimmer. Da es sich im Westflügel des Hauses befindet, können Sie in diesem Zimmer die letzten Sonnenstrahlen des Tages und den Blick über die Trauerweiden am Seeufer genießen. Auf dem antiken, mit Schnitzereien reich verzierten Himmelbett laden ein handgenähter Quilt und fein bestickte Kissen zum Ausruhen ein. Als Oase für den kreativen Geist hat das Zimmer einen kleinen Schreibtisch und einen passenden Stuhl, die einst dem amerikanischen Autor James Fenimore Cooper gehörten.

Das Inn am Willow Lake benutzt keine handelsüblichen Möbelpolituren, die Erdöl oder andere neurotoxische Lösungsmittel enthalten. Viel schöner ist die Kombination aus Jojobaöl – das man in den meisten Drogeriemärkten erhält – mit Zitronenöl und einem Schuss frischem Zitronensaft.

13. Kapitel

In dem Moment, wo sein Wagen vom Parkplatz rollte, fingen Greg und Nina an zu streiten. „Wir fahren nach New Paltz“, sagte er. „Das ist näher.“

„Aber in Rhinebeck gibt es ein großes Kaufhaus. Da bekommen wir alles unter einem Dach.“

„Nicht die Sachen, die mir vorschweben.“ Er bog in Richtung Route 28 ab. „Ich habe gerade einen Assistenten angeheuert. Walter kann sich um die Lieferungen kümmern.“

„Aber …“

„Außerdem sitze ich am Steuer.“ Ihm war nicht entgangen, wie sorgfältig sie sich selbst für diesen Einkaufstrip gekleidet hatte. Sie trug ein dünnes rotes Baumwollkleid, das ihr Dekolleté ganz hervorragend zur Geltung brachte. Ihre nackten Füße steckten in flachen Sandalen. Er fragte sich, ob sie sich seinetwegen so anzog oder ob das einfach ihr Stil war. Ist egal, sagte er sich. In den drei Wochen, die ihre geschäftliche Beziehung nun schon dauerte, hatte er keinen Grund zur Klage über Nina gehabt, nicht einmal, wenn sie miteinander stritten, was meistens der Fall war. Sie hatte so gar nichts mit den humorlosen Krawattenträgern gemeinsam, mit denen er in der Stadt zusammengearbeitet hatte. Trotz ihres Kleides und des Ausschnitts war sie die am härtesten arbeitende Frau, die er je getroffen hatte. Sie hatte sich kopfüber in ihren Job gestürzt und konzentrierte alle ihre Energie auf die große Eröffnung.

Sie bekam gar nicht mit, wie genau er sie betrachtete, so sehr war sie mit grimmiger Miene in ihre handgeschriebene Liste vertieft. „Wir müssen nicht nur Nachschub besorgen, wir müssen auch zum Steinbruch nach Marbletown, um Pflastersteine und Kies zu bestellen."

„Und Steine für den Garten", fügte er hinzu. „Vergiss die nicht."

„Das schaffen wir niemals alles heute", sagte sie.

„Wer sagt denn, dass wir das müssen?"

„Niemand. Zum Teufel, es ist dein Laden. Du kannst ihn so lange wegen Renovierungen geschlossen halten, wie du willst. Ist mir völlig egal."

„Ist es nicht."

„Ist es wohl."

Greg wusste, dass er den derzeitigen Streit mit einer kurzen Erklärung auf der Stelle beenden könnte. Die meisten Sachen von der To-do-Liste hatte er an Walter und Anita delegiert, ihre neuesten Zugänge im Team. In der Zwischenzeit hatte Olivia einen Termin für ihn vereinbart, um sich mehrere antike Möbelstücke anzuschauen und hoffentlich auf einen Schlag mit einem ordentlichen Rabatt zu kaufen. Greg beschloss, Nina noch ein bisschen länger im Unklaren zu lassen. Es brachte ihm viel zu viel Spaß, ihr auf die Nerven zu gehen.

„Es ist dir nicht egal, das merke ich", sagte er. Während der Arbeit Spaß zu haben war für ihn etwas ganz Neues. Vor Nina hatte er nicht mal gewusst, dass das möglich war. Sie hatte die einzigartige Fähigkeit, in ihm den Wunsch zu wecken, sich kindisch und albern zu benehmen, und irgendwie war das ein seltsam erleichterndes Gefühl. Es war sicher, sich in ihrer Gegenwart so aufzuführen, denn in allen anderen Bereichen seines Lebens hatte er diese Freiheit nicht. Vor allem in Bezug auf seine Kinder fühlte er einen enormen, manchmal beinahe erstickenden Druck, sich immer verantwortungsvoll und erwachsen zu benehmen. Mit Nina konnte er herumalbern und ein wenig Dampf ablassen.

„Du hast mich aus einem bestimmten Grund angestellt", sagte sie. „Und jetzt hältst du mich davon ab, meine Arbeit zu machen."

„Tue ich nicht. Wir machen es nur nicht auf deine Art, und das ärgert dich."

„Gar nicht." Sie reckte ihr Kinn in die Höhe.

„Warum streiten wir uns dann?"

„Du nennst das einen Streit?" Sie lachte. „Das ist kein Streit. Glaub mir, wenn es einer wäre, wüsstest du es."

„Dann freue ich mich darauf, das irgendwann zu erleben. Also, wenn du nicht mit mir streitest, was tust du dann? Diskutieren?"

„Ich äußere meine Meinung, und du ignorierst sie. Hör mal, du hast behauptet, du wolltest einen Geschäftspartner. Also behandle mich auch wie einen Partner, und nicht wie einen Lakaien. Diese ‚Auf meine Art oder gar nicht'-Masche funktioniert bei mir nicht."

„Ich sag dir was. Du gibst Walter telefonisch deine Liste durch und bittest ihn, alles heute Nachmittag zu besorgen." Er reichte ihr sein Handy.

Sie nahm es, wählte aber nicht. „Du und ich sollten uns trennen. Du kannst die Erledigungen in New Paltz machen, und ich kümmere mich um alles andere."

Trennen. Auf gar keinen Fall, dachte er. „Was soll ich sagen? Ich bin geschmeichelt, dass du mir zutraust, die Möbel für die Gästezimmer alleine auszusuchen." Aus dem Augenwinkel sah er, wie sie vor Überraschung ganz steif wurde.

„*Das* ist der Grund, warum du nach New Paltz willst? Wir kaufen …"

Er spielte sein Ass aus. „Antike Armaturen und Möbel, Bettwäsche …" Er versuchte verzweifelt, sich Olivias Anweisungen ins Gedächtnis zu rufen. Noch ein halbes Dutzend Räume musste eingerichtet werden, und sie hatte ihm strikte Anweisungen gegeben, authentische, zur jeweiligen Periode passende Möbel zu kaufen. „Accessoires und Kunst für die Wände“, gab er ihre exakten Worte wieder.

„Ich dachte, du wolltest zum Steinbruch und nach Steinen und Kies gucken“, sagte sie.

„Du hättest einfach fragen sollen. Dann hätte ich dir erzählt, dass ich auch einen Termin mit einem Antiquitätenhändler habe.“ Er schaute zu ihr hinüber und sah, dass sie den Köder geschluckt und dieser den gewünschten Effekt hatte. Pure, ungezügelte Lust glitzerte in ihren Augen. Es war eine unbestreitbare Tatsache, dass keine Frau einem Antiquitätengroßhandel widerstehen konnte. „Also“, drängte er, „was sagst du?“

„Ich ergebe mich“, sagte sie. „Wir gehen zusammen.“

Hatte sie ein wenig zu schnell gesprochen? Wieso meinte er, ein unterschwelliges Misstrauen zu spüren, kaum wahrnehmbar, aber trotzdem verwirrend? Während sie Walter anrief, beschloss er, es zu ignorieren. Das Herz einer Frau war ein mysteriöses, unerforschtes Land. Aber es gab etwas, dass er mit vollkommener Sicherheit wusste: Wenn es um Einrichtungsfragen ging, würde keine Frau jemals erlauben, dass ein Mann sie alleine traf. Und Nina bildete da keine Ausnahme.

Er versuchte, sich nicht zu übermütig zu geben, als er am Radioknopf drehte und bei einem Lied von Led Zeppelin hängen blieb. Er konnte förmlich sehen, wie Nina unter dem beinahe erotisch hämmernden Bass und der durchdringenden Singstimme zusammenzuckte. Mit heruntergelassenen Fenstern und guter Musik an diesem herrlichen Tag unter dem blauen Himmel entlangzufahren war eine willkommene Atempause für ihn. Nur für diesen einen Moment erlaubte er sich, mal nicht an die Kinder und all ihre Probleme zu denken.

„Du hast erstaunlich gute Laune", merkte Nina misstrauisch an, als er vor dem Antiquitätengeschäft hielt, das sich in einer umgebauten Scheune befand. Sie kletterte aus dem Truck, bevor er ihr die Tür aufhalten konnte – und brachte ihn so um einen Blick auf ihre nackten Beine.

„Bei dir klingt das so, als wäre das was Schlechtes."

„Nein, das ist es nicht."

„Ich habe immer gute Laune", sagte er. „Was ist auch jemals mit schlechter Laune besser gelaufen?" Greg entdeckte, dass er, wenn er nur nah genug neben ihr stand, einen Killerausblick auf ihr Dekolleté hatte.

Sie ertappte ihn beim Starren und sagte: „Hör auf damit."

„Womit?"

„Du guckst mir in den Ausschnitt."

„Ich gucke auf die Liste." Er zeigte auf ihr Klemmbrett mit den Zetteln.

Sie drückte es gegen ihre Brust. „Ich habe noch nie einen Mann kennengelernt, der Spaß daran hatte, Antiquitäten einzukaufen."

„Das bringt mir auch keinen Spaß."

„Aber warum …"

„Du kommst schon noch dahinter." Er überließ sie ihrer Verwirrung und ging rein, um sich dem Besitzer des Ladens vorzustellen. Ehrlich gesagt, hatte er keine große Lust darauf, Möbel auszusuchen. Doch es musste nun mal getan werden. Es gab noch einige Zimmer, die nicht fertig waren, und er war froh, dass er Nina an seiner Seite hatte.

Wie die meisten Frauen hatte sie einfach ein Händchen dafür. Greg schaute sich um und sah nichts als Möbel aus zweiter Hand. Doch sie schien das große, scheunenartige Lagerhaus als riesige Schatzkammer für Möbel, antike Bettwäsche und sogar einen handgewebten Wollteppich zu betrachten. In einer schummrigen Ecke erblickte sie ein im Adirondack-Stil erbautes Bett aus Birkenstämmen und eine Lampe mit einem handbestickten Schirm. In kürzester Zeit hatte sie Betten, Waschtische, Bänke, ein paar Beistelltische, Lampen, Bettwäsche und Zierkissen ausgesucht.

Sie strahlte ihn triumphierend an. „Noch was? Brauchen wir weitere Accessoires?"

Greg wollte sich nicht komplett überflüssig fühlen, also nahm er etwas in die Hand und zeigte es ihr. „Wie wäre es damit?"

„Das ist eine blecherne Köderbox", sagte sie.

„Stimmt." Es war eine bescheidene, altmodische Box aus Metall mit einer Handkurbel an einer Seite und dem Hinweis: „Eine halbe Umdrehung, und schon kommt der Wurm."

Sie strahlte ihn an. „Die ist brillant."

Er war nicht sicher, was ihn mehr von den Füßen haute: ihr strahlendes Lächeln oder die Tatsache, dass sie eine Blechdose als „brillant" bezeichnete.

„Cool", sagte er. Dann fiel sein Blick auf ein gerahmtes Bild, das an einer Wand lehnte. „Das sollten wir auch kaufen." Es handelte sich um einen der typischen Maxfield-Parrish-Drucke – ein Porträt einer Muse bei Sonnenuntergang, wie sie verträumt über eine überirdisch schimmernde Landschaft schaute.

Ganz offensichtlich gefiel Nina das Bild nicht so gut wie die Köderbox, dennoch nickte sie zustimmend. „Den Gästen wird es gefallen."

„Aber dir nicht."

„Ich finde es ein wenig vorhersehbar. Das ist aber gut. Menschen mögen es, etwas Vertrautes zu sehen, wenn sie weit weg von zu Hause sind."

Er betrachtete ein Bild mit einer Gruppe Zigarre rauchender

Hunde, die als Menschen verkleidet waren und um einen Kartentisch herumsaßen.

„Denk nicht mal dran“, sagte sie.

Er riss sich von dem Bild los und rief den Händler, um zu bezahlen und die Einzelheiten zur Lieferung zu klären. „Komm, Martha Stewart“, sagte er dann zu Nina, und gemeinsam gingen sie zum Auto. Sie waren erst wenige Meter gefahren, da bog er auf einen weiteren Parkplatz ein.

„Was kommt jetzt?“, fragte Nina.

„Wonach sieht es denn aus?“

„Matt's Matratzen Ranch?“

„Genau. Wir kaufen für alle Zimmer neue Matratzen. Und du und ich suchen sie aus.“

„Aber …“

„Kein Aber. Diese Entscheidung werde ich niemand anderem überlassen. Wenn die Leute nachts nicht gut schlafen, werden wir sie nie wiedersehen, also können wir das Aussuchen nur selber übernehmen.“ Mit seinem Blick forderte er sie förmlich heraus, ihm zu widersprechen.

„Guter Plan“, sagte sie jedoch nur und stieg aus.

Er wünschte, sie würde ihm erlauben, ihr die Autotür aufzumachen und solche Dinge. Das gäbe ihm die Gelegenheit, einen Blick auf ihre Beine zu werfen. Und außerdem mochte er das. Und er mochte sie.

Sein Assistent hatte einen Termin vereinbart, und so wurden sie von Matt persönlich begrüßt. Er war ein freundlicher Kerl mit schütterem, über den kahl werdenden Kopf gekämmten Haaren und einem schmalen Lederband mit Silberschnalle um den Hals, wie es Cowboys tragen. Greg nahm an, dass er damit das Ranch-Thema betonen wollte. „Wie geht's, Leute. Willkommen in Matt's Matratzen Ranch. Wir haben Sie schon erwartet.“

„Äh, ja, danke", sagte Greg.

„Opal", rief Matt seiner Assistentin zu. „Bring Mr. und Mrs. Bellamy was zu trinken."

„Oh!" Nina wurde ganz rot. „Wir sind nicht …"

„Mr. und Mrs.", beendete Greg den Satz für sie. „Das hier ist Nina Romano. Wir würden gerne einen Großauftrag aufgeben."

Opal brachte zwei Flaschen mit eisgekühltem Wasser. Matt bot Greg und Nina an, sich im Schauraum umzusehen und alles auszuprobieren.

„Haben Sie das gehört, Mrs. Bellamy", zog Greg Nina auf. Er hatte sich zu ihr hinuntergebeugt, um ihr ins Ohr zu flüstern.

„Halt den Mund", gab sie zurück, schon ganz auf die Jagd konzentriert. Sie blieb bei verschiedenen Modellen stehen, prüfte sie mit einem Druck ihrer flachen Hand und verwarf sie alle wieder.

„Die hier ist es", sagte sie dann bei einer und schlüpfte aus ihren Sandalen.

„Machst du Witze?" Greg beäugte die Matratze misstrauisch. „Die ist viel zu fluffig."

„Manche Leute mögen es fluffig." Sie legte sich hin.

Eine Sekunde lang konnte er nichts anderes tun, als auf ihre bloßen Beine und Füße zu starren. Sie sah im Liegen so anders aus – so unerträglich sexy.

„Greg", riss sie ihn aus seiner Träumerei. „Die ist es. Probier es selber mal."

Er legte sich neben sie und sank so tief in die Matratze, dass sie beide zueinanderrollten und sich beinahe berührten. Er reagierte wie ein erregter Teenager und hoffte, dass sie es nicht bemerkte. „Oh, okay", sagte er. „Ich verstehe, was du meinst."

„Siehst du." Sie fing an, sich aufzusetzen.

Er hielt sie fest. Er wünschte sich, er könnte sie für immer festhalte.

Sie drehte sich zu ihm und legte ihren Kopf auf einen Arm. „Dann lass uns die Bestellung aufgeben."

„In einer Minute."

Um ihre Lippen zuckte es, und er sah, dass sie versuchte, nicht zu lächeln. „Manche Jungs versuchen aber auch alles, um ein Mädchen ins Bett zu kriegen."

„Ich würde allerdings nur alles versuchen, um *dich* ins Bett zu kriegen. Das ist was anderes."

Das machte sie sprachlos, aber nur für einen Moment. „Ich gehe", sagte sie und setzte sich auf. Sie schlüpfte in ihre Sandalen. „Kommst du?"

Nicht heute, dachte er. Mit schmerzhaftem Widerwillen hörte er auf zu träumen und stand auf. „Was immer du sagst, Chef. Komm, ich lad dich zum Mittagessen ein."

„Dafür haben wir keine Zeit."

Sie war so widerspenstig, wie sie sexy war. „Okay", sagte er. „Dann gehe ich alleine was essen, und du kannst dir derweil den Kopf darüber zerbrechen, wie wir im Zeitplan bleiben."

„Das glaubst aber auch nur du." Sie schob sich an ihm vorbei, ging nach draußen und marschierte schnurstracks auf das Starlight Diner auf der anderen Straßenseite zu.

Nina versuchte herauszufinden, ob sie einen guten oder einen schlechten Tag hatte. Sie hatte definitiv viel zu viel Spaß mit Greg Bellamy. Sogar das Aussuchen von Matratzen war lustig gewesen wie lange nichts. Das war gut, aber auch schlecht. In seiner Gegenwart fiel es ihr immer schwer, sich aufs Geschäftliche zu konzentrieren. Er war einfach so … verwirrend. Deshalb hatte sie auch nicht mit ihm zu Mittag essen wollen. Sie wusste, dass sie das nur ablenken würde.

Und sie hatte recht. In seiner Cargohose, dem Hawaiihemd und den Segelschuhen sah er auf eine jungenhafte Art unglaublich gut aus. Doch dem Antiquitätenhändler gegenüber hatte er sich ganz geschäftlich gegeben, fair verhandelt und genau das bekommen, was er gewollt hatte. Sie hatte erwartet, dass er ein verwöhnter, übertrieben gebildeter Typ aus der Stadt war, aber jeden Tag überraschte er sie aufs Neue.

Konzentrier dich, ermahnte Nina sich. Halt dich ans Geschäft. Bei gegrillten Käsesandwiches und Krautsalat sprachen sie darüber, was vor der großen Eröffnung am 4. Juli – dem Independence-Day-Wochenende – noch alles zu tun war. Nina nippte an ihrer Cherry-Coke und schaute mit gerunzelter Stirn auf ihre Notizen. „Ich sehe nicht, wie wir das noch alles rechtzeitig schaffen können."

„Wir haben keine andere Wahl."

„Stimmt. Alle Zimmer sind für die gesamten drei Nächte ausgebucht, manche sogar länger. Ein Pärchen aus Chicago kommt für eine ganze Woche."

„Alle Zimmer? Ich dachte, es wäre noch eines frei."

„Die letzte Bestätigung kam heute Morgen", sagte sie. „Ich habe eine E-Mail vom Reservierungsservice bekommen."

Greg lehnte sich gegen die Rückwand der Nische, in der sie saßen, und verschränkte die Hände hinter dem Kopf. „Das ist fantastisch, Nina. Der Wettbewerb war eine tolle Idee." Er legte einen großen Briefumschlag auf den Tisch. „Wir wurden mit Anmeldungen nur so überflutet."

Sie verriet ihm nicht, dass sie das Grand Opening, wie sie die Eröffnung bezeichnete, schon seit Jahren genau geplant hatte. Um einen E-Mail-Verteiler mit potenziellen Gästen aufzubauen, hatten sie eine kostenlose Übernachtung unter allen Einsendern verlost. Die Teilnehmer bildeten jetzt die Basis für ihre Datenbank.

Er grinste sie an. „Du bist genauso gut, wie ich es erwartet hatte."

Nina spürte, wie ihr die Röte in die Wangen stieg. Irgendetwas, das sie nicht genau benennen konnte, pulsierte zwischen ihnen. „Ja?"

Er räusperte sich und wandte den Blick ab.

„Ich weiß diese Vertrauensbezeugung sehr zu schätzen." Nina war peinlich berührt. Sie fühlte sich wie eine Dreizehnjährige, die mit großen Augen und vollkommen ahnungslos die Welt betrachtete. Schnell lenkte sie sich mit ihrem Klemmbrett ab, auf dem sich jetzt noch mehr Zettel und Notizen häuften.

„Hör mal, ich weiß, dass das hier alles nicht so ist, wie du es erwartet hast", sagte Greg. „Aber ich finde es toll, wie du dich trotzdem voll einbringst."

Sie hatte das Gefühl, dass er ihr das schon länger hatte sagen wollen. „Natürlich tue ich das."

„Nein, ehrlich. Ich weiß, dass du das alleine machen wolltest, und nun hast du mich und meine Kinder am Hals."

Darauf erwiderte Nina nichts. Inzwischen hätte sie eigentlich vom Leben gelernt haben müssen, keine Pläne zu machen, weil es sowieso immer anders kam als gedacht. Sie fand sich in einer ganz seltsamen Position wieder. Greg hatte, was sie wollte: das Inn. Eigentlich sollte sie ihm das übel nehmen, aber das Gegenteil war der Fall: Sie fühlte sich zu ihm hingezogen.

Sie ging die restlichen Briefe durch, die sie vorhin auf der Post abgeholt hatten. „Ich bin froh, dass das Gewinnspiel ein Erfolg war, aber die Ehre für die vielen Buchungen geht an Daisy", sagte sie. „Ihre Fotos haben der Broschüre und der Website einen einfach unwiderstehlichen Touch gegeben."

„Meinst du?"

„Auf jeden Fall."

„Ich bin froh, dass du das sagst. Ich mache mir viele Sorgen um sie, und da tut es gut, ab und zu daran erinnert zu werden, was für ein erstaunliches Mädchen sie ist."

Sein Kommentar traf eine weiche Stelle in Nina. Wie gut sie sich an Sonnets Aufs und Abs erinnerte. Und wie sehr sie sie vermisste. „Jedes Kind bringt seinen eigenen Sack Sorgen mit."

Er nickte. „Ich finde jeden Tag neue."

Der selbstsichere Greg Bellamy nimmt sich eine Auszeit, bemerkte Nina. Er hatte jetzt etwas Verletzliches und war nicht mehr der Geschäftspartner oder ein Rivale oder so, sondern einfach ein besorgter Vater.

„Max hat Probleme, mit denen ich niemals gerechnet hätte. Manchmal bin ich erstaunt, wie viel Wut er in sich verschlossen hält. Ich frage mich dann, ob ich das Glück meiner Kinder geopfert habe. Hätte ich bei Sophie bleiben, härter an unserer Beziehung arbeiten sollen …?"

„Große Neuigkeiten, Greg. Kinder haben Wut und Ärger und Probleme, egal, was wir tun. Du kannst es auf die Scheidung schieben, wenn du willst, aber vielleicht solltest du das noch mal überdenken. In einem Haus zu leben, dessen Bewohner unglücklich sind, vergiftet einen nach und nach. Es ist ein langsames Gift. Man kann vor seinen Kindern nichts verbergen. Sie sehen alles. Und sogar wenn sie noch nicht alt genug sind, es zu verstehen, spüren sie, wenn ihre Eltern unglücklich sind, egal wie sehr man sich auch bemüht, es zu verbergen. Ich denke, du solltest dich wegen der Scheidung nicht selber so geißeln. Gib ihm ein stabiles, liebevolles Zuhause und hoff auf das Beste. Und wenn er mit dem Baseballspielen aufhören will, dann lass ihn doch um Gottes willen. Es ist keine Schande zu erkennen, dass es manchmal am besten ist, etwas zu beenden und woanders weiterzumachen."

„Sprichst du aus Erfahrung?"

„Wir sind acht Geschwister. Ich hatte sozusagen bei jedem nur möglichen Familienstreit einen Sitz in der ersten Reihe. Ich bin die Einzige in meiner Familie, die nicht geheiratet hat. Während ich mich um Sonnet gekümmert habe, bin ich nicht mal mit irgendwelchen Jungs oder Männern ausgegangen. Das war mir einfach zu kompliziert."

„Aber jetzt, wo sie weg ist …"

„Ich habe einige Optionen." Sie wollte nicht, dass er dachte, sie warte auf eine Einladung von ihm, also wechselte sie schnell das Thema. „Und das ist auch schon alles, was ich dazu zu sagen habe. Wie geht es Daisy?"

„Sie hat mich gefragt, ob ich ihr Coach bei der Geburt sein will", sagte er. Dann schaute er etwas verwirrt, als ob jemand anders diese offenbar ungeplanten Worte ausgesprochen hätte.

Halt mal, dachte Nina. Das hier sollte ein geschäftlicher Termin sein, und doch saßen sie hier und sprachen über seine Kinder. Sie musste einen Weg finden, diese Themen zu vermeiden, diesen herzzerreißenden Ausdruck auf seinem Gesicht nicht an sich heranzulassen – eine Mischung aus Liebe, Panik, Hingabe und Unsicherheit.

Es war allerdings nicht möglich, auf diese Aussage von ihm nicht zu reagieren. Das machte man einfach nicht. Also schob sie ihr Glas beiseite und musterte ihn eindringlich. Sie überlegte, was sie sagen, wie sie reagieren sollte. *Was ist mit deiner Exfrau?* Beinahe hätte sie die Frage laut gestellt, doch das ging sie nun wirklich nichts an. Dennoch ertappte Nina sich dabei, sich Gedanken über Daisys Mutter zu machen. Wenn es um Sonnet ginge, könnten keine zehn Pferde Nina von ihrer Seite losreißen. Sie rief sich ins Gedächtnis, dass jede Familie einzigartig war. Jede hatte ihre eigene, ganz spezielle emotionale Landschaft, ihre eigene Geografie.

„Und wie fühlst du dich dabei?“, fragte sie schließlich. Sie nahm an, dass er das Thema nicht aufgebracht hatte, um ihre Meinung zu hören, sondern um einfach mal darüber zu sprechen.

„Es fühlt sich verrückt an. Ich meine, wie sollte ich auch nicht durchdrehen, wenn meine eigene Tochter mich fragt, ob ich ihr Geburtscoach sein will? Ich habe keine Ahnung, was ich da tue. Mein bisher größtes Problem war, auf der Arbeit einen engen Terminplan einzuhalten oder Max dazu zu bringen, seine Vokabeln zu lernen, oder Daisy davon abzuhalten, ihre Haare blau zu färben. Das kommt mir jetzt alles so trivial vor, nun da ich in einen Kurs gehen soll, in dem ich was über vorgefallene Nabelschnüre und Stillen lernen soll.“ Er schenkte ihr einen Blick, der einen ganz seltsamen Effekt auf Nina hatte. „Tut mir leid, ich wollte dich damit nicht belästigen.“

Sie räusperte sich. „Was hast du gemacht, als Max geboren wurde? Du warst doch bestimmt bei der Geburt dabei.“

„Ja, aber das hier ist anders. Es geht um meine Tochter. Ich fühle mich schrecklich schuldig, weißt du? Ich bin derjenige, der ihr erlaubt hat, dieses Wochenende auf Long Island zu verbringen …“

„Oh, nein“, sagte sie. „Diese Litanei kommt nicht infrage. Es ist niemandes Schuld. Du kannst dich kasteien, soviel du willst, aber jeder weiß, dass es nur wenige Dinge gibt, die so mächtig sind wie der Sexualtrieb von Teenagern. Kein Highschoolmädchen bittet darum, schwanger zu werden. Also hör auf, dir die Schuld zu geben.“

„Ich dachte, das hätte ich bereits, aber ich weiß nicht, was ich ihr sagen soll, außer dass ich sie liebe und nur das Beste für sie will.“

„Hast du ihr das gesagt?“, wollte Nina wissen.

„Ja, natürlich.“

„Ich meine, hast du es ihr so gesagt, als würdest du es auch so meinen, oder hast du es nur dahingesagt."

„Natürlich meine ich es so."

„Aber du hast eine andere Vorstellung davon, wie sie das alles handhaben soll." Sie erinnerte sich daran, wie ihre Familie reagiert hatte – verletzt und verängstigt und verärgert und so tief enttäuscht von ihr. Und sie erinnerte sich an ihre eigene Reaktion, die feste Entschlossenheit, es sich und allen zu beweisen. Sie hatte keine Zweifel, dass es Gregs Tochter gerade genauso ging. „Ich weiß, dass du das nicht hören willst, aber Daisy wird die Sache auf ihre Art regeln. Vielleicht wird sie alleine leben wollen und ..."

„Sie geht nirgendwohin."

„Tja, Greg, rate mal. Das hast nicht du zu entscheiden. Jedes einzelne Mitglied meiner Familie hat mir helfen wollen. Ich hatte die Möglichkeit, auf dem Autohof meines Bruders zu arbeiten, als Lehrerassistentin für meinen Vater, im Salon meiner Schwester ... Ich war so dankbar, dass sie sich um mich sorgten, aber am Ende musste ich meinen eigenen Weg finden. Und Daisy wird es genauso gehen."

„Sie liebt das Inn."

„Sie liebt dich", korrigierte Nina ihn. „Sei aber bitte nicht überrascht, wenn sie dir sagt, dass sie ihr eigenes Leben finden muss."

„Was meinst du damit, ihr eigenes Leben finden? Sie bleibt, wo sie ist."

„Will sie das auch?"

„Natürlich will sie das."

„Hast du sie gefragt?"

„Das muss ich sie nicht fragen. Ich weiß, was das Beste für Daisy ist."

„Wenn du meinst." Nina wollte das Thema gerne fallen lassen. Erstens ging es sie nichts an, und sie fühlte sich auch nicht wohl in der Rolle als Gregs Berater, wenn es um seine Tochter ging. Und zweitens wusste sie, dass er vor etwas die Augen verschloss. Daisy wollte weder ihr Leben noch die nächsten ein oder zwei Jahre damit verbringen, im Inn am Willow Lake zu arbeiten. Doch das würde Nina Greg nicht sagen. Das war nicht ihr Thema, und sie wollte auch nicht, dass es zu ihrem wurde.

„Für mich ist Daisy immer noch das kleine Kind", gestand er. „Ich sehe sie noch vor mir mit ihren Zöpfen, dem Springseil oder wie sie mir einen lockeren Zahn zeigt. Ihre ganze Kindheit ist in Lichtgeschwindigkeit an mir vorbeigerast, und plötzlich bekommt sie selber ein Kind. Ich bin aber noch nicht bereit, sie nicht mehr mein Kind sein zu lassen."

Auch wenn sie seinen Schmerz nachempfinden konnte, wusste Nina, dass das keine Hilfe für ihn wäre. „Sie wird nie aufhören, dein Kind zu sein", sagte sie und dachte an ihren eigenen Vater. „Als ich Pop erzählt habe, dass ich schwanger bin, hat er das ganze Spektrum emotionaler Reaktionen durchgemacht – Schock, Wut, Trauer, Enttäuschung …" Sogar jetzt noch konnte Nina ein Echo der Traurigkeit in ihrem Körper spüren. „Die Enttäuschung war für mich am schlimmsten. Ich erinnere mich, gedacht zu haben, ich hätte alles ruiniert, dass die Beziehung zwischen Pop und mir nie wieder die gleiche sein würde."

„Toll", sagte er.

Nina atmete tief ein. „Nein, hör mir weiter zu. Ich weiß, ich sollte dir erzählen, dass alles gut wird, aber ehrlich gesagt wird es genügend Situationen geben, in denen eben nicht alles gut ist. Es werden Zeiten kommen, in denen Daisy zusammenbrechen wird und das Baby nicht aufhören wird zu schreien, und alles wird so weit weg sein von gut, dass du vermutlich deinen Kopf gegen die Wand schlagen willst."

Er wollte etwas sagen, aber sie hob eine Hand, um ihn aufzuhalten. „Ich versuche, dir zu erklären, dass trotzdem alles gut sein wird zwischen dir und Daisy. Vertrau mir. Als Sonnet geboren wurde, hat Pop sich in der Sekunde in sie verliebt, in der er sie zum ersten Mal im Arm hielt. Plötzlich dachte er nicht mehr daran, was die Leute sagen werden oder wie ich mit allem zurechtkommen würde oder was für ein Leben ich meinem Kind bieten könnte. Er liebte sie einfach nur und wusste irgendwie, dass das ausreichte. Und bis zum heutigen Tag haben sie eine ganz besondere Bindung, Sonnet und mein Vater. Sie bringt ihm … ich weiß es nicht. Eine Art stiller Freude, die er von keinem seiner Kinder bekommt. Ich hoffe, du wirst dich dran erinnern, dass wenn alles zusammengebrochen ist, es sich auch wieder zusammenfügt und man irgendwie auf die andere Seite der Krise gelangt, die sich einem in den Weg gestellt hat. Und dass man dann auch wieder lächeln kann. Es ist ein Baby, Greg, nicht eine Fußfessel. Sonnet und ich haben das durchgemacht. Ich alleine mit einem Baby, meine Familie verrückt vor Sorge, ob alles gut wird. Ich sage nicht, dass es leicht ist, aber ich bereue nicht eine Sekunde davon."

Er hörte aufmerksam zu, das musste sie ihm zugutehalten. Er hatte diese Art, mit jeder Zelle seines Körpers zuzuhören – mit den Augen, dem Gesicht, der Körperhaltung –, die sie umhaute. Er nickte, offensichtlich verstand er, wovon sie gesprochen hatte. „Manchmal bin ich ganz aufgeregt bei dem Gedanken, noch ein Kind im Haus zu haben. Eins, das mich Gramps nennt, bevor ich noch vierzig geworden bin." Er schüttelte sich. „Okay, jetzt mache ich mir selber Angst."

Sie wusste genau, was er meinte. Mit einem Mal wurde ihr die Ironie der ganzen Situation bewusst. Er lebte jetzt ein Leben, das Nina gerade hinter sich gelassen hatte. Er betrat eine Welt der Elternschaft, die angefüllt war mit Sorge, Freude und

Frust, mit einem Durcheinander der Gefühle, an das sie sich nur zu gut erinnerte. Alleine ihn von seinen Kindern sprechen zu hören versetzte sie in diese Zeit zurück.

Sie wollte sich doch aber in die entgegengesetzte Richtung entwickeln. Ihre Jahre als aktives Elternteil waren vorüber. Sie war froh, diese Phase hinter sich zu haben. Zumindest redete sie sich das ein.

Während sie ihn beobachtete und überdachte, was jetzt alles vor ihm lag, überkam sie ein Gefühl, mit dem sie nicht gerechnet hatte. Sie hatte erwartet, Mitleid zu empfinden, doch das, was sich da in ihrem Herzen breitmachte, war – Neid.

Nein, das konnte nicht sein. Kein geistig gesunder Mensch würde ihn um seine Situation beneiden. Er hatte noch kaum seine Zeit als aktiver Vater hinter sich, da wurde er schon Großvater. Das war wirklich nicht beneidenswert. Und dennoch …

„Ich schätze, was mir am meisten Angst macht, ist der Gedanke, Daisy unter Schmerzen leiden zu sehen, gegen die ich nichts unternehmen kann", sagte er.

„Einfach da zu sein und ihre Hand zu halten ist vermutlich alles, was sie braucht."

„Sie musste in ihrem Leben drei Mal in die Notaufnahme, und ich war kein einziges Mal dabei. Ich habe keine Ahnung, wie ich mich in einem Notfall verhalte."

„Die Chancen stehen gut, dass es keinen Notfall geben wird. Und wenn doch – gibt es irgendjemanden, der weiß, wie er sich verhalten würde? Wir glauben alle, dass wir es tun, aber bis die Situation da ist, kann es niemand mit Bestimmtheit sagen. Vielleicht konzentrierst du dich zu sehr auf die Vorgänge im Kreißsaal. Das ist aber ja nur ein kleiner Teil des Ganzen. Der gesamte Prozess inklusive des Vorbereitungskurses zieht sich ja über mehrere Wochen hin."

Er nickte. „Ich werde damit klarkommen. Ich muss es. Es tut mir wirklich leid, das Thema angeschnitten zu haben. Ich hätte dich damit nicht belästigen sollen."

„Mach dir darüber mal keine Sorgen."

„Ich hatte nicht erwartet, dass du mir solche Sachen sagst. Ich weiß, dass einiges davon ziemlich ... persönlich ist."

Sie spürte, wie ihre Wangen heiß wurden. Die Art, wie er sie jetzt anschaute, war ein wenig furchteinflößend. Er sah aus, als stünde er kurz davor zu explodieren. Vermutlich hatte sie ihn irgendwie beleidigt. *Ich erzähl dir mal, wie ich es vermasselt habe; vielleicht vermasselt Daisy es ja besser.* Sie schluckte, unsicher, wie sie reagieren sollte. Er schaffte es, dass sie sich unsicher und ... entblößt fühlte. Er machte es ihr unmöglich, sich nicht um ihn zu sorgen. „Ich wollte dir nur sagen, dass aus alldem auch Gutes erwächst."

„Darauf zähle ich." Sein Lächeln war so sexy und langsam wie eine Liebkosung.

Nina schnappte sich die laminierte Speisekarte. „Nimmst du einen Nachtisch?"

„Das ist doch der beste Teil am ganzen Essen." Sie suchten sich etwas aus, dann sprach Greg wieder. „Weißt du, was mich noch stört?"

„Ich habe keine Ahnung", sagte sie schwach.

„Daisy will den Jungen, der der Vater ihres Kindes ist, nicht in ihrem Leben haben. Aber es muss ihm doch zumindest gesagt werden, ihm und seiner Familie."

„Ja", stimmte sie zu, und eine längst vergessene Erinnerung stahl sich in ihre Gedanken. „Ja, er sollte es erfahren."

„Versteh mich nicht falsch, ich habe nicht das geringste Mitgefühl für den kleinen Bastard. Er interessiert mich nicht die Bohne – nicht mal eine halbe. Aber dann denke ich ... erinnere mich ... was, wenn Sophie mir nie von Daisy erzählt hätte?

Was, wenn ich nie die Chance erhalten hätte, ihr ein Vater zu sein? Was, wenn dieses Baby eines Tages einen Vater braucht, so wie Daisy mich braucht? Das darf ich mir gar nicht vorstellen."

Die Kellnerin brachte den Nachtisch. Ein großes Stück Beerenkuchen für Greg und eine Schale Melonensorbet für Nina.

„Versteh mich nicht falsch, ich will nicht, dass sie nur des Babys wegen heiratet", sagte er. „Man kann nur für eine gewisse Zeit so tun, als ob, aber irgendwann holt, ein das Unglücklichsein unweigerlich ein. Ich meine sie, also Daisy."

Nina nahm an, dass Greg ihr gerade die Kurzversion seiner eigenen Ehe offenbart hatte. „Vielleicht solltest du ihr das erklären."

„Nein, das wäre nicht fair. Sie muss eine eigene Entscheidung treffen."

„Das würde ihr leichter fallen, wenn du ihr sagst, was dir auf dem Herzen liegt."

„Da bin ich mir nicht so sicher. Was die Beziehung zu meiner Tochter angeht, war das letzte Jahr wie eine Achterbahnfahrt. Darf ich dich etwas Persönliches fragen?"

Sie hob die Augenbrauen. „Ich kann nicht versprechen, dass ich dir eine Antwort gebe, aber da ich dir gerade erst die Geschichte meines Lebens erzählt habe, schieß mal los."

„Was hat es mit Sonnets Vater auf sich? Ich meine, ich weiß, dass sie jetzt bei ihm ist, aber ..."

Oh je, dachte Nina. Das war ihre eigene Schuld. Sie hatte sich kopfüber in diese Unterhaltung gestürzt, also hätte sie diese Frage erwarten müssen. „Ist das so wichtig für dich?"

„Ich frage mich nur, wie du damit umgegangen bist. Mit Sonnets Vater, meine ich."

Sie stützte ihre Ellbogen auf den Tisch und schaute ihn an. „Das ist eine ziemlich lange Geschichte."

8. TEIL

Damals

Einige Hotels versprechen ihren Gästen „keine Überraschungen", aber das Inn am Willow Lake steckt voll von ihnen. Die Wände der mit Walnussholz getäfelten Bibliothek säumen originale Bücherregale aus Hay-on-Wye, einer Stadt in Wales, die berühmt ist für ihre Buchläden. Zu den in den Fächern zu findenden Überraschungen hat eines der Regale einen versteckten Aufhängemechanismus, sodass es wie eine Tür zu bedienen ist, hinter der sich eine lauschige kleine Nische versteckt.

Die Bibliothek beherbergt eine feine Auswahl von Büchern und Erinnerungsstücken an die frühen Tage der Stadt Avalon. Wenn eines der illustrierten Bücher irgendwann so auseinanderfällt, dass es nicht mehr zu restaurieren ist, werden seine Seiten gerahmt und als Bilder an die Wand gehängt. Ihre Form hat sich zwar verändert, aber die Schönheit bleibt.

14. Kapitel

Es gab wohl keine verheißungsvollere Zeremonie als die Abschlussfeier der United-States-Militärakademie. Nina nahm natürlich nicht daran teil, aber sie saß im Veterans Memorial Park in West Point und blätterte unruhig durch den in der örtlichen Zeitung abgedruckten Zeitplan. Es schien eine nicht enden wollende Anzahl an Versammlungen, Empfängen, Feiern und Galas zu geben. Und dann selbstverständlich die Zeremonie selber. Auf dem Titelblatt der Extrabeilage war das traditionelle Foto abgebildet: Vor einem stahlblauen Himmel flogen tausend Hüte in die Luft.

Nina und Jenny waren mit Sonnet hierhergefahren. Die Kleine hatte während der einstündigen Fahrt geschlafen. Nina war noch nie so dankbar für Jennys Freundschaft gewesen. Das hier versprach einer der schwierigsten Tage in Ninas Leben zu werden, und Jenny hatte darauf bestanden, auf Sonnet aufzupassen, während Nina sich mit Laurence traf. Sie hatten vereinbart, sich in dem öffentlichen Park zu treffen, in dem es stattliche, Schatten spendende Bäume, gepflegte Grünflächen und einen gut ausgestatteten Spielplatz gab. Als der vereinbarte Zeitpunkt näher rückte, waren Ninas Nerven so angespannt, dass es körperlich schmerzte. Sie saß auf einer Bank neben der Statue von George Washington Goethals, West Point Absolvent von 1880. Er hatte unter anderem den Panamakanal entworfen und gebaut. Nina hatte die Erinnerungsplakette am Sockel schon ein Dutzend Mal gelesen und wusste für ihren Geschmack jetzt viel zu gut über Colonel Goethals Bescheid.

„Guck mal, Mama, guck mal!“, rief Sonnet, die auf einem Wackelpferd wild vor und zurück schaukelte, während Jenny danebenstand und auf sie aufpasste.

„Wow“, rief Nina quer über den Spielplatz zurück. „Du bist ja ein richtiges Cowgirl.“ Sie versuchte, nicht zu abwesend zu klingen, aber was sollte sie tun? Das hier war die letzte Gelegenheit, den Vater ihres Kindes zu treffen, bevor er seinen Einberufungsbefehl bekam und auf seinen ersten Einsatz geschickt wurde, der ihn vielleicht nach Übersee verschlagen würde. Sie umklammerte die Kante der Bank, auf der sie saß, ganz fest, um sich selber davon abzuhalten, aufzustehen und wegzulaufen. Sich einfach Sonnet zu schnappen, sie in ihren Kindersitz des alten Ford LTD zu schnallen und so schnell wegzufahren, wie sie nur konnte.

Nein. Sie befahl sich, sitzen zu bleiben. Um Sonnets Willen musste sie das hier durchziehen. Keinem Kind sollte der Vater vorenthalten werden. Sonnet kam langsam in das Alter, in dem sie Fragen stellte, und Nina wollte sie nicht anlügen oder ihren Fragen ausweichen.

Nina war unruhig, sie konnte nicht länger sitzen bleiben. Also stand sie auf und ging zu Jenny und Sonnet hinüber.

„Ich kann dir gar nicht sagen, wie sehr ich deine Hilfe zu schätzen weiß“, sagte Nina zu Jenny.

Die drückte ihre Hand und setzte eine gespielt dramatische Miene auf. „Wenn man sich vorstellt, dass ich mich stattdessen den ganzen Tag mit der Buchhaltung der Bäckerei hätte beschäftigen können …“ Sie bedachte Sonnet mit einem liebevollen Blick. „Eines Tages wird sie dir dafür danken. Sie verdient es, zu wissen, wer ihr Vater ist.“

Nina schluckte und nickte kurz. „Ich … äh, ich konnte nicht sagen, was Laurence gefühlt hat, als ich es ihm am Telefon erzählt habe. Außer dass er total schockiert war. Ich meine, ich habe ihn ja nie wirklich gut gekannt, was echt seltsam ist, wenn man bedenkt, dass er mein ganzes Leben verändert hat."

„Ich schätze, du wirst bald herausfinden, was er denkt", sagte Jenny. „Das ist so ein großes Geschenk, das du Sonnet machst. Zumindest wird sie es wissen. Ich frage mich schon mein ganzes Leben, wer mein Vater ist. Jeden Tag schaue ich in den Spiegel und versuche, ihn zu erkennen. Ich schaue mir Männer an, die meine Mutter vielleicht gekannt hat, und werde verrückt dabei, zu überlegen, wer von ihnen es sein könnte. Ich sag dir, meine Mutter mochte vielleicht ihre Gründe dafür gehabt haben, von mir fortzugehen, als ich noch klein war, aber was ich einfach nicht verstehe, ist, warum sie niemals irgendjemandem anvertraut hat, wer mein Vater ist."

Nur Nina wusste, wie sehr Jenny dieses Geheimnis quälte. Das war einer der Gründe, warum sie sich entschlossen hatte, Laurence Jeffries anzurufen und ihn um dieses Treffen zu bitten. Den anderen Grund hatte ein Mann geliefert, den sie ebenfalls kaum kannte – Greg Bellamy. Ihn mit seiner kleinen Tochter am Willow Lake zu sehen hatte Nina daran erinnert, dass, egal wie hart sie arbeitete oder wie sehr sie Sonnet liebte, sie niemals den Platz eines Vaters einnehmen könnte. Sonnet würde es auch ohne Vater in ihrem Leben gut gehen, sie hatte viele männliche Vorbilder in ihrem Leben wie Ninas Vater und ihre Brüder. Und sie schien ein von Natur aus robustes Kind zu sein. Dennoch wollte Nina das nicht zu ihrem Vorteil ausnutzen. Sie wollte die Fragen beantworten, die ihre Tochter noch nicht gestellt hatte, die aber sicher nicht mehr lange auf sich warten lassen würden.

Das Geräusch einer zufallenden Autotür erschreckte Nina.

„Na dann", sagte Jenny mit einem strahlenden Lächeln. „Sonnet und ich sind dann mal da drüben auf der Wippe." Sie schickte einen bedeutungsvollen Blick über Ninas Schulter und eilte dann davon, Sonnet an der Hand mit sich ziehend. Sie mischten sich unter eine fröhliche, lachende Gruppe von Kindern am Klettergerüst.

Nina wusste, was der Blick zu bedeuten hatte. Sie wischte ihre mit einem Mal feuchten Hände an ihren Oberschenkeln ab und drehte sich um.

Guter Gott!

Wie zum Teufel konnte das hier der schüchterne, verlegene Junge sein, den sie vor vier Sommern so kurz – und doch so intensiv – gekannt hatte?

Das hier war ein perfekt gepflegter Mann in Uniform, der zielgerichtet auf sie zukam. Seine Haltung war makellos, seine Schritte entschlossen. Er war eindrucksvoll, einschüchternd, unwiderstehlich – ein zum Leben erweckter Märchenprinz.

Unter seinem stechenden Blick löste sich Ninas sorgfältig vorbereitete Rede in Luft auf. „Danke, dass du gekommen bist", sagte sie.

„Nichts hätte mich davon abhalten können." Er stand unerbittlich vor ihr, so steif und formell wie ein eins neunzig großer GI Joe.

Nina wusste nicht, was seine überhebliche Haltung zu bedeuten hatte – war es echte Selbstsicherheit oder nur eine Schutzmauer für seine nagende Furcht? Sie sah, wie sein Blick über den Park glitt, ein Terminator, der sein Ziel sucht, aber keines findet, denn auf dem entfernten Spielplatz tobten Kinder aller Größen, Alter und Hautfarben.

„Wo ist das Kind?" Die barsche Frage klang wie ein Befehl, dazu bestimmt, Untergebene einzuschüchtern.

Nina lachte kurz auf und erkannte an seiner Reaktion, dass er ein solches Verhalten nicht gewohnt war. „Das muss nicht sein." Er fühlte sich auf einmal weniger bedrohlich an. „Und außerdem wird es dir nicht gelingen."

„Was gelingt mir nicht?“

„Mich einzuschüchtern, oder was auch immer du da versuchst.“

„Ich versuche gar nichts …“

„Ich habe in der Notaufnahme ein Kind ohne Narkose zur Welt gebracht. Ich ziehe seit drei Jahren ganz allein ein Kind auf, während ich nebenbei arbeite und zur Schule gehe. Inzwischen kann mich wirklich nichts mehr einschüchtern. Und du schon gar nicht.“

Er sah sie mit versteinerter Miene an. „Das hatte ich auch nicht vor.“

Er sprach jetzt sogar anders, in kurzen, abgehackten Befehlen. Nina weigerte sich zusammenzuzucken. „Ich tue das hier dir zum Gefallen, und weil Sonnet es verdient hat, alles über sich zu erfahren. Aber wenn du glaubst, du könntest dich ihr gegenüber auch nur eine Sekunde lang wie GI Joe benehmen, irrst du dich.“

„Aber ich …“

„Entspann dich, Soldat“, sagte sie. „Oder dieses Treffen ist auf der Stelle vorüber.“

Sein Blick gab als Erstes nach. Er wandelte sich von hartherzig zu besorgt. Die angespannten Linien seines Gesichts wurden weicher, und seine tadellose Haltung lockerte sich unmerklich. Nina zeigte auf die Gruppe Kinder. „Meine Tochter Sonnet ist mit meiner Freundin Jenny dort drüben auf der Wippe. Ich werde euch einander in einer Minute vorstellen. Aber sie ist noch so klein. Du musst versprechen …“

„Ich habe dir am Telefon mein Ehrenwort gegeben“, unterbrach er sie.

Und natürlich, als West-Point-Absolvent war sein Ehrenwort legendär. Sie musste ihm vertrauen, dass er Rücksicht darauf nehmen würde, dass er für Sonnet ein vollkommen

Fremder war. Er hatte zugestimmt, dass sie ihn langsam kennenlernen sollte. In ihrem Alter besaß sie nur ein rudimentäres Verständnis des Wortes *Vater*. Sie würde in das Verständnis hineinwachsen müssen. Nina hoffte, Sonnet würde ihren Vater als guten Mann kennenlernen, der weit weg wohnte.

Als sein Blick sich auf Sonnet senkte, fiel seine Maske von ihm ab. Ein roher Schmerz blitzte auf, und in den wenigen Sekunden erkannte Nina den scheuen Jungen, an den sie sich erinnerte, und sie wusste, woher Sonnet ihr edles Aussehen hatte. Sie besaß die hohen Wangenknochen und die wunderschönen dunklen Augen ihres Vaters. Sie hatte sogar seine körperliche Präsenz – ein Athlet, der sich in seiner Haut wohlfühlte. Am Telefon hatte Nina Laurence versichert, dass es nur um Sonnet ging, darum, dem Kind zuliebe jegliche Zweifel an seiner Vaterschaft auszuräumen. Es ging nicht darum, Laurence in die Ehefalle zu locken oder aus ihm Unterhaltszahlungen herauszuholen. Nina hatte ihm gesagt, dass sie einem Bluttest zustimmen würde. Aber in dem Moment, in dem sie die beiden zusammen sah, wusste sie, dass niemand mit Augen im Kopf die Ähnlichkeit der beiden leugnen konnte.

„Sie ist … oh, guter Gott.“ Er atmete tief durch und räusperte sich. Dann wandte er sich an Nina. „Du hättest mir schon vor langer Zeit von ihr erzählen sollen.“

„Ich hatte daran gedacht“, erwiderte Nina. „Und viele Male hätte ich es beinahe getan. Aber das hätte deine Karriere an West Point ruiniert. Und wofür? Ich wollte nicht, dass du mich heiratest oder mir hilfst, sie großzuziehen. Ich hatte meine Familie, die mich unterstützt. Es dir zu erzählen hätte nichts gebracht, außer alle deine Zukunftspläne über den Haufen zu werfen.“

Er bestritt das nicht. „Ein Teil von mir ist dir dafür sehr dankbar. Aber ein anderer Teil …“ Er schaute wieder zu Sonnet, und es schien ihm die Sprache zu verschlagen.

Nina weigerte sich, sich zu entschuldigen. Sie wollte nicht, dass einer von ihnen etwas bedauerte, was nun nicht mehr zu ändern war. „Das Einzige, was wir tun müssen", sagte sie, „ist herauszufinden, was das Beste für Sonnet ist." Sie fing Jennys Blick auf und winkte sie zu sich. „Bei allem, was wir tun, hat sie die oberste Priorität."

„Natürlich." Er wartete, während Jenny und Sonnet Hand in Hand zu ihnen kamen. Laurence war ganz offensichtlich ratlos, wie er sich verhalten sollte; er sah aus, als wenn er gleich salutieren würde. Seine Augen nahmen jedes kleine Detail seiner Tochter in sich auf.

„Hab keine Angst", riet Nina, die schmerzlich spürte, dass er überhaupt keine Erfahrung mit Kindern hatte. Sie hatte Zeit gehabt, in die Elternrolle hineinzuwachsen – er hatte nur wenige Minuten. „Lächel einfach und geh in die Knie, auf Augenhöhe, und lass sie zu dir kommen." Nina macht es ihm vor. Sie ging in die Knie und öffnete die Arme. „Hey, Mäuschen. Hattest du Spaß auf der Wippe?"

„Ja. Ich bin ganz hoch geflogen", sagte Sonnet mit ihrer Minnie-Maus-Stimme und warf sich Nina in die Arme. Ihr Geruch nach Zuckerwatte stieg Nina in die Nase und zauberte ihr wie immer ein Lächeln ins Gesicht.

Jenny stellte sich leise Laurence vor. Dann entschuldigte sie sich und trat ein paar Schritte beiseite, um den dreien ein wenig Privatsphäre zu lassen.

„Baby, ich möchte dir … meinen Freund vorstellen", sagte Nina vorsichtig. „Er heißt Laurence Jeffries."

„Hallo." Sonnet drückte sich gegen Nina und schaute zu dem Fremden auf.

„Hey." Ninas Rat folgend, kniete er sich auf einem Bein nieder – so als wolle er einen Antrag machen oder eine Waffe abfeuern. Trotzdem war er immer noch groß und beeindruckend.

„Ich freue mich sehr, dich kennenzulernen, Sonnet.“

„Sonnet Maria Romano“, sagte sie pflichtbewusst. Nina hatte ihr beigebracht, sich vorzustellen. „Ich habe einen Granat gefunden.“ Sie wühlte in ihrer Hosentasche und streckte ihre pummelige Hand aus. Rohgranate waren in dieser Gegend nicht unüblich, und einer von Sonnets Onkeln hatte ihr gezeigt, wie man sie fand. Auch wenn sie ihren Preis stolz herzeigte, klammerte sie sich mit der anderen Hand doch an Nina fest.

Nina war stolz auf die Intelligenz ihrer Tochter und ihre erwachsene Aussprache. Manchmal musste Nina sich selber daran erinnern, dass Sonnet noch zu jung war, um komplizierte Sachverhalte zu verstehen. Trotz ihres ausgeprägten Wortschatzes war es von ihr zu viel verlangt, zu verstehen, dass der gut aussehende Soldat vor ihr ihr Vater war.

„Das ist wirklich ein Granat“, sagte Laurence. „Da hast du aber Glück gehabt, ihn zu finden.“

„Behalt du ihn“, sagte Sonnet. „Als Geschenk.“

Das Angebot brachte das erste echte Lächeln auf sein Gesicht. Er streckte seine Hand aus. „Danke, Sonnet“, sagte er. „Ich werde ihn für immer behalten und niemals verlieren.“

Sie strahlte ihn an. „Okay.“

Für eine Sekunde verschwand ihre winzige Hand in seiner, und sie waren alle drei miteinander verbunden – Nina, Sonnet und Laurence, nun irgendwie eine Familie. Bei dem Gedanken wurde Nina vor Euphorie ganz schwindelig. Vielleicht …

Erneut fiel eine Autotür ins Schloss, und sie alle drehten sich um. Laurence verfiel sofort wieder in seinen Militärmodus und stand gerade wie eine Stahlklinge. Nina nahm Sonnet auf den Arm.

„Das ist Angela Hancock“, sagte Laurence, als eine wunderschöne, sehr gut gekleidete Frau sich zu ihnen gesellte. „Angela, das sind Nina und Sonnet Romano.“

Sie war auf ihre Art genauso selbstbewusst und Furcht einflößend wie er. Eine hochgewachsene, elegante nubische Prinzessin für den Märchenprinzen. „Wie geht es euch?“

„Angela ist meine Verlobte“, fuhr Laurence fort. „Wir heiraten nächste Woche.“

Ah, dachte Nina. Kein Wunder, dass er so nervös war. Es war gar nicht wegen ihr oder Sonnet. Sie brachte ein schmales Lächeln zustande. „Herzlichen Glückwunsch.“

„Danke“, sagte Angela.

Nina stellte Sonnet wieder auf den Boden. „Geh noch ein bisschen mit Jenny auf der Schaukel spielen, Süße.“ Als das kleine Mädchen fortlief, wandte Nina sich an Angela. „Ich weiß, dass die ganze Situation unangenehm ist. Ich habe Laurence schon erklärt, dass ich keinen Ärger machen will“, sagte sie „Ich will nur, dass meine Tochter weiß, wer ihr Vater ist.“

„Natürlich.“ Angela hatte eine angenehme Stimme, wie eine Bühnenschauspielerin. Sie war außergewöhnlich ruhig und kam Nina seltsam bekannt vor.

Nina nahm an, dass Laurence sie so gut wie möglich auf dieses Treffen vorbereitet hatte. „Wie Laurence und du mit all dem umgehen wollt, ist alleine eure Sache. Ich erhebe keine Forderungen.“

„Allerdings.“

„Ich habe irgendwie das Gefühl, dass wir uns schon mal begegnet sind.“ Nina hatte außerdem das Gefühl, sich entschuldigen zu müssen, was sie höllisch nervte. Sie schuldete niemandem eine Erklärung oder Entschuldigung. „Kann das sein?“

„Angelas Vater ist Reverend George Simon Hancock“, sagte Laurence voller Stolz. „Sie half bei seinen Gottesdiensten, also hast du sie vielleicht schon mal im Fernsehen gesehen.“

„Ja, vielleicht“, sagte Nina, obwohl sie mit hundertprozentiger Sicherheit sagen konnte, dass sie sich niemals Gottesdienste im Fernsehen anschaute. Aber sie erinnerte sich daran, dass sie großzügig sein wollte. Immerhin hatte sie Sonnet und Laurence nicht. Also war es nur fair, dass er jemanden wie Angela bekommen würde – wunderschön, berühmt und die Tochter eines bekannten Kirchenmannes. „Ich hoffe, ihr zwei werdet sehr glücklich miteinander." Sie wandte sich an Laurence. „Alles, was ich gesagt habe, habe ich auch so gemeint. Ich will nichts weiter, als dass Sonnet weiß, wer du bist. Was du den Leuten erzählst, liegt ganz allein bei dir." Auch wenn sie zugeben musste, dass sie es sehr interessant fände, zu sehen, wie er dem berühmten Reverend Hancock beichtete, dass er ein Kind mit einer weißen Frau hatte. „Ich dachte, du möchtest ihr vielleicht einen Brief schreiben, den sie lesen kann, wenn sie alt genug ist, ihn zu verstehen. Und vielleicht könntest du sie ab und zu besuchen – wenn sie es will", sagte sie. „Das wird genug sein."

Sie sah, wie sich seine Hand zu einer Faust ballte. Es war die Hand, die den Granat hielt. Er schaute zu Sonnet hinüber, und in seinen Augen schwammen Tränen, aber sie fielen nicht. Es muss so schmerzhaft sein, dachte Nina, sie zurückzuhalten.

„Es wird niemals genug sein", sagte er still.

„Doch", widersprach Angela und hakte sich bei ihm unter. „Das wird es."

9. TEIL

Heute

Regelmäßige Besucher können den Wechsel der Jahreszeiten beobachten. Zu jeder Zeit des Jahres trägt die sich stets verändernde Landschaft ein anderes Kleid – die zarten Knospen im Frühling, die prachtvollen Blumen des Hochsommers, extravagante Blätterkreationen im Herbst oder eine samtige Decke aus Schnee im Winter.

Die King Arthur Suite ist eines der beliebtesten Zimmer. Ihr großes Erkerfenster bildet den perfekten Rahmen für die Natur. Der Raum ist möbliert mit einem weißen Eisenbett, zu dem eine handgemachte Steppdecke und passende Kissen gehören. Eine imposante Anrichte verbirgt eine Bar mit feinstem Portwein und einer exklusiven Auswahl Single Barrel Whiskeys.

Das Badezimmer ist mit einer Whirlpoolbadewanne ausgestattet, die zu einem ausgiebigen Bad einlädt. Um die Entspannung vollkommen zu machen, gibt man drei Tropfen Lavendelöl, zwei Tropfen Weihrauch und zwei Tropfen Petitgrain – ein aus Zitrusblättern gewonnenes Öl – ins warme Badewasser.

15. Kapitel

„Bist du sicher, dass es das Richtige ist?" Daisys Stift schwebte über der Unterschriftenzeile ihres Briefes an Logan O'Donnell.

Die beinahe klerikale Atmosphäre des Bankgebäudes wirkte auf Greg bedrückend. Das alte, gotische Gebäude mit seinen hohen Decken und Marmorböden war zwar ein willkommener Zufluchtsort vor der Hitze des Sommers, aber die Nervosität trieb Greg trotzdem Schweißperlen auf die Stirn. Die und der Anzug, den er trug. Es erschien ihm nur richtig, für diesen Anlass einen Anzug zu tragen. Daisy hatte einen Brief geschrieben, um O'Donnell darüber zu informieren, dass er der biologische Vater ihres Kindes war. Wenn er es verlangte, würde sie einem DNA-Test zustimmen. Sie entband ihn von allen legalen und finanziellen Verpflichtungen und hoffte, damit in der Zukunft einen Sorgerechtsstreit verhindern zu können. Der Junge wäre ein Idiot, wenn er nicht auf Daisys Angebot eingehen würde, das ihn quasi vollkommen unbehelligt sein Leben weiterleben ließ. Andererseits hatte er bereits bewiesen, dass er ein Idiot war, also war Greg nicht so sicher, wie Logan auf die Nachricht reagieren würde.

Greg schaute sich um – er war nicht sicher, wonach er Ausschau hielt. Ein Zeichen? Jemand, der ihm einen Rat geben könnte? Beides würde er hier wohl kaum finden. Shane Gilmore, der Bankdirektor, saß in seinem Glaskubus am Telefon. Brooke Harlow, die Vermögensverwalterin, war nicht an ihrem Platz. Auf der anderen Seite des Tresens wartete die Notarin; das Missfallen war ihr deutlich anzusehen, als sie den Brief überflog und ein Formular ausfüllte. Ihre Haare waren stahlblau, und sie strahlte eine Voreingenommenheit aus, die Greg zu hassen gelernt hatte. Er war es satt, dass Fremde einen Blick auf Daisy warfen und das Schlimmste annahmen.

„Komm, setzen wir uns." Er führte sie vom Tresen weg. Was Greg betraf, konnte die verdammte Notarin warten, bis die Hölle zufror. Sophie hatte ihnen geraten, den Brief notariell beglaubigen zu lassen und per Kurier zu schicken, um sich den Empfang quittieren zu lassen. Daisy setzte sich auf eine der niedrigen Bänke in der Lobby und hielt die Papiere auf dem Schoß.

Greg überlegte, was Nina ihm über ihre Erfahrungen mit dem Vater ihres Kindes erzählt hatte. Ein junger Mann – selbst ein von Hormonen gesteuerter, unvorsichtiger Junge – musste wenigstens darüber in Kenntnis gesetzt werden, dass er ein Kind gezeugt hatte. Nina behauptete, nie bereut zu haben, wie sie die Sache mit Sonnets Vater gehandhabt hatte – zu warten, bis er seinen Abschluss an der West Point Academy gemacht hatte und mit einer anderen Frau verlobt war. Das passt zu ihrer unabhängigen Natur, dachte Greg – so hatte sie sichergestellt, das einzige Elternteil für ihre Tochter zu sein. Wollte Daisy es auch alleine schaffen? Auf ihrem Gesicht war klar zu erkennen, wie sehr sie sich mit der Entscheidung quälte. Sie war sich einfach nicht sicher.

Unruhig spielte sie mit dem Stift. „Mom sagt, das ist allein meine Entscheidung und niemandes sonst."

Also hatte sie mit Sophie gesprochen, dachte er. Das war doch schon mal ein – wenn auch kleiner – Fortschritt. „Da hat deine Mom recht."

„Was, habt ihr etwa auch darüber gesprochen?"

Er nickte. Es bereitete ihm ein perverses Vergnügen, dass

Sophie und er endlich mal einer Meinung waren. Jetzt, wo sie durch ein Weltmeer getrennt waren und selten miteinander sprachen, verstanden sie sich ganz gut.

Zu Vorbildern für Daisy eigneten sie sich aber auch nicht wirklich. Als junge Eltern mit einem ungeplanten Kind hatten sie ihr Bestes gegeben. Eine lange Zeit hatte das auch ausgereicht, aber nicht für immer. Als Sophie ihm seine neugeborene Tochter vorgestellt hatte, war er von einem so intensiven Gefühl der Liebe erfasst worden, dass diese sich auch in seine Gefühle für Sophie mit hineinschlich. Innerhalb weniger Augenblicke hatte er sich – und Sophie – davon überzeugt, dass sie heiraten sollten. Sie hatten geglaubt, zum Wohle des Kindes das Richtige zu tun.

„Deine Mom und ich wollen beide, dass du deine eigenen Entscheidungen triffst", sagte er.

„Damit ich, wenn ich es vermassel, alleine mir die Schuld geben kann."

„Daisy ..."

„Ich verstehe das, Dad. Glaub mir, das tu ich." Und damit schien sich irgendwas in ihr zu lösen. Sie stand auf und marschierte entschlossenen Schrittes zur Notarin, unterschrieb alle Durchschläge des Formulars und schob sie der Frau über den Tresen zu.

Zeig's ihr, dachte Greg. Der unerbittliche Stolz seiner Tochter zeigte sich in ihrer Körperhaltung und ihrem gereckten Kinn, als sie die Papiere in einen großen Umschlag steckte.

„Greg." Mit einem höflichen Lächeln im Gesicht kam Brooke Harlow aus einem Büro im hinteren Teil des Gebäudes. „Schön, dich zu sehen."

„Gleichfalls." Er nahm kurz ihre Hand. Sie hatten sich seit ihrem Beinahe-Date auf dem See nicht mehr gesehen, aber er hatte nicht vergessen, wie attraktiv sie war. Kein einziges Haar tanzte aus der Reihe. Sie trug einen engen Rock und High Heels, die ihre Beine betonten. Greg kam der unpassende Gedanke, wie lange er schon nicht mehr mit einer Frau geschlafen hatte. In letzter Zeit schien er überall, wo er ging und stand, auf Frauen zu stoßen – lächelnde, hilfsbereite, attraktive Frauen. Er sah sie in der Schlange vor dem Postschalter, in den Gängen des Heimwerkermarktes, an der Zapfsäule beim Tanken, in seinen Träumen. Sie waren natürlich immer schon da gewesen, aber der lange Entzug hatte seine Aufmerksamkeit für sie geschärft. Er fragte sich, ob man ihm das wohl ansah.

„Ich schätze, du bist sehr beschäftigt gewesen", sagte Brooke mit einem leicht fragenden Unterton in der Stimme. Sie schenkte ihm einen unmissverständlichen Blick vom Kopf bis zu den Zehen; ihr schien der Maßanzug von Brookes Brothers zu gefallen, den er trug.

Ihr Verhalten überraschte ihn. Nach ihrem desaströsen Date hatte er sie eigentlich abgeschrieben. Jetzt schien sie jedoch eindeutige Signale auszusenden. Sollte er sie noch einmal einladen?

„Ich war ziemlich beschäftigt, ja, aber ein Mann muss ja ab und zu auch mal was essen", sagt er. „Vielleicht können wir mal gemeinsam zu Abend essen?"

Ihre Miene hellte sich auf, ihre Augen strahlten. „Das klingt …"

„Alles fertig, Daddy-O." Hinter ihrem dicken Bauch tauchte Daisy auf und gesellte sich zu ihnen. „Hi", sagte sie und warf Brooke einen leicht argwöhnischen Blick zu. Sie sagte zwar immer, dass es für sie in Ordnung wäre, wenn Greg sich mit Frauen treffen wolle, aber sie hatte ganz eindeutig eine eigene Meinung über die Art von Frauen, mit denen er sich verabredete. Langhaarige Bankerinnen mit High Heels schienen sie lange nicht so zu beeindrucken wie Greg.

Er stellte sie einander vor, und Daisy sagte: „Hallo, Mrs. Harlow. Ich habe nur gerade etwas notariell beglaubigen lassen." Sie klopfte auf den dicken Umschlag und lächelte. Sie war sich des Effekts, den sie auf Brooke hatte, nur allzu bewusst.

Brookes Gesichtsausdruck war beinahe schon komisch zu nennen. Nein, er *war* komisch. Greg sah die Überraschung in ihren Augen, auch wenn sie es schaffte, ihr Lächeln beizubehalten.

Greg sagte nichts. Er ließ seinen Blick durch die Banklobby schweifen und tat so, als bemerke er die abschätzenden Blicke der Umstehenden nicht. Doch er spürte sie durch die Lagen seines Anzugs sickern wie die Sommerhitze. In einer Stadt wie dieser blieb niemand anonym. Es war unmöglich, hier ein Geheimnis zu bewahren. Zumindest für länger. Innerhalb weniger Stunden wüsste die halbe Stadt, dass Daisy Bellamys Zustand für die neue Vermögensverwalterin der Bank ein Schock gewesen war.

Brooke räusperte sich. „Ich freue mich sehr, dich kennenzulernen", sagte sie zu Daisy. Dann wandte sie sich mit einem entschuldigenden Lächeln an Greg. „Ich muss jetzt wieder an die Arbeit. Es war schön, Sie getroffen zu haben, Greg. Viel Glück mit dem neuen Grundstück."

Sie ging zügig zu ihrem Büro, die Absätze klackerten entschieden auf dem Marmorboden. Greg sah ihr mit leichtem Bedauern hinterher.

„Ich schätze, ich habe sie überrascht." Daisy lächelte ihn reumütig an. „Die Leute denken bei deinem Anblick nicht automatisch: ‚Ah, ein Großvater.'"

„Ja, wenn sie das täten, würde ich mich auf der Stelle erschießen", gab er zu. „Ich war gerade dabei, sie zum Essen einzuladen." Er hielt Daisy die Tür auf und trat dann hinter ihr in den hellen Sommertag hinaus.

„Das tut mir leid, Dad." Ein verlegendes Schweigen pulsierte zwischen ihnen. Das war tatsächlich neu in ihrer Familie – die erwachsene Tochter erkennt, dass ihr Vater wieder ausgehen will. „Ich warte hier draußen, während du zu ihr hineingehst und noch mal mit ihr sprichst."

„Nein, ist schon gut. Ich habe meine Meinung geändert." Das stimmte. In dem Moment, wo er gesehen hatte, mit welchem Blick Brooke Daisy anschaute, hatte sie jeglichen Reiz für ihn verloren – High Heels hin oder her. Und ehrlich gesagt konnte er Brookes Widerstreben verstehen. Sie war kaum dreißig. Die Vorstellung, sich mit einem Mann zu verabreden, der Kinder hatte, war nicht so schlimm. Aber die Vorstellung, dass dieser Mann bald Großvater würde, war für eine Frau wie Brooke ein bisschen zu viel des Guten.

Verdammt. Er sollte überhaupt nicht daran denken, sich zu verabreden. Er hatte Kinder aufzuziehen und ein Geschäft zum Laufen zu bringen und sollte es sowieso einfach besser wissen.

Hitze stieg vom Bürgersteig auf, und er beeilte sich, sein Jackett und die Krawatte auszuziehen. Hatte er sich früher wirklich jeden Tag für seine Arbeit in der Stadt so angezogen?

„Ich meine es ernst, Dad", sagte Daisy auf dem Weg zum Auto. „Ich will nicht, dass die Frauen meinetwegen weglaufen."

„Wenn sie deinetwegen weglaufen, will ich mich nicht mit ihnen treffen", behauptete er. Sie stiegen ein und er stellte die Klimaanlage auf höchste Stufe.

„Toll, damit hast du gerade ungefähr neunzig Prozent der weiblichen Bevölkerung aus deiner Zielgruppe ausgeschlossen."

„Oh, danke auch."

„Nein, meinetwegen, nicht deinetwegen. Ich will wirklich, dass du jemanden findest, Dad. Nur nicht … einen Klon von Mom."

„Du findest, Brooke ist ein Klon von Mom?"

„Dad. Sie sieht aus wie Moms jüngere Schwester."

„Deine Mom hat keine Schwester."

„Aber wenn sie eine hätte, würde sie so aussehen wie diese Bankberaterin."

„Vermögensverwalterin."

„Siehst du? Das ist wie Mom. Warum sollte man sich als Bankberaterin zufriedengeben, wenn man Vermögensverwalterin sein kann?"

Sie kannte ihn und Sophie besser, als er gedacht hatte. Aber sie hatte ja auch einen Platz in der ersten Reihe gehabt, von dem sie ihre Eltern gut beobachten konnte, während sie aufwuchs. Er bemerkte, dass sie den Umschlag unter den Sitz geschoben hatte. „Willst du den nicht abschicken?"

„Ich, äh, kümmere mich später darum."

Er drängte sie nicht. Es war ein großer Schritt, und er wollte, dass sie sich alle Zeit ließ, die sie brauchte. *Wie ihre Mutter es getan hatte.* Der Gedanke jagte ihm einen Schauer über den Rücken. Sophie hatte sich wahrlich Zeit gelassen. Sie hatte bis nach der Geburt gewartet, um Greg ins Boot zu holen. Wäre irgendetwas anders gelaufen – für ihn und Sophie, für Daisy –, wenn er von Anfang an dabei gewesen wäre?

Er löste den Kragen seines Hemdes, dann fuhren sie zum Drucker, um die Proofs für die neue Broschüre des Inn anzusehen. In den Bildern und dem Layout wurde eine andere Zeit zum Leben erweckt – eine einfachere, romantischere Ära, in der der dringendste Termin des Tages der Nachmittagstee in Avalon Meadows war. Es gab Bilder vom Willow Lake in seiner ganzen Sommerpracht, ein Spiegel des blauen Himmels, umgeben von ansteigenden Wäldern und Bergen. Dazwischen vereinzelte Schlagwörter – „entfliehen Sie dem Alltag und entdecken Sie sich selbst", „entspannen, erneuern, erholen" – und das ernst gemeinte Versprechen, dass die Gäste des Inns den besten Service und allen möglichen Komfort genießen würden. Auf jeder Seite fand sich mindestens eines von Daisys Fotos, und die Grafikerin lobte ihre Arbeit.

„Wo hast du studiert?“, fragte sie.

„Ich habe den Fotokurs an der Highschool besucht“, antwortete Daisy. „Aber hauptsächlich habe ich mir alles selber beigebracht.“

„Arbeitest du als Freie?“

Greg trat einen Schritt zurück und ließ Daisy und die Grafikerin reden und Visitenkarten austauschen. Als sie Anfang des Sommers zu Besuch da war, hatte Sophie Daisy einen Kasten mit gedruckten Visitenkarten mitgebracht. Das war etwas, an das Greg niemals gedacht hätte, aber er jetzt war er froh über Sophies Geste.

Als sie vom Drucker wegfuhren, sagte er: „Ich bin so stolz auf dich, Daze. Ich mag es, wenn andere Leute dein Talent erkennen.“

„Ach, ich hab noch viel zu lernen, was das Fotografieren angeht.“

Greg wartete. Er merkte, dass sie auf etwas hinauswollte.

„Ich war ja nicht so richtig scharf darauf, aufs College zu gehen, aber jetzt denke ich, dass ich vielleicht ein paar Kurse belegen sollte. Ehrlich gesagt, wenn ich nach New Paltz ziehen würde, könnte ich da aufs staatliche College gehen.“

„Du gehst nirgendwohin“, winkte er die Idee ab. „New Paltz ist meilenweit weg.“

„Ich weiß, wo es ist, Daddy. Und nimm es nicht persönlich, aber ich werde hingehen, wohin ich will.“

Er biss die Zähne zusammen, um seine Antwort darauf zurückzuhalten. Doch er konnte nicht anders. „Ich dachte, wir hätten uns darauf geeinigt, dass du zu Hause bleibst.“

„Du hast dich darauf geeinigt, Dad. Ich habe gesagt, ich schau mal.“

Er biss wieder die Zähne aufeinander, und dieses Mal blieben sie so. Er sollte es besser wissen, als sich mit ihr auf eine Diskussion einzulassen. Sie würde bei ihm wohnen bleiben, fertig, aus. Sie hatte keine andere Wahl, auch wenn er sie nicht darauf hinweisen würde, um ihre Gefühle nicht zu verletzen. Sie brauchte seine Unterstützung.

Zum Teufel, wem wollte er was vormachen? Seine Tochter war achtzehn. Sie besaß einen Treuhandfonds – wie alle Bellamy-Enkelkinder. Er hatte höllische Angst, dass sie ihn verlassen, irgendwo hinziehen würde, wo er sie nicht beschützen könnte. Nina hatte ihn davor gewarnt. Nein, nicht gewarnt. Aber sie hatte es definitiv kommen sehen. Also war sie entweder auf eine gruselige Art mit Daisys Gedanken verbunden, oder die beiden hatten miteinander gesprochen. Nein, Greg verwarf diese Idee gleich wieder. Auf gar keinen Fall würde Nina so etwas tun – seiner Tochter Ideen für einen Auszug in den Kopf setzen.

Sie richtete das Gebläse auf ihr Gesicht. „Es gibt viel, was ich noch machen will. Ich muss nur einen Weg finden, dass es trotz Baby funktioniert, weißt du.“

Er wusste nie, was er sagen sollte, wenn sie so konkret von dem Baby sprach. Für Greg war es immer noch etwas Abstraktes; er hatte noch nicht ganz begriffen, dass er in diesem Sommer der Opa von jemandem werden würde. Verwirrt stellte er das Radio auf einen Sender, den sie beide mochten, und drehte die Lautstärke hoch.

„Ich bin am Verhungern“, sagte Daisy nach einer Weile. Zu Gregs Erleichterung schien sie von dem Tumult in seinem Inneren nichts mitzubekommen. „Außerdem ist es schon fast an der Zeit für unsere Verabredung mit Nina“, fügte sie hinzu.

Greg unterdrückte den Drang, aufs Gas zu treten. Das ist

nur ein Geschäftstermin, erinnerte er sich. Dennoch konnte er nicht leugnen, dass es ein Vergnügen war, mit Nina zu arbeiten. Irgendwie hatte er das von Anfang an gewusst. Es machte Spaß. Auch wenn er sie kaum kannte, hatte er manchmal das Gefühl, sie besser zu kennen als die meisten Leute in seinem Leben.

Heute hatten sie sich in der Sky River Bakery verabredet. Nina war bereits da. Sie saß draußen an einem emaillierten Tischchen unter einem breiten Sonnenschirm. Als sie die beiden erblickte, winkte sie sie zu sich. Greg fiel auf, dass Daisy den Umschlag aus der Bank mit sich trug, als hätte sie Angst, ihn im Auto zu lassen.

Connor Davis saß neben Nina. Sie beugten sich beide über seine Aufzeichnungen und setzten ihre Unterhaltung fort. Daisy und Greg zogen sich zwei Stühle heran.

Als Greg sich setzte, stieg ihm ein Hauch von ihrem Duft in die Nase – eine Mischung aus Sonnencreme, Shampoo und dem glasierten Donut, den sie aß. Er verspürte den schon vertrauten Anflug von Magenkribbeln, der stark genug war, um alle Gedanken an Brooke und ihre High Heels zu vertreiben. Was interessant war, da Nina eher Shorts und Flipflops, kurze Haare und kein Make-up zu bevorzugen schien. Sie ist überhaupt nicht dein Typ, ermahnte er sich. Außer … dass sie es doch war.

„Dad." Daisy stieß ihn an. „*Dad*. Ich habe dich was gefragt. Willst du das Übliche? Ich geh eben rein und bestell."

„Klar, das wäre toll." Er wusste gar nicht, dass er was „Übliches" hatte.

Beim Hineingehen kam Daisy an Olivia vorbei, die einen Krug mit Wasser und ein paar Gläser hinausbrachte. Der treue Barkis trottete hinter ihr her. „Hey, Greg. Du siehst aber schick aus." Sie setzte sich neben Connor und legte ihre Hand auf seinen Arm. „Wenn wir erst mal verheiratet sind, geht Greg vielleicht mal mit dir shoppen."

Connor lachte. „Was, bin ich dir nicht schick genug?"

„Doch, natürlich bist du das. Aber irgendwie hat ein Mann in einem wirklich guten Anzug was …"

Nina musterte Greg. Sein Aufzug schien ihr jetzt erst aufzufallen. „Was gab's für einen Anlass?"

„Daisy und ich hatten einen Termin." Er erklärte sich nicht weiter, weil er Daisys Privatsphäre wahren wollte. Außerdem hatte er das Gefühl, dass die Bank momentan nicht zu Ninas Lieblingsplätzen gehörte, auch wenn er nicht wusste, warum.

„Nina, hast du eigentlich eine Einladung bekommen?", wollte Olivia wissen.

Greg schaute zu Connor, der die Hände hob. „Was soll ich sagen? Es geht immer nur um die Hochzeit."

Nina und Olivia ignorierten die beiden. „Ja, danke", sagte Nina. „Es ist so nett von euch, mich und Sonnet einzuladen. Das hättet ihr wirklich nicht gemusst."

„Unsinn. Du bist die beste Freundin meiner Schwester. Ich hoffe, dass du kommst. Ich fände es toll, wenn du und deine Tochter diesen Tag mit uns verbringen würdet."

Nina schien ungewohnt schüchtern, sie senkte den Blick und ihre Wangen färbten sich rot. Als er sie so sah, kam Greg der Gedanke, dass er beinah täglich neue Facetten an dieser Frau entdeckte. Vielleicht sollte er gar nichts von ihnen wissen – vielleicht sollte er es auch nicht wissen wollen, aber er tat es.

Nina wickelte sich eine Haarsträhne um den Finger und lächelte Olivia an. „Danke, ich schicke meine Antwort nachher sofort weg."

„Mission erfüllt", sagte Connor in die kleine Gesprächspause hinein. Dann reichte er Greg eine Mappe mit lauter Genehmigungen. „Das sollte alles in Ordnung sein. Die Jungs sind Ende der Woche fertig."

„Wir müssen uns noch Hochzeitstorten angucken." Olivia packte die Hand ihres Verlobten und zog ihn in Richtung Bäckerei. „Und schau mich nicht so verzweifelt an. Komm, Barkis." Sie klopfte auffordernd auf ihren Oberschenkel.

Nachdem sie gegangen waren, erklärte Nina ihm ihre Strategie, um noch mehr Medienpräsenz für das Inn zu erzielen. Auch wenn es für das Eröffnungswochenende ausgebucht war, wussten sie beide, dass die PR-Arbeit eine niemals endende Schlacht war. Sie zeigte ihm ihren Verteiler, an den sie die Pressemappen verschicken wollte. Es war alles dabei, von kleinen örtlichen Radiosendern bis zur *New York Times*.

Greg hörte ihr zu, spürte die warme Sommersonne auf seinem Rücken und beobachtete, wie sie an ihrem Donut knabberte. Sie aß methodisch und nahm kleine Bissen rundherum.

„Warum lächelst du?", fragte sie mit einem schrägen Blick über den Tisch.

„Ich musste nur gerade daran denken, wie Geschäftstermine in der Stadt immer waren. Backwaren kamen dabei nicht vor. Nur sehr viel Koffein und Testosteron."

„Klingt so, als würde es dir nicht sonderlich fehlen."

„Weiß Gott nicht. Ich kann gar nicht glauben, dass ich das so viele Jahre mitgemacht habe."

„Warum hast du?"

„Das ist eine gute Frage. Ich wünschte, ich hätte sie mir selber schon vor fünfzehn Jahren gestellt. Ich fühlte mich … getrieben", gab er zu. „Niemand zwang mich, mich so hart in den Wettbewerb zu stürzen, aber das war einfach etwas, was Männer in meiner Situation machten." Im Nachhinein kam ihm das wie der totale Schwindel vor. In der Stadt hatte einfach irgendwas in der Luft gelegen – ein Gefühl von Konkurrenz, von Dringlichkeit. Außerdem hatte er sich verantwortlich dafür gefühlt, ein riesiges Einkommen nach Hause zu bringen, wegen der Kinder, der Kreditrate fürs Haus und Sophies gerade erst beginnender Anwaltskarriere.

Dann traf es ihn wie ein Schlag. Das waren alles nur Ausreden. Der wahre Grund, warum er jeden Tag so lang gearbeitet, niemals eine Pause gemacht hatte, um durchzuatmen, war seine eigene Unzufriedenheit gewesen. Das hatte er damals natürlich nicht gewusst. Der Konkurrenzdruck und das Chaos in der Firma hatten eine dicke Mauer um die Wahrheit errichtet. Aber jetzt sah er es ganz klar und deutlich. Wenn er sich nur stets beschäftigt hielt, musste er nicht darüber nachdenken, dass die Beziehung zu Sophie angespannt war, dass unter der Oberfläche eine subtile, aber stetig köchelnde Unzufriedenheit lauerte; sie war so tief verborgen, dass sie einfach zu übersehen war, wenn man sich nur ausreichend Arbeit aufhalste.

„Hier, bitte, Dad." Daisy kehrte mit einer Käsekolache und einem Glas Limonade zurück.

„Danke."

Daisy betrachtete ihre Fingernägel, die in einem tiefen schwarzrot lackiert waren. Greg stellte fest, dass er die Farbe abscheulich fand.

„Toller Nagellack", sagte Nina. „Wie heißt die Farbe?"

„Dunkles Rubin, glaube ich. Wenn du ihn dir mal leihen willst, sag Bescheid."

Nina lächelte. „Danke. Ich werde vielleicht darauf zurückkommen."

Frauengespräche, dachte Greg. Zum ersten Mal wurde ihm bewusst, dass Daisy darauf schon eine ganze Weile verzichten musste.

Beinahe schüchtern legte sie den Umschlag auf den Tisch. „So, das ist er also", sagte sie zu Nina. „Der Brief an Logan."

Greg war überrascht, dass sie das Thema in Ninas Gegenwart aufbrachte. Ganz offensichtlich hatten die beiden schon mal darüber gesprochen. So viel also zu Daisys Privatsphäre.

Nina schaute von Daisy zu Greg und zurück zu Daisy. „Wie fühlst du dich damit?"

„Ganz okay, denke ich. Ich bin froh, dass ich es hinter mich gebracht habe. Ich habe allerdings keine Ahnung, wie er darauf reagieren wird."

Greg war hin- und hergerissen zwischen genervt sein – das war eine Familienangelegenheit – und Dankbarkeit, weil er ahnte, dass er alle Hilfe brauchte, die er kriegen konnte. Was Daisy anging, hatte er die meiste Zeit keine Ahnung, was er tat. Manchmal fühlte er sich so allein, dass er Panik bekam. Zu wissen, dass Nina jetzt mit im Boot war, beruhigte ihn ein wenig. Nina hatte das alles selbst durchgemacht, und es schien ihr nichts auszumachen, ihre Erfahrungen mit Daisy zu teilen.

„Danke noch mal fürs Zuhören", sagte Daisy. „Hey, Dad, kann ich das Auto haben und du fährst mit Nina zurück zum Inn? Ich äh, ich habe … na ja, kein wirkliches Date, aber ich habe Julian gefragt, ob wir nicht ein paar Fotos am Shawangunks machen können."

Das Mekka der Felsenkletterer war legendär, und Julian Gastineaux war schnell zu Daisys Lieblingsmotiv geworden. Aus irgendeinem Grund verspürte Greg den Drang, zu Nina zu schauen, um zu sehen, was sie dazu meinte. Dann riss er sich zusammen. „Du hast aber nicht vor, selber irgendwelche Felsen zu erklettern, oder?"

„Dad."

„Okay, okay." Er suchte in seiner Hosentasche nach den Schlüsseln. „Geh nur. Aber sei vor Einbruch der Dunkelheit zurück."

„Danke, Dad. Nina, wir sehen uns."

Nachdem Daisy gegangen war, schaute Greg Nina über den Tisch hinweg an. „Du und sie habt also über ihre ... Situation gesprochen?"

„Ja, das haben wir. Ich hoffe, du denkst nicht, dass ich mich einmische. Wobei, ehrlich gesagt mische ich mich ein."

„Das ist mir schon aufgefallen."

„Ich betrachte es allerdings lieber als Dienst einer guten Freundin, einer Vertrauten. Nicht einer Einmischerin – das ist jemand, der böse Absichten hat. Daisy weiß, dass ich ihre Situation nachempfinden kann, was vermutlich der Grund ist, warum sie mir vertraut."

Er schaute einen Moment auf seine Hände. „Als du es Sonnets Vater erzählt hast, war das ..."

„Unangenehm", sagte sie. „Sonnets Existenz muss für Laurence ein Schlag in die Magengrube gewesen sein. Er hat sein Leben mit militärischer Präzision geplant, und er war darin richtig gut. Er hatte diese großartige Zukunft für sich entworfen. Vielleicht war bei der Hochzeit mit Angela Hancock Liebe im Spiel, aber es war definitiv auch ein strategischer Schachzug. Sie wurden das perfekte D. C. Power-Pärchen – jung, brillant, gebildet, afrikanisch-amerikanischer Herkunft, entschlossen, ihrem Land zu dienen. Die Mädchen der beiden sind auch perfekt – sie genießen alle Vorteile, von der Privatschule angefangen. Es scheint, als klettere er jedes Jahr eine Sprosse höher auf der Karriereleiter. Nach oben sind keine Grenzen gesetzt. Trotz dieses kleinen Schnitzers aus seiner Vergangenheit."

„Sonnet."

„Ja. Ich hatte gedacht, er würde die Flucht ergreifen, wenn ich ihm von ihr erzähle. Aber ich muss ihm zugutehalten, dass er das nicht getan hat. Er hat Unterhalt gezahlt und mir einen Brief geschickt, den ich ihr geben sollte, sobald sie alt genug war, ihn zu verstehen. Er sagte, ich könnte ihn ruhig vorher lesen, und das habe ich getan. Ich wollte sichergehen, dass er sie nicht traurig machte. Als Sonnet acht Jahre alt war, habe ich ihr den Brief gegeben. Sie verschwand damit in ihrem Zimmer und kam eine Stunde später wieder heraus und fragte, ob sie ein Ferngespräch führen dürfte. Seitdem steht er ganz offen zu ihr und ist auf minimaler Basis in ihr Leben involviert. Er hat eine Sache gemacht, um die ich ihn nie gebeten habe: Er hat einen Collegefonds für sie eingerichtet. Gleich in dem Moment, in dem er von ihr erfahren hat."

„Also war es richtig, ihm von ihr zu erzählen."

„Für Sonnet ja. Und dieser Junge, mit dem Daisy zusammen war – vielleicht stellt er sich auch seiner Verantwortung. Aber selbst wenn nicht, wird sie das schaffen."

„Ich weiß." Er versuchte, seine Gereiztheit loszulassen. „Und ich weiß, dass die Zukunft für sie unglaublich schwer wird, also bin ich froh, wenn sie Menschen hat, mit denen sie reden kann. Verdammt." Er fuhr sich mit der Hand durchs Haar und schalt sich, mit dem Geplapper aufzuhören. „Es gibt nur so viele Möglichkeiten, wie es schiefgehen kann. Mist. Es ist … wir tun es wieder und wieder, in einer endlosen Schleife. Man sollte annehmen, dass wir dazulernen oder wenigstens unsere Kinder davon abhalten, ihr Leben zu versauen."

„So funktioniert das nicht, und das weißt du."

„Ich weiß, ja. Ich versuche ja, es leichter zu nehmen." Er merkte, dass ihm das in ihrer Gegenwart sogar gelang. Einfach hier in der Sonne zu sitzen, den leichten Wind zu spüren und sie über den Tisch hinweg anzusehen erfüllte ihn mit einer ruhigen Freude. Okay, dachte er und beobachtete, wie sie ihren Eistee trank. Der Schatten einer dunklen Locke malte ein Komma auf ihre Stirn. Frag sie. Er dachte schon seit Tagen darüber nach – wie es wohl wäre, mit ihr auszugehen. Etwas mit ihr zu unternehmen, das nichts mit dem Geschäft zu tun hatte. Nächtelang hatte er wach gelegen und war seine Optionen durchgegangen. Letzte Nacht hatte ihn dann ein Gefühl knochentiefer Einsamkeit aus dem Bett getrieben. Er war in die warme Sommernacht hinausgeschlüpft; die milde Luft vibrierte vom Zirpen der Grillen und den Rufen der Frösche. Er hatte über das verlassen daliegende Grundstück geschaut und ein Licht im Bootshaus gesehen. Die Vorstellung, dass Nina auch wach war, war irgendwie faszinierend gewesen. Da war dieses Mädchen, das er schon seit Jahren kannte, und endlich waren ihre Wege miteinander verbunden. Warum zum Teufel nicht? dachte er.

Er setzte sich gerader hin und räusperte sich. „Also, ich habe mich gefragt …"

„Ja?" Sie beugte sich vor und schaute ihn mit einer seltsamen Intensität an. Ihre Reaktion war so schnell erfolgt, beinahe als hätte sie die Frage erwartet. Ihr fiel auf, dass sie etwas voreilig gewesen war, und lachte leise. „Tut mir leid. Was wolltest du sagen?"

„Ich dachte, du und ich …"

„Yo, Romano, ich hab gehofft, dich hier zu treffen." Ein großer Mann in Jeans und Arbeitsstiefeln kam an ihren Tisch.

Sie strahlte ihn an. „Hallo, Nils. Darf ich vorstellen, Greg Bellamy, Besitzer des Inn am Willow Lake. Greg – Nils Jensen aus dem Schmuckladen."

Sie schüttelten die Hände und maßen sich mit ihren Blicken. Der Kerl sah nicht gerade wie ein Goldschmied aus. „Nett, Sie kennenzulernen", log Greg.

„Gleichfalls", log Nils zurück. Dann richtete er seine gesamte Aufmerksamkeit wieder auf Nina. „Steht unsere Verabredung für heute Abend noch?"

„Auf jeden Fall", sagte sie.

Eine Verabredung? Wozu? Greg versuchte, sich nicht aufzuregen. Er hatte sie ja noch nicht einmal um ein Date gebeten.

Und Nina war seine Geschäftspartnerin, nicht seine Freundin. Dennoch gefiel ihm die besitzergreifende Art nicht, mit der Jensen seine Pläne für irgendeine Verabredung mit ihr bestätigte.

Sie erbot sich nach seinem Abgang nicht, die entstandenen Wissenslücken zu füllen, sondern widmete sich wieder ihrer To-do-Liste. „Okay“, sagte sie. „Ich habe einen Zeitplan für alles erstellt, was vor der Eröffnung noch erledigt werden muss. Hier ist deine Kopie.“ Sie reichte ihm den Zettel mit einer kleinen Verbeugung. „Oh, und hast du die Slipanlage beim Bootshaus reparieren lassen?“

„Ein Teil muss geschweißt werden.“ Er schnappte sich die Liste und steckte sie, ohne einen Blick darauf zu werfen, in seine Tasche. „Ich kümmere mich darum.“

Sie schien seine Gereiztheit nicht zu bemerken und aß in aller Seelenruhe die Glasur von ihrem Donut. Den Rest ließ sie liegen. „Danke. Also ... du wolltest mich gerade etwas fragen?“

Bestimmt, dachte er. „Was? Nein.“

„Oh. Ich dachte, bevor Nils hier aufgetaucht ist, hattest du eine Frage gehabt.“

„Ist mir entfallen“, sagte er. „Kann also nicht so wichtig gewesen sein.“

„Ja, wohl nicht“, stimmte sie zu. „Bist du fertig? Ich parke ein Stück die Straße runter.“

Ninas Auto war wie alles an ihr: klein, fröhlich und süß. Sie fuhr einen Fiat von der Farbe einer Butterblume. Das Radio war auf seinen Lieblingssender eingestellt – Zufall, sagte er sich –, und auf dem Rücksitz tummelte sich alles, was eine geschäftige Frau so brauchte.

„Du hast da hinten ja ein mobiles Büro“, bemerkte er.

„Mir ist bis jetzt noch kein vernünftiges Ordnungssystem eingefallen.“

„Connor hat das Büro im Inn von einem Effizienzexperten einrichten lassen“, rief Greg ihr in Erinnerung.

„Es ist unmöglich, das System eines Menschen auf einen anderen zu übertragen“, entgegnete sie.

Greg sagte nichts. Er nahm an, dass es einen tieferen Grund gab, wieso sie das Büro im Inn noch nicht bezogen hatte, aber er zwang sich, seinen Verdruss darüber abzuschütteln. *Konzentrier dich. Es ist rein geschäftlich.*

Aus irgendeinem Grund spürte Nina eine leichte Spannung zwischen Greg und sich, und sie war sich nicht sicher, woher die kam. Bevor Nils an den Tisch gekommen war, um sie an die Bowling-Liga zu erinnern, hatte sie das Gefühl, Greg wolle sie etwas fragen. Sie um eine Verabredung bitten, aber dieses Mal nicht geschäftlich.

Nein, vielleicht doch nicht, sagte sie sich. Das war vermutlich nur Wunschdenken. Und es war auch besser so, denn wenn er sie fragen würde, ob sie mit ihm ausgehen wolle, müsste sie eine Entscheidung treffen, der sie sich nicht stellen wollte.

Es sollte Grenzen zwischen ihnen geben, die das Private vom Geschäftlichen trennten. Und doch wurde sie immer wieder an den Rand gelockt, und zwar nicht nur von Greg. Sie fühlte sich auch zu den Kindern hingezogen – dem seelenvollen Max und zu Daisy, die sich gerade in einem verletzlichen Stadium befand, das Nina nur zu gut nachempfinden konnte. Hatte sie mit ihrem Gespräch mit Daisy die Grenze überschritten? Sie wusste es nicht. Daisy hatte mit ihr gesprochen, und Nina hatte zugehört. Und ja, sie konnte nicht anders – manchmal machte sie auch einen Kommentar oder gab einen Rat. Das lag einfach in ihrer Natur.

Auch später noch, als sie und Greg sich im Dachboden des

Inn an die Arbeit machten, herrschte eine merkwürdige Stimmung. Den Dachboden aufzuräumen war eine Arbeit, die sich schon mehrere Tage hinzog. Der labyrinthartige Lagerraum steckte voller Kram, der vermutlich seit Jahren nicht mehr angerührt worden war. Sie hatten sich durch kaputte Möbel, angeschimmelte Bücher, rostiges Werkzeug, verlassenes Spielzeug und von Spinnen okkupierte Tischwäsche gekämpft. Die meisten Sachen gingen direkt in den Müll, aber ab und zu fanden sie einen kleinen Schatz, wie eine Noppenvase oder ein Tablett mit Bauernmalerei.

Greg hatte den tollen Anzug und das gut sitzende Hemd gegen Arbeitskleidung getauscht. Was gut war, entschied Nina. In den offensichtlich maßgeschneiderten Sachen sah er viel zu exotisch und unglaublich attraktiv aus. In der gewöhnlicheren Cargohose und dem T-Shirt war er … nun ja, immer noch attraktiv, aber nicht mehr so Furcht einflößend. „Kunst oder Krempel?", fragte er sie und hielt ihr einen mottenzerfressenen Lampenschirm hin.

„Krempel", sagte sie. „Je mehr wir hier entdecken, desto hemmungsloser werde ich, was ausmisten angeht."

„Ich auch." Er legte das Stück auf den Müllhaufen. „Und das hier?"

„Was ist das?"

„Ich bin mir nicht sicher." Er drehte es in der Hand hin und her. „Es könnte ein Schleifstein sein. Er lag in einer Kiste mit … wow." Er beugte sich vor und kam mit einer langen, rostigen Klinge wieder hoch. „Guck dir das mal an."

„Sehr *Fluch der Karibik*-mäßig", bemerkte sie.

„Das ist eine Machete", erklärte er. „Da gibt es auch noch eine Axt und … ui. Ich glaube, ich habe die Waffenkammer der Familie gefunden." Er wedelte eine Staubwolke aus seinem Gesicht und hob den Deckel von einer weiteren Kiste. „Das hier sind alte Schwarzpulverwaffen und Zubehör. Die behalten wir auf jeden Fall."

„Ganz meine Meinung", sagte Nina.

„Freut mich, dass wir da einer Meinung sind." Vorsichtig legte er die Machete und Waffen zurück in die Kiste.

Er schien nicht zu bemerken, dass sie das scherzhaft gesagt hatte. Sie wandte sich einer Kiste mit Büchern zu. Die antiken Folianten würden sich gut in den Gästezimmern und der Bibliothek machen. Sie las die kuriosen Titel laut vor: „‚Hunde und alles, was man über sie wissen muss', ‚Der Landjunker für den Nachttisch', ‚Der Begleiter für die gute Haushälterin' … ah, ‚Ehehygiene'. Faszinierend."

„Das kommt *nicht* in ein Gästezimmer", sagte Greg.

„Wie, wir wollen nicht, dass die Ehen unserer Gäste hygienisch sind?"

„Wir wollen nicht, dass sie an so etwas denken", sagte er.

Ein altes Foto fiel aus dem Hundebuch. Es trug kein Datum, schien aber in den 1920er aufgenommen worden zu sein, wenn man die Kleidung der abgebildeten Personen betrachtete. Es schien sich um eine Familie mit drei Labrador Retrievern zu handeln. Die Menschen posierten sehr steif, nur der mittlere Hund hatte seinen Kopf bewegt und damit einen verwischten Fleck in der Mitte des Fotos verursacht. Diese kleine Unvollkommenheit machte das Foto irgendwie menschlich. Sie reichte es Greg. „Sieh dir das mal an. Geister auf dem Dachboden."

Er bewunderte das Bild und legte es auf den „Behalten"-Stapel. „Hast du Angst vor Geistern?"

„Nein. Vielleicht wäre ein kleiner Hinweis, dass das Inn heimgesucht wird, nicht schlecht fürs Geschäft? Dieser Ort hat eine Geschichte, und ich bin froh, dass er nicht Apartmenthäusern oder so weichen muss." Die Worte purzelten einfach so heraus. Schnell senkte sie den Kopf, ihr sentimentaler Ausbruch war ihr irgendwie peinlich.

„So etwas würde ich nie tun", sagte er.

Sie stellte das Buch über Ehehygiene beiseite. „Wenn es dir nichts ausmacht, würde ich das hier gerne für Sonnet aufheben. Das entspricht genau unserem Humor."

„Du vermisst sie ganz schön, oder?"

„Mehr als ich erwartet hatte."

„Du musst ziemlich stolz auf sie sein."

Was sie da in seiner Stimme hörte, war keine Eifersucht, oder? „Machst du Witze?", erwiderte sie in einem Anfall von Ehrlichkeit. „Ich frage mich jeden Tag, was ich getan habe, um so ein Mädchen zu verdienen." Das stimmte. Wie alle Kinder war auch Sonnet während des Aufwachsens für ihre Mutter immer wieder eine Herausforderung gewesen, aber in ihrem Herzen war sie eine liebevolle Tochter mit vielen Talenten – Abschiedsrednerin ihres Jahrgangs, Stipendiatin, und jetzt verbrachte sie einen Sommer in Europa. „Ich vermisse sie fürchterlich", gab sie zu.

„Das ist schon ironisch, oder? Deine hat das Nest verlassen, und meine bereitet sich darauf vor zu brüten."

Sie schwieg einen Moment und studierte sein Gesicht, das vom durch ein staubiges Fenster fallenden Sonnenlicht erhellt wurde. „Beängstigend."

„Ja."

Für einen Augenblick fühlte Nina sich mit ihm verbunden und fragte sich, ob es nur ihr so ging. Sie nahm an, wenn sie ein wenig bohrte, würde sie es herausfinden können. Aber wollte sie das auch? „Ich habe das Gefühl, dass ihr beide das meistern werdet." Sie ließ den Augenblick verstreichen. „Ihr macht das bestimmt ganz toll."

„Ich hoffe, dass du recht hast."

„Dafür bezahlst du mich ja so gut." Sie fühlte sich mit einem Mal nervös, zögerlich. Nicht wegen ihrer Gefühle für Greg, sondern wegen etwas anderem, das sie aus dem Weg räumen musste. „Ich hab noch eine kurze Frage an dich. Angenommen, Sonnet macht einen Abstecher nach Den Haag."

Den Haag lag in Holland, nur eine zweistündige Zugfahrt von Brüssel entfernt. Es war der Sitz mehrerer Weltgerichte, inklusive des Internationalen Gerichtshofs und des Internationalen Kriegsgerichts. Außerdem lebte und arbeitete Sophie da, Gregs Exfrau.

Er packte die Bücher, die nicht mehr zu verwenden waren, in eine alte Kiste. „Und die Frage lautet …?"

„Ich wollte nur, dass du es weißt. Daisy hat Sonnet gesagt, sie solle doch ihre Mutter anrufen, wenn sie in die Stadt kommt. Also wird Sonnet hinfahren und sie sehen."

„Sophie ist meine Exfrau, kein nationales Monument. Ich hoffe, dass Sonnet mehr tun wird, als sie nur zu sehen. Ich bin sicher, dass Sophie deiner Tochter unglaubliche Dinge zeigen wird. Es ist eine gute Idee, dass Sonnet das ausnutzt."

„Okay. Ich wollte nur sichergehen, dass du damit einverstanden bist."

„Das geht mich überhaupt nichts mehr an", sagte er. „Aber wenn es dich beruhigt, ich bin einverstanden." Er trug die Kiste an den Rand der Treppe und ließ sie schwer genug fallen, um eine Staubwolke aufzuwirbeln.

Oh-oh, dachte Nina.

Er wischte sich die Hände an den Shorts ab. „Und Sophie wird deiner Tochter eine bessere Führung geben können als jeder Einheimische, darauf wette ich."

„Das ist gut. Es fühlte sich ein wenig komisch an, das Thema anzuschneiden."

„Ist schon okay. Ich denke, ich kann ehrlich zu dir sein, weil wir ja Freunde sind, oder?“

„Ja. Freunde.“

„Sophie und ich waren siebzehn Jahre verheiratet. Das ist ein ganz schön großer Teil meines Lebens. Es gibt eine lange Geschichte zwischen uns. Ich werde nicht lügen und dir sagen, dass es sich um eine lange Zeit reinen Elends gehandelt hat. Wir hatten auch gute Zeiten, haben zwei Kinder großgezogen.“

„Ich weiß. Das mit den Kindern, meine ich. Sie sind toll.“ Die guten Zeiten muss ich dir einfach so glauben, dachte sie.

„Sophie und ich haben unter schwierigen Umständen geheiratet“, fügte er hinzu.

„Ich weiß“, sagte sie wieder. Erinnerte er sich daran, auf der Hochzeitsfeier mit ihr gesprochen, seine Faust durch die Wand geschlagen zu haben?

„Wir hatten das nicht geplant“, fuhr er fort. „Wir haben es für Daisy gemacht. Und es hat lange Zeit funktioniert, weil wir beide uns verdammt angestrengt haben. Irgendwann haben Sophie und ich uns auseinanderentwickelt. Anfangs ist das keinem von uns aufgefallen. Wir waren so auf unsere Karrieren fokussiert und haben aufgehört, einander Aufmerksamkeit zu schenken.“

Nina spürte, wie sie errötete. „Und das erzählst du mir alles, weil …?“

Er lachte. „Ich habe keine Ahnung. Sorry.“

Sein entspanntes Lachen und die unvermeidliche Anziehung, die sie spürte, machten sie nervös. „Ich muss jetzt los“, sagte sie. Sie wusste, dass sie sich mit dem Duschen und Umziehen beeilen musste, wenn sie rechtzeitig fertig werden wollte.

„Stimmt, du gehst ja mit … wie heiß er noch … aus?“

„Nils.“ Nina war überrascht von Gregs plötzlicher Angespanntheit. „Ich will mich hier nicht drücken, aber …“

„Mach dir um mich keine Sorgen. Du hast mir eine Liste gegeben, schon vergessen?"

Ihre To-do-Liste. „Also wenn ich bleiben soll …"

„Ich sagte doch, mach dir keine Sorgen." Er winkte ab. „Ich komme klar."

16. Kapitel

„Du bist eine bessere Bowlerin, als ich dachte", sagte Nils zu Nina, als er sie vom Fast Lanes zurück nach Hause fuhr.

„Wirklich?" Nina warf ihm einen skeptischen Blick zu. „Ich bin vollkommen aus der Übung. Ich war seit Jahren nicht mehr bowlen."

„Das hätte ich von deinen Punkten her nicht vermutet."

Eine Gruppe ihrer Freunde traf sich regelmäßig zum Bowlen. Nina hatte erst seit Kurzem wieder die Zeit mitzumachen. Es war lustig, mit einigen aus der alten Truppe zusammenzukommen, aber irgendwie auch komisch. Das waren Leute, die sie schon immer kannte. Sie waren in ihrem Alter, aber sie hatte oft das Gefühl, dass sie sich an einem komplett anderen Ort befand als sie. Ihre Tochter stand kurz davor, mit dem College anzufangen, während die meisten Frauen ihres Alters entweder frisch verheiratet oder junge Mütter waren und Geschichten über Inneneinrichtung, frühreife Kleinkinder und Angst einflößende Anfälle von Krupphusten austauschten. Zum Glück waren einige ihrer Freunde auch Singles. So wie Nils. Er sah nicht schlecht aus. Und er war den ganzen Abend über äußerst amüsant, höflich und lustig gewesen.

„Vielleicht hatte ich heute Abend einfach Glück", sagte sie.

Er lachte unterdrückt und lenkte das Auto um eine Kurve in der Straße.

„Ja, vielleicht." Er bog an dem Schild zum Inn ab, das frisch nachgemalt war und von beiden Seiten beleuchtet wurde, um die Besucher willkommen zu heißen. Die Äste der Ahornbäume entlang der Auffahrt waren erst kürzlich zurückgeschnitten und der Kiesweg begradigt worden. Jetzt, wo die Eröffnung kurz bevorstand, merkte Nina, dass sie alles mit einem noch kritischeren Auge betrachtete. Sogar nach zehn Uhr abends sollte alles noch einladend aussehen.

Gaslampen säumten die Spazierwege auf dem Grundstück und Kutscherlampen erhellten die Terrasse und den Eingang. In einigen Gästezimmern brannte Licht. Alles in allem versprach das Anwesen Ruhe und Erholung. Die Gäste würde niemals erraten, wie viele Gedanken und Planung in jedes Detail geflossen waren, oder wissen, wie sehr Greg und sie über jede Kleinigkeit diskutiert hatten – so kam es ihr zumindest vor.

Sie wandte sich zu Nils, um ihm für den Abend zu danken, aber er stieg bereits aus, um ihr die Tür aufzumachen.

„Ich bring dich noch zu deinem Haus“, sagte er.

„Oh! Okay. Hier entlang.“ Es war ein Date, rief sie sich in Erinnerung. Ein verdammtes Date. Sie hatte eine Stunde damit zugebracht, zu baden, sich herauszuputzen und fertigzumachen. Das hier war nur der natürliche Lauf der Dinge – es wurde von dem Mann quasi erwartet, dass er sie bis zur Tür brachte, und von ihr, dass sie ihn noch mit zu sich hineinbat.

Sie machte eine Bemerkung über die weiche Abendluft. Sie bewunderten den silbrigen Schatten, den der Mond aufs Wasser malte. Es gab einen Augenblick, an einer Wegbiegung, in dem Nils' Hand ihre streifte, und sie spürte, wie seine Finger nach ihren griffen.

Lass es einfach zu, sagte sie sich. Guck mal, was passiert. Sie ermahnte sich, dass ein erstes Date immer ein wenig seltsam war, ein bisschen nervenzerreißend. Sie sollte zumindest etwas begeistert sein, dass er ihre Hand genommen hatte. Stattdessen konnte sie nur daran denken, dass er nicht …

„Hey“, sagte Nils. „Was ist das?“

Im unteren Teil des Bootshauses sprühte ein Funkenregen auf. Nina riss ihre Hand los und blieb sprachlos stehen. „Meine Güte, brennt es etwa?“

In dem Moment, wo die Worte ausgesprochen waren, rannten sie und Nils los. Kurz vor dem Bootshaus kamen sie schlitternd zum Stehen. Es war kein Feuer. Die Funkenfontäne wurde durch ein Schweißgerät verursacht. „Greg?“, rief Nina. „Was tust du da?“ Zumindest nahm sie an, dass es Greg war. Wer sonst sollte um diese Uhrzeit hier draußen arbeiten?

Sie rief seinen Namen noch einmal lauter, und er richtete sich auf. Sein Gesicht wurde von einer Schweißermaske verdeckt, und er trug feuerfeste Handschuhe. In einem Horrorfilm wäre das jetzt der Moment, in dem der Serienkiller sich auf sie stürzen und beide umbringen würde.

Stattdessen schob er die Maske hoch und schenkte ihr ein jungenhaftes Grinsen. „Hey, Nina.“ Sein Blick flackerte kurz zu Nils und schien dabei ein wenig kühler zu werden. „Neil, oder?“, sagte er.

„Nils.“

„Oh, ja. Sorry. Nils. Wie geht's?“ Greg wartete die Antwort nicht ab. „Ich repariere die kaputte Slipanlage.“

„Das sehe ich“, sagte Nina. Sie lag ihm damit schon seit Tagen in den Ohren. Interessant, dass er sich ausgerechnet heute daran machte. „Greg, es ist zehn Uhr abends.“

„Ich weiß. Ich dachte, ich wäre fertig, bevor du nach Hause kommst. Ich wollte dich mit dem Lärm nicht stören.“

Aha. Eine glaubwürdige Geschichte. Sie wandte sich demonstrativ an Nils. „Möchtest du noch mit hinaufkommen?“

Greg schmiss sein Schweißgerät wieder an, das mit einem *Wuuusch* eine blaue Flamme zum Leben erweckte.

„Ich gehe lieber“, sagte Nils und trat einen Schritt zurück. „Pass auf dich auf, Nina.“

Was war das mit dem Händchenhalten? wollte sie fragen. Stattdessen war sie zu verdutzt, um irgendwas zu tun, außer einen Gutenachtgruß zu nuscheln.

Er machte sich noch nicht einmal die Mühe, sie mit einem falschen „Ich ruf dich an“ abzuspeisen. Vielleicht war der Anblick eines Mannes mit einem Schweißgerät ein wenig zu abschreckend.

„Danke vielmals“, sagte Nina zu Greg, wobei sie ihre Stimme erhob, damit er sie über den Lärm hinweg hörte.

„Schon okay.“ Er schob die Schweißermaske wieder übers Gesicht. „Ich bin hier auch gleich fertig.“

„Wer hätte das gedacht.“ Wütend stapfte sie die Stufen zu ihrer Wohnung hoch.

Die Störung ihrer Verabredung mit Nils war eine Sache. Hier war Nina bereit, im Zweifel für den Angeklagten zu stimmen. Sie hatte ihm wegen der Slipanlage in den Ohren gelegen, und er hatte sie repariert. Mit der kurz bevorstehenden Eröffnung hatten sie beide zu den verrücktesten Zeiten gearbeitet. Als sie jedoch ein paar Tage nach einem Picknick mit Marty Lewis nach Hause kam und einen Greg vorfand, der die Machete, eine Axt und ein Beil an dem alten Wetzstein schliff, erkannte sie ein Muster. Nach ihrem dritten Date – ein Kinoabend mit Noah Shepherd, dem örtlichen Tierarzt, war sie sich sicher. Greg empfing sie und Noah auf der vorderen Veranda des Hauptgebäudes. Er war umgeben von unterschiedlichsten Waffen. Nina erkannte in ihnen die antiken Gewehre, die sie auf dem Dachboden gefunden hatten.

„Schwarzpulverbüchsen“, erklärte er jovial. „Es könnte sich um Sammlerstücke handeln. Ich wollte gerade schauen, ob sie noch funktionieren.“

Noah warf einen Blick auf sein Handydisplay. „Die Stute

eines Klienten soll dieses Wochenende fohlen. Ich fahr besser noch mal vorbei und guck, wie es ihr geht."

Nina zwang sich zu einem Lächeln. Sie ging stark davon aus, dass das Handydisplay leer war. „Klar, das verstehe ich, Noah." Er sah auf eine dunkle, grüblerische Art gut aus. Er war außerdem ein Mann, der mit beiden Beinen auf der Erde stand – ehrlich und bescheiden, jedoch etwas zu ruhig und vorsichtig für ihren Geschmack, wie sie während einer etwas angestrengten Kaffeepause nach dem Film festgestellt hatte. Nina nahm an, wenn sie sich richtig anstrengte, würde sie ihn vermutlich zum Reden kriegen. Aber an diesem Punkt in ihrem Leben wollte sie eine Verabredung, kein Projekt.

Dennoch gefiel es ihr gar nicht, dass ihr die Entscheidung wieder einmal von Greg abgenommen worden war. Sie umarmte Noah – was sich anfühlte, wie einen Granitbrocken zu umarmen – und murmelte einen Gutenachtgruß.

Als Noah zu seinem Wagen eilte, wirbelte Nina zu Greg herum. „Gratuliere. Drei von dreien. Vielleicht sogar vier von vieren, wenn wir Shane Gilmore mitzählen."

„Was meinst du, mitzählen?"

„Technisch gesehen könnte auch das auf dich zurückzuführen sein, weil du der Grund dafür bist, dass ich so wütend auf Shane geworden bin, weil seine Bank das Inn an dich verkauft hat."

„Okay, ich kann dir gerade nicht folgen."

Sie sah den Scheinwerfern hinterher, die einmal über das Anwesen strichen, als Noah den Wagen wendete und davonfuhr. „Ich glaube, das ist ein Rekord. Sogar für dich. Er hat sich noch nicht mal die Mühe gemacht, sich von mir zu verabschieden."

Greg lächelte sie an, ganz die jungenhafte Unschuld. „Was meinst du mit ‚Rekord'?"

Während der Jahre, in denen sie Sonnet aufgezogen hatte,

hatte Nina sich kaum verabredet. Jetzt versuchte sie es, wagte sich zum ersten Mal in ihrem Leben auf das rutschige Parkett der Verabredungen. Einige der Männer kannte sie schon seit Jahren. Bei Noah Shepherd war sie diejenige gewesen, die ihn gefragt hatte. Er sah so gut aus. Aber bisher war die einzige Chemie, die sie verspürt hatte, das flüchtige Aufflackern von Gregs Schwarzpulver. Irgendwas an diesem Bild stimmte ganz und gar nicht. Zu ihrem Entsetzen verschluckte Nina sich beinahe an dem dicken Kloß in ihrem Hals. In der Hoffnung, dass er es nicht bemerkte, drehte sie sich auf dem Absatz um und marschierte hinunter zum Bootshaus. Sie ging jedoch nicht nach Hause. Dazu war sie zu unruhig. Sie steuerte auf den Steg zu und wanderte auf seinen glatten Planken hin und her.

Greg folgte ihr eine Minute später. „Leider funktioniert keine von ihnen mehr."

Das war vermutlich auch gut so. Sie war nicht in der richtigen Stimmung, um sich in der Nähe von Handfeuerwaffen aufzuhalten. Sie atmete tief ein und zwang ihren Ärger, ihre Tränen zu vertreiben. „Du machst das absichtlich", warf sie ihm vor und funkelte ihn böse an.

Der Mond stand hinter ihm am Himmel und bildete einen silbrigen Heiligenschein um seinen Kopf. „Was tue ich absichtlich?"

„Als wenn du das nicht wüsstest. Du bist nicht mein Aufpasser. Ich brauche niemanden, der auf mich wartet, wenn ich ausgehe."

„Ich warte nicht auf dich", sagte er. „Ich bin einfach nur … noch auf."

„Und zufällig musst du immer in dem Moment Waffen reinigen oder Messer schärfen oder irgendwas schweißen, wenn ich mit meiner Verabredung nach Hause komme."

Er lachte unterdrückt. „Das ist genauestens geplant."

Sein Geständnis verwirrte sie. Sie hatte sich darauf vorbereitet, mit ihm zu streiten. „Genau geplant", wiederholte sie. „Du meinst, du gibst dich absichtlich abschreckend?"

„Zum Teufel, ja."

„Das versteh ich nicht."

Er überwand die Distanz zwischen ihnen, legte seine Hände um ihre Oberarme und zog sie an sich. Die plötzliche Bewegung raubte ihr den Atem, und sie schaute ihn mit aufgerissenen, fragenden Augen an.

Eine verrückte Sehnsucht erfüllte sie, und sie dachte an all die Male in ihrem Leben zurück, an denen sie sich genau das hier gewünscht hatte – in Greg Bellamys Armen zu sein. Es folgte ein kleiner Schock der Erkenntnis, dann küsste er sie, und das war etwas, das sie sich auch vorgestellt hatte, auch wenn die Realität mit ihren Träumen nichts gemeinsam hatte. Es war so viel besser, dass ihr ganz schwindelig wurde. Sie hatte das Gefühl, an einen ganz anderen, weit entfernten Ort zu schweben. Seine Berührung war nicht sonderlich vorsichtig, und doch hatte sie sich noch nie so geschätzt gefühlt. Sein Kuss war beinahe grob, getrieben von Dringlichkeit, Leidenschaft – und doch war kein Kuss vorher je so aufregend gewesen. Er ließ sie alle anderen Küsse mit anderen Männern auf der Stelle vergessen.

So etwas war ihr noch nie passiert. Noch nie hatte sich die Umarmung eines Mannes so angefühlt, als hätte sie endlich das fehlende Puzzleteil gefunden. Zu schnell war es vorbei, und er ließ sie los, trat so schnell einen Schritt zurück, dass sie sich fragte, ob dieser erstaunliche Kuss überhaupt wirklich stattgefunden hatte.

„Du bist eine kluge Frau, Nina", sagte er und ging zurück zum Weg. „Du findest es noch heraus."

Ein paar Sekunden war sie sprachlos. Dann fand sie endlich ihre Stimme wieder und eilte ihm nach. „Nur eine Minute", sagte sie. „Du kannst nicht so was machen und dann einfach weggehen."

„Da hast du recht", stimmte er zu, ohne seinen Schritt auch nur ein bisschen zu verlangsamen. „Ich könnte dich wie ein Höhlenmensch über meine Schulter werfen, nach oben tragen und mich über dich hermachen."

Was im Moment in ihren Ohren gar nicht mal so schlecht klang. Zittrig sagte sie jedoch: „Wie ungemein politisch korrekt von dir."

„Du glaubst, mich interessiert es, politisch korrekt zu sein?" Er schien keine Antwort zu erwartet, sondern stieß nur ein wütendes Lachen aus und ging weiter.

„Ich weiß nicht, was dich interessiert, Greg", meinte sie. „Du denkst vielleicht, ich kann Gedanken lesen, aber das kann ich nicht. Und deine schon gar nicht." Sie war wütend vor … was? Ärger? Unerfüllter Sehnsucht? Sie könnte mit dem Finger auf ihn zeigen, könnte behaupten, er hätte ihr mehr als einen Abend versaut. Aber traurige Tatsache war, dass ihre Verabredungen jeweils lange vor den absurden Begegnungen mit Greg ein Ende gefunden hatten. Nicht seinetwegen, sondern ihretwegen und ihrer Unfähigkeit wegen, eine anfängliche leichte Zuneigung als Basis zur Entwicklung einer tiefen Beziehung zu nutzen. Das war ihr noch nie gelungen, und das war nicht Gregs Schuld. Er hielt ihr nur den Spiegel hin. Er küsste sie lediglich und zwang sie damit, sich einzugestehen, dass sie nicht den Hauch einer Ahnung hatte, wie es war, einen Mann zu lieben.

Sie packte seinen Arm und spürte, wie sich die Muskeln anspannten. „Würdest du mir bitte erklären, was hier gerade passiert? Oder was deiner Meinung nach passieren sollte?"

Er atmete tief ein. Seine Augen blitzen verärgert auf. „Sieh mal, wenn wir das tun – wenn dieser Abend so weitergeht, wie ich es mir verdammt noch mal wünsche, dass er weitergeht, wird das die Dinge zwischen uns ändern. Alles würde anders. Ich weiß nicht, wie es dir damit geht, aber ich hätte gegen eine Veränderung nichts einzuwenden."

Seine Offenheit und Eindringlichkeit waren beinahe zu viel für sie. Sie stand immer noch in Flammen von seinem Kuss. Dennoch bot er ihr eine Wahlmöglichkeit. Sie konnte alles so lassen, wie es war, oder alles ändern. Gleich hier, gleich jetzt. Er hatte ihr die Tür geöffnet, Ja zu sagen, ja, ich will das auch. Auch wenn er es nicht wusste, hatte sie das beinahe vom ersten Moment ihres ersten Treffens an gewollt. Damals, vor so vielen Jahren. In diesem einen Augenblick, an den er sich vermutlich gar nicht mehr erinnerte.

Die Versuchung war beinahe mehr, als sie ertragen konnte. Eine kleine Stimme in ihrem Inneren forderte sie heraus, flüsterte ihr zu, warum versuchst du es nicht mal mit ihm und siehst, wohin es euch bringt.

Ja, warum nicht? Weil der Einsatz zu hoch war. Greg war nicht irgendein Kerl, der sie zum Bowling mitnahm oder ins Kino einlud. Er war der Mann, für den sie arbeitete. Der Mann, bei dem sie es nicht ertragen würde, ihn zu verlieren – also war es sicherer, sich zurückzuziehen.

Sie musste all ihre Willenskraft aufbieten, um sich dazu zu zwingen, einfach an ihm vorbeizugehen. „Gute Nacht, Greg. Wir sehen uns morgen früh."

„Warte mal, verstehe ich das richtig?" Jenny musterte Nina eindringlich. Sie waren zusammen in Zuzu's Petal, weil Nina sich für den Eröffnungstag ein neues Kleid kaufen wollte. „Er hat dich angemacht?"

„Er war ziemlich eindeutig, wenn ich davon ausgehe, dass ‚über dich hermachen' das heißt, was ich glaube, dass es heißt", gab Nina zu.

Jenny erzitterte vergnügt. „Und ich dachte, so etwas passiert nur in den klassischen Schauerromanen. Und, wie war's?"

Nina lachte. „Du machst Witze, oder? Du glaubst wirklich, wir hätten es getan?"

Jenny riss die Augen auf. „Soll das heißen, ihr habt nicht?"

„Ich werde mich nicht mit Greg Bellamy einlassen. Nicht mal wenn ich die Bedeutung des Begriffs ‚sich über jemand hermachen' erfahre. Er ist der Feind", sagte sie.

„Weil er das Inn am Willow Lake gekauft hat."

„Genau." Sie nahm ein apfelgrünes Kleid vom Ständer und hielt es sich vor.

Jenny nahm das Kleid und hängte es wieder weg. „Ich denke, es ist gut, dass er das getan hat. Er übernimmt das ganze Risiko. Es ist kein Leichtes, ein Geschäft zu haben."

Jenny musste es wissen, dachte Nina. Sie war seit ihrer Teenagerzeit erst Teilhaberin und jetzt alleinige Besitzerin der Sky River Bakery. Sie hatte schwere und unsichere Zeiten erlebt, in denen sie ohne Sicherheitsnetz auskommen musste.

„Das weiß ich", lenkte Nina ein. „Aber er hat mir meine Chance genommen, Erfolg zu haben – oder zu scheitern."

„Weißt du, was ich glaube? Ich glaube, die Besitzerverhältnisse des Inn haben damit gar nichts zu tun. Ich denke, was dir wirklich Sorgen macht, ist, dass du dich in Greg verlieben könntest."

„Verlieben …" Nina stieß ein ungläubiges Schnauben aus. „Und warum sollte ich mir darüber Sorgen machen? Er ist der Letzte, in den ich mich verlieben will. Und außerdem, wieso sollte ich mich überhaupt in irgendjemanden verlieben? Ich gehe aus und hole die Zeit nach, die ich verpasst habe."

„Und wie läuft das so für dich?"

„Sehr lustig, Doctor Phil."

Jenny reichte ihr ein figurbetontes Kleid aus pfirsichfarbenem Jerseystoff. „Glaub mir – und du weißt das besser als ich –, die Jugendjahre sind nicht halb so aufregend, wie alle behaupten.“ Sie schnappte sich noch ein paar weitere Kleider und marschierte Nina voran zu den Umkleidekabinen.

„Greg hat Kinder“, sagte Nina, während sie eines der Kleider anprobierte. „Und bald ein Enkelkind.“

„Hast du was gegen Kinder und Enkel?“

„Nein. Aber ich bin damit durch.“

Jenny hob eine Augenbraue. „Du hast bei Sonnet fabelhafte Arbeit geleistet, das schaffst du locker noch mal.“

„Locker? Ja, genau. Die Hälfte der Zeit war ich zu Tode verängstigt, etwas falsch zu machen. Es war wie ein Seiltanz ohne Netz über einem Sumpf voller Alligatoren. Warum sollte ich mir das noch mal antun?“

„Weil du gut mit Alligatoren kannst.“

„Das ist ein gewaltiger Sprung von ‚mit ihm ausgehen‘ zu ‚für immer zusammen sein‘.“ Nina trat aus der Kabine und posierte vor dem Spiegel. Sie musste zugeben, dass Jenny ein gutes Auge hatte. Das Kleid war geschäftsmäßig, ohne langweilig zu sein.

„Könntest du ohne weitere Verpflichtungen mit ihm ausgehen?“

„Ich arbeite mit ihm. Und das war’s.“

„Das klingt, als hättest du eine Entscheidung getroffen.“

Nina kaufte schließlich das pfirsichfarbene Kleid und dazu eine passende Strickjacke mit einem dreiviertel langen Arm. Jenny strahlte sie an. „Du wirst sie umhauen.“

„Das soll aber lieber das Inn erledigen.“

„Du kommst mir nervös vor“, bemerkte Jenny. „Du wickelst dir immer eine Strähne um den Finger, wenn du nervös bist.“

Nina ließ ihre Hand sinken. „Tu ich das? Ich schätze, ich bin tatsächlich nervös. Wenn man es genau betrachtet, geht es bei der Eröffnung doch nur darum, ob man gemocht wird oder nicht. Und ich konnte mit Zurückweisungen noch nie so gut umgehen."

„Lässt du dich deshalb nie auf eine zweite Verabredung mit einem Mann ein? Willst du deshalb nicht einmal darüber nachdenken, mit Greg auszugehen?"

Nina hob schon die Hand, um wieder ihre Haarsträhne zu drehen, ertappte sich aber gerade noch rechtzeitig dabei. „Schluss jetzt damit. Das ganze Anprobieren hat mich hungrig gemacht."

Sie gingen die Straße hinunter zur Bäckerei. Es war später Nachmittag, und im Café war nicht viel los. Als sie sich gerade an den Kolaches gütlich taten, kam Laura Tuttle rückwärts durch die Schwingtür, einen Rollwagen mit einer luftigen Hochzeitstorte hinter sich herziehend. „Ein weiterer Tag, eine weitere Torte", sagte sie.

„Die ist umwerfend", sagte Nina. Als sie und Jenny klein waren, hatten sie immer mit großen Augen zugeschaut, wenn Laura aus Zuckerguss kleine Blumen und Blätter formte und einfache, bescheidene Zutaten in zauberhafte kulinarische Träume verwandelt hatte. Natürlich hatten sie bei der Planung ihrer Fantasiehochzeiten auch immer erbitterte Diskussionen über die richtige Torte geführt und darüber, ob sie lieber traditionell oder innovativ sein sollte. Als Erwachsene hatte schließlich keine von ihnen eine gehabt, denn Jenny hatte sich mitten im Winter still und heimlich nach St. Croix verabschiedet, um dort zu heiraten, und Nina war gar nicht verheiratet.

„Danke", sagte Laura. „Die alte Braut lernt doch noch neue Tricks."

„Hör auf, dich alte Braut zu nennen", sagte Jenny. Sie wandte sich an Nina. „Sie trifft sich mit meinem Vater, wusstest du das? Sie geht tatsächlich mit Philip Bellamy aus."

„Unsinn“, schalt Laura sie. „Wir sind nur Freunde, die einander nach langer Zeit wiedergefunden haben.“

„Ja, klar“, sagte Jenny mit einem Augenwinkern.

„Sind glücklich verheiratete Menschen nicht schrecklich?“, sagte Nina zu Laura.

„Wem sagst du das.“ Sie verdrehte die Augen.

Dennoch entging Nina die leichte Röte nicht, die sich in Lauras Wangen stahl. Sie hakte aber nicht nach. Vor allem nicht vor Jenny. Philip Bellamy und Jenny hatten nicht die typische Vater-Tochter-Beziehung und suchten immer noch nach dem richtigen Weg, miteinander umzugehen.

„Ich wünschte, du würdest es zulassen“, sagte Jenny zu Laura. „Du und Philip, ihr kennt euch, seit ihr Teenager wart. Ist es denn möglich, jemanden so lange zu kennen und sich trotzdem noch nicht sicher zu sein?“

Oh ja, dachte Nina. Auf jeden Fall. Es war möglich, ein komplett anderes Leben zu leben.

Jenny betrachtete die Hochzeitstorte mit bewundernden Blicken. „In der ersten Minute, in der ich ihn gesehen habe, wusste ich, dass Rourke und ich füreinander bestimmt sind. Und wir waren damals noch Kinder. Es ist verrückt, dass es so lange gedauert hat, bis wir aufgewacht sind.“

„Manche Menschen haben das Glück, gleich beim ersten Mal das zu finden, wonach sie gesucht haben“, sagte Laura. „Andere …“

Ihre Stimme verebbte, aber Nina erinnerte sich an etwas, das Greg mal gesagt hatte. „Das Leben gibt dir reichlich Gelegenheit, es zu vermasseln.“

„Was nur bedeutet, dass man genauso viele Chancen hat, es richtig zu machen“, erwiderte Jenny.

17. Kapitel

„Du bist nervös." Gregs Aussage klang definitiv anklagend.

„Sei nicht albern", versicherte Nina ihm. „Ich bin überhaupt nicht nervös."

Er schaute demonstrativ auf ihren Finger, der mit einer Haarsträhne in ihrem Nacken spielte. Guter Gott, war sie so leicht durchschaubar?

„Okay", sagte er. „Nicht nervös. Schon kapiert."

„Na gut, dann bin ich halt nervös. Verklag mich doch."

Am offiziellen Eröffnungstag des Inn war endlich alles fertig – gestrichen, renoviert, möbliert und poliert. Blumenarrangements des örtlichen Floristen zierten Tische und Kaminsimse. Becky Murray, eine Musikerin aus dem Ort, spielte wie ein Seraphim auf der Harfe. Die gedämpften Töne schwebten durch den Salon und erschufen eine Atmosphäre von Eleganz und Luxus. Die Bediensteten gingen diskret ihren Aufgaben nach. Feine Porzellantabletts mit Köstlichkeiten aus der Sky River Bakery standen auf einem antiken Tisch, daneben ein silberner Samowar mit Eistee. Nina und Greg hatten sich an der Rezeption eingefunden, während das Housekeeping und die restliche Mannschaft beinahe unsichtbar im Hintergrund agierte. Jeder wartete auf die Ankunft der ersten Gäste. Und einige warteten etwas nervöser als andere.

Mit ein Grund für ihre Nervosität stand in einem großartig geschnittenen Jackett neben ihr – nicht zu formell, aber schick genug, um zu zeigen, dass ihm dieser Tag etwas bedeutete. Sein Aftershave roch umwerfend, und er schien sich in diesem eleganten Setting so wohlzufühlen, während Nina sich Gedanken machte, ob ihr neues Sommerkleid wirklich eine gute Anschaffung war. Seitdem Greg sie geküsst hatte, fühlte sie sich, als hätten Aliens die Gewalt über ihren Körper übernommen. Sie hatte sich nicht mehr unter Kontrolle. Greg musste lediglich einen Raum betreten, und ihr zog es den Schlüpfer aus. Sie träumte ständig von ihm. Zu ihrem Entsetzen hatte sie sich einmal dabei erwischt, wie sie verträumt seinen Namen auf einen Hotelblock malte.

Man musste ihm zugutehalten, dass er die ganze Angelegenheit wie ein Gentleman handhabte. Er hatte nichts mehr gesagt, das Thema nicht weiterverfolgt. Nina versuchte auch, es hinter sich zu lassen. Sie redete sich ein, dass es keine große Sache war. Er hatte sie geküsst, und sie hatte ihn abgewiesen – nicht weil sie ihn nicht mochte, sondern weil sie ihn zu sehr mochte. Er hatte behauptet, er fände es gut, wenn sich ihre Beziehung änderte. Aber er hatte nicht gesagt, zu was sie sich verändern sollte. Nina nahm an, es wäre besser, diesen Stein nicht umzudrehen.

Greg schien sich ihrer Gedanken glücklicherweise nicht bewusst zu sein. „Alles wird gut. Besser als gut. Heute wird der Kracher."

„Das ist genau das, was ich suche, wenn ich Urlaub mache", murmelte sie. Doch als er sie anlächelte, übermannte sie wieder dieses vertraute Gefühl – ihre Knie wurden weich, das Herz klopfte schneller – und sie wusste, dass er recht hatte. Es würde alles gut werden. Sein Selbstbewusstsein war ansteckend. Die Leute würden durch die Tür treten, einen Blick auf diesen großen, lächelnden, unglaublich gut aussehenden Mann werfen und wissen, dass sie für ihren Urlaub das richtige Ziel ausgewählt hatten. Wie könnte es auch anders sein?

„Willkommen auf der Insel der Träume", murmelte sie mit falschem spanischem Akzent.

„Was war das?“

„Ach, nichts.“ Nina hatte anfangs erwartet, dass dieses ganze Unternehmen für ihn schwer würde. Sie hatte erwartet, dass er kapitulieren und zugeben würde, einen schrecklichen Fehler begangen zu haben, dass er das Inn doch nicht mehr haben wolle. Jetzt musste sie anerkennen, dass er einen fantastischen Job gemacht hatte. Er strahlte eine natürliche Ruhe aus und besaß den Respekt von allen, die mit ihm arbeiteten – inklusive ihr. Irgendwie hatte er die Eröffnung des Inn am Willow Lake mit einer bemerkenswerten Präzision orchestriert.

Das war ein Problem. Er hätte scheitern und sich verziehen sollen.

Der Sommer ist noch lang, sagte sie sich. Es gibt noch viele Gelegenheiten für Greg, zu lernen, dass er hier nicht hergehörte, dass er besser daran täte, Golfplätze oder Einkaufspassagen zu entwerfen. Die Ankunft der Gäste könnte alles noch mal verändern. Menschen waren launisch, ungerecht, schwer zufriedenzustellen. Sie könnten ihn bis zum Ende des Sommers kleingekriegt haben. Nina konnte es sich also leisten, ihm zuliebe – ihnen allen zuliebe – heute zufrieden zu sein.

Sie warf einen Blick auf die Karte, die Sonnet ihr geschickt hatte. *Viel Glück, Mom.* Nina hatte sie unter den Empfangstresen an den Schreibtisch gelehnt, und als sie sie nun anschaute, verflog ihre Nervosität. Die Karte zeigt eine romantisierte Zeichnung von Casteau, der kleinen Stadt mit den kopfsteingepflasterten Straßen und alten Kirchen, wo Sonnet den Sommer über mit ihrem Vater und dessen Familie lebte.

„Sie fehlt dir sehr, was?“, fragte Greg.

Sie nickte, verwundert, dass er es bemerkt hatte. „Es fühlt sich ein wenig seltsam an, dass sie heute nicht hier ist. Sie war bei allen großen Ereignissen in meinem Leben anwesend, sogar bei meinem Highschoolabschluss. Dann der Abschluss vom

College, meine Vereidigung als Bürgermeisterin, alles." Nina seufzte und berührte die Karte.

„Also ist das hier ein großes Ereignis für dich", sagte er.

„Auf jeden Fall." Warum sollte sie ihm was vormachen?

Aus irgendeinem Grund brachte ihn das zum Lächeln. „Für mich auch."

Ein Geräusch klang durch das offene Fenster – zuschlagende Autotüren und näher kommende Stimmen. Greg straffte die Schultern, und da kamen auch schon die ersten Gäste durch die Tür. „Willkommen im Inn am Willow Lake", sagte er.

Es waren die Morgans, ein Pärchen aus der Stadt – die überschwängliche Frau hieß Sadie und ihr ruhiger, nachsichtiger Ehemann Nate. Nina checkte die beiden ein, und Walter brachte sie zu ihrem Zimmer. In den nächsten paar Stunden begrüßten sie eine ganze Reihe von Gästen – ein Pärchen aus Buffalo, die das Internetpreisausschreiben für ein freies Wochenende gewonnen hatten. Eine junge Frau namens Kimberly Van Dorn, die alleine reiste und so unglaublich hübsch war, dass Nina ihr Tun unterbrach und einfach nur guckte. Natürlich so, dass Kimberly Van Dorn es nicht bemerkte. Sie sparte sich nämlich ihre gesamte Aufmerksamkeit für Greg auf und schaffte es, einige Schlüsselfakten wie nebenbei in die Unterhaltung einzustreuen – sie hatte als Kind ihre Ferien im Camp Kioga verbracht und war frisch geschieden.

Greg ging sehr weltmännisch damit um, versicherte ihr, dass ihr Aufenthalt sehr entspannend würde, eine Möglichkeit, den Forderungen des alltäglichen Lebens eine Weile zu entfliehen.

Sie sah kaum alt genug aus, um überhaupt verheiratet gewesen zu sein, geschweige denn schon wieder geschieden. Mrs. Van Dorn war eine hochgewachsene Amazone mit den hohen Wangenknochen einer Katherine Hepburn und der Figur eines Bademodenmodels. Dazu hatte sie wallende rote

Haare und – vermutlich das Attraktivste an ihr – fuhr einen feschen Sportwagen, aus dem sie eine Tasche mit Golfschlägern holte.

Dennoch behandelte Greg sie genauso wie alle anderen Gäste, als er ihr den Zimmerschlüssel reichte und sie und ihr Designergepäck mit Walter auf den Weg schickte.

„Willkommen im Inn am Willow Lake", begrüßte er dann die nächsten Gäste.

„Gayle, wie schön!" Nina freute sich, ein vertrautes Gesicht zu sehen. Gayle war zu ihren Bürgermeisterzeiten ihre Assistentin gewesen. „Das sind Gayle Wright und ihr Mann Adam."

„Uns gehört die Windy Ridge Flower Farm." Gayle schaute sich im Salon um. „Die Blumen sehen hier fantastisch aus."

Nina hatte bei Gayle und Adam eine wöchentliche Lieferung in Auftrag gegeben. Gayle war eine Meisterin im Arrangieren von Sträußen und Gestecken. Anstatt des üblichen Dschungels an Blumen in einer riesigen Vase hatte sie kleine, immer nur aus einer Blumensorte bestehende Arrangements in durchsichtigen Vasen zusammengestellt, die nun in kleinen Grüppchen aus verschiedenen Größen überall im Salon verteilt waren. „Das Lob gebührt allein dir", versicherte ihr Nina.

Gayle strahlte. „Ich wünschte, die Kinder …"

„Nein, tust du nicht", unterbrach Adam sie. Dann wandte er sich an Nina. „Es ist das erste Mal, dass wir über Nacht von ihnen getrennt sind."

„Sie sind alle drei bei meiner Mutter", erklärte Gayle.

„Und es geht ihnen gut", beruhigte Adam sie.

Nina beobachtete die beiden und spürte eine ganz besondere Wärme in ihrem Herzen aufsteigen. Sie war mit Gayle in die Schule gegangen. Gayle war ein stilles, etwas molliges Mädchen mit glatten braunen Haaren und einer Hornbrille gewesen. Als Erwachsene hatte sie sich kaum verändert, doch wenn sie mit ihrem Mann zusammen war, schien sie von innen heraus zu strahlen. Verliebt zu sein machte einen Menschen tatsächlich hübsch. Das war wirklich ein magisches Phänomen. Wenn man ein Pärchen wie Gayle und Adam ansah, sah man etwas, das unsichtbar war und zugleich so greifbar und wirklich wie die Erde selber. Genau so sollte Liebe sein. Das wollte Nina für Sonnet eines Tages. Okay, und auch für sich. Vielleicht war sie verrückt, weil sie immer noch glaubte, dass es möglich war.

Es ist das Inn, dachte sie, und seine romantische Atmosphäre, an der sie so hart gearbeitet hatten. Guter Gott, die färbte sogar auf sie ab.

„Ist heute ein besonderer Tag für euch?“, fragte sie.

Ein Licht flackerte in Gayles Augen auf und verglimmte wieder. Sie presste die Lippen aufeinander und nickte. Ihre Hand fand die ihres Mannes. „Adams Einheit der Nationalgarde wird entsandt.“ Ihre Stimme zitterte. „Er rückt nächste Woche aus.“

Ein Schauer lief über Ninas Rücken, aber sie behielt ihr Lächeln bei. „Wir werden dieses Wochenende zu etwas ganz Besonderem für euch machen“, versprach sie. Die Gänsehaut blieb, als sie den beiden nachschaute. Wahre Liebe hat auch eine Kehrseite, dachte sie. Den Schmerz, der durch Trennung verursacht wird, die Angst vor der Gefahr.

Während die Wrights sich zu ihrem Zimmer begaben, begrüßte Greg bereits das nächste Pärchen. Jack Daly und Sarah Moon aus Chicago. Sie waren jung und sahen erfolgreich aus, vielleicht ein wenig zurückhaltend.

„Ist das ein besonderer Anlass für Sie?“, fragte Greg.

Sie beiden tauschten ein leicht ironisches Lächeln aus. Jack war schlank und attraktiv, trug die Haare kurz geschnitten und erinnerte in seiner sehnigen, athletischen Art an Lance Armstrong. „Ja, tatsächlich“, sagte er, erklärte es aber nicht weiter. Er schnappte sich die Schlüssel vom Tresen und ging zur Treppe.

Seine Frau setzte schwungvoll ihre Unterschrift ins Meldebuch. Sie besaß eine stille Schönheit, die aus ihrem Lächeln strahlte, das sie einsetzte, um die Schroffheit ihres Mannes wettzumachen. „Ich bin froh, dass wir eine ganze Woche bleiben", sagte sie. „Wir brauchen die Zeit."

Als das Pärchen sich zu ihrer Suite mit Seeblick aufmachte, tauschten Nina und Greg einen Blick. „Ich frage mich, was das zu bedeuten hat", murmelte sie.

„Das geht uns nichts an", erinnerte er sie.

Sie schnüffelte. „Du machst keinen Spaß."

Er lachte leise. „Ich mache ganz viel Spaß. Du hast mir bisher nur noch keine Chance gegeben."

„Eine Chance wofür?"

„Tu nicht so, als ob du das nicht wüsstest." Das Telefon klingelte, und er nahm ab, ohne seinen Blick von ihr zu wenden.

Von der Glocke gerettet, wie es in der Schule so schön heißt. Sie tat so, als wenn sie ihre Unterhaltung vergäße, und beschäftigte sich mit anderen Dingen. So blieb es den ganzen Nachmittag und weit in den Abend hinein. Sie genoss jede Minute, genau so, wie sie es immer gedacht hatte. Es gefiel ihr, sich um die Gäste zu kümmern, sicherzustellen, dass sie nicht nur alles hatten, was sie brauchten, sondern auch Dinge, von denen sie gar nicht wussten, dass sie sie wollen – wie zur Schlafenszeit eine frisch gestärkte Leinenmatte am Fuß des Bettes, zusammen mit einem Paar weicher Hausschuhe.

Bis alle Gäste eingecheckt waren und sie alles für den nächsten Tag vorbereitet hatten, war es beinahe zehn Uhr abends.

„Wow", sagte Greg und schaute sich im Salon um. „Das war unglaublich."

„Gut unglaublich oder schlecht unglaublich?", fragte Nina.

„Einfach … unglaublich."

Sie nahm ihre Tasche aus dem Schränkchen unter dem Tresen. „Und stell dir vor, morgen darfst du das alles wieder machen."

„Ich kann es kaum erwarten."

„Gute Nacht, Greg." Sie zog sich eilig zurück, weil sie nicht scharf darauf war, noch länger mit ihm zusammen in dem gedämpft beleuchteten, blumengeschmückten Salon allein zu sein. Sie ging den Weg zum Bootshaus hinunter. Auf dem Steg stand ein Pärchen in inniger Umarmung, und das silbrige Mondlicht spielte auf dem Wasser. Die Art, wie die beiden sich aneinander klammerten, hatte etwas Bezwingendes, und Nina schaute schnell weg; sie wollte nicht in deren Intimsphäre eindringen. Sie lächelte. Genau das hatte sie sich für die Gäste des Inn gewünscht. Romantische Augenblicke tiefster Intimität, eine Gelegenheit für Leute, Bindungen zu vertiefen oder zu stärken, die unter den Anforderungen des Alltags schwach oder ausgefranst geworden waren.

Doch auf dem Fuße von Ninas Zufriedenheit folgte eine seltsame Rastlosigkeit. Sie warf noch einen verstohlenen Blick zu dem Pärchen auf dem Steg. Sie küssten sich jetzt, ganz ineinander verloren. Und ohne Vorwarnung durchfuhr Nina ein Gefühl der Einsamkeit, das so tief war, dass sie zitterte.

Reiß dich zusammen, schalt sie sich, als sie die Stufen zu ihrer Wohnung hinaufstieg. Nicht jedem ist es vergönnt, sich zu verlieben. Und das war auch gar nicht so schlimm. Liebe neigte dazu, alles zu verkomplizieren, und viel zu oft endete sie schlimm. So etwas wollte oder brauchte sie im Moment nicht in ihrem Leben. Sie war schon sehr lange ganz gut ohne sie gefahren.

Doch im Moment fühlte sie sich nicht ganz gut. Sie war nicht sicher, wie sie sich fühlte. Sie hatte keinen Hunger, auch wenn sie das Abendessen hatte ausfallen lassen. Es war zu spät, um Jenny anzurufen und mit ihr über den Tag zu sprechen. In Belgien war es noch nicht ganz Morgen, und Sonnet schlief vermutlich noch tief und fest.

Wenige Augenblicke später klingelte ihr Telefon, und Nina ging ran. Gab es bereits Probleme mit einem Gast? „Hier ist Nina“, sagte sie knapp.

„Hey Mom.“

„Sonnet! Meine Güte, wieso bist du um diese Uhrzeit schon wach?“

„Ich bin extra aufgestanden, um zu hören, wie es heute gelaufen ist.“

Nina lächelte und trat auf das Deck hinaus. „Es war toll, Liebes. Ich wünschte, du wärst hier gewesen.“

„Ich auch. Wie läuft’s mit Mr. Bellamy?“

Ninas Griff um den Telefonhörer verstärkte sich. Wusste Sonnet etwas? „Ach, genug von mir. Du bist in Europa. Lass uns lieber darüber sprechen.“

„Wow, du bist meiner Frage voll ausgewichen. Sehr nett, Mom.“

„Ich bin nicht ausgewichen. Ich will dich nur nicht langweilen.“

„Also, kommt ihr miteinander klar?“, hakte Sonnet nach.

„Ja.“

„Macht er dich verrückt?“

„Ja.“

„Seid ihr …“

„Es ist rein geschäftlich, okay? Sein Geschäft, und ich arbeite für ihn. Das Inn hatte seine große Eröffnung, und alles lief wirklich gut.“ Sie sah den Blitz einer Kamera in der Ferne aufleuchten. Als sie über den Rasen schaute, erkannte sie Daisy, deren sehr schwangere Silhouette von den Weglampen beschienen wurde. An ihrer Seite ging ein großer, langhaariger Junge, von dem sie auf dem Weg zum See hinunter Fotos schoss. „Daisy hat einen neuen Freund“, erzählte sie Sonnet, froh, das Thema wechseln zu können. „Connor Davis’ jüngerer Bruder.“

„Das weiß ich schon längst“, sagte Sonnet. „Daisy hat mir bereits Fotos geschickt. Er ist ziemlich heiß, aber Daisy behauptet, sie wären nur Freunde. Im Moment zumindest.“

Nina beobachtete die beiden noch einen Moment. Ihre Schatten vermischten sich mit dem, der groß über der sanft abfallenden Grünfläche lag. Sie hatten ihre Köpfe zusammengesteckt und redeten. „Nur Freunde“, stimmte sie zu. Das war wohl alles, was sie unter den gegebenen Umständen sein konnten. Beim Anblick der beiden erinnerte sie sich daran, wie es war, jung und schwanger zu sein und die Gelegenheiten zu verpassen, sich mit Jungs zu verabreden, abends lange wegzubleiben und dumme, verantwortungslose Dinge zu tun. Im Alter von fünfzehn hatte sie mehr als nur ihren Anteil daran gehabt.

„Mom“, fragte Sonnet. „Du bist so still.“

„Oh. Tut mir leid. Schlechte Verbindung. Wie war Wiesbaden?“

„Unglaublich. Abgesehen davon, dass Kara und Layla während der Schlossbesichtigung die ganze Zeit genörgelt haben, weil sie es langweilig fanden.“ Wenn Sonnet von ihren zwei jüngeren Halbschwestern sprach, schlich sich meist ein erschöpfter Unterton in ihre Stimme. „Ich schwöre dir, manchmal möchte ich ihnen einfach mal ordentlich den Hintern versohlen.“

„In meiner Familie haben wir das dann auch einfach gemacht.“

„Hat es geholfen?“

„Kurzfristig.“

„Dann werde ich es vielleicht mal versuchen müssen."

Nina lachte. „Aber ansonsten ist alles in Ordnung?"

„Ja."

„Ich habe Greg gegenüber erwähnt, dass du dich mit Daisys Mom triffst, wenn du nach Den Haag fährst. Ich dachte, er sollte es wissen. Ihm macht es nichts aus. Er ermutigt dich sogar, sie anzurufen. Auch wenn das vollkommen egal ist. Das Einzige, was zählt, bist du."

„Mom."

„Ich meine, sie ist nun mal die perfekte Person, um dich herumzuführen, sie lebt da und arbeitet am Internationalen Gerichtshof …"

„Du faselst, Mom."

„Oh. Tut mir leid. Es war ein langer Tag, ich bin noch ganz aufgedreht, schätze ich."

„Ich mache dir keinen Vorwurf. Im Gegenteil, ich freue mich für dich. Und ich vermisse dich. Ich vermisse mein Zuhause."

„Hier vermissen dich auch alle." Nina verspürte ein drückendes Gefühl in der Brust. Sonnet war das einzig Wahre in ihrem Leben. Ohne sie gab es nichts, wohinter sie ihre verzweifelte Einsamkeit verstecken konnte.

„Aber ich muss jetzt Schluss machen."

„Ich weiß, Honey. Ich kann gar nicht glauben, dass du so früh aufgestanden bist, nur um mich anzurufen. Du bist die Beste."

„Ich wollte einfach die Erste sein, die dir zur Eröffnung gratuliert. Und bevor du dich versiehst, bin ich schon wieder zurück."

„Ich kann es kaum erwarten." Sie legte auf, und Nina lehnte sich seufzend gegen die Brüstung ihrer Veranda. Das Grundstück lag jetzt verlassen da. Daisy und Julian waren woanders hingegangen. In der Stille, die dem Telefonat folgte, zerrte die

Sehnsucht nach ihrer Tochter an ihr. Sonnet kam zur Bellamy-Hochzeit zurück. Nina konnte es nicht erwarten, sie wiederzusehen, und sie weigerte sich, darüber nachzudenken, dass Sonnet direkt danach schon wieder zum College aufbrechen würde.

Sie sog die süße Nachtluft tief ein und rief sich in Erinnerung, dass sie morgen früh aufstehen musste. Sie sollte langsam mal ins Bett gehen. Beim Hineingehen merkte sie, dass sie dazu noch zu ruhelos war, also machte sie eine Tony-Bennett-CD an und schenkte sich ein Glas Wein ein. Angezogen von der kühlen Stille der Nacht ging sie wieder nach draußen. Sie trank einen Schluck Wein und wiegte sich zu „Because of You", das sanft durch die offene Tür hereinschallte. Das ist gut, dachte sie. Sie spürte, wie ihre Nerven sich unter dem Einfluss der Musik und des Weines langsam entspannten. Sie brauchte nichts und niemanden außer dem hier – einen schön kitschigen Song, ein Glas Merlot, ein wenig Ruhe und Frieden, um einen Tag zu feiern, der sehr gut gelaufen war.

Die Ruhe dauerte ungefähr dreißig Sekunden. Dann hörte sie Schritte auf den Stufen. Der Bewegungsmelder schaltete das Licht an.

„Greg", sagte sie. Ein wohliger Schauer überlief sie bei seinem Anblick. „Was ist los?"

„Nichts", sagte er und trat zu ihr aufs Deck.

„Daisy?", fragte sie, weil sie nicht überzeugt war, dass „nichts" ihn hierhergebracht hatte.

„Sie und Julian sitzen am Computer und arbeiten an einige Fotos, die sie gemacht hat."

Einen Moment lang standen sie etwas unbeholfen voreinander. Tony Bennet sang „Love Look Away". Nina hatte keine Ahnung, was sie von Gregs Besuch halten sollte. Es war nichts passiert, und er war trotzdem zu ihr gekommen. Er schaute auf ihr Weinglas. „Du trinkst alleine?“

„Ich dachte, der heutige Tag hat ein Glas Wein verdient. Und ich habe gerade mit Sonnet telefoniert.“

„Ich bin nicht sicher, ob das zählt.“ Er schaute sich um. „Für mich siehst du ziemlich alleine aus.“

Sie funkelte ihn an. „Du musst nicht noch Salz in die Wunde streuen.“

„Das tue ich nicht. Ich bin ja auch allein.“

Sie nickte. „Hast du was von Max gehört? Wie ist sein Trip nach Holland?“ In Begleitung seiner Großeltern war er zu seiner Mutter gefahren. Nina spürt, dass Greg gemischte Gefühle bezüglich der Reise seines Sohnes hatte. Ihr war es genauso gegangen, als sie hörte, dass Sonnet den ganzen Sommer mit ihrem Vater verbringen würde. Auf der einen Seite war es aufregend, die Freiheit zu besitzen, sich um niemanden Gedanken machen zu müssen, auf der andern Seite hinterließ die Abwesenheit eines Kindes eine leere Stelle, in der nur zu gerne die Zweifel blühten.

„Seine Reise war gut, und wir telefonieren jeden Tag“, sagte er. „Wir sprechen miteinander, aber ich habe keine Ahnung, wie es ihm geht. Er sagt, ihm hat der Überseeflug nichts ausgemacht. Sophies Eltern sind ganz toll zu ihm.“

„Wie lange wird er fort sein?“

„Ein paar Wochen. Mir gefällt es gar nicht, dass er sein Little-League-Training und die Spiele versäumt, aber ich schätze, es ist wichtiger für ihn, Zeit mit seiner Mutter zu verbringen.“

Das war das uralte Dilemma Geschiedener, wie Nina wusste. Sie beneidete ihn nicht.

„Max scheint das alles gut zu verkraften, aber ich weiß, dass es Zeiten gibt, in denen er wegen der Scheidung total am Boden zerstört ist und ich mich wie der letzte Halunke fühle.“ Gregs Offenheit war entwaffnend.

„Er ist ein typisches Kind", versicherte sie ihm. „Alle haben ihre Hochs und Tiefs." Das klang wie eine leere Phrase. Für ein Scheidungskind konnte das Leben kompliziert sein. Für Max bedeutete der Besuch seiner Mutter eine komplizierte Reise und einen genauen Zeitplan sowie die Unterstützung hilfsbereiter Verwandter.

„Anfangs, als wir uns gerade getrennt hatten", sagte Greg, „dachte Sophie, beide Kinder würden mit ihr zusammen nach Übersee ziehen. Sie hatte schon die Schule ausgesucht, ein Haus … aber sie hatten von Anfang an Probleme und bettelten, in den USA bleiben zu können. Sie haben diese Stadt, dieses Leben gewählt. Ich tue nicht so, als wäre es meinetwegen. Und wenn ich mir überlege, wie sich die Dinge für Daisy entwickelt haben, wünschte ich …"

„Nicht", unterbrach Nina ihn. „Das ist total sinnlos."

„Ich hasse einfach den Gedanken, dass ich einen Fehler gemacht, sie im Stich gelassen habe. Max ist in dem ganzen Drama um Daisy beinahe verloren gegangen. Auf viele Arten ist er ein typisches Kind – ganz Junge, nur Unsinn im Kopf. Manchmal scheint er glücklich zu sein mit dieser idyllischen Kleinstadtkindheit – dem See, Baseball, dem Familien-Sommercamp die Straße rauf. An anderen Tagen benimmt er sich, als würde er gefoltert."

„Weshalb du erleichtert sein solltest, dass er jetzt seine Mutter besucht."

„Gutes Argument."

„Hör mal, kann ich dir …"

„Ich hoffe, es macht dir nichts aus …"

Sie sprachen beide gleichzeitig und hörten auch beide zusammen wieder auf. Greg lachte. „Nach dem heutigen Tag war es so komisch, auf einmal nichts mehr zu tun zu haben, also dachte ich, ich statte dir einen Besuch ab."

Sie war lächerlich erfreut, das zu hören. „Ich gebe zu, ich bin auch ein wenig aufgedreht. Möchtest du ein Glas Wein? Ich habe auch Bier." Sie biss sich auf die Lippe. Bier war so … gewöhnlich. Sie hätte es nicht erwähnen sollen. In Gregs Gegenwart fühlte sie sich immer so ungebildet. Sie fragte sich, ob er es bemerkt hatte.

„Danke. Ein Bier wäre toll."

Sie ging schnell rein und öffnete eine langhalsige Flasche einer örtlichen Brauerei. Wenigstens war es kein Supermarktbier. „Möchtest du ein Glas?", rief sie ihm zu.

„Nein, danke, ich trink aus der Flasche."

Nina Romano, was zum Teufel tust du hier? fragte sie sich. Dann unterdrückte sie die kleine Stimme in ihrem Kopf. Sie brachte ihm das Bier und hielt danach ihr Weinglas in seine Richtung. „Auf einen großartigen Anfang des Inn."

„Darauf trinke ich", sagte er. „Wir haben das heute sehr gut gemacht. Wir beide."

Nina war hin- und hergerissen zwischen Freude und Enttäuschung. „Dann hat sich die ganze harte Arbeit also gelohnt."

„Total."

„Du hast niemals mit dem Gedanken gespielt aufzugeben?"

„Vor der Eröffnung? Auf gar keinen Fall."

„Angenommen, die viele Arbeit und der ganze Stress wird dir irgendwann zu viel."

Er lachte ein leises, samtiges Lachen, das sie viel zu anziehend fand. „Kommt nicht infrage", sagte er schlicht und nahm einen Schluck Bier. „Was ist, erwartest du, dass ich mein Spielzeug einpacke und nach Hause gehe? Ich bin keiner, der aufgibt. Ich habe während meiner Kindheit und Jugend zwar alle Privilegien genossen, aber ich bin nicht verwöhnt worden. Ich arbeite gerne. Ich scheue mich nicht vor etwas, nur weil es schwierig ist. Und du hast auch verdammt hart für dieses Haus gearbeitet. Warum sollte ich da aussteigen?“

In den letzten Wochen hatte sie ausreichend Gelegenheit gehabt, ihn zu beobachten, und dabei war ihr aufgegangen, dass aufzuhören für ihn keine Option war. Er war auf Erfolg gepolt, egal, was er tat. Vielleicht nahm ihn die Scheidung deshalb so mit, dachte sie. Vielleicht würde sie ihn eines Tages danach fragen. Nein. Das war viel zu persönlich. Hierbei – bei ihrer Beziehung zu Greg – ging es ums Inn, um ein geschäftliches Unternehmen. Sie ermahnte sich, sich darauf zu konzentrieren. Sie stellte sich ihre Gäste vor, die sicher in ihren Zimmern ruhten, in denen nicht das kleinste Detail dem Zufall überlassen war, von der frischen Rose in der kleinen Vase auf dem Nachttisch bis zu den flauschigen Bademänteln und der Shea-Butter-Seife. In ihrem Prospekt versprachen sie „ungewöhnlichen Luxus“, und Nina hatte vor, diesen auch zu liefern.

„Nun“, er trank sein Bier aus. „Ich gehe dann mal besser wieder.“

„Wir sehen uns morgen.“

„Ja. Hör mal, wegen morgen Abend … ich dachte, wir könnten zusammen essen gehen.“

„Du meinst, als Verabredung?“ Nina konnte es nicht glauben. Sie hatte gedacht, ihr Kuss wäre ein Scherz gewesen. Ein verrückter Impuls. Sie dachte, das hätten sie hinter sich gelassen.

„Nein. Ich meine, ja. Eine Verabredung, was auch immer. Eine Verabredung unter Freunden.“

„Ich kann nicht mit dir ausgehen, Greg.“ Der Stich des Bedauerns, der sie durchfuhr, überraschte sie.

„Warum nicht?“

Das Bedauern wurde tiefer. Sie fragte sich, ob es möglich wäre, Geschäft und Rivalität zu vergessen, die Tatsache zu vergessen, dass er ein Bellamy war, und einfach seine Gegenwart zu genießen.

„Ich … kann einfach nicht“, sagte sie. „Es ist keine gute Idee, egal, von welcher Seite man es betrachtet. Wir haben schon darüber gesprochen.“

„Nein, haben wir nicht. Ich habe dich geküsst, und du hast die folgende Woche damit verbracht, so zu tun, als sie es nie passiert, und hast dich geweigert, darüber zu sprechen.“

Autsch, dachte sie. „Okay, angenommen, der Funke springt über. Angenommen, wir wollen uns weiterhin treffen.“

„Dann wird das sehr einfach“, versicherte er ihr. „Da wir beide auf dem gleichen Grundstück wohnen.“

Sie zitterte – vor Begeisterung? Nervosität? Sie war sich nicht sicher. „Denk doch mal darüber nach. Wie ätzend wäre es bitte, weiter zusammenarbeiten zu müssen, nachdem wir Schluss gemacht haben?“

Bei diesen Worten lachte er laut auf. „Wir haben noch nicht mal angefangen, miteinander auszugehen, und du machst schon wieder Schluss?“

„Ich denke die Dinge nur gerne logisch zu Ende.“

„Und die logische Schlussfolgerung, wenn wir beide miteinander ausgehen, ist, dass wir uns irgendwann gegenseitig an die Kehle gehen.“

„Machst du dich über mich lustig?“

„Nein. Ich versuche nur herauszufinden, wie dein Gehirn funktioniert.“

Die Mühe hatte sich bisher noch niemand gemacht. Nina war sich nicht sicher, ob es ihr gefiel. Sie lief Gefahr, nicht nur ihre Karriere, sondern auch ihr Herz in Gregs Hände zu legen. Und weil sie sich bisher immer um sich selbst gekümmert hatte, machte ihr die Vorstellung, einem Mann so viel Macht zu geben, Angst.

„Ich habe einen Vorschlag“, sagte er. „Wir wäre es, wenn wir morgen zusammen Essen gehen und schauen, wie es so läuft?"

„Vielleicht habe ich schon eine Verabredung", erwiderte sie.

Auch wenn es zu dunkel war, um sein Gesicht zu sehen, spürte sie, wie er sich versteifte. „Vielleicht? Wie, hattest du es bis eben vergessen, oder was?"

Ehrlich gesagt war es ein lockeres Angebot. Nils hatte gesagt, es gäbe immer eine freie Bowlingbahn am Pärchenabend.

„Tja, ich habe eine Verabredung", sagte sie entschieden.

„Das hättest du mir sagen können, als ich das Thema angesprochen habe. Damit hättest du uns diese ganze Unterhaltung erspart."

„Du hast mich unvorbereitet getroffen", gab sie zu.

„Klar", sagte er und wandte sich in Richtung Treppe. „Du bist niemals unvorbereitet, Nina."

18. Kapitel

Das Inn zu führen war genauso, wie Nina es sich vorgestellt hatte – aufregend, frustrierend, herausfordernd, befriedigend. Außerdem war sie der Erfüllung ihres Traumes noch nie näher gewesen. Sie liebte die stetig wechselnde Zusammensetzung der Gäste, von dem älteren Ehepaar, das sich hier an die Zeit erinnerte, als er ihr den Hof gemacht hatte, bis zu frisch Verheirateten auf Hochzeitsreise. Sie genoss es auch, dass die Arbeit sie so auf Trab hielt, wie sie es wollte – nämlich viel zu beschäftigt, als dass sie sich mit Gedanken an Greg Bellamy herumschlagen konnte. Manchmal schaffte sie es, mehrere Tage in Folge neben ihm zu arbeiten, ohne dass einmal etwas Persönliches zur Sprache kam.

Sarah Moon hatte beim Frühstück nach verschiedenen Landkarten und einem Reiseführer der Gegend gefragt. Als Nina sie und ihren Mann Jack jetzt auf dem Rasen am See sitzen sah, beschloss sie, das Gewünschte persönlich vorbeizubringen.

Sie waren ein ungewöhnlich gut aussehendes Paar. Jack war auf eine dreiste, fast schon eingebildete Art selbstbewusst, während Sarah sehr ruhig und liebevoll war, beinahe ein wenig verträumt. Zumindest oberflächlich schien sie gar nicht zu ihrem Mann zu passen. Vielleicht ergänzen sie einander, spekulierte Nina. Sie hatte in sich ein unangebrachtes Interesse an anderen Pärchen entdeckt und weigerte sich, nach dem Grund dafür zu forschen.

Jack hatte Tennissachen an und sprach in ein Handy, während Sarah sich in einem Liegestuhl entspannte und etwas in einen großen Spiralblock malte oder schrieb. Nina reichte ihr die Karten und den Reiseführer von Ulster County und den Catskills. „Ich habe ein paar Vorschläge farbig markiert", sagte sie.

Sarah strahlte sie an. „Das ist nett von Ihnen, vielen Dank. Wir genießen unseren Aufenthalt hier wirklich sehr."

Jack war ein paar Schritte zur Seite gegangen, um sein Telefonat weiterzuführen. Nina fand das ziemlich ungehörig, aber Sarah lächelte nachsichtig. „Er hört nie auf. Er kann sich einfach nicht von seiner Arbeit trennen. Armer Kerl."

„Ist er Arzt?", fragte Nina. Sie nahm an, die Menschheit zu retten war es wert, ein paar Minuten seines Urlaubs zu opfern.

„Bauunternehmer", sagte Sarah. „Er baut ein Luxusdomizil außerhalb Chicagos namens Shamrock Downs. Eine Reitergemeinde – das ist ein ziemlicher Akt, die ganzen Subunternehmer zu koordinieren."

Ein paar Minuten später klappte er sein Telefon zu und schenkte Nina ein Lächeln, das sie blinzeln ließ. Die Augen hinter seinen langen Wimpern waren so hell wie der Himmel. „Tut mir leid, den Anruf musste ich entgegennehmen."

Okay, so einer war er also, dachte Nina. Der gut aussehende, charismatische Typ, der wusste, wie er seine Vorzüge zu seinem Vorteil einzusetzen hatte. Sogar sie wurde ganz weich, als er jetzt seinen Charme anknipste.

„Landkarten." Sandra winkte ihm mit den Karten zu. „Wir können in den Nationalpark gehen oder auf einen Flohmarkt oder … wow, sind wir wirklich so nah an Woodstock?"

„Ja, das einzig wahre Woodstock ist nur einen Katzensprung entfernt", bestätigte Nina. „Da gibt es allerdings nicht viel zu sehen. Aber die Stadt ist nett."

„Wir können heute Nachmittag hinfahren, wenn du willst", sagte Jack. „Heute Vormittag habe ich ein Tennismatch. Um genau zu sein, jetzt."

Er hatte sich mit einem anderen Gast zu einem Spiel verabredet. Kimberly Van Dorn stand oben auf dem Rasen und winkte ihm zu. Im frisch gestärkten Tennisdress sah sie aus wie der Fleisch gewordene Traum aller Männer und der Albtraum jeder Frau – langes, seidig rotes Haar zu einem Pferdeschwanz gebunden, große Brüste, die Beine eines Supermodels.

Nina warf einen nervösen Blick zu Sarah, aber die lächelte ihren Mann an und schien wegen seiner Tennispartnerwahl überhaupt keine Sorgen zu haben. „Viel Spaß – aber übertreib es nicht."

„Ich übertreibe es immer", sagte er grinsend. „Ist das nicht der Sinn der Sache?"

Sie lachte. „Klar, Ace. Feg die arme Frau vom Platz."

Wie ein gehorsamer Dobermann lief er auf Kimberly zu. Sarah widmete sich wieder ihrem Block und zeichnete mit einem Pantone-Marker. Nina war beeindruckt, wie gelassen Sarah die ganze Angelegenheit hinnahm. Entweder die Ehe war sehr stabil, oder es war ihr egal, mit wem ihr Mann Tennis spielte – oder sie war vollkommen ahnungslos.

„Sie spielen kein Tennis?", frage Nina.

„Sport ist nicht so meins. Jack lebt allerdings dafür. Ich bin einfach froh, zu sehen, dass er etwas tut, was ihm Freude macht. Was mich angeht, könnte er auch mit Paris Hilton spielen."

„Oh, ich wollte nicht …"

„Ich weiß." Sarah lachte. „Es ist vermutlich schwer zu glauben, aber vor gar nicht langer Zeit waren wir nicht mal sicher, ob Jack noch hier sein würde, um Tennis zu spielen." Sie machte eine Pause und sagte dann: „Er hat gerade erst seine Krebsbehandlung beendet."

„Das tut mir leid – ich hatte ja keine Ahnung."

„Das zu hören würde ihn freuen. Er hasste es, krank auszusehen."

Nina drehte sich um und sah, wie er das Tor zum Tennisplatz für Kimberly aufhielt. „Er sieht definitiv nicht krank aus."

Sarah strahlte noch mehr. „Das sind unsere ersten Ferien seit der Diagnose. Wir sind hergekommen, um einander neu kennenzulernen. Weit weg von Krankenhäusern und Laboren und Arztbesuchen." Ihr Lächeln hatte mindestens tausend Watt. „Wir wollen als Paar wieder zusammenwachsen."

Warum geht ihr Mann dann Tennis spielen? Nina schluckte die Frage hinunter. Das war nur ein weiterer Beweis dafür, dass sie noch nicht reif für eine Beziehung war. Sie neigte dazu, alles falsch zu interpretieren.

„Dafür haben Sie sich den perfekten Ort ausgesucht", sagte sie und zeigte auf die Broschüren. Sie erklärte Sarah die schönsten Routen und die besten Einkaufsadressen in der Gegend. „In Phoenicia müssen sie bei Mystery Spot vorbeigehen – die erstaunlichste Sammlung an Antiquitäten und Grafiken, die ich je gesehen habe. Wenn Sie gerne frühstücken gehen, dann sollten sie die Pfannkuchen im Sweet Sue's versuchen. Und natürlich Avalon – ich gebe zu, ich bin, was diese Stadt angeht, etwas voreingenommen. Hier kann man unglaublich viel unternehmen. Sie müssen unbedingt den Camelot Bookstore besuchen. Und das Apple Tree Inn ist der beste Platz für ein romantisches Abendessen. Die Sky River Bakery hingegen ist vermutlich die beste Bäckerei des gesamten Staates – vielleicht sogar des Landes."

„Danke. Sie sind ja eine wandelnde Handelskammer."

„Ich war vier Jahre Bürgermeisterin der Stadt", erklärte Nina. „Und davor stellvertretende Bürgermeisterin."

„Sie machen Witze. Das ist beeindruckend."

„Es ist eine kleine Stadt mit einem dazu passenden kleinen Einkommen", wiegelte Nina ab. „Die Menschen standen nicht gerade Schlange für den Posten. Aber es war ein sicherer Job, und das brauchte ich, während meine Tochter auf die Highschool ging."

Sarah lachte auf. „Jetzt bin ich endgültig fasziniert. Sie haben eine Tochter in der Highschool?"

„Jetzt nicht mehr. Sie hat im Mai ihren Abschluss gemacht."

„Sie sehen selber erst aus, als wären sie gerade aus der Highschool raus."

„Sonnet fängt Ende des Sommers mit dem College an, und ich sitze dann auf einem leeren Nest." Nina fragte sich, ob es je leichter würde, diese Worte auszusprechen. „Verstehen Sie mich nicht falsch, ich freue mich riesig für sie. Sie liebt es, zu lernen und zu reisen. Sie lebt das Leben, das ich nie hatte."

„Was, die Reisen? Das Lernen? Das könnten Sie auch jetzt noch. Dafür ist es nie zu spät."

„Der größte Witz ist, dass ich gar nicht erst woanders hinfahren musste, um zu wissen, dass das Leben, das ich führen möchte, genau hier liegt."

„Dann haben Sie ganz schönes Glück. Manche Menschen sind Fremde in ihrem eigenen Leben."

Nina nahm an, dass dieser Kommentar auf Sarah selber gemünzt war. „Darf ich mal sehen, was Sie da zeichnen?"

Sarah drehte den Skizzenblock zu ihr um.

Nina war beeindruckt. Die Bilder waren Cartoons, aber irgendwie hatte Sarah es geschafft, mit ihren stilisierten Figuren verschiedene menschliche Gefühle auszudrücken. „Haben Sie je den Comicstrip ‚Just Breathe – Einfach atmen' mit Lulu und Shirl gelesen?", fragte Sarah.

„Lulu und Shirl? Die sind jeden Tag im *Avalon Troubadour*." Die beiden waren eine verkorkste Mutter und ihre Tochter, die Ältere war seit langer Zeit geschieden, und die Jüngere steckte in einer Ehe, die kurz vor dem Ende stand. „Sie meinen, Sie sind die Zeichnerin von Lulu und Shirl? Ich habe noch nie eine

Cartoonistin getroffen." „Ich habe Jack gesagt, es ist mir egal, wohin wir in den Urlaub fahren, solange die örtliche Zeitung meine Comics bringt. Ich bin auf meiner Internetsuche nach romantischen Hotels auf das Inn am Willow Lake gestoßen. Ich habe gezielt nach romantischen Hotels in Städten, in denen Just Breathe erscheint, gesucht. Das hat die Auswahl erheblich eingeschränkt. Ihre Website ist übrigens wunderschön."

„Das finde ich auch", stimmte Nina zu. „Die Fotos sind alle von der Tochter des Besitzers gemacht worden."

„Sie ist sehr talentiert."

„Sie wird sich freuen, das zu hören. Vor allem von einer Künstlerkollegin." Nina machte sich eine gedankliche Notiz, das Kompliment weiterzugeben. Sie wusste aus Erfahrung, dass Mädchen in Daisys Position jede positive Bestätigung brauchten, die sie kriegen konnten.

„Also arbeiten Sie gerade an einem neuen Comicstrip?", wollte Nina wissen.

„So in der Art. Ich mache ein wenig Vorplanung für einen zukünftigen Erzählstrang, sodass es sich nicht so sehr wie Arbeit anfühlt." Sie blätterte eine Seite um und drehte den Block wieder zu Nina. Die Figur namens Shirl schaute auf einen Schwangerschaftstest, ein Ausdruck höchster Konzentration und Hoffnung auf dem Gesicht.

„Ich bete, dass mein Leben meiner Kunst folgen wird", erklärte Sophie. „Jack und ich wollen beide so gerne Kinder, und … nun ja, je eher, desto besser. Nach seiner Krankheit ist mir erst klar geworden, wie unvorhersehbar die Zukunft ist. Man sollte das, was man will, nicht aufschieben. Und jetzt halten Sie mal einen Augenblick still, damit ich eine Zeichnung für Sie machen kann."

„Wirklich? Danke." Nina dachte an Sarahs bedingungslose Hingabe an ihren Mann. Vielleicht war das Ninas Problem mit

Beziehungen. Sie wollte alles. Sie wollte nicht nur die lang bewimperten Augen, sie wollte sie auch alleine auf sich gerichtet wissen. Vermutlich wollte sie etwas – jemanden –, das nicht existierte. Und vielleicht war das auch besser so. Wenn sie jemanden wollte, den es nicht gab, brauchte sie auch keine Zeit mit der Suche nach ihm zu verschwenden.

Was einer der erbärmlichsten Gedanken war, die sie je gehabt hatte. Sie sollte das Leben eines Singles führen, sich verabreden, sorgenfrei sein, mit Freunden ausgehen.

Während sie Sarah beim Zeichnen beobachtete, fragte sich Nina, wie es wohl war, sich mit einem solchen Eifer ein Kind zu wünschen. Auch wenn Nina das unverhoffte Geschenk einer Tochter zuteilgeworden war, wusste sie nicht, wie es sich anfühlte, ein Baby zu planen, auf seine Ankunft zu hoffen, sich nach ihm zu sehnen.

Sarah Moon erinnerte Nina daran, dass die Reise des Lebens überwältigende Schwierigkeiten bereithalten konnte und dass Liebe nicht immer einfach war. Manchmal gab es so fürchterliche Diagnosen wie Krebs oder Unfruchtbarkeit. Dennoch war klar, dass Bürden erträglicher und die Freuden süßer wurden, wenn man sich den Herausforderungen gemeinsam mit jemandem stellte, den man liebt. Zu schade, dass ihr Mann ein Arschloch ist, dachte Nina. Dann fühlte sie sich ob ihres Zynismus schuldig.

Sarah stellte die Zeichnung fertig. Auch wenn es eine Karikatur war, sah Nina darauf klug und gut gelaunt aus, sodass sie sich wegen ihrer kritischen Gedanken bezüglich Sarahs Mannes noch schlechter fühlte. „Das ist fantastisch“, sagte sie. „Und Sie haben im Hintergrund das Inn gemalt. Das ist ein wunderschönes Andenken, Sarah.“

„Dann bestehe ich darauf, dass Sie es behalten.“ Sie setzte schwungvoll ihre Unterschrift darunter und riss das Blatt vom Skizzenblock ab.

„Ich werde es rahmen lassen“, versprach Nina ihr.

Sarah sammelte die Landkarten und Reiseführer ein. „Ich fühle mich geehrt. Und ich bin froh, dass wir dieses Hotel gefunden haben. Man fühlt sich hier wie in einer anderen Welt.“

„Das habe ich auch immer gedacht. Es fühlte sich immer an wie *meine* Welt.“

„Also leben Sie schon länger hier?“

„Jede Minute meines bisherigen Lebens. Ich will niemals irgendwo anders leben.“

„Das kann ich Ihnen nicht verdenken. Ich bin heute Morgen aufgewacht und dachte, was für ein herrlicher Ort, um schwanger zu werden. Leider war Jack zu dem Zeitpunkt gerade auf seiner morgendlichen Joggingrunde, sprich, er hatte wohl nicht den gleichen Gedanken.“

„Ich kann Ihnen versichern, dass kein Mann auf der Welt jemals diesen Gedanken gehabt hat“, tröstete Nina sie.

19. Kapitel

Daisy machte Fotos vom Camp Kioga. Obwohl es sich nicht so anfühlte, war es ein echter, bezahlter Job. Olivia und Connor waren von ihren Bildern des Inn am Willow Lake so beeindruckt gewesen, dass sie sie engagiert hatten, um das Camp zu fotografieren. Innerhalb des nächsten Jahres planten sie, es als Familienresort wiederzueröffnen. Ihre Aufgabe war es, seine wilde Pracht einzufangen, die sich über achtzig Hektar unberührter Wildnis am See erstreckte. Ein ganzes Netz an Wanderwegen schlängelte sich durch die Bäume, Berge und Bäche.

Julian hatte sie begleitet und die große Tasche getragen, in der sich alle ihre Sachen befanden, die sie hierfür brauchte. Sie waren einen Weg zu den Meerskill Falls hinaufgegangen, die in den Tiefen des Berges entsprangen und sich aus großer Höhe in ein mit Farn umwachsenes, natürliches Becken stürzten. Daisy machte ein paar Nahaufnahmen der Rhododendronblüten, wählte eine lange Belichtungszeit, um die Gischt des aufspritzenden Wasser aufzunehmen, und schoss mit dem Weitwinkelobjektiv ein Bild von der alten Betonbrücke, die sich über den Wasserfall spannte.

Das volle Sommerlaub der Bäume verbarg den Weg, der zum Gipfel des Berges und zu den vielen Höhlen führte, die sich in den Fels gegraben hatten. Es handelte sich um Eishöhlen, die in ihrem Inneren so kalt waren, dass sie niemals tauten. Im letzten Winter hatten Daisy und ihre Freunde in einer der Höhlen eine düstere Entdeckung gemacht. Sie waren auf Überreste einer lang zurückliegenden Tragödie gestoßen. Sogar jetzt, in der warmen Sommerluft, überlief Daisy beim Gedanken daran ein Schauer.

„Geht es dir gut?“, fragte Julian besorgt.

Daisy gab sich einen mentalen Schubs. „Klar. Ich bin hier fertig.“

Sie richtete sich auf, die Bewegung verursachte ein scharfes Stechen in ihrem Kreuz.

„Ist wirklich alles in Ordnung?“, fragte Julian.

„Ja, ich bin es so leid, schwanger zu sein. Manchmal möchte ich einfach nur noch schreien.“

„Na dann los, schrei.“

„Das hilft nicht. Glaub mir, ich hab's versucht.“ Sie setzte die Kappe auf die Linse. „Tut mir leid, ich leide ein wenig vor mich hin. Ich schätze, ich bin einfach müde.“ Gemeinsam machten sie sich auf den Rückweg. Julian war ihr in diesem Sommer so ein guter Freund gewesen, genauso wie im Sommer davor. Wusste er, wie viel sie von ihm gelernt hatte, darüber, wie man selbstständig und eigenverantwortlich war und die Kontrolle über sein eigenes Leben übernahm? Merkte er, dass sie trotz ihrer Schwangerschaft immer noch in ihn verknallt war? Sie würde deswegen allerdings nichts unternehmen. Ihre Freundschaft bedeutete ihr zu viel und zu versuchen, etwas anderes daraus zu machen, vor allem an diesem Punkt in ihrem Leben, würde vermutlich nur dazu führen, dass sie ihn ganz verlor.

Und das konnte sie sich nicht leisten. Wo Sonnet den Sommer über weg war, brauchte sie jemanden, mit dem sie reden konnte, dem sie vertraute. „Ich habe mich entschieden“, sagte sie nach einer Weile. „Du weißt schon, die Sache, über die wir gesprochen haben.“

„Du willst wegziehen.“

Sie nickte. „Nicht jetzt gleich. Aber … bald. Vielleicht wenn das Baby ein paar Monate alt ist. Ich hab's meinen Eltern noch nicht erzählt."

„Warum nicht?"

„Oh je. Wenn du meinen Dad kennen würdest, wüsstest du, warum."

„Er wird es nicht wollen."

„Genau. Weißt du, ich hatte nie vor, nach der Highschool hier zu bleiben. Ich meine, wie lahm ist das bitte, zu Hause zu wohnen?"

„Gar nicht lahm, wenn man bedenkt, was bei dir alles los ist."

„Vielleicht, aber ich muss das Gefühl haben, das mein Leben weitergeht, anstatt bis in alle Ewigkeit von meinem Dad abhängig zu sein."

„Hast du schon einen Plan?"

„So in der Art."

„‚So in der Art' wird ihm nicht reichen. Er wird Einzelheiten wissen wollen."

„Ihm wird gar nichts reichen außer seinem Plan, aber zumindest fange ich an, mich mit dem Gedanken wohlzufühlen, allein zu leben. Bis vor Kurzem hatte ich noch Angst wegzugehen. Nicht so sehr meinetwegen, sondern wegen meines Dads. Er schien nach der Scheidung so verloren. Ich hatte Angst, wenn ich auch gehe, würden er und Max … Ich weiß nicht, in sich zusammenfallen und weggepustet werden. Im übertragenen Sinne gesprochen. Ich meine, ich bin nicht das Zentrum ihres Universums, aber seitdem meine Mom gegangen ist, habe ich das Gefühl, für sie da sein zu müssen."

„Und was ist jetzt anders?"

„Mein Dad braucht mich nicht mehr so wie vorher. Ich glaube, er trifft sich mit Nina", sagte sie.

„Oooookay", erwiderte Julian.

„Nein, hör mal zu. Das ist wichtig. Ich weiß schon seit einiger Zeit, dass sie sich mögen. Ich glaube, inzwischen sind sie mehr als nur Freunde. Viel mehr." Sie wusste nicht, wann genau es angefangen hatte, aber es war ziemlich offensichtlich, dass ihr Vater und Nina Romano mehr als nur Freunde waren. Sehr viel mehr. Sie versuchten, es sich nicht anmerken zu lassen, doch wenn sie zusammen waren, war Daisys Dad anders. Fröhlicher und lebendiger. Und er zog sich in letzter Zeit auch immer richtig cool an. Sicher, er hatte immer gewusst, wie man sich fürs Geschäft gut anzog, aber jetzt machte er sich sogar Gedanken über seine Frisur. Als sie das letzte Mal einkaufen waren, hatte er volle fünf Minuten gebraucht, um ein Deo auszusuchen. An manchen Tagen passte sein Gürtel sogar zu seinen Schuhen.

Überraschenderweise hatte Daisy darauf von Anfang an positiv reagiert. Ihr Dad war vorher mit einigen Frauen ausgegangen, was sie immer komisch und unangenehm gefunden hatte. Doch die Vorstellung von ihm und Nina gefiel ihr. Vielleicht weil sie und Sonnet beste Freundinnen waren und sie Nina schon immer gemocht hatte. Was vermutlich daran lag, dass Nina jemand war, mit dem Daisy über das Baby sprechen konnte – eigentlich sogar über alles, wenn sie so darüber nachdachte. Und ganz bestimmt lag es daran, dass Nina eine alleinerziehende Mutter war und ihr Leben trotzdem nicht grauenhaft war. Daisy musste einfach die Gewissheit haben, dass für sie alles gut würde. Wenn sie sich Nina anschaute, sah sie, dass es möglich war.

Bisher hatte ihr Vater nichts darüber gesagt, dass er Nina mochte. Daisy fragte sich, worauf er noch wartete. Vielleicht brauchte er einen kleinen Schubs. Vielleicht musste er von Daisy hören, dass sie Nina mochte, ihr vertraute und sogar sehr persönliche Dinge mit ihr besprach.

„Ich verstehe das nicht", sagte Julian. „Weil dein Dad eine Freundin hat, kannst du jetzt ausziehen?"

„Nein, ich meine nur, wenn er mit Nina zusammen ist, mache ich mir nicht mehr so große Sorgen."

„Das musst du auch so nicht."

Daisy erfasste eine Welle der Erleichterung. Von allen Menschen auf der Welt verstand Julian sie wohl am besten. Er wusste genau, wie es war, ein Kind zu sein, das sich um ein Elternteil sorgte. „Danke fürs Zuhören." Sie umfasste seinen Arm und lehnte sich an ihn. Das war allerdings das Dümmste, was sie tun konnte, ihn so zu berühren. Schnell ließ sie ihn wieder los. „Äh, tut mir leid ..."

„Muss es nicht. Mir tut es auch nicht leid."

„Ehrlich?"

„Ehrlich."

Und nun? Das war eine sehr unerwartete Reaktion.

„Du siehst mich so komisch an", sagte er. „Als wenn du mir nicht traust."

„Ich vertraue dir total. Ich bin nur überrascht, dass du darüber hinwegsehen kannst, dass ich ..." Beschämt verstummte sie.

„Was, dass du schwanger bist?", brachte er es auf den Punkt.

„Äh, ja, schätze schon."

„Das wirst du doch aber nicht für immer bleiben."

„Aber ich werde für immer ein Kind haben." In ihren optimistischeren Augenblicken stellte Daisy sich selbst als junge, heiße Mom vor, die ihr Kind wie das neueste Fashion-Accessoire mit sich herumschleppte, als wäre sie die Heldin einer Fernsehserie. Die Kurse, die sie besuchte, waren natürlich etwas realistischer und bereiteten sich auf nächtliche Fütterungen, Sicherheitsvorkehrungen und dreckige Windeln vor.

In angenehmem Schweigen fuhren sie zurück zum Inn. Als sie ausstieg und ihre Kameraausrüstung aus dem Kofferraum holte, sagte Daisy: „Ich habe endlich die Papiere verschickt. An Logan, meine ich. Ich habe ihm sogar eine Nachricht auf dem Anrufbeantworter hinterlassen und den Brief per Einschreiben mit dem Kurier geschickt. So weiß ich sicher, dass er ihn bekommen hat – und zwar heute Morgen, um genau zu sein."

„Dann ist das erledigt", sagte Julian. „Das ist gut. Jetzt kannst du weitermachen."

„Hm-mh. Abgesehen von einer winzigen Kleinigkeit. Logan muss angeben, meinen Brief erhalten und kein Interesse daran zu haben, in die Erziehung des Kindes einbezogen zu werden. Sobald er das getan hat, werde ich mich viel besser fühlen."

„Du lässt ihn ganz schön leicht davonkommen."

„Ich finde nicht, dass er bestraft gehört." Sie wollte nicht, dass Logan irgendwelchen Anteil am Leben des Kindes hatte, das sie gemeinsam gezeugt hatten. Wenn er keine Verpflichtungen einging, hätte er auch keine elterlichen Rechte – die Logan O'Donnell sowieso niemals in Anspruch nehmen wollen würde.

Sie trugen ihre Sachen ins Haus und gingen dann in die Küche, um sich Limonade einzuschenken. Daisy stand an der Spüle, als ein tiefer gelegtes BMW Z4 Cabrio dröhnend vorfuhr. Das eiskalte Glas glitt ihr aus den Fingern und zerschellte in der Spüle.

„Hey, alles okay?", fragte Julian.

Daisy nickte und wischte sich die Hand an einem Geschirrtuch ab. „Ich räum das später auf", sagte sie. „Ich, äh, ich glaube, ich habe Besuch." Sie ging nach draußen. Mit einem Mal hatte sie Angst, aber sie versteckte ihre Schwäche hinter Trotz.

Julian schaute sich den großen, rothaarigen Jungen genau an, der direkt auf Daisy zuging. „Wer zum Teufel …"

„Das ist Logan", sagte sie.

„Wer zum Teufel ist er, dein Bodyguard?“, wollte Logan mit einem grimmigen Blick auf Julian wissen.

Julian erwiderte den Blick. „Braucht sie denn einen?“ Er stellte sich breitbeinig so hin, dass er ein wenig seitlich vor Daisy stand. Die gesamte Härte seiner rauen Kindheit zeigte sich auf seinem Gesicht.

Logan machte einen Schritt auf ihn zu. „Du willst mir lieber nicht drohen“, warnte er. Seine Augen waren enge Schlitze, sein Körper angespannt. Er sah auf seine eigene Art gefährlich aus, kalt und wütend.

„Und du willst es lieber nicht mit mir aufnehmen, weißer Junge.“

„Es reicht“, sagte Daisy verärgert. „Hört auf damit, und zwar beide.“

Sie bildeten einen interessanten Kontrast, um es milde auszudrücken. Das Kind von nirgendwo und der Erbe eines Reedereivermögens. Julian hatte dank seines Kopfes und seiner Fäuste überlebt und war gut darin, beides zu benutzen. Logan hingegen war von einer kleinen, aber gut ausgebildeten Armee an Kindermädchen, Tutoren, Coaches und der exzellenten Manhattan Dalton School erzogen worden. Er hatte Trophäen im Rugby, Hockey und Wrestling gewonnen, und wenn Daisy sich recht erinnerte, liebte er gewalttätige Wettkämpfe.

Sie legte Julian eine Hand auf den Arm. „Ist schon gut“, versicherte sie ihm. „Wirklich. Ich muss mit ihm reden, okay?“

Julian warf Logan einen eisigen Blick zu. „Ich bleibe in der Nähe.“ Er stieß absichtlich gegen Logans Schulter, als er sich ohne jegliche Eile umdrehte und davonschlenderte.

Daisy sah, dass Logans Hände sich zu Fäusten ballten, und nahm seinen Arm. „Denk nicht mal daran“, zischte sie und hielt ihn so lange fest, bis sie spürte, dass er sich entspannte. Dann nahm sie ihre Hand weg und schaute ihn an. Sie fühlte sich so befangen wie lange nicht. Nachdem über sie gelästert worden war, alle möglichen Ärzte sie untersucht, vermessen und gewogen hatten, hätte sie nicht erwartet, dass irgendwas oder irgendwer sie noch unsicher machen könnte.

Doch da lag sie falsch. Sie schaute Logan an und hatte das Gefühl, jemand hätte sie in Brand gesetzt.

Nein, nicht jemand. Logan. Mit seinem Blick brannte er ein Loch in sie hinein. Er warf den Briefumschlag weg und kümmerte sich nicht darum, wo er landete. „Hättest du nicht anrufen können?", wollte er wissen. „Ist es dir nie in den Sinn gekommen, mich in deine Pläne einzuschließen? Oder – Gott verhüte – mir ein Mitspracherecht einzuräumen?"

„Ich denke, das hier ist der Moment, wo du mich eine Schlampe nennst und deine Vaterschaft anzweifelst."

„Den Teil können wir überspringen."

Sie hob erstaunt die Augenbrauen. Das hatte sie nicht erwartet. „Können wir das?"

„Du glaubst, dass ich dich nicht kenne, Daisy", sagte er. „Aber da irrst du dich. Wir kennen uns seit Miss Deerings Kindergartengruppe." Er senkte seine Stimme zu einem rauen Flüstern. „Du warst nie so schlecht, wie du die Leute glauben machen wolltest."

Von allen Dingen, die er über sie hätte sagen können, hatte sie das nun am wenigsten erwartet. Die Leute dachten, sie wäre leicht zu haben, aber das war ein Trugschluss. Logan war der einzige Junge, mit dem sie je zusammen gewesen war. „Logan …"

„Ich schätze, das ist jetzt auch egal", unterbrach er sie. „Meine Eltern bestehen natürlich auf einem Vaterschaftstest. Ich brauch das nicht, mir reicht dein Wort, und das habe ich."

„Waren sie … waren deine Eltern … sind sie ausgeflippt?"

Er lachte humorlos. „Was glaubst du?"

„Vollkommen ausgeflippt“, sagte sie. „Dein Vater auf jeden Fall.“ Mr. O’Donnell war ein großer, aufbrausender, trinkfester Mann, dessen Temperament seinen roten Haaren alle Ehre machte. Mrs. O’Donnell war still, vielleicht sogar schüchtern, aber auch unermüdlich, wenn es darum ging, ihre Kinder zu bemuttern. Sie war ständig in der Schule, half freiwillig in der Bücherei oder bei der Essensausgabe. Wobei ihre Anwesenheit jedoch nichts dazu beigetragen hatte, Logan in der Spur zu halten.

„Gut geraten.“ In seinem Blick lag jetzt etwas weniger Feindseligkeit. „Und deine?“

„Nach dem anfänglichen Schock waren sie toll. Vielleicht schon zu toll. Irgendwie wäre es tröstlich gewesen, wenn sie mir Hausarrest gegeben hätten oder so.“ Sie legte eine Hand auf ihren harten, runden Bauch. „Vermutlich haben sie gemerkt, dass sie das nicht mehr müssen, ich bin ja schon zu lebenslänglichem Hausarrest verdonnert.“

Schmerz flackerte in seinen Augen auf. „Warum hast du so lange gewartet? Nach allem, was ich von dir wusste, hättest du auch auf einen anderen Planeten gezogen sein können. Ich habe dich nach dem Wochenende auf Long Island nie wiedergesehen.“

„Das Wochenende auf Long Island“ war natürlich nur ein Code für die Tatsache, dass sie total high gewesen waren und sich um Verhütung keine Gedanken gemacht hatten. Sie waren mehr als dumm gewesen, was ihnen vermutlich beiden damals schon klar gewesen war. Dennoch hatte es sie nicht interessiert. Sie war so verrückt gewesen, so durcheinander von der Scheidung und von der Unsicherheit, was sie mit sich anfangen sollte. Ihre Mom hatte gerade angekündigt, nach Den Haag zu ziehen. Daisy hatte einen epischen Streit mit ihr gehabt und war dann zu dem Wochenendhaus von Logan aufgebrochen.

Sie hatte nicht nachgedacht. Sie war ein einziger großer Ball aus Schmerzen gewesen, und sie hatte festgestellt, dass mit Logan zusammen betrunken und high zu sein dafür sorgte, dass sie alles vergessen konnte.

Sie räusperte sich und zwang sich, ihn anzusehen. „Ich, äh, ich dachte, es wäre besser, wenn wir uns nicht wiedersehen."

„Besser für wen?", fragte er. „Ich habe dir an dem Wochenende gesagt, dass ich dich liebe. Ich hab gesagt, dass ich es schön fände, wenn wir zusammenbleiben, aufs gleiche College gehen, und du hast gesagt ..."

„Ich weiß, was ich gesagt habe." An dem Wochenende war reichlich Alkohol getrunken und gefeiert worden. „Hör zu, ich glaube nicht an langfristige Beziehungen. Meine Eltern haben meinetwegen geheiratet. Ich bin sicher, dass sie die besten Absichten hatten, aber schließlich ist die Familie auseinandergebrochen." Sie wusste, dass sie das zu einfach darstellte. Ihre Familie war lange Zeit glücklich gewesen. Der schleichende Prozess bis zur Scheidung war keine jahrelange Tortur gewesen.

„Und dennoch hast du dich entschlossen, das Baby zu bekommen", sagte er. „Das nenne ich ziemlich langfristig."

„Das ist was anderes."

„Oh. Inwiefern?" Er steckte die Daumen in die hinteren Hosentaschen und ging angespannt auf und ab. „Ich habe Monate gebraucht, um über dich hinwegzukommen", sagte er. „Und ich habe es nie ganz geschafft, aber wenigstens habe ich aufgehört, jede einzelne Minute eines jeden verdammten Tages an dich zu denken. Ich tue es jetzt nur noch jede zweite Minute. Aber trotzdem – sogar jetzt wache ich noch jeden Morgen auf und erinnere mich an jede verdammte Einzelheit von dir. Wie es klingt, wenn du lachst, wie du deine Kamera hältst, wie sich dein Haar anfühlt, dein Gesichtsausdruck, wenn im Radio ein

Lied gespielt wird, das du magst. Und dann haust du mir das hier um die Ohren." Er zeigte wütend auf den Umschlag mit den notariell beglaubigten Papieren. „Ich werde mich übrigens nicht raushalten", fügte er hinzu.

Daisys Mund wurde ganz trocken. „Das musst du aber."

Er lachte bitter. „Ja, klar."

„Ich meine, das ist nur fair. Ich habe dir gesagt, dass du weder mir noch dem Baby oder sonst wem irgendwas schuldest. Du hast keinerlei Verpflichtungen …"

„Tja, ich schätze, ich möchte aber welche haben", sagte er. „Wir sprechen hier über ein Baby. Einen Menschen. Jemanden, der total unschuldig ist. Was wolltest du dem Kind erzählen – tut mir leid, dass du keinen Vater hast?" Bevor sie etwas erwidern konnte, fuhr er fort: „Weiß du was? Damit bin ich nicht einverstanden."

Sie fragte sich, worauf er hinaus wollte. „Was willst du, Logan? Willst du dieses Baby mit mir zusammen haben?"

Es so geradeheraus auszusprechen schien zu helfen. Sein Gesichtsausdruck verriet ihr alles, was sie wissen wollte. „Ja, das dachte ich mir", sagte sie. „Geh nach Hause, Logan. Fahr zurück in die Stadt. Du willst nicht hier bei mir sein und so tun, als würde es dich interessieren."

Er schaute sie wütend an. „Sag mir nicht, was ich will oder nicht will. Es geht hier um ein Kind, das wir zusammen gemacht haben und für das wir beide verantwortlich sind."

„Für den", entfuhr es ihr versehentlich. „Es wird ein Junge."

Ein leichtes Lächeln zuckte um seine Mundwinkel. „Echt?"

Sie nickte. „Ich möchte ihn gerne Emile nennen."

„Nach dem Buch von Rousseau", sagte er. „Das wir im Französischunterricht gelesen haben."

Sie hielt den Atem an. „Ich kann nicht glauben, dass du dich daran erinnerst."

„Du wärst überrascht, was ich noch alles weiß", erwiderte er. In seiner Stimme klang jedoch keinerlei Weichheit oder Gefühl mit, sondern nur Wut – und vielleicht ein wenig Schmerz. „Ich erinnere mich daran, meinen gesamten Kursplan so organisiert zu haben, dass wir im gleichen Französischkurs waren und gemeinsam Mittagspause hatten. Ich erinnere mich daran, die ganze Nacht lang für Tickets zum Rolling-Stones-Konzert angestanden zu haben. Ich erinnere mich …"

„Hör auf", unterbrach sie ihn. „Du wolltest nicht mal, dass irgendjemand erfährt, dass wir zusammen sind. Daran erinnere ich mich noch, dass du dich meinetwegen geschämt hast."

„Das ist nicht der Grund, und das weißt du."

„Tu ich das?" Sie war verwirrt. Sie hatte immer angenommen, seine Liebeserklärungen wären eine Mischung aus Weinseligkeit und jugendlichem Hormonüberschuss gewesen, daher hatte sie sie nie für voll genommen. Sie waren beide siebzehn Jahre alt, verwöhnt und dumm.

„Ich habe mich nie geschämt", sagte er. „Das stimmt nicht."

„Was dann?"

„Ich wollte nicht, dass du einen schlechten Ruf bekommst."

Sie brach in lautes Lachen aus. Das war so unglaublich … und untypisch. Logan O'Donnell machte sich Sorgen um ihren Ruf. In welchem alternativen Universum wäre das wohl wahrscheinlich? „Na dann, vielen Dank dafür", sagte sie. „Hat für mich ja super funktioniert."

„Du glaubst mir nicht."

„Natürlich glaube ich dir nicht."

„Dann gib mir die Chance, mich zu beweisen. Lass mich dir damit …", er zeigte auf ihren Bauch, „helfen. Meine Gefühle für dich … sie waren einfach sehr privat. Ich wollte sie mit niemandem teilen. Ich wollte nicht hören, dass wir zu jung sind, und die ganzen Gründe, wieso es nicht funktionieren kann.

Aber wie ich sehe, bist die Skeptischste von allen du."

„Wir haben uns wie dumme Kinder benommen. Wir waren nicht die Ersten, und wir werden nicht die Letzten sein. Ich versuche, mit alldem so gut ich kann klarzukommen, okay?"

„Nein", sagte er mir versteinerter Miene. „Nicht okay. Ich werde einen Treuhandfonds für das Baby anlegen. Ich will ein regelmäßiges Besuchsrecht ..."

„Logan, lass es. Ich habe versucht, es so unkompliziert wie möglich zu machen. Es gibt nichts, was ich von dir will oder brauche."

„Hier geht es aber nicht um dich. Es geht um ... Emile."

Es war merkwürdig, ihn das Baby beim Namen nennen zu hören.

„Und außerdem", fügte er hinzu, „bin ich mir mit dem Namen für einen Jungen nicht so sicher. Die Leute werden nicht wissen, wie sie ihn aussprechen sollen, und ich will nicht, dass er ‚Emily' gerufen wird."

„Was hältst du dann von Jean Jacques, wie der Autor?"

„Ja, das wäre super, zwei komische Namen statt nur einem. Weißt du, wie schnell er es leid sein wird, jedem zu erklären, wie sein Name ausgesprochen und geschrieben wird?"

Gutes Argument, dachte Daisy. „Sein zweiter Vorname wird Charles, nach meinem Großvater. Vielleicht rufe ich ihn einfach Charlie."

„Besser. Sehr viel besser." Logan nickte. Er hatte immer so viel mehr gelächelt und gelacht. Daisy war immer noch ziemlich geschockt, ihm hier gegenüberzustehen. Wie wahrscheinlich war das auch? fragte sie sich. Jeder andere Junge in seiner Situation wäre dankbar dafür gewesen, von allen Verpflichtungen entbunden zu sein. Doch Logan schien einer der wenigen zu sein, die zu ihrer Verantwortung standen. Was für ein Schlamassel.

„Wissen deine Eltern, dass du hier bist?“, fragte sie.

„Sie wollen, dass ich deinen Bedingungen zustimme, das alles hinter mir lasse und mit meinem Leben weitermache.“

„Weil sie wissen, dass das der richtige Lauf der Dinge ist.“

„Es ist aber nicht ihre Entscheidung.“ Er nahm ihre beiden Hände in seine und hielt sie ganz fest. „Lass uns das nicht vermasseln, Daisy.“

Seine Berührung fühlte sich … anders an. Irgendwie sicherer. „Was, du glaubst tatsächlich, das haben wir noch nicht längst getan?“

Er hielt ihre Hände weiter fest. „Du weißt, wo ich letzten Winter war, oder?“ In seinen Augen zeigte sich etwas Gehetztes, Zerbrechliches, und das war neu. Wenn sie sonst in seine Augen geschaut hatte, hatte sie dort nichts als Lachen und Unsinn gesehen.

„In einem Internat zur Entziehung. Das habe ich zumindest gehört.“

„Das ist kein Geheimnis. Es war echt ätzend, aber ich habe auch eine Menge gelernt. Einschließlich der Tatsache, dass ich die Verantwortung für mein Tun übernehmen muss. Ich kann nicht immer nur davonlaufen.“

„Also sind das Baby und ich Teil deines Zwölf-Schritte-Programms, oder was?“ Sie versuchte, ihm ihre Hände zu entziehen.

Er ließ nicht los. „Du bist ein Teil von mir. Von meinem Leben. Ich bitte dich um eine Chance, Daisy. Eine Chance, dir zu zeigen, dass ich gut für dich und das Baby sein kann. Wir sind zu jung, ja, und wir werden Fehler machen, aber wer tut das nicht?“

Eltern, die nicht bei ihren Kindern sind, dachte Daisy. Wenn sie nicht da sind, können sie es auch nicht verkorksen. Und das war doch schon mal was. Sie schaute auf ihre miteinander verbundenen Hände, dann wieder ins Logans Gesicht. Hier war der Junge, nach dem sie auf der Highschool ganz verrückt gewesen war. Aber hinter diesen Augen lebte jetzt jemand anderes.

Ein Fremder.

Der Vater ihres Kindes.

20. Kapitel

Nina saß in ihrem Büro neben dem Salon des Inn und überprüfte ungläubig ihre Kontoauszüge. Zum ersten Mal in ihrem Leben zuckte sie beim Anblick der letzten Zeile nicht zusammen. Sie hatte nicht nur genug, um ihre Ausgaben zu decken, sondern da war sogar ein kleines Plus übrig geblieben. Greg hatte ihr versprochen, sie großzügig zu entlohnen, und er hatte sein Versprechen gehalten. Trotzdem war das nicht das, was sie sich vorgestellt hatte – weder für sich noch für das Inn. Wieder einmal hatte ihr das Leben einen Knüppel zwischen die Beine geworfen. Sie war wirklich die erbärmlichste Person auf Erden – die Frau, die in ihren Chef verknallt war. Sie hatte versucht, es zu leugnen, aber sie war noch nie gut darin gewesen, sich selber zu belügen. Ihre schlimmsten Momente waren, wenn sie Seite an Seite arbeiteten, gemeinsam planten oder alles beaufsichtigten. Sie waren so ein gutes Team, und es war schwer, sich nicht von ihm angezogen zu fühlen.

Entschlossen knallte sie den Ordner zu und packte ihn weg. Sie hatte eine Wahl. Sie musste nicht diese Frau sein. Sie könnte einfach Frieden schließen mit der Tatsache, dass das hier ein Job war. Nicht ihr Leben. Nicht ihre Zukunft.

Durch das offene Fenster sah sie Max auf seinem Fahrrad vom Little-League-Training heimkommen. Der Besuch bei seiner Mutter war vorbei, und er war als wütender, unglücklicher Junge wieder nach Hause zurückgekehrt.

Das geht dich nichts an, sagte sie sich, während sie zusah, wie er beinahe einen Unfall baute, in letzter Sekunde noch absprang und das Fahrrad auf die Erde fallen ließ. Seine Tasche mit den Trainingsklamotten wurde weggeschleudert. Dann hob Max den Schläger auf und schwang ihn wütend durch die Luft.

Oh je, dachte Nina und eilte nach draußen. Als sie sich Max näherte und dabei seinen Namen rief, wurde ihr trotz der Hitze des Tages kalt.

Sie rief sich das Versprechen in Erinnerung, das sie gemacht hatte – die Grenze, die sie nicht überschreiten wollte. Sie würde sich nicht in Gregs Familie hineinziehen lassen. Das stand nicht in ihrer Arbeitsplatzbeschreibung.

Aber als sie Max gequälten Gesichtsausdruck sah, schmolz etwas in ihrem Inneren. Er befand sich in diesem unwiderstehlichen Alter zwischen Kindheit und Jugend. Er hatte noch die weichen, runden Wangen des Kindes, aber die langen, an ein Fohlen gemahnenden Gliedmaßen und großen Füße des Teenagers kurz vor einem gewaltigen Wachstumsschub.

Er hörte sie nicht. Er war zu sehr damit beschäftig, alles in Sichtweite mit seinem Baseballschläger niederzumähen. Sein Brustkorb hob und senkte sich unter der Anstrengung, und in seinen Augen funkelte die Wut. Sein Trikot war zerrissen und fleckig, die schweißgetränkte Kappe saß schief. Sein rotes Gesicht war nass vor Tränen oder Schweiß – vermutlich beidem.

Es gab kaum etwas Explosiveres als einen wütenden Jungen. Es war eine so seltsame Mischung aus erwachsenen und kindlichen Zwängen. In einem Jungen von Max' Alter tobte eine Wildheit, die jederzeit kurz vor einem unkontrollierten Ausbruch stand.

„Max", rief sie jetzt lauter und warf einen Blick über ihre Schulter, um sicherzugehen, dass keiner der Gäste zuschaute.

Er dreht sich zu ihr um, den Schläger erhoben, die Augen brennend. Sie blieb auf Distanz. Der Schläger flog; er streifte niedrig hängende Äste und schreckte Vögel auf, bevor er mit einem dumpfen Aufprall einige Meter entfernt auf der Erde landete.

„Schlechten Tag beim Training erwischt?“, fragte sie.

Er starrte sie böse an, seine Wut schien in Wellen von ihm auszustrahlen. „Wie hast du das nur erraten?“

Sie zuckte die Schultern. „Pures Glück. Was ist los?“

„Nichts“, sagte er.

Er zitterte, ein Vulkan kurz vor dem Ausbruch. Sie wartete.

„Ich hab das Team geschmissen.“

Nina nickte. „Das ist dein gutes Recht. Es ist schließlich nur ein Spiel.“ Sie wusste, dass es weniger um das Team als um seine Eltern ging und wie er sich mit sich selber fühlte. Aber andererseits bedeutete Baseball für ein Kind wie ihn in einer Stadt wie dieser alles. Sie konnte den Herzschmerz in seinen Augen sehen. Er liebt Baseball. Die einzige Zeit, in der er still saß, war während eines Spiels. Sein Zimmer war ein wahrer Schrein an Erinnerungsstücken, Andenken, Wimpeln und Programmheften. Er besaß Hunderte Baseballkarten und hatte sie alle auswendig gelernt. „Willst du darüber reden?“, fragte sie.

„Nein.“ Er starrte auf den Boden. „Du bist nicht meine Mutter.“

„Tja, weißt du was? Ich will auch gar nicht deine Mutter sein. Und das ist pures Glück für dich, denn wenn ich es wäre, würde ich dir ordentlich die Ohren lang ziehen, weil du diese teure Ausrüstung kaputtgemacht hast. Aber wenn du mal mit jemandem reden willst …“

„Alle wollen immer nur reden“, gab er wütend zurück. „Mein Dad und meine Schwester. Die Schlimmste ist meine Mom. Immer nur reden, reden, reden.“ Er versetzte seiner Trainingstasche einen Tritt. „Ich nehme das zurück. Dr. Barnes ist der Schlimmste.“ Max nahm einen Baseball in die Hand und schleuderte ihn in die Bäume. Das Kind hatte einen guten Wurf.

Dr. Barnes war der Familienberater, den Max jede Woche aufsuchte. „Warum ist er der Schlimmste?“, wollte Nina wissen.

„Er will, dass ich an meinen Problemen arbeite und angemessene Strategien finde, um meine heftigen Gefühle in den Griff zu bekommen“, zitierte Max den Therapeuten, während er einen weiteren Ball warf.

„Und, wie kommst du damit voran?“, fragte Nina.

Er funkelte sie an.

„Warum hast du mit dem Baseball aufgehört?“

„Weil Coach Broadbent ein Idiot ist.“

Sie kannte Jerry Broadbent. Max lag mit seiner Einschätzung nicht so verkehrt. Dennoch … „Mit so einem Mundwerk ist es kein Wunder, dass er es dir schwer macht. Hat der Coach dir gesagt, dass du aus dem Team raus bist?“

„Ich bin in Baseball eine Niete“, platzte es aus Max heraus. „Ich bin der Schlechteste im Team.“

„Das verstehe ich nicht. Du bist stark und schnell. Du kannst werfen. Du kennst das Spiel besser als jedes Kind, das ich je getroffen habe. Du bist ein guter Sportler, Max.“

„Ja, erzähl das mal Broadbent.“

„Du übst doch regelmäßig mit deinem Dad.“

„Das ist nicht das Gleiche, wie wirklich auf dem Spielfeld zu stehen. Ich hasse es, jede verfickte Minute angebrüllt zu werden.“

„Mal sehen, ob ich das richtig verstehe. Du magst das Spiel, bist aber schlecht darin.“ Sein Gesichtsausdruck bestätigte ihre Annahme. „Wenn man etwas liebt, dann findet man auch einen Weg, es zu genießen. Lass dir das weder vom Coach noch von deinen Mitspielern wegnehmen. Was denkt dein Vater darüber?“

„Er interessiert sich einen Sch…, gar nicht dafür“, sagte Max.

„Irgendwie klingt das gar nicht nach ihm."

Max zuckte mit den Schultern. „Ich habe die letzten beiden Spiele auf der Bank verbracht. Wenn ich nicht spiele, kann ich genauso gut aufhören."

Während Nina ihn beobachtete, spürte sie in sich ein hitziges, elementares Gefühl aufsteigen – mütterliche Empörung. Nein, sie war nicht seine Mutter, aber er berührte sie, dieser Junge, der so sehr versuchte, tapfer zu sein und seinen Vater nicht zu enttäuschen. Und Broadbent. Er war älter als Staub. Älter als die Felsen. Und offensichtlich war er heutzutage noch genauso unerträglich wie damals zu den Zeiten ihrer Brüder. Es juckte Nina in den Fingern, ihn anzurufen und ihm mal ordentlich die Meinung zu sagen. Eine Frau würde allen Schmerz der Welt ertragen, wenn nötig, aber ein verstörtes Kind weckte den Bären in ihr. Warte nur.

Sie spürte, dass weit mehr dahintersteckte, als er ihr erzählt hatte. Es lag nicht an seiner Sportlichkeit oder seinen Fähigkeiten. Hier ging es um etwas ganz anderes. Max' Vater war hauptsächlich mit Daisy beschäftigt. Max selber war gerade von einem mehr als unglücklichen Ausflug zu seiner Mutter heimgekehrt. Nina nahm an, dass beim Training der Knoten geplatzt war.

Sie schaute auf die Uhr. Sie hatte innerhalb der nächsten zwanzig Minuten mindestens dreißig Dinge zu tun, sie hatte keine Zeit hierfür. Aber dann fiel ihr Blick auf das trotzig gereckte Kinn von Max, und sie hörte sich selber sagen: „Komm mit. Ich möchte dich mit jemandem bekannt machen." Sie wollte Max nicht für seinen Ausbruch belohnen, aber er musste mit eigenen Augen sehen, wie ein echtes Team funktioniert, dass es nicht von Wut angetrieben wurde.

Er machte ein finsteres Gesicht und gab sich verstockt, und ihr fiel wieder ihre lange To-do-Liste ein. „Jetzt, Max", befahl sie und merkte, wie der scharfe Ton ihn sofort einknicken ließ. Er folgte ihr zu ihrem Auto.

Während der Fahrt kamen vertraute Gefühle in ihr hoch. Sie konnte einfach nicht anders – bei Max fühlte sie sich wie eine Mutter. Er weckte diesen Beschützerinstinkt in ihr, und es fühlte sich gut und klar und richtig an, auch wenn sie sich immer wieder sagte, dass sie das hinter sich hatte und nicht noch einmal durchmachen wollte.

Schweigend fuhren sie zu den Spielfeldern am Rande der Stadt. Auf dem Kiesparkplatz hielt sie an, stellte den Motor ab und drehte sich um, um Max' Gesicht zu sehen. Eine Mischung aus Vorsicht und Ungeduld zeigte sich darauf.

„Komm, ich will, dass du Dino kennenlernst."

„Dino Carminucci? Hör auf!"

Nina musste lächeln. Seine Laune war wie Quecksilber.

„Komm schon."

„Du kennst ihn?" Max konnte es nicht glauben. „Persönlich und so? Ich kann nicht glauben, dass du ihn kennst."

Dino war die größte politische Gefälligkeit ihrer Karriere. Dank etwas, das ihr Vater zwanzig Jahre zuvor getan hatte, hatte Dino sein Team in diese Stadt gebracht. Und nun stand Nina kurz davor, noch einen Gefallen einzufordern. Sie blieb stehen und wandte sich an Max. „Hör zu. Ich möchte, dass du weißt, es ist nicht in Ordnung, so auszuflippen, wie du es heute getan hast. Jeder wird mal böse, aber mit Dingen um sich zu werfen ist nicht die Lösung. Du könntest jemandem oder dir selber wehtun oder etwas zerbrechen, und das ist nicht okay."

Sein Gesicht war ganz weich vor Reue, aber er hielt den Blickkontakt. „Du hast recht."

„Ich will nur sichergehen, dass du das hier nicht als Belohnung für deinen Wutausbruch ansiehst."

„Wer hatte einen Wutausbruch?", fragte Dino, der gerade von der Spielerbank kam. „Ich wette, das war nur ein wenig überschüssige Energie." Das war seine Gabe – dieses sofortige Verständnis für einen unter Strom stehenden Jungen. Sie wusste, dass Max bei ihm in guten Händen war.

10. TEIL

Damals

Die Stadt Avalon ist bekannt für ihren Gemeinsinn, der tief in der Geschichte wurzelt. Als die in der Nähe gelegene Stadt Kingston während der Amerikanischen Revolution von den britischen Truppen niedergebrannt wurde, öffnete Avalon seine Pforten für die Flüchtlinge und bot ihnen einen sicheren Zufluchtsort vor den Angreifern. Heute hingegen finden die Besucher ihre Helden eher auf den Baseballfeldern.

„Da beim Baseball einzig die Outs gezählt werden“, schrieb einst der amerikanische Essayist Roger Angell im *New Yorker*, „muss man einfach nur zutiefst erfolgreich sein; einfach weiterschlagen, weiterlaufen, und schon hat man die Zeit besiegt. Man bleibt für immer jung.“

21. Kapitel

„Bürgermeisterin Romano?"

Die Stimme der Sekretärin kam knackend aus der Gegensprechanlage auf Ninas Schreibtisch. Nina fuhr erschreckt hoch, nicht weil die Stimme Furcht einflößend war, sondern weil sie gerade zutiefst konzentriert gearbeitet hatte. Die letzte Bilanz der Stadtfinanzen war kein schöner Anblick, und das machte sie verrückt, weil sie und der Stadtrat alles nur Mögliche getan hatten, um das Ergebnis zu verbessern. Irgendwo gab es ein Leck, doch niemand schien es finden zu können. Nach der Hälfte ihrer Zeit als Bürgermeisterin hatte sie unzählige Arten entdeckt, auf die etwas schiefgehen konnte.

Sie holte tief Luft, um ihren Kopf freizumachen, und drückte dann den Knopf der Gegensprechanlage. „Ja, Gayle?"

„Sie haben Besuch – Ihren Vater."

„Oh!" Nina sprang auf und fuhr sich mit der Hand ordnend durch die Haare. „Schicken Sie ihn rein."

Sekunden später schwang die Tür auf, und Pop stand in ihrem Büro. „Ich bin ein bisschen früh", sagte er. „Ich hoffe, das macht dir nichts aus."

Sie schloss die Datei mit den Finanzen auf ihrem Computer. „Nein, ganz und gar nicht. Ich muss nur noch schnell ein paar Sachen zusammensuchen." Hastig packte sie einige ausgedruckte Berichte und Schriftwechsel in eine Jutetasche. Dann klappte sie einen Taschenspiegel auf und überprüfte ihre Frisur. Einige ihrer Kritiker hatten sie „Hippie-Bürgermeister" genannt, was absoluter Schwachsinn war, aber seitdem achtete sie extrem darauf, wie sie sich anzog und ihre Haare trug. Sie hatte Dino Carminucci bisher noch nicht persönlich kennengelernt und wusste nicht, was sie zu erwarten hatte. Also hatte sie sich für ein knielanges, beigefarbenes Kleid und flache Pumps entschieden. Einer Frau, die Pumps trug, konnte man nicht vorwerfen, ein Hippie zu sein. „Kann ich so gehen?“, fragte sie ihren Vater.

Er schenkte ihr das breite Lächeln, das in den vergangenen dreißig Jahren die Herzen aller Schüler der Avalon High im Sturm erobert hatte. „Du siehst toll aus. Ich könnte nicht stolzer auf dich sein.“

„Ich habe lange darauf gewartet, das von dir zu hören, Pop.“

„Was, dass ich stolz auf dich bin? Machst du Witze? Ich bin auf alle meine Kinder stolz. Vor allem auf dich. Auf dich und auf Sonnet. Vielleicht sage ich es dir nicht jeden Tag, aber jetzt hörst du es. Ich bin stolz. Schon immer gewesen.“

„Danke. Ich bin ein wenig nervös wegen des Treffens. Die Stadt geht damit eine große Verpflichtung ein. Und ein großes Risiko.“

„Seit wann hast du Angst vor Risiken und Verpflichtungen?“, fragte er.

„Seit ich die Verantwortung für eine ganze Stadt trage.“

Denn das war der Ruf, den sie hatte. Nina, die Macherin. Nina, die Zuverlässige. Nina, der kleine Motor, der alles schaffte. Niemand kannte die andere Nina, die manchmal mitten in der Nacht aufwachte, weil ihr Herz sich nach etwas sehnte, was sie nie gehabt hatte.

Gemeinsam verließen sie das Rathaus und stiegen in das Auto ihres Vaters. Den silbernen Prius Hybrid hatte er gekauft, als die Zwillinge ausgezogen waren, um aufs College zu gehen. „Mein Leeres-Nest-Mobil“, erklärte er Nina, als sie den Gurt anlegte. „Mann, ich konnte es kaum erwarten, ein Auto zu fahren, das nicht aussah wie ein Airportshuttle.“

„Und wie gefällt er dir jetzt?“, wollte sie wissen.

„Das ist ganz drollig. Der Wagen gefällt mir ganz gut, aber das mit dem leeren Nest ist nicht so toll, wie man immer denkt. Ich vermisse mein verrücktes, lautes Haus voller Kinder.“

Sie nickte. Jetzt, wo Sonnet nur so durch die Highschool sauste und einige Klassen übersprang, um früher ihren Abschluss zu machen, konnte Nina mit ihm mitfühlen. Sosehr sie sich nach einer neuen Phase in ihrem Leben sehnte, wenn Sonnet ausgezogen war, richtete sie sich doch auch darauf ein, eine Einsamkeit zu empfinden, die sie nie zuvor verspürt hatte.

Das Treffen fand im Apple Tree Inn statt, dem B&B mit angeschlossenem Restaurant, das direkt am Fluss in der Nähe der alten überdachten Holzbrücke lag, die wiederum eines der meistfotografierten Wahrzeichen der Stadt war. Mr. Carminucci wohnte für die Zeit seines Besuches im Apple Tree Inn. Nina wünschte, sie könnte Besuchern das Inn am Willow Lake empfehlen, aber so gerne sie dieses Hotel auch hatte, es hatte ehrlich gesagt schon bessere Tage gesehen.

„Ich freue mich auf den Termin“, sagte ihr Vater. „Ich habe Dino nicht mehr gesehen, seit wir zusammen auf dem College waren.“ Nina hatte lernen müssen, dass Deals wie dieser so funktionieren. Es war alles eine Frage von Verbindungen und vergangenen Beziehungen.

„Weißt du“, sagte sie, „als ich den Bürgermeisterposten übernahm, hatte ich all diese großen Pläne und Ziele für die Stadt. Ich hatte keine Ahnung, wie schwer es ist, irgendwas erledigt zu kriegen, und sei es eine noch so kleine Sache. Ich dachte immer, wenn ich meine Chance erhalte, fallen alle Puzzleteile an ihren Platz. Ich war entschlossen, Avalon zur besten Kleinstadt des Ulster County zu machen. Ach, was sage ich, des ganzen

Staates. Aber was wenn mein einziges Vermächtnis als Bürgermeisterin darin besteht, dass ich ein Baseballteam in die Stadt geholt habe?“

„Machst du Witze?“ Ihr Vater schaute sie unter erhobenen Augenbrauen an. „Das wäre riesig, und das weißt du. Wenn du das hier hinbekommst, werden die Leute sich immer an dich erinnern als die Bürgermeisterin, die ihre Stadt zu einer Baseballstadt gemacht hat.“ Sie waren vor dem Apple Tree Inn angekommen, und er hielt ihr die Tür auf. „Denk dran, egal, was passiert, ich meinte das, was ich vorhin gesagt habe. Ich könnte nicht stolzer auf dich sein.“

Als sie in den wunderschönen – aber übermäßig dekorierten – Salon des Apple Tree Inn traten, verspürte Nina einen kleinen Stich des Bedauerns.

Das musste sich auf ihrem Gesicht abgezeichnet haben, denn ihr Vater fragte sofort: „Was ist los?“

Er kannte sie gut. „Ich mag es, Bürgermeisterin zu sein“, sagte sie. „Ich liebe diese Stadt, und es macht mir nichts aus, hart für sie zu arbeiten. Aber tief im Inneren habe ich mir immer vorgestellt, an einem Ort wie diesem zu arbeiten.“

„Du wirst nicht für immer Bürgermeisterin sein“, erinnerte er sie.

„Aber im Moment bin ich es“, sagte sie und setzte ein Lächeln auf. „Komm, Pop. Stell mich deinem Freund vor.“

11. TEIL

Heute

Sie werden es nie erleben, dass im Inn am Willow Lake irgendwelche Konferenzen oder Tagungen stattfinden. Nichts wird je die Ruhe und Behaglichkeit der Gäste stören. Was Sie hingegen erleben werden, sind ein herzliches Willkommen, ein beschaulicher Ort, um nachzudenken, ein wunderschöner Platz, um die Beziehung zu einem geliebten Menschen aufzufrischen, und Erinnerungen, die ein Leben lang anhalten. Wir sehen uns unten am Steg …

22. Kapitel

Kurz nach Sonnenuntergang stand Greg mit Max und Daisy am Seeufer. Sie waren in der Hoffnung hinuntergegangen, hier eine leichte, vom See kommende Brise zu erhaschen, aber die Nachtluft lag still und warm wie eine Decke über der Landschaft. Es war vermutlich die wärmste Nacht des Jahres. Daisy richtete ihr kleines, tragbares Teleskop auf den Mond und versuchte, einen klaren Blick auf seine Oberfläche zu erhalten. Max wollte Steine über das Wasser flitschen lassen, doch sie gingen alle mit einem leisen Gluckern unter.

Es gab Augenblicke wie diesen, in denen Greg nicht wusste, was er zu seinen Kindern sagen, wie er mit ihnen reden sollte. Wenn er sie fragte, wie es ihnen ging, gaben sie ihm nichtssagende Antworten. Daisy war verständlicherweise angespannt und gereizt. Max war seit der Rückkehr vom Besuch bei seiner Mutter nicht mehr er selbst. Greg machte Sophie allerdings keinen Vorwurf wegen der Laune seines Sohnes. Max hatte sich den ganzen Sommer über schon damit schwergetan.

Jetzt beugte Max sich vor und hob noch ein paar Steine auf. „Mir gefällt es im Camp Kioga besser“, sagte er. „Erinnert ihr euch noch an letzten Sommer, als wir in den Hütten geschlafen und Lagerfeuer gemacht haben?“

„Du hast letzten Sommer gar nichts gemacht außer gejammert“, erinnerte ihn Daisy. „Du wolltest deine Xbox …“

„Und du hast geheult, weil du keinen Handyempfang hattest.“

„Und das Schockierende ist“, schaltete Greg sich ein, „die

Welt ist trotzdem nicht untergegangen. Kommt, wir machen ein Feuer am Strand."

„Es ist zu warm für ein Lagerfeuer. Es ist zu warm für alles."

„Wir könnten schwimmen gehen", schlug Greg vor.

„Ja, wenn die Elefantenfrau hier in den See geht, verursacht sie vermutlich eine Springflut", kicherte Max.

„Halt den Mund, Trottel."

„Halt selber den Mund."

„Du …"

„Wie wäre es damit? Wir holen uns was Kaltes zu trinken, und ich bringe euch Texas Hold 'em bei."

Sie schnappten nicht gerade über bei seinem Vorschlag, aber sie waren wenigstens bereit, es mal zu probieren. Also setzten sie sich in die Korbsessel um den Tisch auf der Veranda. Ein Ventilator blies sachte kühlere Luft zu ihnen. Daisy spielte ein paar Hände, sie war mit dem Spiel ganz offensichtlich schon vertraut, aber dann fing sie an zu gähnen und unruhig auf ihrem Stuhl herumzurutschen.

„Alles in Ordnung?", fragte Greg.

„Ja", sagte sie. „Und du musst mich das nicht alle fünf Minuten fragen."

„Sorry." Er ermahnte sich, ihre Gereiztheit nicht persönlich zu nehmen.

„Ist schon gut. Ich bin nur müde. Ich gehe ins Bett."

„Wir spielen doch noch", widersprach Max. „Mit nur zwei Spielern ist das langweilig."

Daisy machte eine müde Geste in Richtung Bootshaus. „Hol doch Nina dazu. Ich wette, sie spielt gerne mit." Mit einem Mal stieg ihre Laune merklich.

Greg schüttelte den Kopf. Wenn er ehrlich war, würde er nichts lieber tun, als Nina zu holen, aber er war entschlossen, auf Distanz zu bleiben.

„Ich mag Nina", fuhr Daisy so fröhlich fort, dass Greg sich fragte, worauf sie hinauswollte. „Ich finde es toll, dass sie das Inn managt. Angesichts der Umstände nimmt sie das Arbeiten hier ziemlich cool, finde ich."

„In Anbetracht welcher Umstände?", fragte Greg.

„Nun ja, mit ihrem Wunsch, das Inn selber zu besitzen …" Sie hielt inne und musterte ihn eine Sekunde. „Hast du das nicht gewusst? Sonnet hat mir das vor Jahren erzählt, also hatte ich angenommen … Dad, du hast es nicht gewusst? Das war schon immer ihr großer Plan für die Zeit, wenn Sonnet aufs College geht und Ninas Amtszeit als Bürgermeisterin vorbei ist."

Endlich verstand Greg, wieso Nina so wütend auf ihn gewesen war. Kein Wunder.

„Ich mag sie auch", sagte Max und schichtete seine Pokerchips zu kleinen Stapeln auf. „Vor allem nach heute."

„Was ist heute passiert?"

Max fuhr fort, die Chips zu stapeln, und konzentrierte sich sehr darauf, die gezahnten Ränder ordentlich übereinander zu legen. „Ich höre mit Baseball auf", sagte er. „Keine Little League mehr für mich."

Hitze. Eine Hitzewelle war im Spätsommer hereingebrochen, wie der letzte Vorstoß einer Armee vor der Kapitulation. Die Temperaturen lagen um die dreißig Grad, was um Avalon herum ziemlich unerträglich war. Es war Ninas freier Abend, aber sie hatte nichts vor. In ihrem Haus herrschte das Chaos, doch sie hatte keine Lust aufzuräumen. Hausarbeiten hatte sie schon immer eher widerwillig erledigt, und jetzt, wo Sonnet nicht mehr da war, ließ Nina ihrer inneren Schlampe freien Lauf. Wenn es so heiß war, sollte niemand Hausarbeit erledigen müssen.

Sie war unruhig und verschwitzt. Sogar mit offenem Fenster und auf höchster Stufe laufenden Ventilatoren war es stickig. Sie machte sich eine Schüssel Cornflakes und stellte sich damit auf ihre Veranda, um die Sterne zu betrachten, die am samtenen Himmel funkelten. Schließlich ertrug sie es nicht mehr, also zog sie einen Badeanzug an und ging schwimmen, ganz allein im Dunkeln. Als sie sich unter die Wasseroberfläche gleiten ließ, dachte sie daran, wie sich ein Bad im See angefühlt hatte, als sie noch jünger gewesen war – kalt und befreiend und leicht verboten. Sie schwebte auf dem Rücken und schaute zu den Sternen hinauf.

Wieder einmal war sie allein. Sie mochte es, allein zu sein. Sie müsste es nicht, wenn sie nicht wollte. Es gab genügend Gelegenheiten. Bo Crutcher, der Star-Pitcher der Hornets, hatte sie für heute auf ein Date eingeladen. Na ja, er hatte es nicht Date genannt, aber er hatte sie gefragt, ob sie Lust hätte, mit zur Hill Top Tavern zu kommen. Bo war lustig – vielleicht etwas zu lustig –, und einen Moment lang war Nina versucht gewesen, die Einladung anzunehmen. Er war weiß Gott attraktiv, groß und athletisch und durch und durch Texaner, sowohl was seinen Charme anging als auch seine Fähigkeit, ein Bier nach dem anderen zu trinken, bis er ganz weich wurde und romantische Sachen sagte, die er nicht meinte. Es wäre ihm gegenüber allerdings nicht fair. Sie wäre keine gute Gesellschaft, denn sosehr sie es auch versuchte, sie konnte nicht aufhören, an Greg Bellamy zu denken.

Sie tauchte unter und kam zum Luftholen wieder hoch, ließ sich durch das kühle Wasser gleiten und beobachtete den langen, silbrigen Pfad, den das Mondlicht auf die Oberfläche warf. Die tiefe Einsamkeit, die sie in diesem Moment überfiel, ließ sie ihre Meinung ändern – vielleicht würde sie doch noch in die Hill Top Tavern gehen, ein wenig Billard oder Darts spielen.

Entschlossen, ihre düstere Stimmung abzuschütteln, ging sie nach oben und duschte schnell, wobei sie das Lied im Radio lauthals mitsang. Sie hatte sich gerade ein Handtuch um den Kopf gewickelt, als sie ein Klopfen an der Tür hörte.

Mit einem Fluch zog sie sich ein Hornets-T-Shirt über und suchte in der Schublade nach einer Unterhose. Kein Glück – ihre ganze Unterwäsche lag in dem Wäschekorb im Wohnzimmer und wartete darauf, zusammengelegt und weggeräumt zu werden. Es klopfte wieder, und dieses Mal klang es laut und dringend. Sie schlüpfte in ein paar abgeschnittene Jeans und ging zur Tür.

Auf dem Weg durchs Haus fiel ihr Blick auf die Unordnung. Ihre innere Schlampe hatte keinen Besuch erwartet. Da stand ein Korb mit halb gefalteter Wäsche, eine Spüle voller Geschirr, das sie noch nicht abgewaschen hatte, ein Stapel ungeöffneter Post, und jeder ihrer Schritte wirbelte Staubmäuse auf. Mit einer Hand hielt sie den Handtuchturban fest, mit der anderen schaltete sie das Verandalicht an. Auf der anderen Seite der Fliegengittertür stand Greg Bellamy.

„Ich hatte gerade eine interessante Unterhaltung mit meinen Kindern“, sagte er, und sein Ton klang nicht sonderlich freundlich. „Kann ich reinkommen?“

Nina erstarrte. Normalerweise passierte es nur in ihrer Fantasie, dass ein Mann, der aussah wie der hier, darum bat, hereinkommen zu dürfen. Vor allem nachdem sie das Thema Verabredungen mehr oder weniger ad acta gelegt hatte. Anfang hatte sie Greg die Schuld dafür gegeben, aber später hatte sie vor sich – und nur vor sich – zugegeben, dass mit einem anderen Mann auszugehen für sie einfach nicht funktionierte.

Und hier war er nun, Greg, der Verabredungen mit anderen Männern für sie vollkommen sinnlos gemacht hatte, und fragte, ob er hineinkommen dürfe.

Ohne ein Wort trat sie beiseite, hielt die Tür auf und schloss sie hinter ihm.

„Ich nehme nicht an, dass es dir in den Sinn gekommen ist, mit mir zu sprechen, bevor du Max gesagt hast, dass er aus der Mannschaft austreten und für die Hornets arbeiten soll", sagte er.

Oh. Ups. „Nein", gab sie zu. Sie glaubte nicht, Max gesagt zu haben, er solle aufhören, aber sie hatte ihm auch nicht davon abgeraten.

„Er ist nicht einmal dein Kind."

„Ich denke, das war mir bewusst. Und du hast recht, Greg, ich hätte mich mit dir absprechen sollen – oder besser noch, ich hätte dich die Situation regeln lassen sollen." Sein Gesichtsausdruck brachte sie zum Lächeln, sie konnte einfach nicht anders. „Was? Hast du gedacht, ich würde jetzt mit dir einen Streit anfangen, oder was?"

„Äh, ja, ehrlich gesagt, hatte ich das erwartet."

Sie erzählte ihm nicht, dass Max sie absichtlich in die Irre geführt hatte und glauben ließ, Greg wüsste um die Situation. Das war etwas, das Max mit seinem Vater ausmachen musste. „Ich streite mich nicht, wenn ich weiß, dass ich im Unrecht bin", erklärte sie. „Ich suche auch keine Ausreden, aber Fakt ist, dass ich nie einen Partner in der Kindererziehung hatte. Ich habe alle Entscheidungen ganz alleine getroffen. Der Gedanke, mich mit jemandem abzusprechen – überhaupt diese ganze partnerschaftliche Nummer –, ist für mich ein vollkommen fremdes Konzept."

„Wir sind Geschäftspartner. Wenn es ums Inn geht, sind wir gleichberechtigt. Aber wenn es um meine Kinder geht …"

„Halte ich mich besser zurück?" Sie biss sich auf die Unterlippe. Es gab so viel, was sie sagen könnte, so viel, was sie sah, wenn sie Greg und seine Kinder anschaute … Das, wovor sie sich immer gefürchtet hatte, war passiert. Sie fühlte sich zu dieser Familie hingezogen. Nicht nur zu Greg, sondern auch zu Max und Daisy. Das geht dich nichts an, rief sie sich ins Gedächtnis. „Okay", sagte sie. „Ich halt mich da raus."

Ihr Einverständnis schien ihn zu überraschen. „Äh, okay."

„Aber ich brauche ein wenig Klarheit, Greg. Wenn es um deine Kinder geht, willst du da nun meine Meinung hören oder nicht? Oder nur, wenn es dir in den Kram passt?"

„Hey, ich habe dich nicht gebeten ..."

„Doch", sagte sie. „Hast du. Vielleicht nicht wegen Max' Little-League-Team, aber wegen anderer Sachen, und das weißt du." Sie nahm das Handtuch vom Kopf und musterte ihn verstohlen. Trotz der Wärme sah er in seinen Shorts und dem Hawaiihemd kühl und gelassen aus. Warum musste er so verdammt ... alles sein?

Sie versuchte, wegen des Zustands ihrer Wohnung nicht allzu gehemmt zu sein. Doch das war schwer, wünschte sie sich doch, sich die paar Minuten genommen zu haben, die sie brauchte, um das Geschirr zu spülen, den Stapel halb gelesener Bücher auf dem Wohnzimmertisch zu richten, die Wäsche, die sie vor – ups – zwei Tagen aus dem Trockner genommen hatte, zusammenzulegen und wegzupacken.

Greg konzentrierte sich allerdings ganz auf sie. Er schien nicht mehr weiterzuwissen.

„Lass mich raten", sagte sie. „Du bist hierhergekommen, weil du dich auf einen schönen Streit gefreut hast, und nun weißt du nicht, was du mit all der überschüssigen Energie anfangen sollst."

Er zuckte mit den Schultern. „So in der Art."

„Das mit Max tut mir wirklich leid", sagte sie. „Für Dino Carminucci und Bo Crutcher verbürge ich mich. Ich kann für jeden im Team die Hand ins Feuer legen. Max wird eine Menge von ihnen lernen – nicht nur ihre schlechten Angewohnheiten. Es hat mich drei Jahre gekostet, das Team zu überzeugen, nach Avalon zu kommen, und in der Zeit habe ich einige von ihnen sehr gut kennengelernt."

Greg nickte. An seinem Kiefer zuckte es. „Ich weiß nicht, wie mir das entgehen konnte", sagte er. „Wie konnte ich übersehen, wie unglücklich mein Sohn in seinem Team war? Ich meine, ich wusste, dass er seine guten und schlechten Phasen hatte, aber ich habe nicht geahnt, dass er bereit war, alles hinzuschmeißen. Deshalb war ich so auf Krawall gebürstet. Ich war wütend auf mich selber."

„Kinder können eine ganze Welt vor ihren Eltern verstecken, das weißt du." Sie machte eine Pause und betrachtete seine angespannten Schultern und die zu Fäusten geballten Hände. „Setz dich, Greg."

Er schüttelte den Kopf. „Heute ist dein freier Abend. Ich nahm an, du würdest ausgehen."

„Was dich allerdings nicht davon abgehalten hat, zu mir zu kommen."

„Ich gehe, wenn …"

„Ich habe dich gerade eingeladen, dich hinzusetzen. Was möchtest du trinken? Das Übliche?"

„Ich habe was Übliches?"

„Das Sommer-Ale der örtlichen Brauerei."

Sie ging zum Kühlschrank, holte eine Flasche heraus und schnappte sich auf dem Rückweg eine Tüte Salzbrezel vom Tresen. „Du sollst dich hinsetzen."

Ohne sie aus den Augen zu lassen, öffnete er das Bier und nahm einen Schluck. „Wir sollten uns beide hinsetzen."

Sie gingen zum Sofa. Nina versuchte, ganz ungezwungen zu wirken, als sie einen Stapel Bücher und den Wäschekorb beiseiteräumte, um Platz für sie beide zu schaffen. Eines ihrer

Lieblingslieder der Dixie Chicks erklang aus der Stereoanlage, traurig und zugleich schön und weise und tröstend. Nina wandte sich Greg zu und zog ein Knie an die Brust. „Was tun wir hier, Greg?"

„Ich bin mir nicht sicher. Ich weiß nur, dass ich vermutlich explodiere, wenn du mit noch einem einzigen anderen Kerl ausgehst."

Das war sehr ehrlich von ihm. „Also sollte ich meine freien Abende alleine verbringen, um dich vor dem Explodieren zu bewahren."

„Nein. Du solltest deine freien Abende mit mir verbringen."

„Das könnte allerdings mich zum Explodieren bringen", gestand sie ebenso freimütig.

„Ja, man sagt ich hätte diesen Effekt auf Frauen."

Sie warf ein Kissen nach ihm. „Ich dachte, du wärst gekommen, um über Max zu reden."

„Das haben wir doch. Über Max geredet. Ich hab gesagt, dass ich wütend bin über das, was passiert ist, und du hast es erklärt, und nun müssen wir uns der Tatsache zuwenden, dass du mir nie erzählt hast, welche eigenen Pläne du für das Inn hattest."

Ihre Wangen wurden ganz heiß, und das lag nicht an der Nachtluft. Er wusste es. Wie hatte er es herausgefunden? „Ich weiß nicht, wovon du sprichst."

„Daisy hat es mir heute Abend erzählt. Sie hat es von Sonnet – der Grund, warum du so wütend warst, das ich das Anwesen von der Bank gekauft habe, war, weil du es selber haben wolltest." Er nahm einen tiefen Schluck Bier und stellte die Flasche beiseite.

Sie sträubte sich, es zuzugeben. „Und was wäre, wenn?"

„Du hättest was sagen können."

„Und mich damit noch mitleiderregender machen, als ich es sowieso schon bin?"

„Nina, du bist noch nie mitleiderregend gewesen."

Doch, dachte sie, bin ich wohl. Und sie war naiv gewesen, hatte gedacht, die Welt würde nur darauf warten, dass sie das Inn selber kaufen könnte. Hatte sie wirklich geglaubt, in der Zwischenzeit würde niemand auftauchen? Warum hatte sie es dem Zufall überlassen? Warum hatte sie ihren Plan nicht abgesichert?

„Du hättest es mir sagen sollen", sagte Greg.

„Hättest du dann deine Meinung geändert?"

„Ich glaube nicht."

„Dann gibt es nichts weiter zu besprechen. Ich habe immer davon geträumt, das Inn eines Tages zu besitzen. Nachdem du es gekauft hattest, musste ich einen anderen Traum finden."

„Und, hast du?"

„Ich gucke noch …"

Er schaute sie an, wie sie da saß in ihrem zu großen Baseball-Hemd. Ihr Haar war noch feucht und ungekämmt. Sie versuchte, nicht an ihre bloßen Füße zu denken, den abgesplitterten Nagellack. „Ich will nicht mehr darüber sprechen."

„Okay. Themenwechsel. Also, willst du heute Abend ausgehen? Vielleicht irgendwohin, wo es eine Klimaanlage gibt?"

Sie schüttelte den Kopf. Das hier lief nicht gut – wie alle ihre Versuche mit Männern. Sie war zu ungeschickt, zu geradeheraus, zu fordernd und definitiv zu schlampig. Außerdem sollten erste Dates in einem eleganten Setting stattfinden, mit Duftkerzen und sanfter Musik, die das in goldenes Licht getauchte Pärchen umschwebte. Sie hätte drei Stunden damit zubringen sollen, sich fertigzumachen und aufzuhübschen. Ein Sprung in den See zählte nicht.

Und das Essen. Es sollte Champagner und etwas Leichtes, Elegantes geben, wie Vichyssoise oder Sushi, nicht Bier und Brezel.

„Komm schon, Nina, was meinst du?“, fragte er. „Haben wir ein Date?“

„Nichts daran stimmt“, platzte es aus ihr heraus.

Er starrte sie an. „Du hast recht. Du hast absolut recht.“ Er trank das Bier in einem Zug aus und stand auf. „Schön, dass wir das mit Max geklärt haben. Danke fürs Bier. Wir sehen uns.“

Er war so schnell verschwunden, dass sie mit offenem Mund auf dem Sofa saß und keinen Ton herausbrachte. „Unglaublich“, murmelte sie schließlich und stand auf, um die Flaschen in die Küche zu bringen. Sie sagte sich, dass es keinen Grund gab, sich verletzt zu fühlen – aber sie tat es trotzdem. Aber warum? Sie hatte ihm einen Korb gegeben und war nur verletzt, dass er gegangen war, obwohl er damit doch nur das getan hatte, worum sie ihn gebeten hatte.

Nein, warte. Er hätte die Bedeutung hinter *Nichts daran stimmt* erkennen müssen. Er hätte ihr nicht zustimmen und dann abhauen dürfen. Er hätte bleiben müssen und … was?

Sie wusch die Bierflaschen aus und stellte sie in die übervollen Recyclingeimer. Dann stand sie an der Spüle und starrte auf das dreckige Geschirr. Eine Müslischale und ein Löffel, die traurigen Überbleibsel eines einsamen Abendessens.

Der Anblick drückte irgendeinen Knopf bei Nina, und sie fiel in sich zusammen. Sie war nie jemand gewesen, der schnell weint, aber jetzt wurde sie von schmerzhaften Gefühlen übermannt. Greg schien es nichts auszumachen, sie von einer Sekunde auf die andere fallen zu lassen. Das war nicht fair. Endlich hatte sie jemanden getroffen, in den sie sich richtig verlieben könnte, und dann war er der Falsche für sie. Nicht nur das, er interessierte sich noch nicht einmal für sie. Er war nur zu bereit, mit ihr zu flirten und sich dann abzuwenden, einfach zu gehen. Für ihn war es nur ein Spiel. Er hatte keine Ahnung, was er ihr damit antat. Schluchzer erschütterten ihren Körper, und Tränen brannten auf ihren Wangen. Es war keine Erleichterung für Nina, kein wohltuender Ausbruch, nach dem man sich gereinigt und emotional gesund fühlte. Es war ein Augenblick des Schmerzes und einer so tiefen Verzweiflung, dass sie beinahe das Telefonklingeln überhört hätte.

Sie entschied sich, es zu ignorieren. Sie brach nicht oft zusammen und weinte. Dieser Luxus war einer alleinerziehenden Mutter nicht vergönnt. Also würde sie das jetzt durchziehen und sich durch nichts davon ablenken lassen.

Doch das hielt sie nicht durch. Sie warf einen Blick auf die Anruferkennung sah *Bellamy, G.* und seine Nummer.

Oh Gott. Wenn sie jetzt ranginge, würde er die Verzweiflung in ihrer Stimme hören. Vielleicht würde er sie sogar danach fragen oder schlimmer noch, ihm würde bewusst, dass er der Grund dafür war. Andererseits, wenn sie nicht ranging, würde er wissen, dass sie ihm aus dem Weg ging und ebenfalls wissen, dass sie am Boden zerstört war. Was bedeuten würde, er käme zurück und würde sehen, in welchem Zustand sie sich befand und …

„Hallo?" Sie ging nach dem neunten Klingeln ran.

„Nina, ich bin's, Greg."

„Ja?" Sie machte eine Pause, schluckte einmal und versuchte, so normal wie möglich zu klingen. „Hast du was vergessen?"

„Und ob ich das hab." Er lachte unterdrückt. „Ich habe die grundlegendste Dating-Regel vergessen. Tauche niemals unangekündigt auf."

„Wir daten nicht."

„Ich weiß. Meine Schuld."

„Greg …"

„Deshalb rufe ich an. Ich habe mich gefragt, ob du mit mir ausgehen würdest."

„Was?"

„Ausgehen. Mit mir. Du weißt schon, ein offizielle Verabredung. Für unsere erstes offizielles Date bin ich dir eine formelle Einladung schuldig. Eine erste Verabredung sollte etwas Besonderes sein, für den Fall, dass etwas daraus wird; dann kann man den Enkelkindern davon erzählen, wenn sie fragen, wie das erste Date war, und muss ihnen nicht sagen, dass es ein Abend mit verschwitztem Sex auf einem Sofa war – nicht, dass damit irgendwas nicht in Ordnung wäre. Ich persönlich finde das anturnend, aber ich wollte dich fragen …“

„Nein.“ Tränen stiegen ihr wieder in die Augen. Sein Versuch, das Ganze mit Humor zu sehen, tat weh. Alles tat weh. „Ich werde nirgendwo mit dir hingehen, Greg. Aber danke.“

„Das ist nicht die Antwort, die ich mir erhofft hatte“, sagte er.

„Es ist aber die einzige Antwort, die ich für dich habe.“ Sie zitterte unter dem Versuch, ihre Stimme unter Kontrolle zu bringen. Während sie sprach, tigerte sie unruhig auf und ab und kämpfte mit ihren Emotionen. Sie hasste es, sich in dieser Position zu befinden. Hasste die Tatsache, dass es eine Qual war, ihre Gefühle zurückzuhalten und ihre Sehnsucht nach etwas, das einfach unmöglich war.

Er sagte noch was, aber sie hörte ihm nicht zu. „Tschüss, Greg“, sagte sie leise und legte auf. Als sie das Telefon in seine Basis stellte, zitterte sie. Reiß dich zusammen, sagte sie sich. Es war gut, dass sie es jetzt endlich mal angesprochen hatten, diese zum Scheitern verurteilte Anziehung. Es machte ihr noch einmal deutlich, was sie genau zu tun hatte, also sollte sie dankbar sein.

Aber sie war nicht dankbar. Sie fühlte sich leer, beraubt. Und einsamer, als sie es je in ihrem Leben gewesen war. Und wessen Schuld war das? Sie hatte ihn gerade vertrieben. Es war an der Zeit, sich den Tatsachen zu stellen. Ganz offensichtlich funktionierte diese Sache mit Greg nicht und würde auch nie funktionieren. Das musste sie einfach akzeptieren und weitermachen, sogar wenn das bedeutete, eventuell das Inn am Willow Lake zu verlassen. Sie konnte einfach nicht bleiben. Diese Gefühl der Klarheit wurde von einem neuen Schwall Tränen begleitet. Sie hasste es; hasste es, zusammenzubrechen und die Kontrolle zu verlieren. Sie fühlte sich betrogen von ihren eigenen Gefühlen.

Als sie die schweren Schritte auf der Veranda vor ihrer Tür hörte, erstarrte sie. Sie war zu überrascht, um irgendetwas anderes zu tun, als einfach dazustehen, während Greg zu ihr zurückkehrte. Er machte sich nicht die Mühe zu klopfen, sondern stieß einfach die Tür auf und kam herein. Wie Rhett Butler, dachte sie. Aber sie stand trotzdem noch erstarrt da – in ihren alten Klamotten, mit nackten Füßen, das Gesicht rot und verquollen vom Weinen. Und auch wenn sie ihre Stimme wiederfand, waren die Worte, die sie sprach, total dumm. „Ich dachte, du hättest eine neue Regel, was unangekündigte Besuche angeht."

„Ich habe gelogen." Er trat zu ihr und packte sie, als stünde sie kurz davor, von einer Klippe zu fallen. Und dann schob er sie rückwärts durchs Zimmer bis zum Sofa, drückte sie hinunter und küsste sie – ein langer, hungriger Kuss, der sich mehr wie Sex anfühlte als jeder Sex, den sie je gehabt hatte. In diesem Moment vergaß sie alles. Vor allem vergaß sie, sich Sorgen zu machen oder die Kontrolle behalten zu wollen. Es dauerte eine ganze Weile, bis sie den Kuss unterbrachen, um Luft zu holen, und als sie es taten, fühlte Nina sich schwindelig und hilflos. Überrascht stellte sie fest, dass ihr das Gefühl gefiel. „So hatte ich mir unser Zusammenkommen nicht vorgestellt", platzte sie heraus.

„Nicht? Erzähl, wie hattest du es dir dann vorgestellt?"

Ertappt. Sie floh vom Sofa. „Ich werde gar nichts tun."

„Ach komm. Das lag doch schon lange in der Luft."

Sie wandte den Blick ab und hoffte, so würde er nicht sehen, dass sie geweint hatte. „Was meinst du damit?"

„Das weißt du ganz genau. Glaubst du, ich erinnere mich nicht mehr an all die Male, in denen wir *aus Versehen* aneinandergestoßen sind? Oh doch, das tue ich. Ich habe nur so getan, als hätte ich es nicht bemerkt, weil es so sinnlos schien. Ich erinnere mich an dein Lächeln, als wir uns das erste Mal getroffen haben. Ich erinnere mich, wie es sich angefühlt hat, dich mit diesem West-Point-Kadetten zu sehen und zu wissen, was ihr gerade getan hattet. Ich erinnere mich daran, dich mit deiner kleinen Tochter beobachtet zu haben. Nur weil ich geschwiegen habe, heißt das nicht, dass ich nichts gesehen habe und mich nicht erinnere. Es war zwecklos, mit dir zu sprechen, dich wissen zu lassen, dass du mir etwas bedeutest. Wir hatten verschiedene Leben. Ich war verheiratet und hatte Kinder, du hattest Sonnet und deine Familie und deinen Job. Was hätte es gebracht, dich wissen zu lassen, wie viel mir an dir liegt?"

Nina schaute ihn aus staunend aufgerissenen Augen an. Sie versuchte gar nicht so zu tun, als wüsste sie nicht, wovon er redete.

„Jetzt ist es anders", fuhr er fort und zog sie wieder in seine Arme. „Ich muss nichts mehr vorspielen. Ich kann dir freiheraus sagen, dass mir sehr viel an dir liegt."

Er beugte sich vor und benutzte seine Zähne, um ihr das T-Shirt von der Schulter zu schieben und ihre nackte Haus mit glühender, hochkonzentrierter Aufmerksamkeit zu küssen. Dann wanderten seine Lippen zu ihrem Mund, und er küsste sie, während seine Finger sich an dem Knopf ihrer Hose zu schaffen machten. Er gab ein zischendes Geräusch von sich, als hätte er sich an ihr verbrannt.

„Stimmt was nicht?", flüsterte sie an seinen Lippen.

„Du trägst keine Unterwäsche."

Sie errötete. „Das ist, äh, keine Angewohnheit von mir."

„Das sollte es aber sein. Versprich mir, dass du dich immer so anziehen wirst. Ich flehe dich an. Ich werde alles tun ..." Seine Worte gingen in einem heißen, hungrigen Kuss unter.

Männer sind so schlicht, dachte sie. Zumindest manchmal.

„Was macht dich an, Nina Romano?", fragte er, die Lippen dicht an ihren, während er langsam den Reißverschluss ihrer Hose öffnete.

Alles. Glücklicherweise konnte sie sich nicht daran erinnern, wie man sprach, und selbst wenn, hätte sie nicht gewusst, was sie ihm sagen sollte. Das war alles so neu für sie, dieses Gefühl der Sehnsucht und Kapitulation.

„Wenn ich darüber nachdenke", flüsterte er und ließ seine Hand in ihrem T-Shirt verschwinden, „sag's mir lieber nicht." Und damit drückte er sie wieder in die Sofakissen und sorgte dafür, dass der Stapel zusammengelegter Wäsche sich über sie ergoss. „Ich finde es lieber selber heraus."

Als Greg im Morgengrauen mit Nina in seinen Armen aufwachte, sprach er nicht aus, was ihm als Erstes durch den Kopf schoss. *Ich hab's dir doch gesagt*. Er *wusste*, dass der Sex mit ihr umwerfend sein würde. Er hatte den ganzen Sommer über Zeit gehabt, darüber nachzudenken und es sich vorzustellen und davon zu träumen. Aber die Tatsache, dass sie keine Unterwäsche getragen hatte ... guter Gott. Das war etwas, wovon ein Mann nicht mal zu träumen wagte. Er konnte nicht glauben, dass sie so lange gebraucht hatten, um an diesen Punkt zu kommen.

Sie schlief, als wäre sie in den weichsten aller Träume eingehüllt. Ihr Atem ging leicht, ihre Arme und Beine waren mit seinen verschränkt. Vorsichtig, um sie nicht aufzuwecken, rieb er sich die Augen und schaute sich um. Irgendwann gestern Abend waren sie ins Schlafzimmer umgezogen und hatten auf dem Boden eine Spur aus Klamotten hinterlassen. Unpassenderweise stand dort eine Flasche Ahornsirup – man konnte ihnen nicht vorwerfen, keine Fantasie zu haben – und Handtücher lagen zwischen Bad und Bett verstreut. Es war eine lange, unglaubliche Nacht gewesen, die er niemals vergessen würde. Eine, die er am liebsten so schnell wie möglich wiederholen wollte.

Doch zur gleichen Zeit wurde er von einer ungewohnten Zärtlichkeit für Nina übermannt. Er mochte sie. Er fing an, sie zu lieben, nicht nur wegen ihres Einfallsreichtums beim Einsatz von Ahornsirup. Er mochte ihre Unabhängigkeit und ihre unbeirrbare Loyalität. Er mochte ihre Leidenschaft und Entschlossenheit, sogar wenn sie sich mit ihm stritt. Und er mochte – nein, hier war „lieben“ definitiv das richtige Wort: Er *liebte* die Art, wie sie beim Sex war – verletzlich und forsch zugleich. Und wie sie in seinen Armen schlief.

Er stahl sich aus dem Bett und ließ sie schlafen. Kurz hielt er inne, um eine dünne Decke über sie breiten. Dann schlüpfte er in seine Shorts und ging in die Küche, wobei er auf dem Weg die Kondomverpackungen einsammelte, die überall herumlagen.

Er guckte auf die Uhr – sechs Uhr früh. Die Kinder würden noch ein paar Stunden schlafen. Gut. Er versuchte, so leise wie möglich zu sein, und fand schließlich den Moka – die einzige Kaffeemaschine, deren Anschaffung sich laut Nina lohnte – und einen Beutel Lavazza-Kaffee, bei denen es sich offensichtlich um einen Direktimport aus Italien handelte. Okay, sie ist definitiv kein Ordnungsfreak, dachte er, als er die Kaffeepulverreste von gestern aus dem Sieb schüttelte. In Gregs Augen war das eine positive Eigenschaft. Sophie war unglaublich ordentlich gewesen. So ordentlich sogar, dass er manchmal das

Gefühl gehabt hatte, einen Raum in Unordnung zu versetzen, nur weil er darin geatmet hatte.

Entschlossen verbannte er Sophie aus seinen Gedanken und stellte die Espressokanne auf die Flamme des Gasherds. Während das Wasser anfing zu kochen, suchte er im Kühlschrank nach etwas Essbarem und stieß dabei auf so inakzeptable Dinge wie fettfreie Sojamilch, Weintrauben, die die Hälfte des Weges zur Rosine schon hinter sich hatten, und ein beängstigendes Stück von etwas, das einem wissenschaftlichen Experiment ähnelte. Er wollte gerade aufgeben, da schob er noch einmal die Milch beiseite und erspähte einen weißen Karton der Sky River Bakery. Bingo. Ein halbes Dutzend Sfogliatelle – mit süßem Ricotta gefüllte Teigtaschen. Greg hielt eine mit den Zähnen fest, während er zwei Tassen ausspülte, die er in der Spüle gefunden hatte, und den Kaffee eingoss. Dann stellte er die Tassen auf den Karton. In dem Moment hörte er ein Geräusch hinter sich. Er richtete sich auf und drehte sich um.

Nina stand da, nur in ein Laken gewickelt, und schaute ihn an. Sie sah aus wie eine Miniaturgöttin, mit den kurzen, verwuschelten Haaren, der weichen, olivfarbenen Haut und dem wie eine Tunika um sich geschlungenen Betttuch. Er spürte, wie ihr überraschter Blick von dem Teilchen in seinem Mund über seine nackte Brust zu den beiden Kaffeetassen wanderte, die er auf dem Karton balancierte.

„Mmm“, sagte er und ging mit dem Kaffee voran ins Schlafzimmer, wobei er ihr mit einer Kopfbewegung bedeutete, ihm zu folgen. Er stellte alles ab und nahm das Gebäck aus dem Mund. „Geh zurück ins Bett“, befahl er zwischen zwei Bissen Sfogliatelle. „Ich bring dir Kaffee.“

„Tust du nicht“, sagte sie von der Tür.

„Zu spät.“ Er nahm ihre Hand und zog Nina zu dem ungemachten Bett. „Schon passiert.“

„Greg …“

„Kaffee“, sagte er. „Du trinkst ihn schwarz, richtig?“ Er reichte ihr eine Tasse und hielt ihr dann den Bäckereikarton hin. „Hungrig?“

„In einer Minute.“ Sie lehnte sich gegen die Kissen und gab acht, dass das Laken nicht verrutschte. „Ich muss das erst einen Augenblick genießen. So etwas passiert mir nicht jeden Tag – ein Mann, der mir Kaffee ans Bett bringt. Ehrlich gesagt glaube ich, das ist das erste Mal.“

Er stieß mit seiner Kaffeetasse an. „Aber nicht das letzte, wenn du bei mir bleibst.“ Mist, dachte er, sobald die Worte seinen Mund verlassen hatten. Das klang nicht nur kitschig, es deutete auch an, dass sie eine Wahl hatte. Schnell verbarg er den Fehler, indem er sich übers Bett beugte und ihr einen langen, süßen Gutenmorgenkuss gab, den er erst beendete, als er fühlte, wie sich ihre Lippen unter seinen zu einem Lächeln verzogen. „Du bist schön, weißt du“, sagte er.

Sie lachte leise und hob eine Hand an ihre zerzausten Haare. „Ja, ich weiß.“

„Wirklich, ich meine es ernst.“

„Okay, meinetwegen. Wegen so etwas fängt eine Frau keinen Streit an.“ Sie nippte an ihrem Kaffee und sah aus dem Fenster, während er sie anschaute. Sie seufzte zufrieden. „Ich liebe diesen Ausblick“, sagte sie.

Einen Augenblick lang war Greg sich sicher, dass sie sagen würde „Ich liebe dich“, und selbst diese eingebildete Liebeserklärung hob seine Welt aus den Angeln. Dann fasste er sich wieder und realisierte, worüber sie wirklich sprach. Innerlich lachte er über sich.

Er wandte sich auch der Aussicht über den See zu. Die Sonne war noch nicht aufgegangen. Ein schmaler, pinkfarbener Streifen zeigte sich am Horizont über den Hügeln und suchte sich seinen Weg hinunter zum Wasser. Ein paar kleine Nebelbänke hatten sich hier und da über dem See gebildet, und eine tiefe Stille lag über allem. Doch Greg wusste, dass das tiefe Gefühl der Zufriedenheit an diesem Morgen weniger mit dem Blick aus dem Fenster, sondern vielmehr mit der Frau in dem Bett hinter ihm zu tun hatte. So hatte sich sein Herz seit … noch nie angefühlt. Er selber hatte sich noch nie so gefühlt. Er hatte sich immer auf die Sophies und Brookes dieser Welt konzentriert. Aber Nina ließ ihn etwas empfinden. Irgendwie schaffte sie es, die Stelle in ihm zu finden, die vor ihr noch nie jemand hatte berühren dürfen.

Er drehte sich zu ihr um und genoss ihren Anblick. Sie war noch ein wenig verschlafen und offensichtlich sehr dankbar für den Kaffee. Ihre Augen schienen verschleiert, ein wenig unfokussiert, und ihr Mund war so weich, als würde er sich jede Sekunde zu einem Lächeln verziehen. Er konnte einfach nicht widerstehen. Mit wenigen Schritten hatte er das Zimmer durchquert und schlüpfte zu ihr unter die Decke. Ein kleiner Spalt im Laken zwischen ihren Brüsten zog ihn magisch an. „Nina …“

„Greg, ich …“

Sie sprachen beide gleichzeitig und zögerten dann. „Tut mir leid“, sagte er. „Sag du.“

Sie stellte ihre Kaffeetasse bedächtig auf den Nachttisch. „Ich dachte nur, du solltest wissen, das hier verändert einiges.“

Er machte es sich neben ihr gemütlich, stützte sich auf einen Ellbogen und berührte mit der anderen Hand verschiedene Stellen an ihrem Körper. Dabei beobachtete er sie. „Gut. Ich bin bereit für was anderes.“

Sie zitterte ein wenig, schob ihn aber nicht weg. „Das ist es also für dich? Eine kleine Veränderung, die die Langeweile vertreibt?“

Er konnte ein Lächeln nicht unterdrücken. „Ja, genau das ist es."

Sie legte ihre Hand auf seine und unterband damit seine Streicheleinheiten unter der Decke. „Ich kann nicht reden, wenn du das machst."

„Dann geht mein Plan ja auf."

„Werden wir wirklich nicht darüber reden?"

Das wäre zu schön, um wahr zu sein, dachte er. Aber er merkte, dass es ihr wichtig war, und wurde ernst. „An dem Tag auf dem Dachboden, als du mich gefragt hast, wieso ich dir von meiner Ehe erzähle. Ich wollte, dass du weißt, dass ich es verstanden habe. Ich weiß, was schiefgelaufen ist. Und ich weiß, wie ich es richtig machen kann."

„Das ist alles irgendwie ein bisschen zu schnell für mich."

Er dachte an all die Male, als sich ihre Wege in den letzten Jahren gekreuzt hatten. „Für mich nicht."

„Ich komme mit Veränderungen nicht so gut klar", gab sie zu.

„Glaub mir, Veränderungen sind nichts Schlimmes."

„Das kommt darauf an, in was es sich verändert. In etwas Gutes, Starkes, Erfüllendes – oder in etwas Kompliziertes und Chaotisches und Trauriges."

„Du tust gerade so, als hätten wir keine Wahl. Bekomm jetzt keine kalten Füße, Nina. Dafür ist es zu spät." Mit seinem Zeigefinger fuhr er die Linie ihrer Wange nach. Er wollte jeden Teil von ihr kennenlernen, die Landschaft ihres Körpers ebenso wie die Geheimnisse ihres Herzens.

Sie drehte sich zu ihm. Unsicherheit lag in ihrem Blick. „Was tun wir hier, Greg?"

„Uns verlieben."

„Haha, sehr lustig."

„Ich mache keine Witze. Wir verlieben uns. Sag mir, dass du es nicht auch fühlst."

„Du kannst nicht einfach …“

„Sicher kann ich, Liebste. Es ist mir schon mal passiert. Ich weiß, wie es sich anfühlte. Ich erkenne alle Zeichen. Und das hier ist … wow. Besser als alles, was ich je zuvor gefühlt habe.“

„Okay, ich bin in diesen Dingen vielleicht nicht so erfahren, aber ich bin mir sicher, dass ich das Gefühl erkennen würde, wenn es auftaucht.“ Sie duckte sich, während sie sprach, als wollte sie nicht, dass er ihr Gesicht sah.

„Es fällt dir vermutlich schwer, es zuzugeben, aber mein Gott, Nina, letzte Nacht gab es Momente …“ Sein Körper reagierte allein auf die Erinnerung, und er rutschte näher zu ihr heran, fing ihr überraschtes Keuchen mit einem Kuss auf, schmeckte sie, fuhr mit seinen Händen über ihren Körper. „Es gibt Dinge, die können selbst im Dunkeln, wenn alle Lichter aus sind, nicht verborgen bleiben.“

Ein kleiner Schauer überlief sie, als er sie streichelte und näher an sich zog.

Greg gefiel die Richtung nicht, die ihre Unterhaltung eingeschlagen hatte. Reden war in dieser Situation nicht angemessen. Es gab Dinge, die er ihr sagen musste, aber nicht mit Worten. Er kannte einen Weg, die Diskussion abzuwenden. Mehrere Wege sogar. Ein paar davon hatten sie letzte Nacht ausprobiert. Vielleicht würden sie heute Morgen noch ein paar weitere entdecken.

23. Kapitel

Okay, Nina, sagte sie sich, als sie aus dem Auto stieg und sich auf die Suche nach Jenny und Olivia machte. Sie hatte eingewilligt, ihnen heute im Camp Kioga zu helfen, kleine Vogelfutterbeutel für die Hochzeit vorzubereiten. Konzentrier dich, befahl sie sich. Sei cool. Und benimm dich um Himmels willen nicht so, als wäre etwas anders als sonst.

„Irgendwas an dir ist anders", bemerkte Jenny, als Nina das Haupthaus betrat. Jenny hatte die ganzen Materialien auf einem Tisch ausgebreitet – Rollen von weißem Satinband, kleine Tüllquadrate, ein großer Sack mit Vogelfutter.

Nina versuchte, sich lässig zu geben. Okay, vielleicht war ihr Gang ein wenig vorsichtig. Vielleicht hatte sie einen leicht dümmlichen, zufriedenen Ausdruck auf dem Gesicht. Sie und Greg hatten die letzte Woche über jede Nacht miteinander verbracht und waren dabei nicht viel zum Schlafen gekommen. Und sie liebte es. Sie liebte jeden kleinen Schmerz und Stich, den sie spürte, während sie tagsüber ihrer Arbeit nachging und ihr köstliches Geheimnis tief in sich bewahrte. Es gab Augenblicke, in denen sie sich auch verletzlich fühlte und Angst davor hatte, was als Nächstes passieren würde, aber auch das behielt sie für sich.

„Ich war beim Friseur", sagte sie zu Jenny.

„Nein, das ist es nicht … Oh, du hattest Sex."

„Hatte ich ni…"

„Doch, hattest du. Und das wurde auch langsam mal Zeit. Es ist Greg, oder?"

„Was ist Greg?“, fragte Olivia, die gerade mit einem Korb voll weiterer Sachen hereinkam. Ihr kleiner Hund folgte ihr auf dem Fuß.

„Nina hat mit Greg geschlafen.“

„Das wurde auch langsam Zeit.“ Olivia grinste Jenny an. „Sie sieht wütend aus.“ Der Hund ließ sich zu ihren Füßen auf die Erde fallen und rollte sich für ein Schläfchen zusammen.

„Sie ist wütend. Sie wollte es für sich behalten, bis sie entschieden hat, ob es nur eine kurzfristige Affäre oder was Ernstes ist. Und jetzt ist sie wütend, weil wir ihr Geheimnis erraten haben.“

„*Du* hast es erraten, Miss Superschlau. Erinnere mich daran, mich von dir fernzuhalten, wenn ich ein Geheimnis habe.“ Trotz ihrer Worte schaute Olivia Jenny mit offener Zuneigung an. Ab und zu sah Nina die Familienähnlichkeit zwischen ihnen und wurde daran erinnert, dass sie beide die Töchter von Philip Bellamy waren. Und im Moment steckten sie unter einer Decke und waren ihre Feinde.

„Können wir bitte nicht darüber reden?“, fragte sie.

„Wo bleibt denn da der Spaß?“, fragte Jenny.

„Es geht nicht um Spaß. Es geht um … Gott, ich weiß nicht, worum es geht.“

„Natürlich weißt du das – endlich“, widersprach Jenny. „Du hast schon seit ewigen Zeiten eine Schwäche für Greg. Und jetzt mag er dich auch. Wo ist also das Problem?“

„Überall, wo ich hinsehe“, gestand Nina. „Ich sehe nichts als Probleme auf uns zukommen.“

„Das sieht dir so gar nicht ähnlich“, wunderte sich Jenny. „Du bist doch das Mädchen mit den Lösungen. Das warst du schon immer.“

„Aber jetzt nicht mehr. Ich weiß nicht, wie so was geht, wie ich diese Person sein kann. Es war so einfach, als es nur Sonnet und mich gab, weißt du?“ Sie versuchte, ein kleines Säckchen mit Vogelfutter zu füllen, verteilte das Futter dabei aber über den ganzen Tisch.

„Einfach? Eine alleinerziehende Mutter zu sein ist einfach?" Vorsichtig setzte Jenny ein Häufchen Vogelfutter mittig auf ein Stück Taft und zog die Ecken hoch.

„Eigene Entscheidungen zu treffen ist einfach", stellte Nina klar. Sie schnappte sich eine Schere, schnitt ein Stück Band ab und band Jennys Säckchen zu. „Ich musste mich mit niemandem abstimmen oder irgendeinen Mann in meine Überlegungen mit einbeziehen."

Jenny lächelte. „Ich hätte nie gedacht, dass du vor einer Herausforderung zurückscheust."

„Ich weiß einfach nicht, wie das alles geht." Nina warf Jenny und Olivia einen verzweifelten Blick zu. Die Liebe hatte diese beiden Frauen verändert. Und sie wusste, dass es für beide von ihnen nicht leicht gewesen war. Jenny hatte alles, was sie besaß, bei einem Feuer verloren. Olivia hatte einem Leben den Rücken gekehrt, das für sie nicht mehr funktionierte – und beide Frauen hatten einfach etwas gewagt. Auf eine Art schien es, als hätte die Liebe sie tatsächlich gerettet, ihnen ein neues Leben gegeben. Ein besseres Leben. Dennoch sah Nina sich nicht das Gleiche tun. Loslassen, ein so großes Risiko mit ihrem Herzen eingehen. Das erschien ihr einfach unmöglich. „Okay, den Teil mit dem ‚sich verlieben' kapiere ich. Das ist auch nicht so schwer, vor allem nicht mit jemandem wie Greg. Was ich allerdings nicht verstehe, ist, was es braucht, um ihn zu halten, und wie man es vermeidet, verletzt zu werden", erklärte sie. „Und vor allem mit Greg Bellamy. Ich sehe all die Komplikationen und … sie machen mir Angst."

Jenny und Olivia tauschten einen Blick. „Das sollte es nicht", sagte Jenny. „Du lebst das Leben bereits, und du machst das ganz prima."

Nein, dachte Nina, das mache ich nicht. Vielleicht war das mit Greg nur ein Strohfeuer, ein One-Night-Stand, der ein wenig zu lang dauerte.

Nein, es war etwas so Schönes, dass es wehtat, etwas, nachdem sie sich sehnte wie eine Abhängige. Etwas zu Zerbrechliches und Gefährliches, als dass es halten könnte.

„Wisst ihr was?", sagte sie zu den beiden. „Ich werde heute nicht darüber nachdenken. Wir bereiten hier eine Hochzeit vor, um Himmels willen, und sich dabei Sorgen um mein Liebesleben zu machen ist einfach nicht richtig."

„Mir macht es nichts aus", sagte Olivia. „Aber …"

„Hier kommt die Braut", sangen zwei Frauen und schritten gemessen in den Speisesaal. Es handelte sich um Olivias und Jennys Cousinen Dare und Francine, wie Nina sich erinnerte. Sie hatten das gute Aussehen der Bellamys und die sportliche, unangestrengte Leichtigkeit derer, die privilegiert aufgewachsen waren. Hinter ihnen kam Freddy Delgado, Olivias bester Freund und Geschäftspartner aus der Stadt. Er war einfach hinreißend, mit den blonden Haarspitzen und den Hip-Hop-Klamotten, die an ihm einfach aussahen wie auf den Leib geschnitten. Und er stand ganz eindeutig auf Dare, die ihn auf eine Bank dirigierte und ihm den Kleidersack reichte, den sie in der Hand hielt.

„Da ist es", erklärte Francine. „Zurück von den finalen Änderungen."

Olivia schob ihre Hand in Jennys und hielt sie ganz fest, während Dare mit einer Verbeugung den Kleidersack öffnete. Als Freddy ehrfürchtig das Kleid samt Schleier hervorholte, war sogar Nina berührt. Es war einfach wunderschön, ein Designerkleid aus elfenbeinfarbener Seide mit einer Korsage, die mit Kristallperlen und zauberhaften Girlanden aus zartestem Tüll verziert war.

„Es ist unglaublich", sagte Jenny. „Das ist das schönste Kleid, das ich je gesehen habe."

Olivia lachte erleichtert auf. Nina nahm an, dass sie sich Sorgen gemacht hatte, ob ihre Schwester neidisch sein würde, aber das war völlig überflüssig. Jenny und Rourke hatten sich entschieden, schnell und in aller Stille zu heiraten – und Nina wusste, dass Jenny ihrer Schwester all den Wirbel und die Aufregung überhaupt nicht neidete. Olivia kletterte neben Freddy auf die Bank und setzte sich den Schleier auf, während sie sich das Kleid anhielt. Nina war erstaunt, einen leichten Kloß im Hals zu verspüren. Irgendwas am Anblick einer Braut … Olivia da so stehen zu sehen, strahlend vor Freude, einen Traum verkörpernd, den Nina sich nie zu träumen erlaubt hatte.

Sie sah zu, wie die anderen sich um Olivia versammelten und das Kleid gebührend bestaunten. Aus keinem anderen Grund als ihrer eigenen Unsicherheit fühlte sie sich in dieser Gruppe wie eine Außenseiterin. Die angeheuerte Hilfe und nicht ein Teil der Familie. Es war diese uralte, unsichtbare Grenze, die in einer Stadt wie Avalon immer existierte – die Sommerleute und die Einheimischen. Sie wusste, dass es eine falsche Trennung war, vor allem jetzt, aber dennoch war sie sich ihrer nur zu bewusst.

Während alle durcheinandersprachen, kam noch jemand. Anfangs bemerkte nur Nina sie. Sie war groß und selbstbewusst, trug einen beigefarbenen Designeranzug, eine große Designersonnenbrille und eine Chanel-Handtasche. Jedes blonde Haar saß an seinem Platz, und ihr Make-up war perfekt und doch leicht. Sie hätte direkt aus den Society-Seiten der Zeitung entstiegen sein können. Als Nina dämmerte, wer das war, geriet ihre Welt ins Wanken.

„Sophie!" Francine hatte sie gesehen und schrie erfreut auf. „Du hast es geschafft? Hey, Leute, Sophie ist da."

Die Ohs und Ahs verlagerten sich von dem Kleid auf den Neuankömmling – Sophie Bellamy, Gregs Exfrau. Sie kam in ihre Mitte, lächelte, umarmte alle und verteilte Luftküsschen. Jenny und Nina tauschten einen Blick, dann schauten sie sehnsüchtig auf die Schwingtüren zur Küche. Jenny schüttelte den Kopf. Sie hat recht, dachte Nina. Es war das Beste, es hinter sich zu bringen. Aber, oh Mann. An der Art, wie die Leute sie mit kaum verhohlener Anspannung beobachteten, wusste sie, dass sich alle auf ein Drama gefasst machten. Verdammt, dachte sie. Wusste denn jeder im Raum über sie und Greg Bescheid? Oh Gott – wusste Sophie es womöglich?

„Das hier ist Jenny", sagte Olivia und zog ihre Schwester zu sich. „Meine Halbschwester. Und das ist Jennys Freundin Nina."

„Nett, Sie kennenzulernen", sagte Nina. Ihr Lächeln war breit und ehrlich, ein Trick, den sie in ihren Tagen als Politikerin perfektioniert hatte. „Nina Romano."

Sie wurde mit einem ebenso ehrlichen Lächeln begrüßt. Ganz offensichtlich war Sophie die Politik auch nicht fremd. „Es ist so schön, Sie persönlich kennenzulernen. Sonnet ist ein echter Sonnenschein. Als sie mich in Den Haag besucht hat, hat sie mir so viel von Ihnen erzählt."

Okay, sie hatte die Neuigkeiten also noch nicht gehört. Entweder das, oder ihrer Vorstellung gebührte ein Oskar. Ninas Hals juckte, aber sie unterdrückte den Drang, sich zu kratzen. Sie wünschte, sie hätte sich heute die Zeit genommen, sich besser anzuziehen. Vielleicht zehn Sekunden, um ein wenig Lippenstift aufzulegen. Denn Sophie war umwerfend auf eine so elegante Weise, dass Nina sich wie die letzte Schlampe fühlte. „Danke", sagte Nina. „Und auch vielen Dank, dass Sie sich die Zeit genommen haben, ihr Den Haag zu zeigen."

„Glauben Sie mir, das war mir ein Vergnügen. Ich wünschte

nur, meine Kinder würden sich so für die Stadt interessieren, in der ich lebe."

Wie wäre es, wenn du dich erst mal für deine Kinder interessierst? Der Gedanke schoss Nina ungefragt durch den Kopf.

Doch als Sophie sich jetzt umdrehte, um das Brautkleid zu bewundern, musste Nina sie für ihre Haltung bewundern. Sie war freundlich und kühl, wie eine leichte Brise vom See. Die Sonnenbrille ließ gerade genug Licht durch, dass man die Form ihrer Augen erkennen konnte. Langsam nahm sie die Brille ab und schaute sich im Speisesaal um. „Wow", sagte sie. „Das weckt Erinnerungen."

Hier hatte Sophies eigene Hochzeit stattgefunden. Die Zeremonie draußen auf dem Steg und der Empfang und die Feier hier in der Halle. Eine Band hatte dort hinten in der Ecke auf einem Podest gespielt. Und der Bräutigam hatte zu viel getrunken und ein Loch in die Wand geschlagen. Da Nina nicht sicher war, ob Sophie zu ihr sprach, erwiderte sie nichts. Sie war überzeugt, dass Sophie sich nicht an sie erinnerte. Warum sollte sie sich auch an die Aushilfskellnerin erinnern?

„Olivia, ich weiß es sehr zu schätzen, dass du mich mit einbezogen hast", sagte Sophie.

„Aber das ist doch selbstverständlich", erwiderte Olivia.

„Ich hatte befürchtet, wegen der Scheidung …"

„Denk nicht mal daran. Ich fühle mich geehrt, dass du gekommen bist. Und ich bin so begeistert wegen des Babys."

„Begeistert." Auch was dieses Thema anbelangte, blieb Sophie cool. Ruhig und in Gedanken versunken. Die Frau war eine Eiskönigin. „Ja, natürlich."

„Ich gehe jetzt mal besser", sagte Nina, überzeugt, einen Idioten aus sich zu machen, wenn sie länger bliebe. „Wir sehen uns, Sophie. Olivia, dein Kleid ist wunderschön. Wir sehen uns an deinem großen Tag."

Jenny begleitete sie hinaus auf den Parkplatz, wo es sofort aus ihr herausbrach. „Oh. Mein. Gott. Ist diese Frau zu fassen? Wie seltsam war das denn wohl?“

„Zu seltsam für meinen Geschmack.“ Nina warf einen Blick über ihre Schulter zurück. „Ich denke, ich werde die Hochzeit ausfallen lassen …“

„Oh nein, das wirst du nicht“, widersprach Jenny. „Schon gar nicht wegen dieser Frau.“

„Es ist Olivias Tag.“

„Ja, das ist es, weshalb du hier kein Drama veranstalten wirst, indem du ihre Hochzeit boykottierst.“

„Das wäre kein Boykott. Ich …“

„Schluss damit. Du kommst. Und Sophie wird da sein, genau wie Greg, und alles wird gut, weil wir alle erwachsen sind, richtig?“

„Als ich das letzte Mal nachgeschaut habe, war es noch so.“ Nina öffnete die Autotür.

Jenny hielt sie fest. „Warte“, sagte sie und musterte ihre Freundin. „Du bist ein Wrack.“

Es hatte keinen Sinn, es zu leugnen. „Ich bin … ich bin es nur einfach nicht gewöhnt, mit so etwas umzugehen.“

Jenny, die schon immer ein weiches Herz gehabt hatte, zog Nina in eine Umarmung. „Süße, du warst immer so stoisch. Seitdem du mit deinem kleinen Baby in die Highschool gegangen bist. Es ist okay, ab und zu mal verletzlich zu sein.“

Nina trat zurück und nickte. „Das ist einfacher gesagt als getan. Im Lauf der Jahre habe ich mich so daran gewöhnt, auf mich allein gestellt zu sein, dass ich einfach nicht weiß, wie man es anders macht. Weißt du, ich schaue zurück und frage mich, ob ich etwas bereue. Ich sage mir, nein. Wenn man in der Situation ist, in der ich war, fühlt man sich immer wie auf dem Präsentierteller. Manche Leute verunglimpfen dich, aber andere bewundern dich dafür, dass du Verantwortung übernimmst, Opfer bringst. Man gibt Dinge auf wie Bildung und Karrierechancen und vielleicht auch ein wenig Privatsphäre. Aber das zerstört dich nicht. Es gibt nur eine Sache, die dich zerstört – dass man die Liebe verpasst, die alles anders macht, die Art von Liebe, die dich von den Füßen fegt und die nur zu ganz bestimmten Zeiten in dein Leben tritt. Und wenn man ein Kind hat und darum kämpft, alles irgendwie hinzukriegen, verpasst man diese besonderen Momente – sie vergehen, und man weiß gar nicht, was einem entgangen ist. Und ich dachte, diese Gelegenheiten wären für mich vorbei, dass ich sie in meinen Zwanzigern irgendwann hinter mir gelassen habe. Deshalb ist Greg so eine Überraschung für mich. Ich habe jetzt Gefühle, die ich niemals zuvor kannte. Für andere mag das alter Kram sein, aber für mich ist es brandneu. Deshalb habe ich solche Angst."

Nun weinten sie beide. Nina holte eine Packung Taschentücher aus ihrem Auto und bot sie Jenny an. „Und wenn du ein Wort davon deiner Schwester gegenüber erwähnst …"

„Das würde ich niemals tun. Ich will für dich nur, was ich mir schon immer für dich gewünscht habe", sagte Jenny. „Rede dir das nicht aus, Nina. Nur weil es kompliziert ist, heißt das nicht, dass es für dich nicht das Richtige ist."

24. Kapitel

Greg bog auf den Parkplatz des Krankenhausanbaus ein, fand einen freien Platz und wandte sich an Daisy. „So“, sagte er. „Der letzte Kurs vor dem großen Ereignis.“

Sie nickte, schien aber abgelenkt zu sein, als sie sich aus dem Auto hievte. Greg vermutete, dass es daran lag, dass ihre Mutter gefragt hatte, ob sie sie heute begleiten dürfe. Sophie hatte versprochen, dabei zu sein, wenn das Baby kam, und um das zu dürfen, musste sie mindestens eine Kursstunde mitmachen. Sophie stieg aus dem Fond des Wagens, und Greg sah Angst in ihren Augen aufflackern. Willkommen in meiner Welt, dachte er. Zum Teufel, er fühlte die gleiche Furcht, fühlte sie jeden einzelnen Tag. Aber er wusste, dass ihr auszuweichen sie nicht verschwinden lassen würde.

Als die drei zusammen den Anbau des Krankenhauses betraten, fühlte er sich seltsam losgelöst von allem. Er hatte nicht gewusst, wie es sein würde, wenn Sophie käme. Er hatte sich gegen einen Ansturm schmerzhafter Gefühle gewappnet, die Art Schmerz, die sich bis auf die Seele durchbrannte. Denn so hatte er sich in dem letzten Jahr vor der Scheidung gefühlt, als ihnen beiden klar wurde, dass ihre Ehe vorüber war. Indes der Schmerz kam nicht. Er stellte fest, dass er Sophie anschauen konnte und einen Menschen sah, den er einst geliebt hatte, aber nun nicht mehr. Als Mutter seiner Kinder gehörten ihr ganze Kapitel seines Lebens, aber er selber gehörte ihr nicht. Sie kannten einander wie niemanden sonst, und das war auch in Ordnung. Er war nicht länger nur der Kinder wegen höflich zu ihr, sondern weil er sich weiterentwickelt hatte.

Wann das passiert war, konnte er nicht genau sagen. Er nahm an, es war ein schleichender Prozess gewesen, herauszufinden, wer er war, wenn er nicht mehr Teil eines Paares war. Und in letzter Zeit war er natürlich auch noch von etwas wesentlich Erfreulicherem abgelenkt worden – Nina.

„Du siehst sehr zufrieden mit dir aus", merkte Daisy an, als sie hineingingen.

„Wirklich?" Greg hatte gar nicht bemerkt, dass er lächelte.

„Ich schätze, du bist ziemlich froh, dass das hier bald vorüber ist", sagte Daisy und bot ihm damit eine perfekte Ausrede.

„Ach, ich freue mich einfach auf den nächsten Schritt", log er und hielt die Tür für Daisy und ihre Mutter auf. Der Gedanke ernüchterte ihn allerdings sofort, auch wenn sein Kopf immer noch bei Nina weilte. Seine Gefühle für sie waren nicht über Nacht explodiert. Sie waren seit langer Zeit gewachsen, aber an einem dunklen, unbekannten Ort. Nachdem er sie dann aber mal entfesselt hatte, waren sie wie eine Macht außerhalb seiner Kontrolle, wie ein Waldbrand, eine Obsession.

Er dachte die ganze Zeit an sie, sogar jetzt, während er mit seiner Exfrau und seiner schwangeren Tochter auf Gymnastikmatten zuging, die vor der Videoleinwand auf dem Boden lagen.

Konzentrier dich, Greg, ermahnte er sich. Hier ging es um Daisy. Er stellte Sophie der Kursleiterin Barbara Machesky vor. Auf den ersten Blick war Barbara die typische sich ihr Müsli selber mischende, Birkenstock tragende New-Age-Hebamme – zumindest vermittelte sie diesen Eindruck. Später lernten die Schüler dann ihre sachliche, an einen Drillsergeant gemahnende Art kennen. Trotzdem, der Unterschied zwischen ihr und Sophie in ihrem europäischen Designeroutfit und den sorgfältig blondierten Haaren war beinahe komisch, und Greg spürte, wie Sophie sich eine Meinung über Barbara bildete.

Er erinnerte sich daran, dass seine Ex die Angewohnheit hatte, andere Menschen abzuschätzen und mit der Schnelligkeit einer fallenden Guillotine ein Urteil über sie zu fällen. Ihm gefiel es immer am besten, wenn sie danebenlag, so wie jetzt mit Barbara. „Daisy hat mir erzählt, dass sie so viel von Ihnen gelernt hat“, sagte Sophie in dem Tonfall, den sie bei ungenügenden Lehrern und Haushaltshilfen einzusetzen pflegte.

„Was Sie nicht sagen“, erwiderte Barbara. Die Herablassung war ihr offensichtlich nicht entgangen. Ihre Schüler, Greg eingeschlossen, waren ihr vollkommen ergeben. Sie schaffte es, in allen von ihnen Selbstvertrauen zu wecken – von dem Immigrantenpärchen aus Korea bis zu Daisy, die die Jüngste in dem Kurs war. „Setzt euch bitte alle. Wir sind heute ein Paar weniger. Randy und Gretchen haben letzten Mittwoch eine kleine Tochter bekommen, und alle sind wohlauf.“

Die Neuigkeit wurde mit zustimmendem Gemurmel aufgenommen. Zwischen den Kursteilnehmern war eine Bindung entstanden, was angesichts der Tatsache, dass ihnen allen das gleiche lebensverändernde Ereignis ins Haus stand nur natürlich war. Es war eine interessante Mischung – verheiratete Großstadtpflanzen, die neu hierhergezogen waren, ein schwules Pärchen und ihre immer fröhliche Leihmutter, ein unglückliches Paar, das fest davon ausging, dass ihr ungeborenes Kind ihre Ehe retten würde, eine tätowierte Teenagerin, die so viele Piercings im Gesicht hatte, dass sie aussah, als wäre sie kopfüber in einen Köderkiste gefallen. Randy und Gretchen hatten den Spitznamen die Flitterwöchner bekommen, weil sie sich mit gleicher Leidenschaft stritten und liebten. Sophie ließ einmal ihren Blick über die Runde gleiten und nahm alles in sich auf.

Greg war dabei gewesen, als sein Sohn auf die Welt gekommen war. Er hatte geweint, aber ein Teil von ihm war selig ignorant gewesen, was den ganzen Vorgang von Schwangerschaft und Geburt anging. Jede Woche mit Daisy hierherzukommen war ein ganz anderes Erlebnis. Er stellte fest, dass er sich auf all die Dinge konzentrierte, die schieflaufen konnten – eine abgedrückte Nabelschnur, Anomalien, Blutungen, Infektionen … Sein Kopf war voll mit all den Ängsten der Welt, und er musste trotzdem so tun, als wäre alles gut.

„Nachdem das hier heute die letzte Stunde in diesem Kurs ist, sprechen wir heute über die letzte Phase der Wehen und die Geburt selber." Barbaras forscher Ton und ihr scharfer Akzent verbargen, was für ein weiches Herz sie hatte. Auf der Leinwand erschien eine Liste. „Konzentrieren wir uns aufs Pressen …"

Greg fiel es schwer, sich zu konzentrieren, selbst als Barbara sich anderen Themen zuwandte, wie dem ersten Tag des Babys zu Hause im neuen Heim. Mit jedem vergehenden Tag wurde die Vorstellung, dass Daisy ein Kind zur Welt bringen würde, für ihn immer realer. Der Gedanke an ein Baby im Haus – ein Neugeborenes – war überwältigend.

Das wird so cool, dachte er.

Daisy erhaschte einen Blick auf sich im Schaufenster des Ladens, an dem sie auf dem Rückweg vom Geburtsvorbereitungskurs angehalten hatten. Wie immer erschreckte sie ihr Anblick. Ich sehe aus wie ein Football-Spieler, dachte sie und musterte ihr fülliges Gesicht, ihren Hals, ihre dicken Beine und Knöchel, die unter einem Sommerkleid von der Größe eines Zirkuszelts herausschauten.

„Geht es dir gut, Honey?", fragte ihr Mutter und nahm ihre Hand.

Bis vor einer Sekunde ja. Daisy sagte es nicht laut, aber verdammt, es war schwer genug, dem ganzen Gewicht ins Auge zu sehen, das sie im Laufe der letzten Monate zugelegt hatte.

Wenn dabei aber noch ihre Mutter, ihre wunderschöne, perfekte, dünne Mutter neben ihr stand, sah Daisy aus wie ein Festwagen.

„Ja, alles gut“, sagte sie. „Lass uns reingehen.“

Sie beobachtete, wie sich ihre Eltern wie höfliche Fremde benahmen, und es machte sie unglaublich traurig. Das Schlimme an dieser Scheidung war, dass es keinen Bösewicht gab. Nur zwei Leute, die nicht länger miteinander leben konnten, egal wie. Auch wenn das Auseinanderbrechen ihrer Familie beinahe ein ganzes Jahr her war, verspürte Daisy doch ab und zu noch einen stechenden Schmerz. Vielleicht würde der nie vergehen. Sie fühlte sich immer noch schlecht wegen der Art, wie es für ihre Mutter gelaufen war. Im letzten Herbst, als alle zerbrochenen Stücke endlich gefallen waren, hatte es endlose Diskussionen – okay, lautstarke Auseinandersetzungen – darüber gegeben, wo Daisy und Max wohnen würden und wer die Verantwortung für sie trüge und was das Beste für sie wäre. Mom hatte natürlich gewollt, dass Max und Daisy mit ihr kommen. Da die Mutter beinahe immer die sorgerechtsberechtigte Person war, war entschieden worden, dass sie mit ihr gehen.

Aber die Sache hatte einen Haken. Mom rettete die Welt. Genauer gesagt, sie rettete ein kleines Fürstentum im Süden Afrikas, indem sie einen Warlord wegen Verbrechen gegen die Menschlichkeit anklagte. Von dem Ausgang des Prozesses hing ab, ob Menschen leben oder sterben würden. Damit Mom also ihre Arbeit zu Ende führen konnte, musste sie in Den Haag leben, dem Sitz des Internationalen Kriegsgerichtshofs. Sie hatte schon die entsprechende Schule für Daisy und Max herausgesucht, eine internationale Schule, auf die zu gehen jedes Kind sich glücklich schätzen könnte. Es hätte so einfach sein sollen – eine Scheidung, die Kinder gehen mit der Mutter. Das passierte jeden Tag.

Was für ein Desaster. Max hatte nur wenige Tage in der feindlichen Umgebung durchgehalten, bevor er zusammengebrochen war. Daisy schaffte es nicht viel länger, dann wurde sie fürchterlich krank. Später stellte sich dann heraus, dass es an ihrer Schwangerschaft gelegen hatte. Daisy verfolgte immer noch der Ausdruck auf dem Gesicht ihrer Mutter, als sie und Max ihr gesagt hatten, sie wollten – mussten – bei ihrem Dad leben und zu ihm nach Avalon ziehen. Die Bellamys hatte eine lange, angesehene Geschichte in dieser Stadt. Es war ein sicherer Ort, um sich an die Veränderungen in ihrem Leben zu gewöhnen. Und Mom, normalerweise so eine Kämpferin, hatte Stunden mit dem Familientherapeuten verbracht und dann gesagt, dass sie es versteht. Angesichts des Traumas der Scheidung wollte sie die Sache nicht noch schlimmer machen, indem sie ihre Kinder zwang, auf der anderen Seite des Ozeans unter lauter Fremden zu leben. Aber genauso wenig konnte sie dem Fall, dem sich sie verpflichtet hatte, einfach den Rücken kehren, auch wenn sie sagte, dass sie es tun würde.

Daisy erinnerte sich noch an das Zittern in der Stimme ihrer Mutter, als sie sagte: „Ich bleibe bei euch in den Staaten." Sowohl ihr als auch Max war ihr innerer Aufruhr aufgefallen.

Und beide hatten gewusst, dass es nicht funktionieren würde, wenn ihre Mutter sich von ihrer Mission zurückzog. In einem Augenblick der Gemeinheit, für den sie sich immer noch schämte, hatte Daisy ihren Teil dazu beigetragen, indem sie ihrer Mutter sagte, es wäre völlig sinnlos, wieder zurück in die Staaten zu ziehen, wenn sie und Max doch sowieso bei ihrem Vater leben wollten.

Also unternahm ihre Mutter alle paar Wochen den Transatlantikflug, um sie zu sehen und sammelte Unmengen an Bonusmeilen. Die Besuche waren oft angestrengt und gezwungen, niedergedrückt von den Schuldgefühlen ihrer Mutter, Max'

Schmerz und Daisys Abwehr. Max hatte seine Mutter ein paar Mal besucht, aber Daisy nicht, auch wenn die Einladung noch stand. Daisy dachte zynisch, die Tatsache, dass sie und Max nach der Scheidung zu ihrem Vater gezogen waren, kollidierte fürchterlich mit dem ewigen Kampf ihrer Mutter um Perfektion. Die perfekte Frau, die perfekte Mutter, die perfekte, in der Weltgeschichte herumreisende Anwältin, die die Welt rettete. Ihre Mutter hatte schließlich einsehen müssen, dass sie nicht in allem perfekt sein konnte. Nur in einigen Dingen.

Was sie aber nicht davon abhielt, zu versuchen, die perfekte Großmutter zu werden. Das war der Hauptgrund für ihren heutigen Einkaufstrip.

Der Laden hieß New Beginnings und behauptete, alles zu haben, was werdende Eltern für den Neuanfang brauchten. Daisy besaß bereits die Grundausstattung – Wiege, Autositz, Kinderwagen – und ihre Cousinen hatten ihr eine Babyparty ausgerichtet, die einer Prinzessin würdig gewesen wäre. Aber ihre Mutter hatte darauf bestanden, die Babyerstausstattung zu kaufen.

Als sie nun so zwischen ihren Eltern durch den Laden ging, empfand Daisy ein falsches Gefühl von Sicherheit, das sie zurück in ihre Kindheit transportierte, wo alles so viel einfacher gewesen war. Nachdem ihre Eltern sich getrennt hatten, hatte Daisy noch gehofft, sie würden ihre Meinung ändern, würden doch wieder zusammenkommen. Jetzt allerdings wusste sie es besser. Nicht so Max. Er lebte immer noch für seinen Traum, dass seine Eltern sich wieder zusammentäten. Bald schon würde er lernen, was ihre Mutter schon vor langer Zeit erkannt hatte. Eine Wiedervereinigung stand nicht mehr zur Debatte. Der Zug war abgefahren.

Daisy wusste, dass das, was sie seit einiger Zeit vermutete, worauf sie seit einiger Zeit sogar hoffte, wahr geworden war. Dad war mit Nina zusammen. Vor ein paar Tagen war Daisy nachts für den gefühlten hundertvierundsiebzigsten Badezimmerbesuch aufgestanden und hatte ein Geräusch gehört. Es war ihr Dad, der um vier Uhr morgens durch die Hintertür kam. Er hatte ihr erzählt, er hätte Waschbären an den Mülltonnen gehört.

Ja, klar.

Sie sah, dass eine Verkäuferin sie und ihre Eltern musterte. Vermutlich versuchte sie, herauszufinden, was das für eine Konstellation war. Ihre Eltern sahen einfach noch nicht wie zukünftige Großeltern aus. Ein zufälliger Beobachter konnte durchaus denken, dass sie die Adoptiveltern waren und Daisy ihnen ihr Baby überlassen würde.

Doch das war nie infrage gekommen. Der Familienberater hatte sie ermutigt, auch eine Adoption ins Auge zu fassen, ruhig auch innerhalb der Familie. Daisy hatte sich mit dem Gedanken spielerisch für ungefähr, sagen wir, zehn Sekunden beschäftigt, bevor sie entschied, dass das nicht funktionieren würde. Es war eine der wenigen Entscheidungen, die ihr in all dem leicht gefallen waren. Ganz am Anfang hatte sie auch darüber nachgedacht, die Schwangerschaft abzubrechen, aber das hatte sie nicht übers Herz gebracht. Und nachdem sie sich einmal entschlossen hatte, das Baby zu behalten, war sie auch entschlossen, es wirklich zu behalten.

Sie wünschte, sie würde eine unanfechtbar feste Überzeugung haben, was ihre eigene Zukunft anging. Ein so starkes Gefühl, das wie Musik in ihrem Kopf spielte, so wie es den Mädchen in den Fernsehfilmen immer ging. Aber das Glück hatte sie nicht. Sicher, sie hatte die Entscheidung getroffen und würde dabei bleiben, aber das heiß nicht, dass sie wusste, was zum Teufel sie da eigentlich machte.

Sie hatte versucht, einen Weg zu finden, ihren Eltern mitzuteilen, dass Logan O'Donnell sich geweigert hatte, auf seine elterlichen Rechte zu verzichten. Er war aus dem Nichts bei ihr aufgetaucht, und seine Reaktion auf ihren Brief war total unerwartet gewesen. Er weigerte sich nicht nur, ihre Bedingungen zu akzeptieren, sondern stellte auch noch eigene auf. Die Daisy natürlich nicht einmal in Erwägung ziehen würde. Also hatten sie eine Pattsituation, und Daisy wusste nicht, was sie tun sollte. Sie war noch nicht bereit, das mit ihren Eltern zu besprechen.

Aber es gab ein anderes Thema, das sie mit den beiden bereden musste. Ihre Zukunft. Doch auch das schob sie vor sich her, sicher, dass ihr Dad ausflippen würde, wenn er hörte, was sie vorhatte.

Ihre Mom hielt einen Matrosenanzug in Puppengröße hoch. „Was meinst du dazu?“

„Wie süß.“ Vielleicht waren es die Hormone, aber der Anblick von Babykleidung ließ Daisy innerlich ganz weich und schmalzig werden.

„Also gefällt dir das maritime Thema?“, fragte ihre Mom.

„Klar.“

Ihr Dad guckte sich Mobiles zum über die Krippe hängen an und schien sich mehr auf das Golfthema eingeschossen zu haben. Die Spannung zwischen ihren Eltern summte in der Luft wie ein herannahendes Gewitter. Daisy fühlte sich zwischen ihnen wie eine dieser Puppen mit Gummiarmen, die man für Zerrspiele benutzte. Warum hatte sie nur gedacht, hierherzukommen wäre eine gute Idee?

Weil die beiden – verheiratet oder nicht – ihre Eltern waren. Sie waren Emiles Großeltern. Und sollten sich besser langsam an den Gedanken gewöhnen.

25. Kapitel

Es war der Abend vor Olivias Hochzeit, und Nina war ganz schwindelig vor Glück, weil Sonnet endlich zu Hause war. Gemeinsam mit ihr und Daisy saß Nina auf der Terrasse des Bootshauses, trank Eistee und genoss den milden Abend. Die Hitzewelle war etwas abgeebbt – eine kleine Gnade, die Nina nicht mehr für selbstverständlich nahm. Sie hatte sich gefragt, ob die glühende Hitze etwas mit ihren vollkommen verrückten Gefühlen für Greg zu tun hatte. Doch jetzt, wo die Temperaturen etwas gefallen waren, merkte sie, dass das Wetter keinen Einfluss hatte. Sie war immer noch verrückt nach ihm. Sie hatte so lange versucht, es zu leugnen, hatte versucht zu verhindern, sich an einen Mann zu binden, dessen Leben so kompliziert war.

Das Problem war jedoch, dass Nina die Komplikationen gefielen.

Ganz bewusst lenkte sie ihre Gedanken auf ihre Tochter. Sie musste mit Sonnet darüber sprechen, und zwar bald. Erst jedoch musste sie überlegen, was genau sie ihr sagen wollte.

Im Moment war sie einfach nur zufrieden damit, ihren Eistee zu trinken und die beiden Mädchen zu beobachten. Sie waren beste Freundinnen und erinnerten Nina an sich selbst und Jenny Majesky vor vielen Jahren; zwei junge Frauen, die einander liebten und vertrauten. Sonnet lag ausgestreckt auf der Sonnenliege. Sie litt noch unter Jetlag und hatte Schwierigkeiten, die Augen offen zu halten. Jedes der Mädchen stand vor einem großen Einschnitt in ihrem Leben. Sonnet würde mit dem College anfangen, Daisy ein Kind bekommen. Beide strahlten eine Mischung aus Jugend, Torheit, Angst und Aufgeregtheit aus. Teenager, dachte Nina, waren die „Rain Men“ der menschlichen Rasse. In einigen Dingen so klug und in anderen komplett ahnungslos.

„Wie auch immer“, sagte Daisy gerade. „Ich kann es kaum erwarten, dass du ihn kennenlernst.“ Sie sprach über Julian Gastineaux, eines ihrer Lieblingsthemen. „Ich weiß, ich hab dir Bilder geschickt, aber in echt ist er noch viel unglaublicher.“

„Was hast du ihm über mich erzählt?“, wollte Sonnet wissen.

„Dass du ekelerregend perfekt bist, aber man dir das nicht übel nehmen sollte“, erwiderte Daisy.

„Klar“, sagte Sonnet. „Ich und perfekt.“

„Totales Wunderkind, Einserschülerin, und sieh dir nur mal all die Sachen an, die du diesen Sommer während eines Praktikums gemacht hast. Du bist eine internationale Frau voller Geheimnisse.“

Sonnet gähnte. „Das kauf ich dir nicht ab. Ich klinge ja total langweilig.“

„Hast du irgendwelche Jungs kennengelernt?“

„Hallo? Das war eine Militärbasis. Da wimmelt es nur so von Männern. Allerdings hat sich keiner von denen für mich interessiert. Sie haben alle nach Mädels Ausschau gehalten, die … abenteuerlustiger waren, wenn du weißt, was ich meine.“ Sonnet hatte während der Highschool entschieden, dass sie keinen Sex vor der Ehe haben würde, eine Idee, die Nina aus vollem Herzen befürwortete.

„Oh ja“, sagte Daisy. „Ich weiß genau, was du meinst.“

„Okay, ihr zwei“, sagte Nina mit übertriebener Fröhlichkeit, weil ihr dieses Thema nicht behagte. „Ich bringe mal die Gläser rein und lasse euch ein wenig Zeit für euch.“ Sie ging in die Küche und machte extra viel Lärm beim Abwaschen der Gläser.

Sonnet machte keine große Sache aus ihrem Abstinenzschwur, aber Nina wusste, dass sie es sehr ernst meinte. Und warum auch nicht? Nachdem sie gesehen hatte, welchen Einfluss vorehelicher Geschlechtsverkehr auf ihr eigenes Leben gehabt hatte, war Sonnet entschlossen, einen anderen Weg einzuschlagen.

Nina stellte das Radio an und summte mit, während sie die Wäsche aus dem Trockner zusammenlegte und den Stapel in Sonnets Zimmer brachte. Wobei Zimmer übertrieben war, es war eher eine Schlafkoje mit einem Fenstersitz, der als Doppelbett fungierte. Anders als Nina mochte Sonnet es ordentlich und aufgeräumt. Sie hatte ihren Koffer bereits ausgepackt und alle Sachen mit einer militärischen Präzision aufgehängt, die sie vermutlich von ihrem Vater geerbt hatte. Die Geschenke, die sie mitgebracht hatte, standen fein säuberlich auf einem Regal – kleine Andenken aus Delfter Porzellan und ein Stückchen handgeklöppelter Spitze.

Als Nina wieder nach draußen kam, war es erstaunlich still. Daisy schaute zu ihr auf. „Sie schläft tief und fest. Der Jetlag hat sie schließlich doch noch eingeholt. Meinst du, wir sollten versuchen, sie ins Bett zu bringen?"

Nina strich mit der Hand über Sonnets Haar. „Das mache ich später."

Daisy Augen strahlten, sie schien voller Energie zu stecken. „Ich bin froh, dass sie zurück ist."

„Ich auch." Nina weigerte sich, daran zu denken, dass Sonnet schon bald wieder abreisen würde. „Du musst wegen der Hochzeit ganz schön aufgeregt sein", sagte sie.

„Ich bin wegen einer ganzen Menge Dinge ziemlich aufgeregt."

„Das ist gut. Du hast auch vieles, worauf du dich freuen kannst." Nina spürte, dass Daisy aus einem bestimmten Grund noch hier war. „Ist alles in Ordnung bei dir?"

„Klar. Ich meine, es ist ein bisschen komisch, jetzt wo meine Mutter da ist, aber das war zu erwarten. Man merkt, dass sie sich hier in Avalon wie ein Fisch auf dem Trockenen fühlt."

„Na ja, es ist ja auch ein ganz schöner Sprung von den Hauptstädten Europas zu einer Stadt wie dieser. Ich bin sicher, sie wird es gut überstehen."

Schweigen breitete sich zwischen ihnen aus. Es gab ein paar Sachen, die Nina Daisy gerne fragen würde, aber sie hielt sich zurück. Sie hatte sich schon zu sehr mit dieser Familie verstrickt. Aber sie konnte abwarten und zuhören.

Sie musste nicht lange warten. Daisy sagte: „Weißt du, ich dachte, ich würde für immer bei meinem Vater wohnen bleiben müssen, weil er mich braucht. Und ich schulde ihm das, das weiß ich, aber ich wünschte, ich würde wissen, dass er auch ohne mich glücklich wird."

Nina war überrascht. Das hatte sie nicht erwartet. „Nur um das klarzustellen", sagte sie. „Du sprichst über deinen Vater?"

„Ja, über wen sonst?"

Nina war bewegt. Hatte Sonnet sich auch solche Gedanken über sie gemacht? Allerdings nahm sie an, dass noch eine tiefere Bedeutung hinter Daisys Aussage steckte. „Und ich vermute, du hast ihm gegenüber noch nichts davon erwähnt."

„Er würde mir nur sagen, dass es ihm gut geht, was totaler Quatsch ist. Oder gewesen wäre. Bevor du gekommen bist, habe ich mir echt Sorgen um meinen Dad gemacht."

„Was meinst du mit ‚gekommen bist'?", hakte Nina nach. „Ich bin schon mein ganzes Leben lang hier."

„Ich meine, jetzt wo ich meinen Dad mit dir sehe, mache ich mir das erste Mal seit langer, langer Zeit keine Sorgen mehr."

Mit dir. Nina errötete und fragte sich, wie viel Daisy wusste. Sie entschied sich, sich dumm zu stellen.

„Daisy, ich will hier keinen falschen Eindruck erwecken. Ich arbeite für deinen Dad. Das muss nicht unbedingt für immer so sein."

„Na ja, noch nicht", sagte Daisy mit fröhlicher Zuversicht. „Es ist schön, ihn so glücklich zu sehen. Das ist gut für uns alle." Daisy starrte in die Flamme der Zitronenkerze, die fröhlich auf dem Tisch flackerte und die Mücken abhalten sollte. „Ich will nicht, dass mein Leben hier stattfindet." Sie flüsterte die Worte beinahe. „Ich will … etwas anderes für mich und das Baby, und das finde ich nicht hier. Ich will schon seit so langer Zeit fort von hier, alleine leben, aber ich habe mir immer Sorgen um Dad gemacht. Ich weiß, dass es ihm überhaupt nicht gefallen würde, wenn er es wüsste, aber ich kann nicht anders. Da ist dieses Gefühl, gefangen zu sein … ich wache nachts auf und kann nicht atmen. Ich fühle mich erstickt. Aber wenn ich ihn mit dir zusammen sehe …"

„Daisy, triff keine Entscheidungen auf Basis möglicher Gefühle deines Dads oder anderer Leute. Das Einzige, was für dich wichtig ist, sind das Baby und du. Ehrlich, du kannst dein Leben nicht für andere Menschen leben. Damit wirst du nur unglücklich."

„Das habe ich den ganzen Sommer über getan. Aber jetzt tue ich es nicht mehr. Aber danke, dass du mich daran erinnert hast, dass ich mein eigenes Leben finden muss."

„Ich habe dich nicht …"

„Ich gehe jetzt besser." Daisy gähnte und streckte sich. „Morgen ist ein großer Tag."

Nachdem sie gegangen war, deckte Nina Sonnet mit einer leichten Decke zu. Dann stand sie ruhelos an der Brüstung der Terrasse und schaute auf den See hinaus. Sie sah die Spiegelung des Mondes, vor dem Wolken dahinzogen, auf dem Wasser. *Wenn ich ihn mit dir zusammen sehe …* Was Daisy nicht verstand war, dass Nina mit niemandem eine dauerhafte Verbindung eingehen wollte. Oder? Sie sollte es zumindest nicht wollen. Sie sollte jetzt vor allem sich selber finden. Ihren Träumen folgen. Herausfinden, wer sie war, jetzt, wo Sonnet aufs College ging. Am Anfang des Sommers hatte sie genau gewusst, was sie wollte – das Inn und ein neues Gefühl der Freiheit. Jetzt hatte sie weder noch, aber ihr Leben fühlte sich so viel reicher an, als sie es sich je erträumt hatte.

Es gab nur ein Problem. Und sie ertrug es kaum, es vor sich selber zuzugeben. Das Problem war, dass jedes Mal, wenn sie über die Zukunft nachdachte, Bilder von Greg Bellamy ihren Kopf überfluteten – und ihr Herz. Sie hatte den ganzen Sommer damit verbracht, sich Gründe zu überlegen, wieso er nicht richtig für sie war und hatte dabei das einzig Wichtige übersehen.

Es war schockierend, wie schnell sie sich daran gewöhnt hatte, ihn in ihrem Leben zu haben. Wie sehr sie es genoss, abends darauf zu warten, dass er zu ihr kam. Jetzt vermisste sie ihn so sehr, dass sie zitterte. Sogar nun, wo ihre Tochter zu Hause war, vermisste sie seine Umarmung, sein Lachen, seinen Geruch und den Geschmack seiner Küsse. Sie vermisste einfach alles an ihm.

Und das Schreckliche war, sie hatte ihm nie gesagt, was er ihr bedeutete. Wovor hatte sie solche Angst? Worauf wartete sie? Die Uhr hinter ihr schlug Mitternacht. Sie sollte jetzt besser auch ins Bett gehen.

Morgen wäre der perfekte Tag, es ihm zu sagen. Immerhin ging sie morgen auf eine Hochzeit.

Am Tag von Connor und Olivias Hochzeit zog Greg sich in einer der ehemaligen Schlafbaracken des Camp Kioga um. Einst Kulisse für kindliche Streiche, nächtliche Fressorgien und Geistergeschichten, fungierte sie nun als Umkleideraum für die an der Hochzeit Beteiligten. Greg sah, dass Max mit seinem Smoking kämpfte, und ging rüber, um ihm zu helfen.

„Was soll das überhaupt mit diesen komischen Knöpfen?" Max schaute grimmig auf sein frisch gestärktes weißes Hemd.

„Sie sind einfach schick", sagte Greg. „Hey, Dad, Max braucht Hilfe mit seinen Hemdknöpfen."

Charles Bellamy sah wie immer makellos aus – schlank, mit silberfarbenen Haaren, einer perfekten Haltung und einem liebevollen Lächeln für seinen jüngsten Enkelsohn. „Da sag noch mal einer, ich wäre zu nichts mehr nutz."

„Das ist doch vollkommen sinnlos", sagte Max. „Was ist denn mit normalen Knöpfen nicht in Ordnung? Oder mit einem Reißverschluss? Ja, das wär's doch. Ein Hemd mit einem Reißverschluss."

„Junger Mann, du solltest wissen, dass es sich hier um Dunhill-Perlmutt-Schmuckknöpfe von der gleichen Art handelt, wie sie zu meiner Hochzeit getragen wurden. Das war vor einundfünfzig Jahren genau hier im Camp Kioga." Mit flinken Fingern, die sein Alter Lügen straften, befestigte Gregs Vater die Knöpfe an Max' Hemd. „Erzähl mal", sagte er. „Wie war dein Sommer bisher?"

Max zuckte mit eleganter Lässigkeit die Schultern. „Okay."

„Nur okay?"

„Ich habe einen Job bei den Hornets", sagte er und taute langsam auf. „Das ist viel besser als nur okay."

„Das würde ich wohl auch sagen. Du bist ein Glückspilz, dass du für ein professionelles Baseballteam arbeiten darfst."

„Und ob. Nina hat mir den Job verschafft. Nina Romano – sie ist toll."

Was du nicht sagst, dachte Greg. Er hatte sie in den letzten Tagen nicht so viel gesehen, wie es ihm lieb gewesen wäre, was kein Wunder war, mit Sonnet und Sophie in der Stadt und der kurz bevorstehenden Hochzeit. Das Inn war komplett ausgebucht, ein Großteil davon waren Hochzeitsgäste. Sie hatten so viel zu tun, dass er tagsüber nicht ausreichend Zeit gefunden hatte, sich mit Nina davonzustehlen. Wenn er alle Zeit der Welt hätte, würde er sie mit ihr verbringen – mit ihr reden und lachen und Liebe machen. Verliebt sein.

Max hielt eine silberne Fliege auf Armlänge von sich. „Wie wär's, wenn wir die einfach weglassen?"

„Da träumst du wohl von", sagte Greg.

Charles stellte bereits den gestärkten Kragen von Max' Hemd auf. „Achtung", sagte er. „Jetzt kommt's."

„Das ist so schwul", sagte Max.

Greg lachte. „Glaubst du, damit kommst du in dieser Familie durch?"

„Die Schuhe drücken." Er scharrte mit den Füßen, die in glänzenden Lackschuhen steckten.

„Damit auch nicht."

„Ich verstehe nicht, warum es so eine große Sache ist zu heiraten", murmelte Max. „Die meisten Ehen werden ja doch wieder geschieden."

Greg wusste, dass Max nur eine Reaktion provozieren wollte. Aber jetzt war nicht der richtige Zeitpunkt für eine große Familiendiskussion. „Nette Einstellung, Kumpel."

„Stimmt doch", erwiderte Max.

Greg spürte, dass sein Vater ihn beobachtete, sie beide beobachtete. Seinen Eltern von der Scheidung zu erzählen war fast genauso schlimm gewesen, wie es den Kindern zu beizubringen. Er hatte sich an dem Tag wie der größte Versager gefühlt und sich so unglaublich geschämt. Sie hatten ihm alle ihre Unterstützung angeboten, aber letztlich fühlte Greg sich verantwortlich dafür, dass die Liebe in seiner Ehe unrettbar versandet war.

Er nahm seinem Vater die seidene Fliege aus der Hand und legte sie so um Max' Hals, dass sie sich in die Augen sehen konnten. „Schau mal, Kumpel. Niemand kann die Zukunft vorhersagen. Menschen verlieben sich, und manchmal hält es für immer, wie bei Nana und Grandpa. Manchmal verändern sich die Gefühle aber auch, so wie bei deiner Mom und mir. Das ist aber kein Grund, die Hoffnung aufzugeben. Und darum geht es bei einer Hochzeit. Sich zu lieben und sein Bestes zu geben, damit es funktioniert. Das ist es, was wir Olivia und Connor wünschen, und deshalb schließen wir unsere Hemden mit diesen seltsamen Knöpfen und tragen seidene Fliegen."

„Häh?"

Greg unterdrückte ein Lachen. „Halt einfach still, damit ich das hier fertigmachen kann." Nachdem er die Fliege gebunden hatte, trat er einen Schritt zurück und verspürte einen Anflug von Stolz. „Guck dir meinen Jungen an, Dad. Sieht er nicht einfach großartig aus?"

Und das tat er. Max' Haare waren von einer seiner Cousinen frisiert worden, und sein Gesicht blitzte wie frisch geschrubbt. Im Laufe des vergangenen Jahres war er groß und stark geworden, und man sah, dass er an der Schwelle zum Mannsein stand.

„Kann ich jetzt nach draußen gehen?", fragte er.

„Mach dich nicht schmutzig." Greg und sein Vater tauschten einen Blick.

„Wann werde ich denn diese ‚tolle' Nina Romano kennenlernen?", fragte Charles.

„Sie wird sowohl bei der Hochzeit als auch bei der Feier dabei sein."

„Wer?", fragte Philip, der seinem Vater unglaublich ähnlich sah, als er sich nun an ihnen vorbei zum Spiegel drängte.

„Nina Romano, Gregs Geschäftspartnerin", sagte Charles.

Philip beugte sich ein wenig zum Spiegel vor, um seine Fliege zu binden. „Ja, sie kommt auch. Greg ist ganz verrückt nach ihr. Er glaubt, dass es keiner weiß, aber wir wissen es alle."

Greg packte Philips Ärmel und zog ihn daran vom Spiegel fort. „Mund halten", sagte er. „Hast du nicht irgendwelche brautväterlichen Pflichten zu erledigen?" Er schob sich an seinem Bruder vorbei, um seine eigene Fliege zu richten.

„Olivia ist bei ihrer Mutter." Philip setzte eine schmerzhafte Miene auf. Er war seit beinahe zwei Jahrzehnten geschieden, und seine Ex schaffte es immer noch, schwierig zu sein – eine Situation, die noch schlimmer wurde, als Philip herausfand, dass Jenny seine Tochter war. Greg schickte einen kurzen Dank an Sophie, die überhaupt nicht schwierig war. Sie war im Verlauf der Scheidung genauso gewesen wie in der Ehe – meistens abwesend.

Charles warf ihm einen neugierigen Blick zu. „Ich kann es kaum erwarten, sie kennenzulernen."

Greg legte das lange Ende der Fliege in eine Schleife; seine Bewegungen waren präzise und geübt, was seltsam war, weil er seit Jahren keinen Smoking mehr getragen hatte. Ehrlich gesagt war das hier der gleiche verdammte Smoking, den er schon als Trauzeuge bei Philips Hochzeit getragen hatte und bei seiner eigenen. Beide Ehen waren gescheitert. Vielleicht war das ein Pech bringender Smoking. „Bin ich verrückt, wenn ich glaube, ich könnte das noch einmal machen?"

„Vielleicht. Aber wieso sollte dich das aufhalten?"

„Ich will es dieses Mal nicht vermasseln, Dad."

„Dann halte dich an deinen eigenen Rat. Gib dein Bestes und versuche nicht, die Zukunft vorherzusagen."

Über das Gelände zu schlendern, an den Spielfeldern, den Wanderwegen und den Schlafbaracken vorbei, erfüllte Greg mit Erinnerungen. Auf dem Ballspielfeld hatten Max und einige der anderen Jungs bereits ihre Jacken ausgezogen und warfen ein paar Körbe. Greg rief ihm nur zu, mit seinen Hochzeitssachen vorsichtig zu sein, und ging dann weiter. Er merkte, wie seine Gedanken zu Nina wanderten. Noch waren die Hochzeitsgäste nicht angekommen. Vielleicht sollte er Sophie aufsuchen. Immerhin war das hier der Ort, wo auch sie beide vor langer Zeit geheiratet hatten. Er fühlte sich seltsam losgelöst von der Vergangenheit und fragte sich, ob es Sophie genauso ging. Seit sie für die Hochzeit nach Avalon gekommen war, hatte er nur sehr wenig Zeit mit ihr zusammen verbracht. Die Wunden, die ihre Scheidung hinterlassen hatte, waren zwar vernarbt, aber sie taten immer noch weh, und keiner von ihnen verspürte das Bedürfnis, herauszufinden, wie weit die Heilung wirklich schon fortgeschritten war. Alles in allem schlugen er und Sophie sich aber ganz gut in ihrer Rolle als Expartner. Ganz sicher waren sie darin besser, als sie es als Verheiratete gewesen waren.

Er dachte daran, was Max vorhin gesagt hatte. War das alles, was der Junge behalten hatte? Greg hoffte, dass Max sich auch an die guten Zeiten, die glücklichen Momente erinnerte. Ja, die waren langsam immer weniger geworden, das konnte er nicht leugnen. Und niemand hatte es ansprechen wollen. Letzten Endes hatten sie jedoch alle den Schatten der Veränderung gesehen, der sich wie Sturmwolken über ihren Himmel gelegt hatte. Wenn sie alle vier zusammen waren, hatte es sich am Ende nicht mehr wie eine Familie angefühlt. Die grundlegende Verbindung, die selbst in ihren besten Zeiten äußerst dünn gewesen war, war nun vollkommen verschwunden. Sicher, es gab immer noch Liebe und Fürsorge – für die Kinder. Zwischen Greg und Sophie hingegen herrschte nur noch eine Art höflicher Respekt.

Sie schien sich verändert zu haben, auch wenn Greg nicht sagen konnte, wieso. Sie besaß immer noch diese beeindruckende nordische Schönheit, und wenn es um ihren Beruf ging, strahlte sie Selbstvertrauen aus. Aber in Gegenwart ihrer Kinder erschien sie bedrückt, beinahe demütig. Ob es nun gerecht war oder nicht, sie hatten sich von Sophie abgewendet. Ihre Zurückweisung hatte Sophie tief getroffen und eine verborgene Verletzlichkeit enthüllt, die sie normalerweise unter ihrer stählernen Reserviertheit verbarg.

Er hatte sie nicht gefragt, wie es ihr ging. Sollte er das? Die Rolle des Exmannes fiel ihm nicht leicht. Allerdings wusste er, wie man sich anständig benahm. Das war ein Anfang, von dem aus er alles Weitere lernen würde.

„Hey“, sagte er und betrat die Schlafbaracke. Im Inneren war ein ganzer Frauenkosmos explodiert – Kleidersäcke und Bouquets, Seidenbänder, Haarspraydosen und allerlei Töpfe und Tiegel zum Cremen und Lacken und Anmalen.

Sophie war allein. Sie trug ein ärmelloses, hellblaues Kleid und bügelte gerade eine dazu passende Jacke. Sie war immer eine Meisterin am Bügeleisen gewesen. Mit effizienter Kompetenz schaffte sie es, jede Falte aus jedem Stoff herauszubügeln, sodass das Kleidungsstück danach wie neu aussah.

Greg dachte an Nina, die vermutlich noch nie in ihrem Leben irgendetwas gebügelt hatte – und es vermutlich auch niemals tun würde.

Er fuhr mit dem Finger in seinen Kragen und fragte sich, welche Etikette wohl in dieser Situation angemessen war. Schuldete er Sophie eine Erklärung? Er stand da und beobachtete sie, eine Fremde, die er mit versengender Intimität kannte. Sie kannte ihn genauso gut. Das hatte sie vermutlich schon immer. Er erinnerte sich an den Tag, an dem er ihr erzählt hatte, dass er seine Firma verkaufen und von Manhattan nach Avalon ziehen würde.

„Natürlich tust du das“, war alles, was sie gesagt hatte, und doch enthielten diese vier Worte eine ganze Welt des Verstehens. Jetzt, wo er darüber nachdachte, fiel Greg auf, dass diese vier Worte das offizielle Ende ihrer Ehe verkündet hatten.

Sophies Reaktion auf die Scheidung war eine andere gewesen. Irgendetwas in ihr drängte sie wegzulaufen. Zu fliehen. Schnell und weit, sich unter Fremden zu verstecken. Vielleicht hatte sie sich neu erfunden, ihnen eine ganz andere Seite von sich gezeigt. Er wusste es nicht. Es ging ihn auch nichts an. Solange er Sophie kannte, war sie vor Ärger und Schmerz davongelaufen. Nachdem sie auf dem College Schluss gemacht hatten, war sie zum Studium nach Japan gegangen – und keiner von ihnen hatte gewusst, dass sie zu dem Zeitpunkt bereits mit Daisy schwanger war.

Und so setzte sich das Muster fort. Wenn es um ihr persönliches Leben ging, wich Sophie dem Ärger nicht aus, sondern floh.

„Brauchst du was, Greg?“, fragte sie.

„Ich wollte nur sichergehen, dass bei dir alles in Ordnung ist.“

Sie fuhr mit dem Bügeleisen über die Jacke. „Warum um alles in der Welt kommst du nur auf so eine Idee?“

„Weil es mich interessiert. Der Kinder wegen, Sophie, und wegen dem, was wir füreinander mal waren. Es … es tut mir leid, dass es dir nicht gut geht. Kann ich was für dich tun?“

Sie lächelte. „Nein, danke. Du hast bereits genug getan.“

„Hey Mom, Dad, kann ich kurz mit euch reden?“ Daisy machte einen zögerlichen Schritt in den Raum.

Sie sah in diesem Moment so fürchterlich jung aus, das Haar auf Papilloten gedreht, wie ein Kind, das sich verkleidet hat. Nur dass sie nicht spielte. Alles war echt. Für immer. „Okay, es dauert vielleicht ein bisschen länger als eine Minute“, fügte sie hinzu. „Und es ist vermutlich nicht das beste Timing, aber es ist nicht leicht, euch beide mal zusammen zu erwischen.“

Er und Sophie hatten es ihr auch nicht leicht gemacht. Sie waren inzwischen Meister darin, einander aus dem Weg zu gehen.

Daisy schaute von ihm zu Sophie, dann wieder zu ihm. „Erst mal möchte ich euch beiden danken. Ich habe das bisher noch gar nicht richtig getan – einfach danke. Für alles, was ihr mir mein ganzes Leben über gegeben habt, und dafür, dass ihr so toll seid, was das Baby angeht. Danke. Ich hätte mir nicht mehr wünschen können."

Greg warf einen Blick zu Sophie. Daisy hatte schon lange nicht mehr freundlich zu ihrer Mutter gesprochen. Sophie blinzelte die Tränen weg, doch ansonsten blieb ihr Gesicht eine perfekte Maske.

„Liebes, du weißt, dass wir alles für dich tun würden", sagte er.

Sie nickte. „Ich muss dir was sagen, Dad. Ich weiß, du dachtest, ich würde hier bleiben und bei dir im Inn arbeiten. Aber ich habe viel darüber nachgedacht und mich entschlossen, etwas anderes zu machen."

Greg spürte, wie sich sein Magen zusammenzog. Er musste sich auf die Innenseite seiner Wange beißen, um sich von einer vorschnellen Reaktion zurückzuhalten.

Sophie sagte nichts.

„Wusstest du was davon?", wollte er wissen.

„Wage es nicht, mich zu beschuldigen …"

„Hört auf", fuhr Daisy dazwischen. „Könntet ihr beide nur ein Mal mir zuhören, anstatt euch zu streiten?"

Greg biss die Zähne zusammen und verfiel in Schweigen, wobei er Sophie immer noch aus zusammengekniffenen Augen misstrauisch beobachtete. Er spürte, wie sie nur darauf wartete, sich auf die Gelegenheit zu stürzen, die Daisy da anbot. Vielleicht sah Sophie es als Chance, ihre Tochter doch noch mit sich nach Übersee nehmen zu können.

Auf gar keinen Fall, dachte er. Nur über meine Leiche.

„Ich werde aus dem Haus ausziehen", sagte Daisy.

„Daisy, jetzt ist nicht der richtige Zeitpunkt …"

„Ich muss an mein eigenes Leben denken, meine Zukunft. Ich bin nicht sicher, wie sie aussieht, aber ich weiß, wie sie nicht aussehen soll. Sie ist nicht hier im Inn. Es ist die einzige Zukunft, die ich habe, und ich will sie nicht damit verbringen, etwas zu tun, nur weil ich denke, dass es von mir erwartet wird. Oder weil jemand anderes sagt, es wäre das Beste für mich."

Hundert Entgegnungen lagen Greg auf der Zunge. Er versuchte, sie zurückzuhalten, doch das gelang ihm nicht. „Dein Leben ist hier", sagte er.

„Ja, vielleicht ist es wirklich hier", sagte Daisy. „Vielleicht aber auch nicht. Der Punkt ist, ich muss es selber herausfinden."

Greg stieg der Geruch nach etwas Verbranntem in die Nase. „Soph", sagte er.

Sie riss das Bügeleisen hoch. Ein braunes Dreieck prangte auf der Jacke, die sie gerade gebügelt hatte. Sie nahm sie hoch und schüttelt den Kopf. „Ruiniert", sagte sie. „Und Daisy, du hast ein wundervolles Zimmer und Kinderzimmer im Haus deines Vaters. Warum sagst du, dass du das nicht mehr willst?"

„Ich sagte ja, dass ich das alles zu schätzen weiß", sagte Daisy schnell. „Aber ich will kein Zimmer. Ich will ein eigenes Leben. Ich werde auch nicht morgen ausziehen, aber ich *werde* ausziehen. Ich bleibe definitiv bis Weihnachten und warte bis zum Beginn des Frühlingssemesters. Ich will aufs College gehen. Ich habe meine Bewerbung schon nach New Paltz geschickt."

Greg konnte sich nicht mehr zurückhalten. Das war genau die Art von verrücktem, idealistischem Plan, den er von der alten Daisy erwartet hätte. „Ich versteh das nicht. Himmel noch mal, ich habe das Inn gekauft, weil ich dachte, es wäre ein guter, sicherer Ort, an dem du dein Leben aufbauen kannst."

„Vielleicht hättest du mich dann vorher fragen sollen", gab sie schnippisch zurück.

„Vielleicht hättest du mich vorher fragen sollen, bevor du dich hast schwängern lassen", gab er genauso schnippisch zurück. Oh Mist. Hatte er das wirklich gesagt? Er sah den Ausdruck auf dem Gesicht seiner Tochter. Ja. Er hatte es gesagt. „Daze, tut mir leid, das habe ich nicht so gemeint."

„Ich weiß, Dad. Glaub mir, ich weiß." Sie verzog das Gesicht, als hätte sie Schmerzen, und drückte ihre Hand gegen ihr Kreuz.

„Das alles kommt für mich nur vollkommen überraschend. Liebes, weißt du, wie schwer das werden wird?"

„Viele Dinge sind schwer. Golf. Den Mount Everest zu besteigen. Ein Kind zu gebären. Das hält die Leute aber trotzdem nicht davon ab, es zu tun."

Greg schaute Sophie an. „Könntest du bitte auch was dazu sagen?"

Sie reckte ihr Kinn. „Daisy ist eine erwachsene Frau. Ich werde ihr ganz gewiss nicht sagen, was sie tun soll."

„Mom hat recht." Daisy schaltete sich ein, bevor die Situation zwischen den beiden eskalieren konnte. „Ich muss einfach alleine leben."

„Das ist verrückt." Greg schüttelte den Kopf. „Du musst bei deiner Familie leben. Du wirst dich um ein Baby kümmern müssen."

„Nur ein Wort, Dad", erinnerte ihn Daisy. „Treuhandfonds. Grandpa hat jedem seiner Enkelkinder einen eingerichtet."

Richtig, dachte Greg. Er knirschte mit den Zähnen, um sich von einer Erwiderung abzuhalten. Wieder ohne Erfolg. „Du bist zu jung. Ich lasse das nicht zu."

„Dad, hör mir doch zu. Es ist mein Leben. Meine Entscheidung. Nina hat gesagt …"

„Nina?", fragte Sophie. „Was hat sie damit zu tun, dass du dein Leben findest?"

Greg hatte das Gefühl, jemand hätte ihm in den Magen geboxt. Das war nicht das erste Mal, dass er diese Worte hörte. Daisy hatte mit Nina gesprochen. Das hatte sie ihm gesagt. Sie wusste, dass das hier passieren würde. Aber woher? „Nina hat dir geraten, so eine halb gare Aktion durchzuziehen?"

„Nein, die Entscheidung habe ich selber getroffen. Und sie ist nicht halb gar. Es ist, was ich will. Ich weiß, dass es sicher ist, bei dir zu bleiben – und zwar für lange Zeit. Ich habe versucht, mir einzureden, dass das der beste Plan ist. Dann ist mir aber bewusst geworden, der einzige Grund, warum ich blieb, ist, dass ich dachte, ich müsste für dich und Max da sein. Aber ich muss gehen, Dad. Für mich." Sie ging zu ihrer Mutter und umarmte sie. Dann umarmte sie Greg. „Nun, das wollte ich euch sagen. Damit ihr es wisst. Wir sehen uns nach der Trauung, ja?"

Nachdem sie gegangen war, wandte Greg sich an Sophie. Sie hob eine Hand, um ihn zum Schweigen zu bringen. „Bevor du irgendwas sagst, sollst du wissen, dass ich nichts damit zu tun habe. Überhaupt nichts."

„Ich weiß", sagte er. Er dachte an Nina und spürte, wie die Verärgerung langsam ihn ihm hochkochte.

Sophie hob die Augenbrauen. „Wie, du meinst, ich bin nicht an allem schuld?"

„Soph."

„Dann machen wir ja tatsächlich Fortschritte. Und vielleicht zerschlägt sich das ja auch alles noch", fügte sie hinzu. „Wir sollten uns keine Sorgen machen, bis es etwas gibt, worüber man sich sorgen kann."

Doch der Fall war bereits eingetreten. Er musste sich Sorgen machen. Denn ihre Tochter war schon immer so gewesen. Sie hatte stets alles so lange für sich behalten, bis sie wusste, wie ihr nächster Schritt aussehen würde. Daisy hätte das Thema niemals angeschnitten, wenn sie sich ihrer Sache nicht hundertprozentig sicher wäre.

26. Kapitel

Als sie auf dem Weg zur Hochzeit auf der Uferstraße des Sees entlangfuhren, versuchte Nina, ihre Nervosität zu verbergen. Zwei Mal ertappte sie sich dabei, wie sie die Hand hob, um mit einer Haarsträhne zu spielen.

Sonnet, die schon immer ein unglaubliches Gespür für die Stimmungen ihrer Mutter gehabt hatte, warf ihr vom Fahrersitz aus einen Blick zu. „Entspann dich, Mom. Ich habe während meines Aufenthalts in Belgien nicht verlernt, Auto zu fahren."

Nina war erleichtert, dass Sonnet den Grund für ihre Nervosität falsch einschätzte. „Ich weiß, aber man rostet ein, wenn man lange nicht gefahren ist. Deshalb wollte ich ja auch, dass du fährst. Um dich wieder daran zu gewöhnen. Mit Übung geht doch alles besser."

„Dad hat mich auf der Basis mit einem Mobylette herumfahren lassen", sagte Sonnet. „Das ist so eine Art Motorrad, aber mit einem winzigen Motor, sodass man nicht wirklich schnell fahren kann."

Nina gefror das Blut in den Adern. „Davon hast du mir gar nichts erzählt."

„Ich wollte nicht, dass du dir Sorgen machst."

„So etwas solltest du nicht tun", sagte Nina. „Du solltest mir nicht Dinge verschweigen, nur um mir die Sorgen zu ersparen."

„Mom. Das tust du mit mir andauernd. Und zwar schon seit immer."

Und in diesem Moment erkannte Nina, dass Sonnet sie auf eine Art verstand, die sie sich niemals vorgestellt hatte. Niemand liebte sie so wie Sonnet.

„Sag mal ehrlich, wie war es, Teil einer Familie mit zwei Elternteilen zu sein?"

„Ganz gut. Interessant."

„Inwiefern?"

„Ich habe noch nie eine Ehe aus der Nähe gesehen. Ich hatte keine Ahnung, wie so etwas wirklich funktioniert."

„Und wie findest du es?"

„Dad und Angela … sie sind gut zusammen. Nicht perfekt, aber sie kümmern sich umeinander."

Sonnets wehmütiger Ton berührte Nina. „Genau das wünsche ich mir für dich eines Tages." Sie wollte, dass ihre Tochter lernte, wie Menschen einander lieben und, ja, auch wie sie einander wehtun konnten. Sie wollte, dass Sonnet herausfand, wie man das alles überlebte und trotzdem noch nach fünfzig Jahren die Hand des gleichen Mannes hielt.

Die Abzweigung zum Camp Kioga war mit einem Strauß perlweißer Luftballons markiert. „Und ich wünsche mir das für dich, Mom."

Nina wurde schon wieder von Gefühlen übermannt. Diese Sache mit Greg drohte sie in einen ständig tropfenden Wasserhahn zu verwandeln. Sie schaute aus dem Fenster, um ihre Reaktion zu verbergen. Als der tiefe, schattige Wald an ihnen vorbeiflackerte, atmete sie tief ein, blinzelte einmal schnell und versuchte, ihr Gleichgewicht wiederzuerlangen.

„Mom?", fragte Sonnet.

„Das ist süß von dir", sagte Nina.

Sie waren ein wenig zu früh für die Trauung. Camp Kioga war für den Anlass wunderschön hergerichtet worden, und der Parkplatz war voll. Die Leute hatten lange darauf gewartet, dass Olivia und Connor heirateten, und es wurden viele Gäste erwartet.

Nina schaute sich suchend nach Greg um, konnte ihn aber nirgendwo entdecken. Sie hatte letzte Nacht nicht sonderlich gut geschlafen, weil sie sich die ganze Zeit überlegt hatte, was sie zu ihm sagen würde. Er schien überzeugt, dass sie dabei waren, sich ineinander zu verlieben. Er hatte diese Feststellung mit einer solchen Lockerheit geäußert, als würde er die Wettervorhersage tätigen. Sie war sich allerdings nicht so sicher. Sie wusste nur, dass sie von ihm besessen war – auch wenn sie es nie zugeben würde. Okay, doch. Sie gab es zu. Sie war besessen von dem Mann. Sie hatte so etwas wie mit ihm noch nie erlebt – was auch immer es war. Es war zu weit mehr als einem One-Night-Stand geworden. Sie verbrachten jede mögliche freie Minute miteinander. War es also ein Techtelmechtel? Nein. Ein Techtelmechtel war leichtherzig, lustig und frivol. Und endlich. Alles Dinge, die nicht so recht auf das passten, was sie mit Greg hatte.

„Affäre“ klang zu düster und dramatisch. Nina hatte keine „Affären“. Sie traf sich mit Männern und lebte dann ihr Leben weiter. Und genau das sollte sie jetzt auch tun, wo ihr Nest leer war. Sich verabreden und weiterziehen. Stattdessen sehnte sie sich nach Greg und wünschte sich, die Welt würde weggehen, damit sie mit ihm allein sein könnte.

Auf dem Rasen waren Stuhlreihen für die Gäste aufgestellt worden. In der Mitte führte ein Gang zu einem blumengeschmückten Bogen über einem Podium. „Ich bin froh, dass sie nicht diese ‚Gäste der Braut, Gäste des Bräutigams‘-Einteilung haben“, sagte Sonnet, während Max sie zu ihren Plätzen führte.

„Ich auch“, sagte Nina. „Ich fand die Tradition schon immer doof. Vor allem weil das unweigerlich einen der beiden beliebter als den anderen aussehen lässt.“

„Danke Max“, sagte Sonnet. „Du siehst heute super aus.“

Er wurde rot bis zu den Ohrenspitzen. „Bitte während der Zeremonie nicht sprechen.“

„Und ich werde auf der Feier nachher so was von mit dir tanzen“, fügte Sonnet hinzu.

„Wenn du Glück hast“, entgegnete er.

„Ich habe immer Glück.“

Nina schaute ihm nach, als er davoneilte, um weiteren Gästen zu helfen. „Du hast ihn rot werden lassen“, sagte sie.

„Er ist zwölf, Mom. Da wird man von allem rot. Daisy hat erzählt, dass du ihm diesen Sommer sehr geholfen hast. Das war nett von dir.“

„Es ist einfach, zu einem Kind wie Max nett zu sein.“ Sie versuchte, sich nicht zu offensichtlich umzuschauen. Vorne versammelte sich die Familie. Die Bellamys waren ein gut aussehender Haufen. Von Charles und Jane angefangen, dem ehrwürdigen Patriarchen mit seiner Frau, bis zu Max, dem jüngsten Enkelsohn, der bereits erste Anzeichen zeigte, auch zu einem Herzensbrecher heranzuwachsen. Dennoch waren sie genauso nur Menschen wie alle anderen, wie an den gedämpft wirkenden Eltern der Braut zu sehen war. Philip Bellamy war seit vielen Jahren von Pamela Lightsey geschieden, doch für den heutigen Tag trugen sie eine vereinte und liebende Einheit zur Schau. Nina wusste, dass die Harmonie zwischen ihnen hart erkämpft worden war. Mit der fehlgeleiteten Verzweiflung von Menschen, die alles tun würden, um ihre Tochter glücklich zu sehen, hatten die Eltern von Pamela vor Jahrzehnten massiv eingegriffen, um die Hochzeit zwischen ihr und Philip herbeizuführen. Wie jeder hätte voraussehen können, hatte die Ehe nicht gehalten. Aber die Konsequenzen der Einmischung durch die Lightseys dafür umso mehr. Dank ihnen hatte Philip nichts von Jennys Existenz gewusst. Nur durch einen Zufall hatte er letzten Sommer von ihr erfahren. Es ist erstaunlich, dachte Nina, was Menschen tun, um das Leben ihrer Kinder zu manipulieren.

Das vielleicht traurigste Opfer der ganzen Angelegenheit war Pamela selber, die Mutter der Braut. Sie hatte nie wieder geheiratet. Jenny zufolge lebte sie ein ziemlich einsames Leben in ihrem luxuriösen Apartment in der Fifth Avenue, besuchte nachmittägliche Spendenveranstaltungen, saß in verschiedenen Komitees und sammelte Kunst. Heute sah sie allerdings sehr stolz aus, wie sie mit dem Rest der Gäste auf die Braut wartete. Ihre Eltern waren nicht da. Ebenfalls Jenny zufolge war Mr. Lightsey im Krankenhaus, und sie hatten ein aufwendiges Teeservice von Tiffany als Hochzeitgeschenk geschickt.

Nina spürte eine leichte Veränderung in der Luft, und als sie ihren Kopf drehte, sah sie Greg. Ihr Herz schlug einen Purzelbaum, und sie versuchte, ihn nicht anzustarren, aber in seinem Smoking sah er einfach zu gut aus. Wie ein wahrgewordener Traum. Sie versuchte, seinen Blick aufzufangen, aber er schien sehr ernst und abgelenkt. Kurz dachte sie, er hätte sie angeschaut, aber dann glitt sein Blick gleich weiter.

Sie nahm an, dass der Grund für seine Nervosität auf der anderen Seite des Ganges und relativ weit hinten saß – Sophie, seine Exfrau. Sie war auf eine kühle Art sehr schön in ihrem ärmellosen Leinenkleid und mit den offenen Schuhen. Sophie Bellamy sah aus wie die klassische Statur einer Göttin, nur besser angezogen. Nina wusste, wenn sie sich nur ein bisschen für Mode interessieren würde, würde sie den Designer des Kleides vermutlich kennen. Nina hatte achtgegeben, Sonnet nicht zu sehr über Sophie auszufragen. Doch jetzt fiel dem Mädchen Ninas prüfender Blick auf. „Ich wusste, dass du neugierig bist", sagte sie. „Sie ist wirklich klug und hat diesen unglaublichen Job. Du weißt, wie manche Kinder so tun, als hätten ihre Eltern diese großen, wichtigen Jobs, als wenn sie die Menschheit retten würden? Nun, Sophie tut es wirklich."

„Das habe ich gehört." Nina hatte angenommen, dass sie Sophie nicht würde leiden können. Immerhin hatte sie einen Ehemann und zwei verletzte Kinder zurückgelassen, um nach Europa abzudüsen, oder? Jetzt sah Nina sich allerdings gezwungen, in Erwägung zu ziehen, dass die Situation eventuell etwas komplizierter war.

Sonnet beugte sich zu ihr und sagte: „Mach dir keine Sorgen. Die Leute sind auch von dir beeindruckt. Seitdem ich zurückgekommen bin, höre ich nichts anderes, als welche unglaublichen Wunder du am Inn am Willow Lake bewirkt hast."

„Ich rette keine Menschenleben. Nur ihre Wochenenden – wenn ich Glück hab. Falls jemand von mir beeindruckt ist, dann nur wegen meiner unglaublichen Tochter." Nina drückte ihre Hand. Sonnet war aus Europa noch geschliffener und klüger zurückgekommen, als sie es sowieso schon war. Dennoch hatte sie das großäugige Staunen über die Welt und ihr weiches Herz nicht verloren. Gemeinsam mit ihr hier zu sitzen und auf den Beginn der Trauung zu warten zeigte Nina ganz deutlich, was sie verlieren würde, wenn Sonnet für immer auszog. Niemand auf der Welt hatte die gleiche Liebe und den gleichen Respekt für Nina wie sie.

„Ich freue mich für dich, Mom. Das weißt du, oder?", flüsterte Sonnet. „Ich bin froh, dass Greg und du …"

„Dass Greg und ich was?" Nina war alarmiert. Sie hatte Sonnet gegenüber nichts gesagt. Sie und Greg hatten sich seit ihrer Rückkehr auch kaum gesehen.

„Ich finde ihn toll, Mom."

Das fünfköpfige Streichorchester beendete seine sanfte Darbietung von Pachelbels Kanon. In der folgenden Stille verebbten auch alle Gespräche. Die Menschen rutschten auf ihren

Stühlen umher und räusperten sich noch einmal. Dann setzten die Musiker ihre Instrumente wieder an, und der Hochzeitsmarsch erklang. Köpfe drehten sich zum Gang, als der Hochzeitszug Einzug hielt. Nina erblickte Jenny am Arm vom Bruder des Bräutigams, Julian, und Tränen stiegen ihr in die Augen. Jenny sah so ätherisch und zauberhaft aus in ihrem Kleid und mit den violetten Freesien im Haar. Dazu trug sie ein Bukett aus weißen Rosen. Nina schossen Bilder aus ihrer gemeinsamen Kindheit durch den Kopf – die gegenseitigen Übernachtungen, die Kicheranfälle, die ernsten Pläne, die sie für ihre eigene Hochzeit geschmiedet hatten. Wie anders alles für sie beide gekommen war. Nina merkte, dass die Tränen ein Ausdruck ihrer jetzigen Gefühle waren, dessen, was sie zu Greg so gerne sagen würde, für ihre Hoffnungen und ihr Bedauern.

Olivia sah zugleich verletzlich und wunderschön aus. Connor gab einen umwerfenden Bräutigam ab – groß und beeindruckend, beinahe einschüchternd gut aussehend, bis er lächelte. Dann strahlte er nur so vor Glück, und das verwandelte ihn in den Mann, den Nina kannte – ein großartiger Kerl, der ein einsames Leben geführt hatte, bis er Olivia traf. Die beiden passten so gut zueinander. Selbst ein flüchtiger Beobachter konnte die Liebe in ihren Augen sehen und in ihren Stimmen hören, als sie ihre Gelübde sprachen.

Bei ihnen sah die Liebe so leicht aus. Nina wusste, dass es so nicht gewesen war – das war es nie –, aber jetzt waren sie das Sinnbild für Hoffnung und Zuversicht. Sie fragte sich, was die Zukunft für die beiden bereithielt. Ja, sie beteten einander jetzt an. Aber wessen bedurfte es, damit es so blieb? Was brauchte ein Paar, um verliebt zu bleiben? Sie dachte an ihre eigenen Eltern. Oberflächlich betrachtet sah es so aus, als wäre Pop der Träumer und Ma die Realistin. Nun fragte sie sich jedoch, ob nicht auch ihre Ma Träume hatte, von denen niemand etwas ahnte, weil Pops große Träume und Ziele sie überstrahlten. Zum ersten Mal in ihrem Leben konnte Nina verstehen, warum ihre Mutter damit zufrieden war, und es machte ihr Angst.

Mit so vielen Brüdern und Schwestern hatte Nina im Laufe der Jahre an vielen Hochzeiten teilgenommen. Sie versuchte, sich an alle zu erinnern, verlor aber den Überblick. Die erste Hochzeit war die ihrer Tante Isabella gewesen. Sie war damals fünf Jahre alt und Blumenmädchen. Sie erinnerte sich an eine Reihe glücklicher Bräute, weinender Mütter, stolzer Bräutigame, laute Partys. Sie liebte Hochzeiten von ganzem Herzen – die Musik, die Zeremonie, die Rituale, die Toasts, die Gefühle. Heute jedoch verspürte sie noch ein anderes Gefühl. Zum ersten Mal überhaupt wollte sie nicht nur auf die Braut anstoßen. Sie wollte die Braut *sein*.

Der Gedanke flößte ihr Angst ein, und so hörte sie das erste Mal aufmerksam den Worten und Gebeten einer Trauung zu. Bisher war sie immer bewegt gewesen, aber auch zur gleichen Zeit furchtbar skeptisch. Wie konnten zwei rational denkende Menschen da vorne stehen und sich gegenseitig ihre lebenslange Zuneigung versprechen? Waren die verrückt? Wussten sie denn nicht, dass das Leben voller Überraschungen steckte, von denen einige nicht unbedingt schön waren?

Doch heute sah sie Braut und Bräutigam mit anderen Augen. Zum ersten Mal in ihrem Leben konnte sie die Hoffnung verstehen, die zwei Menschen dazu trieb, einander diese Versprechen zu geben. Zum ersten Mal konnte sie sich vorstellen, diese Wörter selber zu sagen, sie zu meinen und alles daranzusetzen, ihr Versprechen, jemanden für immer zu lieben, zu halten.

Als die Zeremonie zum Ende kam, versuchte Nina erneut, Blickkontakt mit Greg aufzunehmen. Er war inmitten seiner Familie, die vom Fotografen gerade für das Hochzeitsfoto zusammengetrieben wurde. Nun, dann würde sie ihn später auf dem Empfang treffen.

Aber auch der Empfang war ein reiner Wirbelsturm aus Toasts und Tanz. Die Musik war so laut, dass man schreien musste, um sich zu verständigen. Nina fühlte sich ungewohnt bedrückt. Nein, das war zu harmlos. Sie fühlte sich zurückversetzt in die Tage, als sie Mrs. Romanos freche Tochter war, eine Außenseiterin, eine, die nicht dazu passte und niemals als Bellamy durchgehen würde.

„Hey, du“, sagte jemand. „Lass uns tanzen.“

„Connor! Herzlichen Glückwunsch“, sagte sie und legte ihre Hand in seine. „Welchem Umstand verdanke ich diese Ehre?“

„Mein Vater hat mir die Braut gestohlen, und ich brauche etwas Trost.“ Er zeigte auf die Tanzfläche, wo Olivia mit Terry Davis tanzte. Olivias Vater Philip hatte sich Laura Tuttle von der Bäckerei geschnappt, und der Anblick der beiden brachte Nina zum Lächeln. Sie waren so offensichtlich voneinander angetan. Wie jeder in der Stadt hatte Nina immer angenommen, Laura würde ihr Leben lang Single bleiben. Doch jetzt, in einem Alter, wo andere die Jahre bis zum Ruhestand zählten, wagte sie noch einmal den entscheidenden Schritt.

„Liebe liegt in der Luft, was?“, bemerkte Connor, während er Nina auf die Tanzfläche führte.

„Wie ein Virus.“

Er lachte und nahm seine Tanzposition ein. Mit Humor machte er wett, was ihm an Eleganz fehlte. „Ha, du bist gar nicht tough, wie du tust.“

Nina ließ ihren Blick durch den Saal schweifen. Sie bewunderte Olivias Freunde mit ihrem Upperclass-Akzent und ihrem geschliffenen Benehmen. Was auch immer es war, was diese Leute hatten – Nina besaß es einfach nicht. Es war nicht nur die Abstammung, sondern etwas nicht Fassbares, das sie weder verstehen noch beschreiben konnte. „Ich passe hier nicht wirklich rein“, gestand sie Connor.

Er lachte unterdrückt. „So habe ich mich anfangs auch gefühlt“, sagte er. „Wie ein Elefant in einem Porzellanladen. Olivia und ich stammen aus zwei ziemlich unterschiedlichen Welten. Aber das ist nur eine Ausrede.“

Das Lied endete, und sie bedankte sich bei ihm und sah ihm nach, wie er zu seiner Braut ging und sie in seine Arme zog. Seine Worte gingen ihr nicht aus dem Kopf, und sie gab zu, dass er recht hatte. Sie musste ihre alten Ängste überwinden. Einerseits konnte sie es kaum erwarten, mit Greg zu sprechen. Auf der anderen Seite hatte sie unglaubliche Angst davor. Sie stand kurz davor, unendlich glücklich werden zu können, doch sie fürchtete sich vor der damit verbundenen Verletzlichkeit. Der Raum war voller Menschen, und vielleicht war es nicht der beste Ort, um Greg ihre Gefühle zu gestehen. Sie probierte die Worte im Stillen. Ich liebe dich, Greg. Ich liebe dich. Ich. Liebe. Dich. Ichliebedich … Endlich ergaben die Worte für sie einen Sinn. Endlich fühlte sie etwas, das sie noch nie zuvor empfunden hatte, und es war wie ein freier Fall aus einem Flugzeug.

Greg wollte sich einfach nur entspannen und die Hochzeit genießen. Es kam nicht oft vor, dass alle Bellamys an einem Ort versammelt waren, und er wünschte, er könnte es mehr würdigen. Aber er war genervt und abgelenkt. Auf dem Empfang hatte er dem bunten Treiben zugeschaut. Er stand auf der obersten Stufe der Treppe, die zum Steg hinunterführte, und versuchte, sich in Stimmung zu bringen, um mitzufeiern. Daisy saß an einem Tisch, vor sich einen vollen Teller, und sprach ernst mit ihrer Mutter. Zumindest reden sie miteinander, dachte er. Dann stieg Misstrauen in ihm auf. Vielleicht würde Sophie jetzt, im Fahrwasser von Daisys großer Enthüllung, versuchen, sie davon zu überzeugen, mit ihr nach Europa zu ziehen. Vielleicht … Verdammt, er hasste das. Warum konnte Daisy nicht einfach zulassen, dass er sich um sie kümmerte?

„Hey." Mit einem Mal stand Nina neben ihm.

Einen Moment lang fühlte er sich unglaublich zu ihr hingezogen. Er betrachtete ihr errötetes Gesicht, ihr funkelndes Lächeln.

„Champagner?" Sie nahm zwei Gläser vom Tablett eines vorbeikommenden Kellners. Die Bewegung weckte eine ganze Reihe Erinnerungen in Greg, die er schon längst vergessen hatte. Aber wo er jetzt hier stand und das Champagnerglas von ihr nahm, bemerkte er, dass sie auf einer anderen Hochzeit schon einmal genau an dieser Stelle gestanden hatten. Auf seiner eigenen. Die war ebenfalls im Camp Kioga abgehalten worden. Er hatte sich betrunken und mit der Faust ein Loch in die Wand geschlagen. Man konnte die leichte Narbe noch sehen, wo die Holzverkleidung repariert worden war. Es würde nie wieder so sein. Ein unheilvoller Anfang, und doch hatte er gedacht, es könnte funktionieren. Genau wie Sophie.

Diesen Sommer hatte Nina ihn erneut zu einem wahren Gläubigen gemacht. Er war nur Millimeter davon entfernt gewesen, ihr sein Herz zu öffnen. Dann hatte ihm Daisy den notwendigen Realitätscheck verpasst. Jetzt stand Nina hier und sah wundervoll und vollkommen unschuldig aus. Seitdem er sie das erste Mal getroffen hatte, verkörperte sie für ihn das Unerreichbare. Das, was er nicht haben konnte. Er war dumm gewesen, zu glauben, dass sich etwas verändert hätte.

Er hatte vorgehabt, bis nach der Hochzeit zu warten, bevor er sie zur Rede stellte. Aber nachdem sie ihn nun schon mal gestellt hatte, konnten sie es auch genauso gut gleich hier und jetzt austragen. Er hielt die Tür auf, und sie ging nach draußen und die Treppen hinunter, die zum Wasser führten. Die Sonne ging gerade unter und ließ den See wie Feuer glühen, wie um Gregs Laune zu verhöhnen.

Nina drehte sich zu ihm um. Ihre vollen Lippen glänzten feucht, als erwarte sie, dass er sie jetzt küsste.

„Daisy sagt, dass sie ausziehen will", sagte er geradeheraus. „Nachdem das Baby da ist."

Nina blinzelte überrascht. „Wirklich?"

„Ja, genau, wie du gesagt hast. Ich frage mich, woher du das wusstest."

Sie wich vor der Wut zurück, die von ihm ausstrahlte. Er zwang sich, den Schmerz in ihren Augen zu ignorieren. „Ich habe keine Ahnung, wovon du redest", sagte sie.

„Ja, klar. Sie geht, um ihr eigenes Leben zu finden."

„Und das ist was Schlimmes?"

„Zum Teufel, ja, das ist schlimm. Sie gehört ins Inn. Zu mir."

„Also geht es jetzt um dich."

Er funkelte sie an. „Das ist Blödsinn. Es geht darum, meiner Tochter Sicherheit zu geben."

„Es geht darum, sie da zu behalten, wo du sie kontrollieren kannst." Nina stieß ein bitteres Lachen aus. „Weißt du, ich wollte eigentlich über etwas ganz anderes mit dir sprechen, aber du hast mir die Mühe gerade erspart."

„Was in Gottes Namen soll das jetzt wieder heißen?", verlangte er zu wissen.

Ihr Gesicht wirkte merkwürdig steif, als wenn sie versuchte, ihre Gefühle im Zaum zu halten. „Glaub mir, das willst du nicht wissen."

„Behalte deine Ratschläge für Daisy in Zukunft für dich, okay?", sagte er. „Sie ist nicht du, Nina. Sie ist noch nicht bereit, es mit der Welt aufzunehmen."

„Und du glaubst, ich war es damals?"

„Ich glaube – verdammt – ich wünschte einfach, du würdest dich zurückhalten, wenn es um meine Tochter geht.“

Ihre Augen verengten sich zu schmalen Schlitzen, aber er konnte immer noch ihr Temperament darin aufleuchten sehen. „Hast du jemals daran gedacht, dass *du* dich zurückhalten solltest, wenn es um deine Tochter geht?“

„Ach, leck mich, Nina.“ Aus Angst schlug er um sich und schockierte sogar sich selber mit seiner Wut. Es brauchte nur drei kleine Worte, um alles zu zerstören, was sie sich den Sommer über aufgebaut hatten. Er sah, wie sie blass wurde, ihre Augen sich weiteten und Verärgerung sich in Schmerz verwandelte. „Sieh mal, es funktioniert nicht – das hier, das Inn. Es wäre besser, wenn wir einander nicht mehr sehen.“

Sie verschränkte die Arme schützend vor ihrer Brust. „Das wird eine ganz schöne Herausforderung. Ich bin gespannt, wie das gehen soll, wenn wir weiterhin zusammenarbeiten.“

Mach schon, sagte er sich. Wirf es alles weg. „Vielleicht muss sich das auch ändern.“

„Das ist nicht dein Ernst.“ Sie stützte ihre Hände in die Hüften und lenkte damit die Aufmerksamkeit auf die Tatsache, dass sie heute Abend umwerfend aussah. „Okay, du meinst es ernst. Wie bequem für dich, dass du mit jemandem Schluss machen und ihn gleichzeitig auch feuern kannst, alles in einem Schwung.“

Er spürte den Bruch zwischen ihnen, was unglaublich deprimierend war. Sie hatten doch kaum eine Chance gehabt. Vielleicht war es besser so, besser, den Schaden zu begrenzen. Hier ging es um Daisy. Darauf musste er sich konzentrieren. Gleichzeitig hasste er sich für das, was er gerade getan hatte. „Nina“, sagte er.

Sie war schon halb die Treppe hinauf. Sie hielt an, drehte sich aber nicht zu ihm um. Dann straffte sie die Schultern und ging weiter.

Greg musterte die glatte Wand, ballte die Hand zur Faust. Oben an der Treppe wurde die Tür aufgestoßen. Sophie kam heraus. Sie sah Nina kaum an. Eine Sekunde fühlte Greg sich zwischen ihnen gefangen; eine von ihnen seine Vergangenheit, eine seine Zukunft und keine von beiden glücklich mit ihm.

„Es ist Daisy“, sagte Sophie. „Wir müssen ins Krankenhaus.“

27. Kapitel

Sie hätten es nicht schlechter planen können. Sie hätten davon ausgehen müssen, dass die Wehen jederzeit einsetzen könnten. Doch keiner von ihnen hatte angenommen, dass das Baby ausgerechnet am Tag der Hochzeit kommen wollte. Sophie war mit ihrem Mietwagen zum Camp gekommen – ein zweitüriger Kleinwagen, an den sie sich in Europa gewöhnt hatte. Und Greg hatte seinen Truck dabei. Also liehen sie sich schließlich Philips SUV, weil der im Fond am meisten Platz hatte. Greg schnappte sich einen Stapel sauberer Tischdecken und Handtücher aus dem Lieferwagen des Cateringunternehmens, wobei er irgendjemandem zurief, dass er sie ersetzen würde. Sie brauchten dringend Handtücher. In dem Geburtsvorbereitungskurs war ihnen eingebläut worden, immer welche im Auto zu haben. Die Kursleiterin hatte sogar eine Abdeckplane empfohlen.

Nichts verlief nach Plan. Die Abreise sollte geordnet erfolgen, Anrufe sollten ruhig und ohne zu schreien getätigt werden. Ein vorab gepackter Koffer würde ins Auto geladen, und sie würden mit vernünftiger Geschwindigkeit zum Krankenhaus fahren.

Stattdessen brüllte Greg frustriert auf, weil er kein Handysignal hatte, und schickte seine Mutter los, per Festnetzanschluss aus dem Büro im Krankenhaus anzurufen, während er und Sophie Daisy ins Auto halfen. Währenddessen kamen die Wehen schnell und schmerzhaft, und Daisy fing an zu weinen. Jeder ihrer Schluchzer fachte Gregs Panik nur noch mehr an.

Er startete den Motor, aber Sophie erschien an seiner Tür. „Ich fahre."

„Aber …"

„Dad …" Daisys angestrengte Stimme drang an sein Ohr.

Greg fluchte und stieg aus. So sollte das alles nicht ablaufen. Aber er hatte sich als ihr Geburtscoach eingetragen, und die Pflicht konnte er nicht erfüllen, wenn er das Auto lenkte. Also kletterte er auf die Rückbank und erkannte, wieso die Kursleiterin Abdeckfolie empfohlen hatte. Tut mir leid wegen deiner Polster, Bruder, dachte er.

Jennys Ehemann, Rourke McKnight, war der Polizeichef und hatte angeboten, sie mit Sirenen zu eskortieren, aber Daisy hatte sich geweigert. Zwischen zwei Schmerzanfällen schien sie etwas verlegen wegen all der Aufmerksamkeit. „Heute ist Olivias Tag", stieß sie zwischen zusammengebissenen Zähnen aus. „Lasst uns so still und leise wie möglich verschwinden. Nur wir drei."

Sophie lenkte den Wagen aus dem Parkplatz und in Richtung Straße. Die Reifen wirbelten Staub und Kies auf. Greg schaute zurück und sah gerade noch, wie Max dort oben alleine stand und dann zu Nina ging. Sie zögerte nicht, sondern zog ihn sofort in eine feste Umarmung. Dann verdeckte eine große Staubwolke die Sicht auf die kleine Gruppe von Familienmitgliedern und Hochzeitsgästen. Daisy lag in ihrem nun ruinierten Brautjungfernkleid quer über der Rückbank und stemmte ihre Hände in die Rückenlehne des Vordersitzes. „Es wird alles gut, Baby", sagte er. „Gleich sind wir im Krankenhaus."

Sie wurde vor Schmerz und Angst ganz steif. Ihr Gesicht glühte weiß wie der Mond, und ihr Atem kam in flachen Zügen. Als eine neue Wehe kam, schaute Greg auf sein Handy, um sich die Zeit zu merken, und begleitete seine Tochter dann durch die Atemübung, die sie in ihrem Kurs gelernt hatten.

„Es ist … zu schlimm“, sagte sie. „Ich kann nicht … ich kann nicht …“ Ein wilde Panik blitzte in ihren Augen auf.

Er merkte, dass einen Kurse nur ungenügend auf das vorbereiten konnten, was wirklich passierte. Niemand hatte die wahnsinnige Angst angesprochen, die er jetzt bei ihr sah, oder sein eigenes Gefühl der absoluten Hilflosigkeit. „Wir sind gleich da“, sagte er erneut, obwohl er wusste, wie unzureichend dieser Zuspruch war. „Der Arzt wird dir was gegen die Schmerzen geben.“

„Es tut aber jetzt weh. Ich ertrage es nicht.“ Ihre Stimme hatte einen hysterischen Unterton.

Greg schaute zu Sophie. Sie behielt ihren Blick stur auf die Straße gerichtet und fuhr mit grimmiger Entschlossenheit. Ihre Hände umklammerten das Lenkrad. Ein kleiner Schweißtropfen lief über ihre Schläfe, und er sah, dass sie nicht entschlossen, sondern genau wie Daisy zu Tode verängstigt war.

„Daddy, hilf mir. Mach, dass es aufhört. Es soll aufhören, es soll aufhören.“ Wie ein Mantra wiederholte Daisy die Worte durch ihre zusammengebissenen Zähne.

Wenn es eine Definition für die Hölle auf Erden gab – hier war sie. Das Gefühl, machtlos zu sein, seinem Kind nicht helfen zu können, wenn es einen darum bittet, die Schmerzen aufhören zu lassen.

„Bald, Liebes“, sagte er. „Halt durch.“

„Ich kann nicht … ich … Ich muss …“

Er sah es kommen, kurz bevor es aus ihr herausbrach. Instinktiv drückte er sich rückwärts gegen die Tür, aber es gab kein Entkommen. Sie erbrach alles über ihn, was sie auf der Hochzeit gegessen hatte. Er flippte nicht aus. Er ekelte sich nicht. Er reichte ihr nur eine Handvoll Geschirrtücher, die er von dem Caterer mitgenommen hatte, und sagte: „Ist okay, Daze. Ganz ruhig.“

Sie wischte sich ihr Gesicht mit einem der Leinentücher ab. „Ich war vor dem Empfang kurz vorm Verhungern. Ich habe alles gegessen, was ich finden konnte."

Ach was, dachte Greg und putzte sich mit einem weiteren Handtuch seine Hose und Schuhe ab. An Sophie gewandt, sagte er: „Gleich wird die Straße etwas holprig. Es ist noch eine Viertelmeile bis zum Highway."

„Ich konzentriere mich aufs Fahren, und du kümmerst dich um Daisy, Greg", murmelte sie. In dem Moment piepte ihr Handy und zeigte damit an, dass es wieder Empfang hatte. Sie klappte es auf. Ohne ihre Augen von der Straße zu nehmen, wählte sie die Nummer vom Krankenhaus.

So war Sophie, dachte Greg. Superkompetent, wenn es darum ging, aus dem Gedächtnis eine Telefonnummer zu wählen. Sie sagte, dass es Daisy ganz gut ginge, sie sich aber übergeben hätte. Dann gab sie ihre ungefähre Ankunftszeit durch und legte auf.

„Sie sind bereits von Grandma Jane informiert worden", sagte sie zu Daisy. „Wir sind gleich da, versprochen."

Es war eher unwahrscheinlich, dass Daisy das gehört hatte, denn sie war gerade fest im Griff einer weiteren schmerzhaften Wehe.

„Atme, Honey", sagte er genauso, wie er es im Kurs gelernt hatte, aber was er nicht tun konnte, war, ihr die Schmerzen zu nehmen. Sie packte Gregs Hand und drückte sie, und ihm war, als würde sie sein Herz zerdrücken. Sein kleines Mädchen tat ihm so leid, er ertrug es kaum, sie so verängstigt und solchen Qualen ausgesetzt zu sehen. In dem Moment wusste er, dass er sie nicht gehen lassen würde, trotz allem, was sie ihm vorher erklärt hatte. Er wollte – musste – sie bei sich in Sicherheit wissen.

Sophie hielt unter dem überdachten Eingang des Krankenhauses an. Greg sprang heraus und lief um den Wagen, um Daisy zu helfen. Zwischen zwei Wehen machte sie einen seltsam betäubten, verwirrten Eindruck. Die Türen glitten zischend auf, doch es schien niemand da zu sein. Sophie kurbelte das Fenster herunter. „Warum wartet ihr nicht hier, und ich hole jemandem mit einer Trage oder einem Rollstuhl?“

Daisy stöhnte leise. Greg würde nicht auch nur eine weitere Sekunde warten. „Stell einfach das verdammte Auto ab, Sophie“, bellte er und hob Daisy auf seine Arme, als wäre sie wieder fünf Jahre alt, und trug sie durch die Tür.

Eine Krankenschwester zeigte Greg, wo er sich sauber machen und einen Kittel anziehen konnte. So schnell er konnte zog er den Smoking aus und steckte ihn in eine Tonne mit der Aufschrift „Biogefährdung“. Das passt, dachte er. Er hätte es besser wissen und nicht diesen verdammten Smoking anziehen sollen. Der brachte nur Unglück, so viel stand mal fest. Und tschüss!

Über die Füße zog er Einmalschlappen und schlitterte dann den Gang hinunter in Richtung Kreißsaal. Das effiziente Personal hatte Daisy bereits geholfen, in ein Krankenhaushemd zu schlüpfen, und jemand versicherte ihm, dass Arzt und Anästhesist bereits auf dem Weg waren. Daisy sah klein und schwach aus, gefangen in dem vergitterten Bett und zwischen all den Überwachungsgeräten. In ihrem Haar steckten immer noch die verwelkten Blumen von der Hochzeit, die ihm jetzt vorkam, als wäre sie hundert Jahre her. Greg quetschte sich zwischen einen auf einem Rollwagen stehenden Monitor und das Kopfteil des Bettes. Er berührte Daisys Schulter. „Wie geht es dir, Daze?“

Es dauert nicht lange, und die Ärztin kam. Es war nicht Daisys normale Ärztin, sondern die aus dem nächtlichen Bereitschaftsdienst, aber sie wirkte genauso ruhig und effizient, als sie die Krankenakte anschaute und einen Computerausdruck überprüfte. „Sind Sie der Vater?“, fragte sie Greg.

„Ja“, sagte er. „Ich meine, nein, ich bin, äh, Daisys Vater. Der Vater der Patientin.“

„Er ist mein Vater“, sagte Daisy, „und mein Geburtscoach.“

Trotzdem wurde Greg gebeten, draußen zu warten, während die Ärztin die Untersuchung vornahm. Während er wartete, kam Sophie, jetzt ebenfalls in einen Krankenhauskittel gehüllt. Ihr Gesicht hob sich porzellanblass gegen den grünen Stoff ab.

„So weit, so gut, denke ich“, sagte er.

„Wann können wir reingehen?“, fragte sie.

„Dauert nicht mehr lang.“

Sie nickte und blickte auf die glänzenden Fußbodenfliesen. Greg schaute sie an und verspürte leichtes Bedauern. „Du bist verdammt gut gefahren, Sophie“, sagte er. „Ich hatte gar keine Gelegenheit, dir das zu sagen. Und du wusstest sogar den Weg.“

„Ich habe ihn auswendig gelernt.“

Natürlich hatte sie das.

Er räusperte sich. „Und, äh, was ich vorhin gesagt habe … ich wollte dich auf dem Parkplatz eben nicht anschreien.“

Sie nickte wieder, was nicht unbedingt ein Anzeichen für Vergebung oder Verständnis war. Vermutlich bedeutete es eher: „Aber du hast es trotzdem getan.“

„Alles in allem“, sagte er mir erzwungener Herzlichkeit, „geben wir ein ganz gutes Team ab.“

Sie starrte ihn an. „Nein“, sagte sie. „Tun wir nicht. Aber wir stehen beide auf Daisys Seite, und ich nehme an, das ist genau das, was sie im Moment von uns braucht.“

Die Tür wurde geöffnet, und beide traten ein. Die Ärztin gab ihnen einen kurzen Überblick. Daisy machte Fortschritte. Das Baby befand sich in der richtigen Position, alle Lebenszeichen waren normal, und Daisy würde gleich eine Epiduralanästhesie bekommen. „Es könnte eine lange Nacht werden“, sagte die Ärztin.

Greg stellte sich auf die eine Seite des Bettes, Sophie auf die andere. Über ihre in den Wehen liegende Tochter sahen sie einander an, für den Augenblick verbunden in wortloser Solidarität.

Aus Minuten wurden Stunden. Greg bot Daisy Eiswürfel und kalte Tücher an. Krankenhauspersonal kam und ging und sah nach ihr. Die Betäubungsspritze wurde gesetzt. Sophie ging ab und zu raus, um Max anzurufen und ihm zu versichern, dass alles gut war. Daisy schlief ein wenig, weinte ein wenig, und verbrachte die meiste Zeit damit, einfach geradeaus auf ein Foto vom Ayers Rock zu starren, das völlig unpassend an der gegenüberliegenden Wand hing. Irgendwann mitten in der Nacht wies die Ärztin an, dass es jetzt an der Zeit war zu pressen. Das Bett wurde neu positioniert, die untere Hälfte weggerollt, Fußrasten und Griffe angebaut.

Daisy nickte. Sie packte Gregs Hand, und endlich sah er, dass die Angst und der Schmerz fort waren. Sie trug eine Miene stählerner Entschlossenheit, und einen Moment lang sah sie Sophie so ähnlich, dass er glaubte, Halluzinationen zu haben.

„Los geht's, Daddy-O“, sagte sie.

„Ich bin bereit, Daisy-O“, erwiderte er.

Sie presste wie eine Weltmeisterin, koordinierte ihre Bemühungen mit den Wehen, genau wie man es ihr beigebracht hatte. Gregs Welt schrumpfte auf den Anblick seiner Tochter zusammen – das Gesicht rot und verkrampft, die Zähne zusammengebissen, Tränen in den Augen und schweißnasses Haar. Es brach ihm das Herz, sie so zu sehen, aber er wankte nicht und flüsterte ihr weiter Ermutigungen zu. Er hörte die Ärztin den Fortschritt kommentieren, und endlich, als es schien, dass

Daisy vor lauter Erschöpfung aufgeben würde, schnappten alle kollektiv nach Luft. „Da ist er ja", verkündete die Ärztin. Es gab ein leicht gurgelndes Geräusch, gefolgt von einem dünnen, vibrierenden Schrei. „Er sieht fabelhaft aus."

Sophie fing an zu schluchzen. Das Geräusch war Greg so fremd, dass er erst nicht wusste, wo es herkam. Dann sah er, wie sie den Mundschutz vom Gesicht schob und sich vorbeugte, um Daisy einen Kuss auf die Stirn zu geben.

Ein blutverschmiertes Bündel lag auf Daisys Brust. Den Bruchteil einer Sekunde zeigte sich pure Panik in ihren Augen. Dann umfingen ihre Arme das kleine Menschlein in einer mächtigen Umarmung. „Hallo, Baby", flüsterte sie. „Hallo, mein wundervolles kleines Baby."

Gregs Knie wurden ganz weich. Und auch der Rest seines Körpers schien sich aufzulösen, als er voller Staunen auf das schaute, was er vor sich sah. Jemand legte ihm ein Instrument in die Hände.

„Wollen Sie das tun?"

Er schaute auf seine zitternden Hände. Oh, ja. Oh, Mist. Er musste die Nabelschnur durchschneiden. Er biss die Zähne zusammen, zwang seine Hand, mit dem Zittern aufzuhören, und trat nach vorn. Jemand hielt die abgebundene Nabelschnur zwischen behandschuhten Händen. Ruhig wie ein Felsen trennte er sie mit einem entschlossenen Schnitt durch.

Unter ihren Freunden und der Familie erlangte Daisy vorübergehend einen kleinen Promistatus. Bis zum nächsten Abend war beinahe jeder, den sie kannte, mit Blumen oder einem Geschenk vorbeigekommen, um sie zu beglückwünschen. Auf der Wöchnerinnenstation des Krankenhauses wurden die Patienten nicht wie Kranke behandelt. Besucher durften zu beinahe jeder Tageszeit kommen und gehen. Sie wurden lediglich angewiesen, sich die Hände mit Desinfektionsmittel zu waschen und ansonsten die Wünsche der jungen Mutter zu respektieren.

Greg und Sophie wechselten sich damit ab, bei ihrer Tochter zu sitzen. Emile Charles Bellamy war ein perfekter Gesundheitszustand attestiert worden, und so durfte er im Zimmer seiner Mutter sein. Er war untersucht, geimpft, gebadet und gewickelt worden und schlief nun in einem Bettchen mit durchsichtigen Seitenteilen. Sein kleines Köpfchen wurde von einer hellblauen Mütze bedeckt. Etwas roter Flaum schaute unter der Mütze hervor. Der Anblick war ein kleiner Schock für alle, die das Baby das erste Mal sahen. Es war der erste konkrete Beweis für etwas, worüber die Bellamys nie wirklich nachgedacht hatten – das Baby hatte irgendwo auch einen Vater. Einen Vater mit roten Haaren.

Sophie kehrte in ihr Hotel zurück, um zu duschen und sich umzuziehen, und Max kam zusammen mit Gregs Eltern. Die drei standen um das Bettchen herum und schauten den Kleinen in stummer Faszination an. Endlich schaute Gregs Mutter Jane auf. Sie strahlte und weinte gleichzeitig. „Er ist einfach fabelhaft."

Max stimmte zu. „Er ist ziemlich süß."

Daisy grinste. „Findest du?"

„Total. Wann wird er aufwachen?"

„Ich denke, er soll jetzt erst einmal eine Weile schlafen. Wir hatten eine lange Nacht."

Für Greg fühlte es sich surreal an, hier zu stehen und zu hören, wie seine Kinder sich mal nicht stritten, sondern sich wie Erwachsene unterhielten. Sein Herz fühlte sich enorm an, als wenn es zu groß für seine Brust geworden war. Er war vollkommen erledigt; er wagte es kaum, seine Eltern anzuschauen. Denn wenn er es täte, würde er vielleicht zusammenbrechen, wie alle anderen um ihn herum es auch schon getan hatten.

„Kannst du mir einen Gefallen tun?“, fragte Daisy Max. „Sag Olivia bitte, dass es mir leidtut, ihre Hochzeit unterbrochen zu haben.“

„Machst du Witze? Sie freut sich für dich. Sie sagt, sie kann es kaum erwarten, dich zu besuchen. Sie und Connor wollen vorbeikommen und das Baby anschauen, bevor sie sich auf den Weg nach St. Croix machen.“

„Oh, ja, hoffentlich tun sie das.“

„Können wir ihn jetzt aufwecken?“, fragte Max.

„Wag es ja nicht“, warnte Daisy ihn. „Aber … gib ihn mir mal, ja? Mir ist grad danach, ihn in den Armen zu halten.“

Max streckte die Hände aus, dann trat er einen Schritt zurück. „Ich weiß nicht, wie ich ihn hochheben soll.“

Greg klopfte ihm auf die Schulter. „Genauso, wie du bei einem Baby alles machst. Ganz, ganz vorsichtig.“ Er beugte sich vor und schob seine Hände unter das weiche Bündel. Wärme sickerte bis in seine Knochen, als er Max das Baby reichte. „Achtung“, sagte er. „Du wirst überrascht sein, wie leicht er ist.“

„So leicht sind neun Pfund nun auch wieder nicht“, sagte Gregs Mutter. „Liebes, wir freuen uns so für dich, nicht wahr, Charles?“

„Wir sind die stolzesten Urgroßeltern auf der Welt“, stimmte Gregs Vater zu.

Max hielt das Baby ein wenig unsicher und tippelte zum Bett seiner Schwester, als hielte er eine Stange Dynamit in Händen. „Bitte schön“, sagte er.

„Da bist du ja.“ Daisy nahm ihren Sohn in Empfang und kuschelte ihn in ihre Armbeuge. Das Baby rührte sich, legte den Kopf in den Nacken und stieß einen kleinen Laut aus, wachte jedoch nicht auf. Seine kleinen roten Fäuste umklammerten den Rand der Decke. Daisy schaute ihn an und lächelte. In der einen Minute hatte sie noch so verletzlich ausgesehen wie das

Baby, und in der nächsten so leidenschaftlich und beschützend wie eine Bärenmutter.

Ihre Großeltern küssten sie und das Baby und gingen dann mit Max zusammen in die Cafeteria, um etwas zu essen. Greg blieb im Zimmer und warf immer wieder verstohlene Blicke auf das Baby. Mit jeder Minute, die verging, spürte er, wie etwas in seinem Herzen wuchs. Eine ganz besondere Art von Freude, die ihn beinahe schweben ließ und mit der alles auf einmal so leicht erschien. Daisy schien das auch zu fühlen. Sie hielt den eingepackten Kleinen und schaute ihn mit einem Ausdruck an, der Greg an alle Weihnachtsmorgen erinnerte, die sie gemeinsam erlebt hatten.

Dann hob sie den Blick, und das Lächeln verschwand, als sie an Greg vorbei schaute. Er drehte sich um und sah einen Fremden in der Tür stehen.

„Logan", sagte Daisy.

Greg versteifte sich. Das war also Logan O'Donnell. Al O'Donnells Junge. Er sah aus wie sein Vater – breit und gut aussehend, mit blauen Augen und dichtem, flammend rotem Haar. Gregs Beschützerinstinkt machte sich bemerkbar.

„Logan, das ist mein Dad", sagte Daisy.

„Mr. Bellamy." Logan streckte die Hand aus.

Greg zögerte. Er verspürte einen Anflug von Antipathie. Dann erinnerte er sich, wie er selber vor achtzehn Jahren überraschend Vater geworden war und das erste Mal Sophies Eltern gegenübergestanden hatte. Also nahm er die angebotene Hand. „Logan."

„Sir, ich bin nicht hier, um Ärger zu machen", sagte Logan. „Ich wollte einfach nur Daisy sehen und … das Baby."

„Es ist okay, Dad", sagte Daisy. „Ich habe ihn angerufen."

Äußerst widerstrebend ließ er die beiden alleine. Als er sich umdrehte, um die Tür hinter sich zu schließen, näherte Logan sich gerade dem Bett, wie man sich einem wilden Tier nähert – langsam, ohne den Blick abzuwenden. Daisy drehte das Baby so, dass er es sehen konnte, und sagte etwas. Daraufhin trat er einen Schritt näher. Ehrfurcht zeigte sich auf seinem Gesicht.

Greg schloss leise die Tür. Die Freude, die er über das Baby empfand – seinen Enkel! –, verebbte, denn er meinte zu spüren, wie Daisy ihm entrissen wurde. Sie hatte Logan O'Donnell angerufen. Sie traf bereits ihre eigenen Entscheidungen, knüpfte eigene Verbindungen, ohne vorher seinen Rat einzuholen. Auf der einen Seite verstand Greg, dass das gesund war. Ein notwendiger Schritt fort von ihm, von ihrem Zuhause. Sie musste die Kontrolle übernehmen und eigene Entscheidungen treffen.

Genau, wie Nina es ihm vorhergesagt hatte. Oh Mann. *Nina*. Er litt Höllenqualen, als er nun über den Krankenhausflur tigerte. Er hatte jegliches Zeitgefühl verloren und war tief in Gedanken versunken, als Logan wieder aus Daisys Zimmer kam. Er sah bedrückt aus, seine Augen waren feucht. „Ich will, dass Sie wissen, dass Daisy und ich einen Weg finden werden, das hinzubekommen", sagte er. „Ich weiß, Sie wollen nur das Beste für sie. Und das will ich auch."

Greg rieb sich über das Kinn. Er hatte sich seit gefühlten hundert Jahren nicht rasiert. „Du sagst die richtigen Sachen, Logan. Ich hoffe, das bedeutet, dass du auch die richtigen Sachen tun wirst."

„Das werde ich", versicherte der Junge. Er schaute auf eine handgeschriebene Liste, die er in den Händen hielt. „Sie will eine Pizza."

Greg nickte. „Das ist schon mal ein Anfang."

Sobald Logan weg war, kehrte Greg zu Daisy zurück. Ihre Augen waren ebenfalls feucht, aber sie wirkte ruhig. „Mir geht es gut, Dad", sagte sie. „Wir kriegen das alles hin."

„Ich hoffe es, Daze. Nur tu mir bitte einen Gefallen: Überstürze nichts."

„Das werde ich nicht. Logan und ich haben noch nichts entschieden. Wir müssen noch viel mehr miteinander reden." Sie drückte das schlafende Baby an sich. „Anfangs dachte ich, ich wollte ihn nie wiedersehen. Ich wollte nicht, dass er irgendwas mit Charlie zu tun hat."

„Charlie?"

„Logan meint, die Leute könnten Emile falsch aussprechen."

„Glaubst du das auch?"

Ein Schleier legte sich über ihre Augen, und sie lehnte sich in die Kissen zurück. „Wie auch immer, Dad. Du bedeutest mir alles auf der Welt. Ich kann mir nicht vorstellen, wie mein Leben ohne dich gewesen wäre, und deshalb denke ich mir, was ist mit Emile? Was, wenn er Logan so braucht, wie ich dich immer gebraucht habe?"

Greg musste sich räuspern. Er betete, dass seine Stimme nicht brechen würde. „Du weißt, dass ich immer für dich da sein werde, egal, was passiert."

„Ich weiß, Dad. Und ... du kannst ruhig gehen, das weißt du, oder?"

„Ich weiß." Aber er blieb, wo er war.

„Wir kommen schon klar, dieser kleine Kerl und ich."

„Das weiß ich auch. Ich dachte, ich warte, bis deine Mutter zurück ist."

„Das musst du nicht." Sie spielte mit einem Zipfel der Babydecke. „Ich war so froh, dass ihr beide letzte Nacht bei mir wart."

„Wir werden immer bei dir sein."

„Ich dachte, ich weiß nicht, eine Minute oder so dachte ich, das Baby und ich würden euch wieder zusammenbringen, etwas zwischen euch heilen."

„Wir sind nicht zusammen“, erwiderte er. „Aber es stimmt, es ist etwas geheilt worden.“

Sie lächelte. „Das ist gut. Und ehrlich, ich möchte, dass du weißt, trotz allem was gestern passiert ist, gilt das noch, was ich dir und Mom vor der Hochzeit gesagt habe.“

„Daze, darüber müssen wir doch nicht jetzt sprechen.“

„Vielleicht nicht, aber ich will nicht, dass du es vergisst oder so tust, als wäre es ganz neu für dich, dass ich auf eigenen Beinen stehen will.“ Er wollte etwas sagen, doch sie brachte ihn mit einem Blick zum Verstummen. „Ich kenne dich. Du wirst so tun, als hättest du davon noch nie was gehört. Ich will sicherstellen, dass das hier nicht in die hinterste Ecke geschoben wird. Es ist mein Leben. Ich liebe dich, Daddy, und einiges ist viel leichter, wenn ich bei dir bleibe. Aber das ist dann nicht mein Leben. Das ist, deine Tochter zu sein. Ich muss aber mein eigener Mensch sein – für mich und für Emile.“

„Dagegen habe ich ja auch gar nichts“, sagte er.

„Hast du doch. Aber du wirst dich daran gewöhnen müssen. Und noch was. Sei nicht wütend auf Nina, weil sie mir einen Rat gegeben hat.“ Sie lächelte auf eine Art, wie es nur Frauen mit ihrem sechsten Sinn für alles konnten. „Ich weiß alles über Nina.“

„Ich habe keine Ahnung, wovon du sprichst“, behauptete er, auch wenn sein Magen brannte. Wie zum Teufel machte sie das nur? Er schien einen Kopf aus Glas zu haben.

„Wir wissen es beide. Hör zu, wenn du mit anderen Frauen ausgegangen bist, wusste ich nie genau, wieso es so schwer für mich war, sie zu mögen. Ich dachte, vielleicht wollte ich tief im Inneren, dass du nur mit Mom zusammen bist. Oder alleine. Und jetzt gibt es Nina.“

Nina, dachte er. Zum Teufel mit Nina. Zum Teufel mit jedem, der Daisy sagte, sie solle ausziehen und ihr eigenes Leben

leben. In einem Augenblick wie diesem sollte er nicht einmal an Nina denken, aber aus irgendeinem Grund spukte sie ständig durch seinen Kopf. Sie hatte auf der Hochzeit so glücklich und atemlos ausgesehen – nur Augenblicke, bevor er auf sie losgegangen war. Sie hatte feuchte Augen und einen Gesichtsausdruck gehabt, den er bei ihr nur sehr selten gesehen hatte – zum Beispiel, wenn sie sich geliebt hatten. Warum konnte sie nicht die Frau sein? Seine Geliebte, seine Vertraute? Anstatt jemand zu sein, der seine Tochter dazu ermutigte, ihr Zuhause zu verlassen.

Andererseits … Greg sah ihr Lächeln vor sich. Wie sie sich über Sachen freuen konnte. Ihre offene Art mit jedem, den sie traf. Ihr Temperament, ihr Lachen und ihre schnelle, ehrliche Leidenschaft für das, was sie tat … und für ihn.

„Ich freue mich für dich, Dad." Daisys Gesicht glühte, als wäre sie im Besitz irgendeines mystischen weiblichen Wissens. „Wirklich, ich finde, du und Nina, ihr passt großartig zusammen. Ich sehe, dass ihr verrückt nacheinander seid, und ich fühle, dass es dieses Mal anders ist. Ich mag es, euch zusammen zu sehen. Mit ihr bist du so lebendig, Dad, wirklich."

Oh. Tja, Pech.

„Was ist das für ein Blick, Dad?"

„Ich, äh, hab mit ihr auf der Hochzeit Schluss gemacht."

„Sag mir, dass das nicht stimmt. Sag mir, dass du nicht so etwas unglaublich Dummes getan hast."

„Doch, ich habe etwas so unglaublich Dummes getan."

„Dann mach es rückgängig, Dad. Beeil dich!"

28. Kapitel

Spät am Abend stand Nina zum vielleicht letzten Mal auf dem Steg des Inns am Willow Lake. Sie sagte nicht nur ihrem lang gehegten Traum Auf Wiedersehen, sondern auch etwas Tieferem, Reicherem. Der Liebe, die sie mit Greg gefunden hatte. Sie nahm an, dass sein „Du bist gefeuert" etwas übereilt ausgesprochen war, aber sie hatte die Worte auch gar nicht hören müssen. In ihrem Herzen hatte sie die Entscheidung schon getroffen, bevor ihr Gehirn sie hatte begreifen können – *ich kann hier nicht bleiben.*

Es war auf jeder erdenklichen Ebene schwer, sich zu verabschieden. Aber das Inn am Willow Lake ist nur ein Ort, versuchte sie sich zu trösten. Ein Ort, von dem sie geträumt hatte, ein Ort, an dem sie für eine Weile gelebt und gearbeitet hatte. Jetzt war es an der Zeit weiterzuziehen, ihre Träume mitzunehmen. Sie hoffte, sie würde sich immer an den Klang der Seetaucher auf dem Wasser erinnern, daran, wie der Vollmond über den Himmel zog, an die leichte Brise, die durch die Ahornbäume fuhr und die Wasseroberfläche kräuselte.

Es war eine wunderschöne Sommernacht von der Art, die sich um einen legt und einem ein Gefühl von Sicherheit gibt. Aber heute verspürte sie nichts davon. Sie ging bis ans äußerste Ende des Stegs, das Herz angefüllt mit Erinnerungen. Es war, als hätte man ihre Ketten durchtrennt. Sie flog frei, ziellos, ohne einen Gedanken daran, wo sie landen würde. Vielleicht war das gut, aber es fühlte sich nicht gut an. Sie fühlte sich überwältigt und … irgendwie beschädigt, als wäre ein Teil von ihr ausgerissen worden – nicht durch den Gedanken, diesen Ort hier aufzugeben, sondern durch den Gedanken, Greg Bellamy zu verlassen.

Wie verrückt war es bitte, sich in ihn zu verlieben? Sie hatte den ganzen Sommer damit verbracht, es sich auszureden, und am Ende hatte ihr Herz sie Hals über Kopf hineingezogen. Liebe. Sie dachte, sie würde sie kennen. Sie liebte ihre Familie, ihre Freunde. Sie liebte ihre Tochter mit einer unendlichen Tiefe und Hingabe. Aber das hier war etwas ganz anderes. Berauschend und vereinnahmend und dennoch ... zerbrechlich. Unsicher. Warum hatte sie sich erlaubt zu glauben, Greg Bellamy zu lieben würde reichen, um zusammenzuhalten?

Sie war nicht sicher, wie lange sie dort gestanden hatte, als sie jemanden hinter sich hörte. Einer der Gäste? Nein, es war ...

„Nina." Greg kam zu ihr. Sie erkannte seine Stimme, seinen leichten, lockeren Gang. Das Mondlicht zeichnete seine Gestalt in äußerster Präzision nach. Der silberne Schein tauchte alles in Schattierungen von Grau, als wenn sie Bilder aus einem alten Film wären.

Sie spürte, wie ihr Herz schneller schlug. Sogar jetzt noch machte allein sein Anblick sie glücklich. Doch zur gleichen Zeit stand sie am Rand der Tränen. Hör auf, rief sie sich zur Ordnung. Hör sofort auf. Sie räusperte sich und fragte: „Wie geht es Daisy?"

„Fabelhaft. Dem Baby auch." Er schien frisch aus der Dusche zu kommen, denn statt des Smokings trug er ein Hawaiihemd und Shorts, seine Haare waren feucht und dufteten gut. „Sie hat ihn Emile genannt. Das ist französisch."

„Ich weiß."

„Keine Ahnung, wie sie darauf gekommen ist. Sein zweiter Vorname ist Charles, nach meinem Vater."

„Das ist gut.“ Stumm bat sie ihn, aufzuhören, ihr von seinem Leben zu erzählen. Sie musste lernen, sich nicht mehr für diese Dinge zu interessieren. „Und wie geht es dir?“

„Erleichtert. Glücklich. Komplett durchgedreht. Um Himmels willen, ich habe einen Enkel!“

„Gratuliere, Greg. Das wird ganz wundervoll, für euch alle. Das weiß ich einfach.“

Ein langes, angespanntes Schweigen breitete sich zwischen ihnen aus, und plötzlich sehnte Nina sich wieder nach dem nichtssagenden Geplapper von eben. Sie versuchte, nicht daran zu denken, dass sie so viel über diesen Mann wusste und ihm so viel von sich gegeben hatte. Sie hatte ihm die Tür zu ihrem Herzen geöffnet und ihn an Orte in ihrem Inneren gelassen, die niemand je zuvor besucht hatte. Sie wollte das nicht bereuen. Und sie hoffte, dass sie es auch nie würde.

„Nina …“

„Greg …“

Sie sprachen gleichzeitig. Okay, sagte sie sich. Atme tief durch. Bring es hinter dich, so wie man ein Pflaster abreißt. „Ich habe versucht, mir zu überlegen, wo ich als Nächstes hingehe.“

„Geh nicht. Ich habe nicht gemeint, was ich gesagt habe. Ich war ein komplettes Arschloch. Es tut mir leid.“

Es tut mir leid. Welche süßen, einfachen Worte. Sie kamen aus seinem Herzen, und sie glaubte ihm. Aber sie glaubte ebenso, dass das, was sie miteinander verband, zu dünn war, zu zart. Sie hatte keine Erfahrungen darin, mit jemandem so intim zu sein, und sie musste einfach glauben, dass es einen Grund dafür gab. „Ich bin nicht böse, Greg, aber ich muss gehen. Wir müssen nicht darüber sprechen. Es ist einfach etwas, das passieren muss.“ Sie weigerte sich zu sagen: „Ich hab’s dir doch gesagt“, aber stimmte es nicht? Hatte sie ihm nicht gesagt, dass wenn sie etwas miteinander anfangen würden, ihre privaten Probleme Einfluss auf ihre gemeinsame Arbeit im Inn haben würden?

„Du gehst nicht", sagte er.

„Doch. Lass uns nicht darüber streiten."

„Okay, wir streiten nicht. Aber es gibt etwas, das du wissen musst. Was ich auf der Hochzeit gesagt habe … das entstand aus einer Mischung aus Panik und Angst und Wut, die nichts mit dir zu tun hatte."

„Das weiß ich. Was du gesagt hast, war ziemlich gemein."

„Es tut mir leid", wiederholte er. „Ich bin ausgeflippt und war sauer, und bei beidem ging es nicht um dich."

Gott verbitte, dass sie ihre eigene Wichtigkeit in seinem Leben falsch einschätzte. „Greg, was versuchst du, mir zu sagen?"

„Du kannst nicht gehen. Du liebst diesen Ort. Du gehörst hierher."

Sie fühlte sich ganz ausgehöhlt vor Schmerz. Sie wollte hören, dass sie zu *ihm* gehörte. Sie wollte es fühlen, ohne jeden Zweifel wissen. „Das ist egal", sagte sie.

„Verdammt noch mal, das ist es nicht. Wenn das egal ist, weiß ich nicht, was überhaupt noch wichtig ist."

Ein schreckliches, von Zweifeln schweres Schweigen legte sich über sie. Nina hörte das Wasser an die Pfähle des Steges schlagen, das Säuseln des Windes in den Bäumen. Dann stieß Greg ein wortloses, gequältes Geräusch aus und zog sie in seine Arme. Sie widersetzte sich erst, aber dann ließ irgendwas sie in ihrem Inneren schmelzen, und sie hob ihr Gesicht zu seinem. Lass mich glauben, dachte sie.

Er küsste sie, und es war ein Kuss von einer solchen Ehrlichkeit, dass er sie atemlos machte und verwirrte. Er ließ sie an die Art denken, wie Greg sie berührt hatte, die Male, in denen sie zusammen gelacht, und die Male, in denen sie einfach nur still beieinandergelegen und der Nacht gelauscht hatten. Als er den Kuss schließlich unterbrach, sagte er: „Das ist so ungefähr das, was ich versucht habe zu sagen. Ich bin nur nicht so gut mit Worten."

Für einen kurzen Moment, einen Herzschlag der Hoffnung, schwebte sie. Dann erinnerte sie sich an all die Hindernisse, die ihnen im Weg lagen. „Es geht nicht um Worte", stieß sie in einem gebrochenen Flüstern hervor. Sie versuchte, sich ihm zu entziehen. „Es geht darum, dass wir uns an verschiedenen Standorten in unserem Leben befinden."

„Verdammt, Nina, du hast den ganzen Sommer damit verbracht, dir alle Gründe zu überlegen, weshalb wir nicht zusammen sein können. Alle Gründe, die gegen uns sprechen. Und während du das getan hast, hat alles funktioniert. Abgesehen von gestern. Ich sagte, dass es mir leid tut, aber du hast keinen Grund, mir das zu glauben. Bleib, Nina. Bitte, bleib … und ich zeige dir, dass du mir glauben kannst. Ich schwöre es."

Sie schaute zu ihm auf und fragte sich, wie er ihre Gedanken erraten hatte. *Lass mich glauben.* Langsam, aber unleugbar füllte sich der leere Raum in ihrem Inneren. Das war seine große Stärke, der Teil an ihm, dem sie nie widerstehen konnte. Er hatte die unglaubliche Fähigkeit, sich nach einer gescheiterten Ehe und einer schmerzhaften Scheidung wieder kopfüber in die Liebe zu stürzen. Er hatte keine Angst vor einer Beziehung, zumindest nicht so wie Nina. Wenn es um Angelegenheiten des Herzens ging, brauchte sie seinen Mut. Sie brauchte *ihn.* Dieser Sommer ist erstaunlich gewesen, gab sie zu, und voller Überraschungen. Das war nichts Neues für sie. Noch nie war bei ihr etwas so gekommen, wie sie es erwartet hatte. Das schien einfach die Art zu sein, wie ihr Leben verlief.

Sie schaute ihn an und dachte, nein, es kommt nicht so wie erwartet, es kommt immer besser. Sie hatte das Inn gewollt und stattdessen einen Partner gefunden. Sie hatte ihre Unabhängigkeit gewollt und sich stattdessen Hals über Kopf in Greg Bellamy *und* seine Kinder verliebt. Im Laufe der letzten Wochen waren Nina und Greg jeden Tag näher zusammengewachsen. Sie hatte keine Angst mehr vor dieser Beziehung, und sie machte sich nicht länger Sorgen wegen der Komplikationen in seinem Leben.

Sie atmete tief ein und sagte: „Ich lebe mein ganzes Leben lang in der gleichen Stadt. Ich dachte heute Abend, dass ich vielleicht ein ganz anderes Leben führen, etwas anderes tun muss."

„Du hast sehr viel getan, Nina. Aber ich weiß etwas, was du noch nicht getan hast."

„Ja? Was denn?"

„Du hast dich nie verliebt. Erinnerst du dich? Das hast du mir vor langer Zeit einmal erzählt."

„Das stimmt aber nicht mehr." Das platzte einfach so aus ihr heraus. Nun waren die Worte raus – so hatte sie zwar nicht vorgehabt, es ihm zu sagen, aber sie konnte es nicht mehr zurücknehmen. Und das wollte sie auch gar nicht. Von vorne anzufangen bedeutete nicht, dass sie genauso würde kämpfen müssen wie früher. Dieses war ein fröhlicher, leichter Neuanfang.

Er sah nicht einmal überrascht aus. „Es wurde auch langsam mal Zeit, dass du was sagst. Ich warte schon lange darauf."

„Du wusstest es?"

Er lachte. *Lachte*. „Du hast nicht gerade das beste Pokerface."

„Warum hast du dann nichts gesagt?"

„Ich will dich nicht anlügen. Ich war sehr lange verheiratet." Er grinste. „Wir können nicht alle Jungfrauen sein, weißt du?"

„Sehr lustig."

„Nina. Ich habe gesagt, dass ich sehr lange verheiratet gewesen bin. Und offensichtlich hat das übel geendet. Eine Zeit lang hatte ich den Glauben in meine Fähigkeit, jemandem zu vertrauen, verloren. Inklusive mir und meinen Gefühlen."

„Die genau welche sind?" Sie wusste, dass es riskant war, diese Frage zu stellen, aber sie musste einfach herausfinden, was er dachte.

„Was ich sagen will, ist, man kann nicht so etwas durchmachen und nichts daraus lernen. Ich weiß, was Liebe ist. Und was sie nicht ist." Er hielt sie ganz zärtlich fest und beugte sich vor, um ihr ins Ohr zu flüstern. „Ich weiß, dass ich unglaublich verliebt in dich bin. Und ich habe vor, es für immer zu bleiben, also gewöhn dich besser daran."

Sie hatte nicht gemerkt, dass sie ihren Atem angehalten hatte, bis sie ihn in einem erleichterten Seufzer ausstieß. Das ist genug, dachte sie. Das ist alles, was zählt.

Epilog

Nina hörte, wie ein Kofferraumdeckel zugeschlagen wurde. Sie sah, dass Greg die Schultern straffte, als wenn er sich gegen einen Schlag wappnete. Sie standen im Foyer seines Hauses und bereiteten sich darauf vor, Daisy Auf Wiedersehen zu sagen.

Draußen stiegen die Abgase von Daisys laufendem Auto in den verhangenen Himmel des Winternachmittags. Die Abenddämmerung setzte bereits ein, und eine kalte Stille hatte sich über die Landschaft gelegt. Greg hatte den halben Tag damit zugebracht, wieder und wieder zu prüfen, ob das Auto auch winterfest war. Reifen, Scheibenwischer, Frostschutzmittel. Er tat beinahe so, als würde seine Tochter zu einer Fahrt quer durchs Land aufbrechen und nicht nur auf die andere Seite des Flusses fahren, zu einem kleinen Häuschen an der Straße nach New Paltz, in dem sie ab heute mit ihrem Sohn leben würde.

Es ging nicht um die Entfernung. Nina verstand das. Es ging darum, dass Daisy Gregs Haus verließ. Das war eine Veränderung, die viel herzzerreißender und komplizierter war als ein einfacher Umzug. Nach der Geburt ihres Kindes hatte Daisy noch fünf Monate zu Hause gelebt, aber jetzt konnte sie es kaum erwarten, zu ihrem neuen Leben aufzubrechen. Sie hatte die letzten Stunden damit verbracht, ihre restlichen Sachen zusammenzupacken und ins Auto zu laden. Das Baby, dick eingemummelt in seinem Autositz, schlief bereits tief und fest. In ein paar Minuten wären sie auf dem Weg.

Nina schaute Greg an. Ihr fiel die Anspannung in seinem Gesicht auf, und sie wünschte, sie könnte etwas sagen, was es ihm leichter machte. Sie wussten schon länger, dass Daisy gehen würde. Doch jetzt, wo der Tag gekommen war, war seine Besorgnis beinahe greifbar.

Ihr Herz zog sich vor Mitgefühl zusammen. Jemanden zu lieben bedeutete mehr als Blumen und Herzen. Manchmal hieß es auch, Schmerz zu fühlen, wenn den anderen etwas schmerzte. Es hatte eine Zeit gegeben, in der sie sich genau davor gefürchtet hatte – vor den Komplikationen in seinem Leben. Doch das war vorbei. Sie schloss den Reißverschluss ihres Parkas und ging mit Greg zusammen zur Tür.

„Alles wird gut", sagte sie. „Das weißt du doch, oder?"

Er zog sie an sich und gab ihr einen Kuss auf die Schläfe. „Ja, ich weiß."

„Sie hat von dir alles bekommen, was sie brauchte."

Sie dachte an Sonnet, die so weit weg auf dem College war. Sie gab sich jedes Mal den gleichen Rat, wenn ihr Magen sich vor Sorge zusammenzog und ihr Herz schmerzte, weil sie ihre Tochter so sehr vermisste.

Greg nahm ihre Hand, und gemeinsam traten sie in die kalte Nachmittagsluft hinaus, um Daisy Auf Wiedersehen zu sagen. Nina beugte sich in den Wagen und streichelte vorsichtig den schlafenden Kleinen. Emile – den Gott sei Dank alle Charlie nannten – war der Mittelpunkt von Daisys Welt, und Nina wusste, dass das immer so bleiben würde.

Greg zog seine Tochter in eine lange, feste Umarmung. Dann legte er seine Hände um ihren Hinterkopf, wie er es vermutlich immer getan hatte, als sie noch ein kleines Mädchen gewesen war, und sah ihr in die Augen. „Fahr vorsichtig", sagte er.

„Immer", versicherte sie ihm. „Sag Max, er soll mich anrufen, wenn er aus der Schule zurück ist. Wir sehen uns, Daddy-O."

„Darauf kannst du wetten."

Und einfach so war sie fort. Die Reifen knirschten auf der Auffahrt. Nina und Greg schauten dem Wagen nach, bis er hinter der Kurve zur Hauptstraße verschwand und eine ohrenbetäubende Stille hinterließ.

Es waren derzeit keine Gäste im Inn, die Saison hatte noch nicht wieder begonnen, und der Parkplatz war leer. Ein paar Lichter brannten im Bootshaus am Steg und erinnerten Nina daran, dass sie heute Nachmittag am Computer hatte arbeiten wollen.

Sie zitterte und schaute zu Greg, der sie mit einem sonderbaren Ausdruck in den Augen ansah.

„Geht es dir gut?", fragte sie.

„Ja."

„Bist du sicher?"

Er nickte und legte seine Hände auf ihre Schultern. „Ich bin so verdammt froh, dass du hier bist, Nina."

Lächelnd neigte sie den Kopf und versuchte, herauszufinden, was mit ihm los war.

„Nina", sagte er. „Als ich dich das erste Mal gesehen habe, warst du nur ein Kind, das im Camp Kioga herumhing. Aber sogar damals wusste ich schon, dass du für mich was Besonderes bist. Und das warst du. Und bist es immer noch. Jeden Tag wache ich noch verliebter in dich auf als am Tag zuvor, und das wird auch niemals aufhören."

Sie vergaß zu atmen. Sie wusste, wo seine Rede hinführen würde und konnte sich nicht mehr rühren. Sie hoffte, dass ihr Mund nicht vor Erstaunen offenstand und dass ihr Gesichtsausdruck die gleiche Liebe ausstrahlte wie seiner.

Er war so liebenswert angespannt, als er sich auf ein Knie sinken ließ, seine Hand in die Hosentasche steckte und mit einem Ring wieder herauszog.

Seine Hand zitterte, und er lachte kurz auf. „Tut mir leid, ich bin so nervös. Ich trage ihn schon seit Tagen mit mir herum, immer auf der Suche nach dem perfekten Moment, um dich zu fragen."

„Jetzt wäre ziemlich gut", flüsterte sie. Ihr Atem bildete kleine Wolken in der Winterluft. „Frag mich jetzt. *Bitte.*"

Er drückte seine Lippen auf ihren Handrücken und schaute ihr dann direkt in die Augen. „Ich habe so etwas noch nie gemacht, und ich habe auch nicht vor, es noch einmal zu machen. Du bist mein einziger Versuch. Nina Romano, willst du mich heiraten?"

Seit dem letzten Sommer hatte sie sich diesen Moment so oft vorgestellt. Sie hatte davon geträumt, ihn herbeigesehnt. Sie wusste, dass sie von Gefühlen überwältigt werden würde, sobald sie die Worte in echt hörte, aber sie hatte nicht geahnt, dass sie zu glücklich wäre, um zu sprechen. Also nickte sie nur, und dann kamen die Tränen. Tränen, die sie geschworen hatte, nicht zu weinen.

Schließlich schaffte sie es, ihm zu antworten. „Ja, ich will dich heiraten. Ich liebe dich, Greg, und werde es immer tun."

Ohne sie aus den Augen zu lassen, erhob er sich und steckte ihr den Ring an den Finger – ein goldener Ring mit einem schlichten Diamanten.

„Er passt perfekt", sagte Greg. Er küsste sie sanft, und sie spürte, wie seine Lippen sich zu einem Lächeln verzogen.

Er löste sich von ihr und sagte: „Wow, das lief richtig gut."

Sie schlang ihre Arme um seine Hüften und lachte vor Freude laut auf. „Das kann man wohl sagen."

Dann trat sie zurück und schaute auf ihre miteinander verschränkten Hände und ihren Finger, der nun von seinem Ring umschlossen wurde; ein glitzerndes Versprechen für die Zukunft.

Ihr war überhaupt nicht mehr kalt, denn sie war in reine Glückseligkeit gehüllt und stellte sich vor, wie sie miteinander in dem kastenförmigen, altmodischen Haus neben dem Inn am Willow Lake alt werden würden.

„Lass uns hineingehen", sagte Greg.

Er nahm sie an der Hand und führte Nina den Weg hinauf zum Haus. „Ich habe noch große Pläne für uns."

– ENDE –

Susan Wiggs
Was mein Herz dir sagen will

ISBN: 978-3-95649-783-4
9,99 € (D) | EVT: 05.02.2018

Großmutter Lisette hatte ein Geheimnis, dessen ist sich die junge Witwe Camille sicher, als ihr eine Kiste mit vergilbten Aufnahmen in die Hände fällt. Kann es sein, dass ihr Großvater gar nicht ihr wahrer Großvater ist? Unterstützt von dem charmanten Historiker Finn, begibt sie sich auf dem malerischen Landgut ihrer Familie in der Provence auf Spurensuche. Dort erfährt sie nicht nur Unglaubliches über Lisette – in den wogenden Lavendelfeldern von Bellerive entdeckt sie auch, dass Finn der erste Mann sein könnte, den sie seit dem Tod ihres Gatten in ihr Herz lassen möchte.

Susan Wiggs

Versprechen eines Sommers

Manchmal hält das Leben ganz überraschend eine zweite Chance für uns bereit.

Camp Kioga – der Name weckt in Olivia Erinnerungen an die unbeschwerten Sommer ihrer Kindheit, den Duft von Pinien und das klare Wasser des Willow Lake. Doch der einstige Sommersitz der reichen New Yorker ist inzwischen völlig verwildert und zugewachsen. Um ihn für die große Familienfeier der Bellamys im Sommer wieder herzurichten, engagiert Olivia den örtlichen Bauunternehmer. Und kann es nicht glauben, wer da mit einem Mal vor ihr steht: Connor Davis, ihre Jugendliebe. Ihre Gefühle füreinander sind nie wirklich erloschen, auch wenn sie sich damals gegenseitig sehr verletzt haben. Gemeinsam schaffen sie es, dem Camp neues Leben einzuhauchen – und geben sich dabei ein Versprechen, das weit über das Ende des Sommers hinaus halten wird.

ISBN: 978-3-95649-685-1
9,99 € (D)

Susan Wiggs
Mit dir für immer

ISBN: 978-3-95649-259-4
9,99 € (D)

Willow Lake ist seine Heimat, nur widerstrebend kehrt er zurück – nicht ahnend, dass sein Leben vollkommen auf den Kopf gestellt wird.

Hell leuchten die Sterne über dem Willow Lake – doch Mason Bellamy hat keinen Blick dafür. Als Mann, der die Großstadt, die Frauen und das Abenteuer liebt, erträgt er die Idylle seiner alten Heimat nur schwer. Für ihn steht fest: Sobald er eine Pflegerin für seine kranke Mutter gefunden hat, kehrt er Willow Lake den Rücken. Doch dann trifft er Faith McCallum, alleinerziehende Mutter zweier Töchter. Fasziniert von der sanften Frau, stimmt er neugierig zu, als sie ihn bittet, noch länger zu bleiben. Noch ahnt Mason nicht, dass sie und ihre Kinder schon bald all seine Barrieren zum Einsturz bringen und ihm zeigen werden, was in seinem Leben fehlt. Emotionale Bindungen, Tiefe ... und wahre Liebe.

Deutsche Erstveröffentlichung

Susan Wiggs

Heimat meines Herzens

ISBN: 978-3-95649-593-9
9,99 € (D)

Kaum lässt Michelle ihren Blick nach so langer Zeit wieder über die schneebedeckten Weiten Montanas gleiten, spürt sie, wie ihr Atem leichter geht. Obwohl sie vor siebzehn Jahren nur einen Sommer hier verbracht hat, ist das die Heimat ihres Herzens. Nie war sie so glücklich wie hier, nie so verliebt. Aber das mit ihr und Sam hat kein gutes Ende genommen. Jetzt ist sie nur zurück, um ihrem Vater zu helfen, und will dann in ihr Leben in Seattle zurückkehren. Doch da hat sie die Rechnung ohne Sam gemacht. Er erkennt sofort, dass er der Vater ihres Sohns sein muss. Und er will die verlorene Zeit mit ihm aufholen. Wird Michelle das Liebste, was sie hat, an diesen Mann verlieren? Oder wird sie mit ihm zusammen endlich finden, wonach sie sich ihr Leben lang gesehnt hat?